Knaur.

W0222330

Knaur.

Im Knaur Taschenbuch Verlag sind bereits folgende Bücher der Autorin erschienen:
Allein mit deinem Mörder
Das Zeichen auf der Stirn
Das Messer in der Hand

Über die Autorin:
Nicole Drawer war Oberkommissarin beim Landeskriminalamt in Hamburg. Sie hat als verdeckte Ermittlerin beim Staatsschutz gearbeitet. Da sie fließend Türkisch und Arabisch spricht, wurde sie besonders mit Fällen betraut, die unter dem Oberbegriff »Nahostkonflikt« zu fassen sind. Später studierte sie dann Kriminalistik, Kriminologie und Psychologie und beschäftigte sich hauptsächlich mit psychischen Störungen von Serienmördern.

Nicole Drawer

Das Echo ferner Tage

Kriminalroman

Knaur Taschenbuch Verlag

Besuchen Sie uns im Internet:
www.knaur.de

Originalausgabe August 2009
Copyright © 2009 by Knaur Taschenbuch.
Ein Unternehmen der Droemerschen Verlagsanstalt
Th. Knaur Nachf. GmbH & Co. KG, München
Alle Rechte vorbehalten. Das Werk darf – auch teilweise – nur mit Genehmigung des Verlags wiedergegeben werden.
Redaktion: Maria Hochsieder
Umschlaggestaltung: ZERO Werbeagentur, München
Umschlagabbildung: FinePic®, München
Satz: Adobe InDesign im Verlag
Druck und Bindung: CPI – Clausen & Bosse, Leck
Printed in Germany
ISBN 978-3-426-50252-5

2 4 5 3 1

1

Als er damals sein Jurastudium begonnen hatte, hatte er sich bereits als zweiter Perry Mason gesehen. Heute, über zwanzig Jahre später, hatte Johannes Merthin so ziemlich jede Illusion verloren. Hätte man ihm in jungen Jahren gesagt, wozu er sich einmal hergeben würde, er hätte es vehement abgestritten.

Viele seiner Überzeugungen waren im Laufe der Jahre den Bach hinuntergegangen, nicht zuletzt sein fast heroisches Bild vom aufrechten Strafverteidiger. Zwar hatte es ihm eine Menge Geld eingebracht, vielleicht auch eine Berühmtheit, die er als armer, aber ehrlicher Anwalt nie erreicht hätte, aber sein Leben war verpfuscht. Er war zu einem Handlanger geworden, und er fand sich auch jetzt in einer der depressiven Stimmungen wieder, die ihn so oft überkamen. Vielleicht war Depression nicht der richtige Ausdruck. Selbstmitleid traf es wohl besser.

Er zuckte zusammen, als er hörte, wie sich ein Schlüssel im Schloss drehte und das Kommen seines derzeit einzigen Mandanten ankündigte.

Christian Beyer hielt es nicht für nötig, seinen Anwalt zu begrüßen. Er blieb an der Tür stehen, sah zu, wie ihm einer der Schließer die Handschellen abnahm, und blickte dem Mann hinterher, bis dieser die Tür schloss und er mit seinem Anwalt allein in dem kleinen, kahlen Raum war. Es war der Besprechungsraum, den die Gefängnisleitung ihren Insassen und deren Strafverteidigern zur Verfügung stellte. Blassgrüne Wände, die an Erbrochenes erinnerten, zerkratzte Tische, auf denen zu lesen war, wer schon alles hier gewesen war, und altersschwache Stühle, die bei jeder Bewegung knarrten und ächzten – in dieser Atmosphäre sollte ein vertrauensvolles Gespräch entstehen. Merthin hatte daran seine Zweifel. Er riss sich von seinen Gedanken los und zwang sich, seine Aufmerksamkeit auf den Mann zu konzentrieren, der eben den Raum betreten hatte.

Der lächelte leicht und ließ sich auf den Stuhl gegenüber von Johannes Merthin sinken.

»Wie sieht es aus?« Beyer sah Merthin an. Seine kalten grauen Augen blickten so unbeteiligt, dass es Merthin einen Schauder über den Rücken jagte. Schon während des Prozesses war ihm aufgefallen, dass es nichts gab, was diesen Mann aus der Ruhe brachte. Stets schien er desinteressiert, kalt und berechnend. Selbst seinen Charme setzte er gekonnt ein. Die Frauen, die im Prozess gesessen hatten, an jedem Tag wurden es mehr, himmelten diesen attraktiven Mann geradezu an. Die markanten Züge, das dunkle Haar und dieses unwiderstehliche Lächeln, das niemals die Augen erreichte, hatten ihm sogar den einen oder anderen in den Knast gesandten Heiratsantrag beschert.

Merthin räusperte sich. »Es ist alles vorbereitet.«

»Gab es Probleme?«

Der Anwalt schüttelte den Kopf. »Natürlich nicht.« Zwar durften Gespräche zwischen Anwalt und Mandant nicht abgehört werden, aber Merthin war sicher, dass es einen verborgenen Lauscher gab. BND, MAD, Verfassungsschutz, irgendjemand würde es sich nicht verkneifen können. *Der Lauscher an der Wand hört seine eig'ne Schand.*

Was für eine blöde Redensart, und außerdem gehörte sie gar nicht hierher, dachte Merthin leicht entnervt. Alles nervte ihn, oder war er einfach nur müde?

»Ich scheine Sie zu langweilen.« Beyers Stimme war leise und verhieß nichts Gutes.

Merthin sah ihn an. Eine Antwort erübrigte sich. Beyer betrach-

tete scheinbar interessiert seine sorgfältig manikürten Hände.
»Ich dulde keinen Fehler. Ich erwarte, dass meine Anweisungen exakt ausgeführt werden. Der Erfolg der ganzen Operation hängt von der minutiösen Planung und gewissenhaften Ausführung ab.«
»Es läuft alles wie besprochen.«
»Gut.« Der dunkelhaarige Mann lächelte und verschränkte seine Hände auf dem Tisch.
»Dann muss ich mir ja keine Sorgen machen, oder?«

Max Heidrich schaltete das Tonbandgerät aus. Einen Moment herrschte Stille in dem kleinen Raum.
»Sie wussten, dass wir sie abhören.«
»Und selbst wenn nicht, Beyer überlässt nichts dem Zufall. Der Mann ist absolut paranoid.« Und das zu Recht, fügte Heidrich in Gedanken hinzu. Er sah in die Runde. Alle, die hier saßen, es waren vier Männer, hatten nur eine Aufgabe: dafür zu sorgen, dass Beyer da blieb, wo er für den Rest seines Lebens nach Auffassung des Gerichtes bleiben sollte. In Haft.
»Die Verlegung ist für die übernächste Woche geplant.«
Heidrich nickte. »In den Hochsicherheitstrakt, ich weiß. Dann werde ich hoffentlich wieder ruhig schlafen können.« Er verschränkte die Arme auf dem Rücken und starrte das Tonbandgerät an, so als könne es ihm verraten, was zum Henker zwischen Beyer und seinem Anwalt vor sich ging. Dass dieser Merthin nicht ganz koscher war, wusste man seit Jahren, aber hier ging etwas vor sich, dessen Sinn ihnen verborgen blieb. Eines allerdings war klar: Es konnte sich nur um eine Schweinerei handeln.
»Sie werden versuchen ihn rauszuholen.« Frank Nessler sprach aus, was alle dachten.

»Er sitzt in Einzelhaft in einem separaten Flügel, und der Transport ist gut gesichert. Sie haben also keine Chance.« Wen wollte Max eigentlich beruhigen? Sich selbst? Oder hatte er Gewissensbisse? Die Gerüchteküche brodelte, und auch wenn er wusste, wie schnell sich Mutmaßungen durchsetzten, so steckte doch meist ein Körnchen Wahrheit darin. Vielleicht hatte er dem Gerede nicht genügend Aufmerksamkeit geschenkt.

»Wir ändern die Route, aber erst in letzter Minute. Die begleitenden Wachen werden verdoppelt. Das wäre es fürs Erste.«

Er stellte sich ans Fenster und sah hinaus. An dem leisen Scharren der Stühle und den gedämpften Schritten auf dem dicken Teppich, die sich leise entfernten, erkannte er, dass sich der Raum leerte. Vielleicht hätte er Ann schon vor Wochen darüber informieren sollen, dass etwas im Gange war, aber er wollte sie nicht beunruhigen.

Sie lebte nun ihr neues Leben, und sie sollte das Gefühl haben, dass die Vergangenheit hinter ihr lag und sie nicht mehr einholen konnte.

Auch wenn er es besser wusste.

2

Mensch Alex, ist das nicht toll?« Ann Deckert stand vor der Gartenpforte, reckte ihr Gesicht gen Himmel und atmete tief die würzige Seeluft ein. Der Sommer hatte gerade erst begonnen, und schon waren sie sonnenverwöhnt. Ein leichter Wind strich über das Land, und kein Wölkchen trübte den Himmel, es versprach ein schöner Tag zu werden. Das Rascheln der Blätter und das Rauschen der nahen Ostsee vermischten sich zu einer einzigartigen Symphonie. »Ist das Haus nicht einfach ein Traum?«

»Mami?«

»Ja, mein Schatz?« Sie drehte sich zu ihrem vierzehnjährigen Sohn um, der mit einem ungläubigen Gesichtsausdruck neben ihr stand. Nein, eigentlich sollte es ein gelangweiltes Gesicht sein, in der Pubertät aber noch reichlich unerfahren, gelang ihm der gewünschte Gesichtsausdruck nicht. Sie verkniff sich ein Grinsen.

»Mami, das hier«, der schlaksige Junge mit den raspelkurzen dunklen Haaren zeigte auf das Haus und bemühte sich um einen verächtlichen Ton, »also, das hier ist eine gottverdammte Bruchbude.«

Sie legte den Kopf ein wenig schief, als wolle sie es sich noch einmal aus einer anderen Perspektive anschauen. »Zugegeben, ein wenig werden wir schon daran tun müssen. Neue Fenster, ein bisschen Farbe, hier und da eine kleine Reparatur …« Irgendwo klapperte einer der hölzernen Fensterläden, die auch nicht mehr gerade in den Angeln hingen.

»Vielleicht noch ein paar neue Wände oder ein neues Dach? Wahrscheinlich bricht uns der alte Kasten über dem Kopf zusammen.«

»Das Dach ist erst zehn Jahre alt, und die Heizung ist auch neu. Soweit ich weiß, sind alle Wände intakt, und stell dir vor«, sie blickte ihm mit gespieltem Ernst ins Gesicht, »hier gibt es sogar schon eine Toilette mit Wasserspülung. Super, oder?«

Sie wandte sich wieder ab, klatschte in die Hände und öffnete die Gartenpforte. »Herrlich, einfach herrlich.« Ann zog den Schlüssel, den sie vor ein paar Minuten von der Maklerin am Ort bekommen hatte, aus der Tasche und schritt auf die Haustür zu. Dabei hielt sie den Schlüssel so ehrfürchtig in der Hand, als sei er eine Reliquie.

Alexander gab nicht so schnell auf. »Wie hieß dieses Kaff noch mal?«

»Wie ich dir schon die vergangenen neunundneunzig Mal erklärt habe, dieser nette kleine, beschauliche Ort heißt Heiligenhain.«

»Es ist kein Ort, sondern ein Kuhdorf. Hier kann man nicht mal richtig einkaufen.« Alexander suhlte sich geradezu in seiner vorgetäuschten schlechten Laune.

»Wir sind nur zehn Kilometer von Eckernförde entfernt. Das ist doch nun wirklich ein Katzensprung. Und außerdem haben wir es hier herrlich ruhig. Und die Ostsee gleich hinter dem Garten. Nun stell dich nicht so an und sieh dir erst einmal das Haus an.«

Die Tür ließ sich leicht öffnen, das Sicherheitsschloss war noch neu, und die Tür sprang ohne quietschenden Protest auf. Für einen Moment blieb Ann in der Halle stehen – einen Flur konnte man diesen großzügigen Eingangsbereich wirklich nicht nennen – und sah sich um. Linker Hand befand sich ein holzgetäfelter Raum, der, das wusste sie noch aus dem Exposé, das Max ihr geschickt hatte, einmal als kleine Bibliothek gedient hatte, und rechter Hand war das vordere Wohnzimmer. Geradeaus lag die Treppe in den ersten Stock, und rechts von der Treppe gelangte man in die Küche. Links von der Treppe befanden sich eine Abstellkammer sowie eine kleine Gästetoilette und der Niedergang zum Keller. Oben gab es drei Schlafzimmer, ein Arbeitszimmer und zwei Bäder. Die Vorbesitzer hatten getrennte Schlafzimmer gehabt und jeder sein eigenes Bad. Muss 'ne tolle Ehe gewesen sein, dachte Ann. Sie und Michael hatten immer in einem Zimmer und einem Bett geschlafen.

Ein gewaltiges Krachen, begleitet von einem saftigen Fluch, riss sie aus ihren Gedanken.

»Kacke. Verdammt.«

»Alex? Alles in Ordnung?« Sie drehte sich um und sah ihren Sohn auf dem Boden knien, das heißt, mit einem Bein kniete er auf der Vortreppe, das andere steckte zur Hälfte in dem morschen Holz der Stufen. Munter spielte sie den Vorfall herunter, denn bei dem geringsten Anflug von Mitleid würde sich Alex mit schmerzverzerrtem Gesicht den ganzen Tag das Bein halten, bei jedem Schritt eine Grimasse ziehen und alles dafür tun, dass seine Mutter ein schlechtes Gewissen bekam. »He, du hast unsere Treppe kaputt gemacht.«

»Sehr witzig, Mami. Ich hab doch gesagt, dass das 'ne Bruchbude ist. Das ist lebensgefährlich hier.« Mühsam stemmte er sich hoch und versuchte, das Bein aus dem Loch zu ziehen.

»Hast du dich verletzt?«

»Nee.« Er wusste, es hatte keinen Zweck zu jammern, es sei denn, er wollte für den Rest des Tages ihren Spott über sich ergehen lassen. Er war jetzt ernsthaft verstimmt, und Ann konnte es ihm nicht ganz verdenken.

»Komm rein. Wir sehen uns das Haus erst einmal an.«

Sie nahm ihren Sohn am Arm und zog ihn hinter sich her. Er ließ es sich gefallen, und obwohl er es eigentlich nicht vorgehabt hatte, sah auch er sich interessiert um.

Sie gingen an der Treppe vorbei in die Küche, die so riesig war, dass man darin hätte Fußball spielen können. Sie war leer. Die Vorbesitzer hatten bei ihrem Auszug die Einbauküche mitgenommen. Eine Tür ging direkt in den großen Garten, der aufgrund mangelnder Pflege einem Dschungel ähnelte. Von der Küche kam man außerdem in ein kleineres Zimmer und von dort in das große Wohnzimmer, das durch eine große Schiebetür mit dem vorderen, kleineren Wohnzimmer verbunden war. Während ihres Rundgangs erzählte Ann die ganze Zeit von der Raumaufteilung und was sie oben erwarten würde. Alex sah seine Mutter misstrauisch an.

»Ich denke, du warst noch nie hier?«

»Stimmt«, sie nickte, »aber Onkel Max hat mir eine Beschreibung und Bilder des Hauses geschickt, und ich habe mir beides genau eingeprägt. Sieh mal, und hier«, Ann drehte sich im Kreis und zeigte mit den Händen auf den Holzfußboden, auf dem zentimeterdick der Staub zu liegen schien, »also hier könnten wir zwei kleine Sofas hinstellen und …«

»Hallihallo, jemand zu Hause?«

Ann sah zur Tür, für einen Moment aus dem Konzept gebracht. Dann wandte sie sich an ihren Sohn. *Hallihallo?*, formten ihre Lippen lautlos. Alex zuckte mit den Schultern. Noch bevor sie sich entschließen konnten, an die Tür zu gehen, wurde ihnen diese Entscheidung abgenommen. Die Frau stand plötzlich vor ihnen. Klein, rundlich, rote Bäckchen – hoffentlich von der frischen Luft und nicht von übermäßigem Alkoholkonsum, dachte Ann.

»Sie beide müssen die neuen Nachbarn sein«, strahlte sie. »Ich bin Henrieke.« Mit einem liebevollen Blick auf Alexander, begleitet von einem sehnsüchtigen Seufzen, fuhr sie fort. »Wie schön, endlich wieder Kinder in der Nachbarschaft.«

Nessler kannte Max lange genug, um zu wissen, dass ihm noch etwas anderes Sorgen bereitete.

»Du machst dir Sorgen um Ann Deckert, richtig?«
»Hm? Entschuldige ... ich war wohl in Gedanken. Ja, richtig. Wie du weißt, hat sie Beyer vor anderthalb Jahren in den Knast gebracht.«
»Ja, das weiß ich, ich weiß nur nicht, wie.«
»Es war eine unglaubliche Situation.« Max lachte kurz auf, als er daran zurückdachte. »Nach dem 11. September 2001 war die ganze Welt hysterisch, und Christian Beyer war einer der meistgesuchten Terroristen weltweit. Jedenfalls bekamen wir ständig Hinweise aus allen Teilen Deutschlands. Mal wollte ihn jemand auf einem Jahrmarkt in Flensburg gesehen haben, mal ein anderer als Büttenredner beim Karneval in Köln. Es war verrückt. Na jedenfalls«, er nahm die Brille ab, rieb sich die Augen und schob sich die Brille wieder auf die Nase. Es war offensichtlich, dass er die letzten Nächte nicht gut geschlafen hatte. »Jedenfalls bekamen wir einen Hinweis aus Paris, und der erschien vielversprechend. Leute wollten gesehen haben, wie eine Nachbarin, Mutter eines kleinen Kindes, des Nachts öfter Besuch bekam, und angeblich war es der Mann von den Fahndungsplakaten. Ann leitete damals die Operation. Sie überprüfte die Angaben, und alles schien zu passen. Sie fand eine Verbindung zwischen der Frau und Christian Beyer. Schon einige Jahre hatte sich das Gerücht gehalten, dass er heimlich verheiratet wäre, und so wie es aussah, hatten wir seine Frau gefunden. Wir machten eine Razzia, aber ohne Ergebnis. Wir fanden weder ihn noch Hinweise auf ihn. Die Frau und das kleine Kind nahmen wir in Gewahrsam. Und da kam Ann die Idee, eine Falschmeldung über die Presse abzusetzen. Sie behauptete einfach, es habe eine Schießerei gegeben, bei der die beiden verletzt worden seien, und das Kind schwebe nun in Lebensgefahr. Es ging ein Aufschrei durch die Bevölkerung, denn schließlich war das Kind gerade mal vier Jahre alt.

Polizeibrutalität und so weiter und so fort. Du kannst dir vorstellen, was los war.« Frank nickte. Max fuhr fort. »Es dauerte eine Zeit, Beyer versuchte alles, um über Dritte an seine Familie heranzukommen, aber es nutzte nichts, also wagte er sich selber aus der Deckung, und da hatten wir ihn. So einfach war das.« Beide hingen für einen Moment ihren Gedanken nach.

Frank brach als Erster das Schweigen. »Beyers Frau kam um, oder?«

Max nickte. »Stimmt. Sie flog mit ihrem Wagen in die Luft, als sie versuchte Sprengstoff zu transportieren. Sie hatte anscheinend geplant, ihren Mann aus dem Gefängnis zu befreien, aber der Plan war wohl nicht ganz ausgereift.«

»Und die Kleine?«

»Die kam erst einmal zu Pflegeeltern. Beyer wurde der Umgang verboten, und schließlich wurde die Kleine zur Adoption freigegeben, nachdem klar war, dass Beyer mehrmals lebenslänglich bekommen würde. Sie lebt heute an einem sicheren Ort und weiß von nichts.«

Heidrich holte tief Luft. »Du siehst also, wenn Beyer die Flucht gelingen sollte, haben wir mehr als nur ein Problem. Er gibt Ann die Schuld daran, dass seine Familie auseinandergerissen wurde. Und von seiner Warte aus hat er auch gar nicht mal so unrecht.«

»Willst du es ihr sagen?«

»Nein«, der ältere Mann schüttelte den Kopf. »Sie hat ein neues Leben angefangen und will nicht mehr viel mit uns zu tun haben. Ich bin die rühmliche Ausnahme, und das wahrscheinlich nur, weil ich der Patenonkel ihres Sohnes bin. Wenn alles gutgeht, und davon gehe ich aus, gibt es keinen Grund, sie zu beunruhigen.«

»Aber trotzdem würdest du sie gern im Auge behalten, oder?«

»Ja, eigentlich schon, aber wenn ich ständig bei ihr rumhänge, wird sie etwas merken.«

»Was ist mit mir?«

Heidrich sah hoch. »Was soll mit dir sein?«

»Mich kennt sie nicht. Ich könnte mich um die Sache kümmern.«

Heidrich sah ihn zweifelnd an. »Und wie willst du das anstellen?«

Frank zuckte mit den Schultern. »Keine Ahnung. Vielleicht sollte ich mir in dem Ort, in dem sie lebt, eine Wohnung suchen.«

Max überlegte einen Moment. »Nein, vergiss es. Sie ist gut ausgebildet. Sie würde dich riechen, bevor sie dich sieht.« Er seufzte. »Vielleicht machen wir uns auch einfach zu viele Gedanken. Wahrscheinlich ist an der ganzen Sache nichts dran.« Hoffen wir es, dachte er.

Eigentlich war sie ja ganz okay. Für eine Mutter zumindest. Die Mütter seiner Freunde machten ständig Tamtam um Kleinigkeiten. Sie kontrollierten ihre Kinder und gingen ihnen mit Ermahnungen auf die Nerven. Seine Mutter war da ein bisschen anders, aber auch nur, weil sie ihm, wie sie immer sagte, vertrauen konnte. Solange er denken konnte, gab es nur eine Sache, mit der sie ihm ständig in den Ohren lag. *Du kannst alles machen, meinetwegen auch die Schule in die Luft jagen, aber lüg mich nicht an.* Und das tat er auch nicht. Er log sie nicht an, andererseits sprengte er auch keine Schulen in die Luft. Auswahl hätte er wahrlich genug gehabt. Im Laufe der vergangenen vierzehn Jahre, also sein ganzes bisheriges Leben, waren sie durch die Weltgeschichte gegondelt. USA, Frankreich, Großbritannien und zuletzt in der Türkei. Seine Mutter war Dolmetscherin für Englisch und Französisch, und auch wenn er nicht wusste, was sie dann eigentlich in der Türkei verloren hatten, hatte er nicht weiter nachgefragt. Zwar nervte es, ständig umziehen und sich an neue Menschen und Schulen gewöhnen zu müssen, aber er hatte sich damit abgefunden. Er konnte es kaum fassen, dass sie nun für immer hier, in ihrer Heimat, bleiben sollten. Das war auch so eine Sache. Überall, wo sie gelebt hatten, hatten sie schöne Häuser oder Wohnungen gehabt, und hier, wo sie, wie Mami sagte, den Rest ihres Lebens verbringen wollten, hatte sie sich diese Bruchbude ausgesucht. Er wagte kaum, die Treppe im Haus zu benutzen aus Angst, er würde durchbrechen und sich mit gebrochenem Kreuz im Keller wiederfinden. Er fragte sich, was sein Vater wohl zu dem Haus gesagt hätte. Alexander kannte ihn nicht. Er war bei einem Verkehrsunfall gestorben, noch bevor Alexander auf die Welt gekommen war. Zwar gab es Fotos von ihm, und Mami erzählte auch viel, aber trotzdem hatte er kein rechtes Bild von seinem Vater. Zumindest keines, das zu den Erzählungen und Fotos passte. Vielleicht war sein alter Herr ja ein bisschen verrückt gewesen. Denn das musste man sein, um mit seiner Mutter mithalten zu können. Er grinste. Eigentlich war sie ganz cool. Und sie sah auch noch richtig gut aus. Zugegeben, sie hatte nicht ganz die Figur, die sie selbst gerne hätte, aber sie war okay, zumindest musste man sich ihretwegen im Schwimmbad nicht schämen.

Er mochte ihre Haare. Lange dunkle Haare, die ihr immer wieder ins Gesicht fielen. Vor ein paar Wochen hatte er die ersten grauen Haare an seiner Mutter entdeckt, und als er es beiläufig erwähnte *(Du bist ja schon ganz schön grau!)*, war sie völlig entsetzt gewesen. Zwei Tage später waren die verräterischen Zeichen des Alters verschwunden. Und das, wo sie immer behauptete, nicht eitel zu sein.

Nun waren sie also hier gelandet. Er fragte sich, wie die neue Schule sein würde, aber das würde er frühestens in acht Wochen erfahren, denn in zwei Wochen begannen hier die Sommerferien, und Mami hatte entschieden, dass es keinen Sinn machte, wenn er jetzt schon hinginge. Wahrscheinlich brauchte sie nur seine Hilfe im Haus, dachte er grinsend.

Eine Nachbarin hatte er schon kennengelernt und für sich beschlossen, sie nicht zu mögen. *Schön, dass hier wieder Kinder wohnen.* Die Alte hatte sie doch nicht alle, er war doch kein Kind mehr. Es hätte nur gefehlt, dass sie ihm einen Lutscher in die Hand drückte und seine Haare verwuschelte. Aber dann wäre sie wahrscheinlich am Haargel kleben geblieben, das er heute großzügig auf seinen kurzen Stoppeln verteilt hatte. Na ja, er sah sich seufzend um. Hier waren sie nun mal, und wenn das Haus auch nicht gerade erdbebensicher aussah, so konnte es vielleicht, aber nur vielleicht, ganz schön werden.
Mal abwarten.

Er wusste nicht, ob er noch die Energie gehabt hätte, das alles aus eigener Kraft zu organisieren. Sicher, er hatte seinem Schwiegersohn geholfen, aber genau genommen hatte er nur dessen Anweisungen ausgeführt. Anweisungen, die er ihm über diesen Schlappschwanz Merthin hatte zukommen lassen.
Walter Kreissler hatte begonnen, sich alt und ausgelaugt zu fühlen, als seine Tochter Ina, sein einziges Kind und Frau von Christian Beyer, ums Leben gekommen war. Ums Leben gekommen? Das traf es nicht ganz. Er spürte, wie sein alter Hass wieder in ihm aufstieg. Sie wurde getötet, ermordet von diesem Staat, zu Tode gehetzt. Aber sie würden es büßen. Sein Schwiegersohn würde dafür sorgen, dass sie bezahlten. Er würde diesen Verrätern, diesen Terroristen in Berlin, diesen Bütteln der Amerikaner zeigen, dass sie noch nicht am Ende waren. Er selbst hatte vielleicht nicht mehr die Kraft seiner Jugend, aber er konnte seinem Schwiegersohn helfen, soweit er es vermochte.
»Herr Kreissler?« Der junge muskulöse Mann, der ihn ansprach, hatte Haltung angenommen.
»Ja, Jürgen?« Walter liebte es, gegenüber den Jungens, wie er sie

insgeheim nannte, jovial und kumpelhaft aufzutreten, war er sich doch ihres Respekts sicher.
»Ich wollte Ihnen nur zeigen, wie weit wir sind.«
»Sind die letzten Lieferungen eingetroffen?«
Jürgen nickte. »Ja. Die letzte Lieferung kam heute Morgen, wie angekündigt, und wir haben sie gut verstaut. Ich habe sie persönlich überprüft. Allererste Ware. Sie ist ihr Geld wert.« Jürgen war stolz darauf, der Leiter der Einsatzgruppe zu sein. Ihm war ein gerüttelt Maß an Verantwortung übertragen worden, und er hatte Kreissler bisher nicht enttäuscht. Der junge Mann wusste, worauf es ankam und dass man keine Schwäche zeigen durfte. Schon gar nicht dem Feind gegenüber. Soviel Walter wusste, war er bei der Bundeswehr gewesen, wo er als Einzelkämpfer ausgebildet worden war. Dort hatte man ihn allerdings »unehrenhaft«, wie es im Amtsdeutsch hieß, entlassen, weil er für seine Überzeugungen, für ein reines und aufrechtes Deutschland geradegestanden hatte. Ein Junge, aus dem noch einmal etwas werden würde. Er würde seinen Weg machen, da war sich Walter Kreissler sicher.
»Nun, dann zeigen Sie mal, was wir haben.« Mit auf dem Rücken verschränkten Armen ging er neben Jürgen her, der ihm den Weg in die kleine Halle, die hinter der Scheune stand, wies. Hier arbeiteten einige wenige Männer, handverlesen, das verstand sich von selbst, und verstauten Waffen in Kisten, die als Medikamentenlieferungen deklariert wurden. Alle waren sie dunkel gekleidet, mit Einsatzhosen und Kampfstiefeln. Sie hatten nur die besten ihrer Kämpfer genommen. Männer, die sich in ihren Ortsgruppen hervorgetan hatten, die gut ausgebildet waren und die keine Skrupel kannten. Keiner war hier älter als vierzig. Der jüngste war gerade einmal dreiundzwanzig Jahre alt.
»Beginnen wir mit den Maschinenpistolen. Wir haben zwanzig Micro-Uzis.«

Kreissler runzelte die Stirn. »Warum keine normalen Uzis?«
»Die normale Uzi-Maschinenpistole hat ein Gewicht von 3,5 Kilogramm. Die Micro-Uzi wiegt lediglich zwei Kilo. Außerdem hat sie eine theoretische Feuerkraft von 1700 Schuss pro Minute.«
»Aber ihre Schussweite beträgt nur hundert Meter.«
»Stimmt«, Jürgen nickte, »aber für unsere Zwecke reicht es. Für größere Entfernungen haben wir Sturmgewehre. Die guten alten AK 47 mit einem 30-Schuss-Magazin.« Jürgens Stimme klang fast zärtlich.
Kreissler nickte zustimmend. »Sehr gut. Und was ist mit den Faustfeuerwaffen?«
»Beretta. 9 mm. Typ 93 R. Das ist eine Reihenfeuerwaffe, sie kann einen Feuerstoß von drei Schuss abgeben. Sie hat ein Magazin mit zwanzig Schuss und einen längeren Lauf als die herkömmliche Beretta. Die Hälfte der Berettas haben wir mit Schalldämpfern ausgerüstet.«
»Was noch?«
»Eine Bazooka. Das müsste reichen. Wir sind auf alles vorbereitet.«
»Sie wissen, dass wir die erste Aktion improvisieren müssen?«
»Ja, aber auch hier versuchen wir das Risiko so gering wie möglich zu halten. Wir werden nicht von außen angreifen, das würde zu viel Aufsehen erregen. Außerdem sind wir so flexibler und müssen nicht ständig den Standort der Einsatzgruppe verlegen. Das würde womöglich die Aufmerksamkeit der Wachen auf uns ziehen.«
»Wie schnell sind wir einsatzbereit?« Kreissler fühlte sich wie in alten Zeiten. Nichts würde sie aufhalten können, und nachher wäre nichts mehr so wie zuvor. Sie würden den verräterischen Schweinen schon zeigen, dass sie ihnen nichts entgegenzusetzen hatten.

Jürgen antwortete, ohne lange nachzudenken. »Wir benötigen schätzungsweise fünfzehn Minuten nach dem Einsatzbefehl. Wir haben außerdem Einsatzübungen durchgeführt und alle Eventualitäten eingeplant. Sollten sich Komplikationen ergeben, so wird unsere kleine Kampftruppe vor Ort dafür sorgen, dass der Angriff aus dem Inneren nicht scheitert. Die ganze Aktion wird nicht länger als zwei bis drei Minuten dauern, und das ist die pessimistischste Einschätzung.« Jürgen hatte wieder Haltung angenommen und fixierte einen Fleck knapp über Kreisslers rechter Schulter.
»Ich bin sehr zufrieden, Jürgen. Weitermachen.«
Er drehte sich um und ging zurück in das kleine Büro. Er hatte noch einiges zu erledigen. Christian würde es ihm nie verzeihen, wenn er Spuren hinterließe.
Keine Unterlagen und keine Zeugen.

Die Arbeiten gingen gut voran, auch wenn das Haus jetzt schlimmer aussah als am Anfang. Aus den oberen Badezimmern, in denen die Handwerker mit dem Verlegen der Fliesen und Kacheln beschäftigt waren, dudelte Frank Sinatra von einer CD, und der Küchenbauer hörte einen Radiosender, der lautstark die neueste Popmusik präsentierte. Die Vordertreppe war endgültig kaputt und wurde provisorisch von einem als Rampe dienenden Brett ersetzt. Alle Fenster waren bereits erneuert, und auch die alten hölzernen Fensterläden waren gerichtet und frisch gestrichen worden.
Ann stemmte die Hände in die Hüften und sah sich zufrieden um. Wenn alles glattging, konnten sie in einer Woche einziehen. Sie strich sich die Haare aus dem Gesicht, sammelte sie im Nacken und drehte einen festen Knoten, den sie mit einem Zopfgummi umwickelte. Die so entstandene Frisur war zwar alles andere als schick, aber sie war praktisch. Es war erstaunlich, wie

viel Staub sich in den Haaren und den Klamotten festsetzte. Abends hatte sie immer das Gefühl, dass man sie wie einen Teppich ausklopfen könnte.

»Mami?« Die noch ziemlich hohe Stimme ihres Sohnes riss sie aus ihren Gedanken. Komisch. Kamen Jungen heutzutage nicht mehr in den Stimmbruch? Er hatte sich angeboten, im Keller Regale anzubringen, um beim Einzug die weniger wichtigen Dinge erst einmal im Keller verstauen zu können. Jetzt stand Alexander vor ihr. Das Gesicht wirkte gespenstisch unter dem weißen Bohrstaub.

»Ja?«

Er hatte die Bohrmaschine im Anschlag, als sei sie ein Revolver und er ein Cowboy aus dem Wilden Westen.

»Sorry, aber ich brauch den Bohrhammer. Da unten«, er nickte mit dem Kopf in Richtung Keller, »komme ich mit der Bohrmaschine nur einen Zentimeter weit rein.«

»Schon klar. Der Bohrhammer muss hier irgendwo sein. Warte mal«, Ann drehte sich um ihre eigene Achse und betrachtete das wachsende Chaos in ihrem künftigen Wohnzimmer. Hier lag alles durcheinander, was man für eine erfolgreiche Renovierung benötigte. Schraubendreher in jeder erdenklichen Form und Größe, verschiedene Hämmer, Schrauben, Nägel und …

»Hier ist er.« Sie bückte sich und zog an einem Kabel, dessen Stecker aus diesem wilden Haufen wie ein drohender Finger hervorstach. Sie drückte ihrem Sohn das gewünschte Werkzeug in die Hand, und der machte sich wieder auf den Weg in den Keller. Ann seufzte und wandte sich ihren Farbeimern zu. Sie mischte die Farbe für ihr Schlafzimmer. Ein warmes Sonnengelb, das dem Zimmer eine Atmosphäre von ewigem Sommer verleihen sollte.

»Juhu, hallihallo.«

Ann stöhnte auf. Sie hatte die letzten zehn Tage diese Stimme zwar nicht gerade hassen gelernt, aber Henrieke konnte einem wirklich auf die Nerven gehen. Sie erschien mindestens einmal am Tag und bot ihre Hilfe an. An und für sich eine reizende Geste, aber Ann vermutete mehr hinter diesem aufdringlichen Gebaren. Henrieke zufolge waren sie und ihr Mann auch erst kürzlich in diese Gegend gezogen, und sie beschwerte sich darüber, dass die Menschen hier im äußersten Norden Deutschlands eher dröge waren und sehr wortkarg. Sie bemängelte, dass die meisten der alteingesessenen Nachbarn kaum ein Wort mit ihr wechselten und dass es daher sehr schwer war, Bekanntschaften zu schließen. Ann fragte sich, ob die anderen Dorfbewohner Henrieke gerade wegen ihrer Art aus dem Weg gingen. Aber sie hatte einfach nicht die Nerven, Henrieke vor den Kopf zu stoßen. Noch nicht. Sie zwang sich zu einem Lächeln und richtete sich auf. Henrieke wartete wie üblich nicht, dass sie hereingebeten wurde, sondern stand ganz unvermittelt vor ihrer unfreiwilligen Gastgeberin.

»Oh, wie ich sehe, bist du schon wieder so fleißig. Ich wollte gerade einkaufen gehen, und da dachte ich …«

»Das ist sehr lieb von dir, Henrieke, aber wie brauchen wirklich nichts.« Henrieke hatte von vornherein festgelegt, dass man sich duzen solle. Schließlich seien sie alle im selben Alter, und man säße in dieser Nachbarschaft ja auch im selben Boot, nicht wahr?

»Habt ihr denn schon etwas gegessen?«

»Noch nicht. Wir wollten …«

»Dann kann ich euch doch etwas mitbringen.«

»… gleich essen gehen. Es …«

»Ich könnte euch auch etwas kochen?«

»… gibt hier eine sehr schöne Imbissbude, in der wir …«

»Ach, papperlapapp.« Henrieke wischte den Einwand mit einer

Handbewegung weg wie eine lästige Fliege. »Das ist doch nichts Richtiges.«

Ann lächelte gequält. Hoffentlich kam Alex nicht gerade jetzt aus dem Keller. Aber angesichts des kreischenden Bohrhammers war damit wohl nicht zu rechnen. Ann holte noch einmal tief Luft.

»Ich weiß dein Angebot wirklich zu schätzen, aber sieh mal, wir sind so ein wenig unabhängiger und müssen auch nicht auf die schmutzigen Klamotten …«

»Ach, nun hab dich nicht so. Wir alle wissen, wie es ist, wenn man renoviert. Und es ist ja auch nicht so, dass ihr wie die Erdferkel ausseht. Also? Was ist?« Das strahlende Gesicht mit den roten Bäckchen wirkte auf Ann wie ein frisch geschrubbter Babypopo, und fast hatte sie ein schlechtes Gewissen, Henrieke schon wieder eine Absage zu erteilen.

»Sei mir nicht böse, aber ein andermal vielleicht, okay?«

»Kein Problem. Sag einfach Bescheid.« Es war nicht zu erkennen, ob Henrieke enttäuscht oder ihr böse war. Wenn ja, wusste sie ihre Gefühle meisterlich zu verbergen.

Kaum war Henrieke verschwunden, steckte Alex seinen Kopf um die Ecke.

»Wer war das denn?«

»Die personifizierte gute Laune in Gestalt der guten Fee.«

»Henrieke.« Er brummte. »Hab ich mich also doch nicht verhört.«

Fast zwei Wochen Knochenarbeit machten sich langsam bemerkbar. Jeder Muskel tat ihr weh, jeder Knochen schien zu protestieren. Aber, und das war das Größte, die Hose wurde im Bündchen ein bisschen weiter. Ann schmunzelte. Wozu sich in einem Fitnesscenter abstrampeln, wenn eine simple Renovierung denselben Effekt hatte?

Alex hatte sich trotz seiner Vorbehalte ganz schön ins Zeug gelegt. Er konnte nicht nur mit Hammer, Nagel und Bohrmaschine umgehen, er hatte auch einen guten Farbgeschmack bewiesen, als es um sein Zimmer ging. Sie konnte sich noch gut an die Zeit erinnern, als sie ihre Eltern mit der Bitte verschreckt hatte, ihre Zimmerwände schwarz lackieren zu dürfen. Es war ihre Hardrockzeit gewesen, und dazu gehörten einfach schwarze Wände. Dachte sie jedenfalls. Ihre Eltern sahen das ganz anders, und wenn es auch im Hause Hansen selten Verbote gegeben hatte, so war hier die Schmerzgrenze selbst bei ihrem Vater erreicht. Ein kurzes und knappes Nein hatte genügt, und Ann hatte gemerkt, dass eine Diskussion sinnlos war. Sie hielt den Mund und ließ ihre Wände so, wie sie waren. In zartem Apricot.
Ann musste lächeln. Sie fuhr sich mit der Bürste durch ihr langes, noch feuchtes dunkles Haar und stutzte einen Moment. Sie ging mit dem Gesicht näher an den Spiegel heran, um sich zu vergewissern, ob es nicht vielleicht ein Fleck auf dem Glas war. Aber egal, wie sehr sie am Spiegel rieb, das Bild veränderte sich nicht. Nun gut, also doch eine neue Falte. Aber was wollte sie eigentlich? Schließlich sah sie noch ziemlich gut aus. Als Alex sie letztens auf seine unverwechselbare Art darauf hingewiesen hatte, dass sie graue Haare bekäme, war ihr alledings ein kleiner Schreck in die Glieder gefahren. Den Schaden hatte sie dann umgehend beim Friseur beheben lassen, mit einer Falte hingegen sah das etwas anders aus. Sie seufzte. Was Michael wohl sagen würde?
Na, was glaubst du? Plötzlich hatte sie das Gefühl, er würde neben ihr stehen. Sie konnte sogar sein lächelndes Gesicht sehen.
Als du mich zuletzt gesehen hast, hatte ich noch keine Falten.
Bist du sicher?
Nun, ich muss aufpassen, unser Sohn ist sehr kritisch.

Michaels Lächeln wurde zärtlicher. *Er ist ein toller Bursche. Er kann mit der Bohrmaschine besser umgehen, als ich es jemals konnte.*
Kunststück, du wusstest ja nicht einmal, wie rum man so was hält. Das war die Retourkutsche, mein Lieber. Ich hatte mit dreißig noch keine Falten.
Er schien einen Moment nachzudenken. *Dafür konnte ich eine Waffe schneller auseinandernehmen und wieder zusammensetzen als du.* Sie ging geflissentlich über diese unqualifizierte Bemerkung hinweg.
Gefällt dir das Haus? Es ist so, wie wir es uns immer gewünscht haben. Aber ich glaube, Alex ist noch nicht so recht begeistert.
Er ist in der Pubertät. Warst du in dem Alter nicht auch gegen alles und jeden? Lass ihm Zeit.
Du fehlst mir.
Aber ich bin doch bei dir. Sein Gesicht verblasste mehr und mehr vor ihrem geistigen Auge. *Und jetzt geh zu Bett und schlaf. Du hast morgen einen anstrengenden Tag vor dir.*
Du hast recht. Dann war er verschwunden. Sie schloss einen Moment die Augen.
Ich liebe dich.

»Ist es so richtig, Mama?« Caroline sah kurz ihre Mutter an, bevor sie, die Zungenspitze zwischen die Lippen geschoben, mit dem Holzlöffel in dem immer flüssiger werdenden Kuchenteig weiterrührte.
Melanie Schlobohm musste lächeln. Caroline hatte im Kindergarten ein Backrezept gelernt, das sie unbedingt zu Hause mit ihrer Mutter ausprobieren wollte. Das kleine Gesicht der Fünfjährigen – *Mama, ich bin fast sechs* – war voller Mehlstaub, an dem alten Hemd ihres Vaters, als Schürze zweckentfremdet, klebte Teig.

»Du machst das ganz toll, Schätzchen. Jetzt warte, ich gebe ein wenig Mehl hinzu, und du rührst weiter. Einverstanden?«
Caroline konzentrierte sich so stark, dass sie nur nickte und, die Zungenspitze immer noch festgeklemmt, weiterrührte.
»Ob Papa den auch mag?«
»Ganz bestimmt.« Melanie dachte an ihren Mann, der den Kuchen auch essen würde, wenn Caroline Wasser mit Essig und Zucker mit Salz verwechselt hätte. Und zwischen zwei Bissen würde er seiner Tochter versichern, was für eine tolle kleine Bäckerin sie sei. Versonnen lächelte sie ihr kleines Mädchen an und strich ihr sanft über das seidige blonde Haar. Sie war fast vierzig Jahre alt gewesen, als es doch endlich mit einem Kind geklappt hatte. Sie hatten gar nicht mehr zu hoffen gewagt, aber plötzlich war dieses kleine Geschöpf Wirklichkeit geworden. *Ein Gottesgeschenk, mein Kind.* Melanies Mutter war dankbar gewesen, die Enkelin vor ihrem Tod noch einmal in den Arm nehmen zu können. Kurz darauf war sie für immer eingeschlafen, und Melanie hätte schwören können, dass das glückliche Lächeln auf ihrem Gesicht von dem Bewusstsein herrührte, ein Stück Unsterblichkeit weitergegeben zu haben.
»Mama, du träumst.« Carolines helle Stimme riss sie aus ihren Erinnerungen. Die Kleine sah sie mit ärgerlich gerunzelter Stirn an.
»Entschuldige bitte, ich war in Gedanken. Was hast du gesagt?«
»Ich habe gesagt«, das kleine Mädchen betonte jedes Wort so, als spräche sie mit einer Schwachsinnigen, »du musst mehr Mehl dazugeben.« Sie warf ihrer Mutter einen strafenden Blick zu und schüttelte dann den Kopf. »Ts, ts.« Sie ahmte perfekt die Erzieherin aus ihrem Kindergarten nach. Melanie war selbst schon das Opfer einer solchen Ts-ts-Attacke dieser Frau geworden. Sie hatte gar nicht gewusst, dass es außer strengen Gouvernanten in verstaubten Romanen tatsächlich Menschen gab, die das sagten.

Melanie beeilte sich, etwas Mehl zu dem Teig zu geben, und ihre Tochter war wieder besänftigt.

»Mama, was ist mit diesem Buck... Back...«, sie kratzte sich am Kopf auf der Suche nach dem vermaledeiten Wort. Dabei verschmierte sie großzügig Teig in ihrem Haar.

»Du meinst Backpulver.«

»Genau.«

»Ist schon drin. Das habe ich vorhin mit dem Mehl vermischt.«

»Oh, gut.« Die Zunge verschwand im Mund, dafür schob Caroline nun die Unterlippe vor und stülpte sie über die Oberlippe.

»So, fertig.« Sie verschränkte die Finger ineinander und drückte die Hände fest zusammen in dem Bemühen, die Teigreste von den Händen zu entfernen. Als das nicht klappte, klatschte sie in die Hände und ließ einen kleinen Regen von Mehlresten und Teigklümpchen in die Schüssel niedergehen. Melanie bemerkte, dass Caroline mit ihrer linken Hand immer besser zurechtkam. Sie entwickelte mehr Kraft, und die kleine Behinderung schränkte sie kaum noch ein. Zwar würde die Hand nie voll einsatzfähig sein, aber Caroline konnte sie gut bewegen, und nach ein oder zwei weiteren Operationen wäre der Fehler fast behoben.

»Soll ich die Backform einfetten?« Melanie kannte die Antwort schon, bevor sie fragte.

»Ist besser. Ich find das immer so eklig an den Fingern.« Urplötzlich verlor sie das Interesse am Kuchen. »Darf ich Sesamstraße sehen?« Und noch bevor Melanie nicken konnte, war Caroline im Wohnzimmer verschwunden.

Als Melanie später nach ihr sah, hatte sie sich auf dem Sessel zusammengerollt und war mit dem Daumen im Mund eingeschlafen.

Melanie betrachtete ihre Tochter eine Weile. Mutter hatte recht, dachte sie, sie ist ein Gottesgeschenk.

3

»Und? Wat ham wir?« Eigentlich interessierte es den Fahrer nicht besonders. Er brachte die Fracht von A nach B, und damit hatte es sich. Es war ihm eigentlich egal, ob er Möbel oder Kühe transportierte, da er aber nun mal Justizvollzugsbeamter war, transportierte er eben Strafgefangene.

»Ey«, der Beifahrer pfiff durch die Zähne. »Is ja 'n echter Promi-Transport. Stell schon ma' den Schampus kalt.«

»Wer isses denn?« Werner Schüttler hatte die meiste Zeit seines Lebens hinter dem Steuer verbracht. Eigentlich kannte er ganz Deutschland. Na ja, zumindest die Knäste. Kann schließlich nicht jeder von sich sagen. Er hatte nicht mehr lange bis zur Pensionierung, und eigentlich war das auch gut so, denn langsam wurde er zu alt für den Job und zu dick. Er hatte beinahe Schwierigkeiten, das große Lenkrad an seinem Bauch vorbei vernünftig zu lenken, aber was sollte man machen? Sollte er Hilde sagen, dass er nur noch Karnickelfutter wollte? Nee, das ginge wirklich zu weit, und das Bierchen schmeckte auch immer noch. Sein Partner Bernie, der war ein junger Spund. Mitte vierzig. Der war ziemlich fit. Lief Marathon oder so, aber in dem Alter war er selbst auch noch anders drauf gewesen.

»'s is der Christian Beyer.«

»Wer is 'n dat?«

»Na, der Terrorist der zu 'n paarmal lebenslang verknackt wurde. Weißte denn nich mehr? Hat bei der Verhandlung in so 'nem Käfig aus kugelsicherem Glas gesessen.«

»Ach?« Werner interessierte sich nicht für Terroristen. Das waren alles so Heinis, die in Israel und so rumballerten.

»Wir kriegen sogar zusätzliche Begleitung. Ey, Alter, Wahnsinn.« Bernie kriegte sich gar nicht wieder ein. Werner warf einen skeptischen Seitenblick auf den jungen Spund. Der würde auch noch ruhiger werden.
»Un wo hol'n wir den ab?«
»Hamburg-Fuhlsbüttel und dann ab nach Stuttgart-Stammheim. Boah, is ja der Hammer.«
»Nu is ma' gut, Jung. Dann lass uns ma'.«
Werner startete den Bus und zuckelte langsam vom Hof. In Gedanken war er schon bei Hilde und bei der Frage, was es denn, wenn er nach Hause kam, zu essen gäbe.

Lieber Himmel, er würde drei Kreuze machen, wenn diese Geschichte endlich ausgestanden war. Johannes Merthin hatte die Nase gestrichen voll. Mörder und Vergewaltiger vor Gericht zu verteidigen war eine Sache, aber um das Maß seiner Publicity-Sucht vollzumachen, hatte er sich ja ausgerechnet an die Verteidigung eines Terroristen machen müssen. Als Terroristenanwalt wurde man in den Medien und der Öffentlichkeit förmlich zerrissen, aber als er merkte, dass das gewaltig an seiner Reputation kratzte, war es bereits zu spät gewesen. Alle Welt schien zu denken, dass man mit dieser Art von Mandant automatisch selber Bomben warf. Er konnte sich kaum noch retten vor Drohanrufen und Schmähbriefen, und wenn er gehofft hatte, dass die Klienten ihm weiterhin die Bude einrennen würden, so hatte er sich gewaltig getäuscht. Wer nimmt sich schon einen Anwalt, dessen Klient zu zweimal lebenslänglich verurteilt worden war? Dabei war es vollkommen unerheblich, dass die Schuldfrage geklärt war.
Wenn es nur das gewesen wäre, hätte er damit vielleicht leben können. Aber da war noch etwas anderes.
Die Angst.

Beyer jagte ihm Angst ein. Diese kalten Augen. Nein, nicht kalt, … tot.

Er hatte nicht mehr für Beyer tun können und ihm das auch gesagt, aber den hatte das nicht interessiert. Den hatte gar nichts interessiert. Vor ein paar Monaten bekam er die Mitteilung, dass der Terrorist vorhabe, aus der Haft zu fliehen. Merthin bekam Anweisungen, was er dazu beizutragen hatte, und er hatte weder die Kraft noch den Mut gehabt, sich dagegen zu wehren. Er hatte sogar das kleine Mädchen ausfindig machen müssen. Ständig hatte er sich überwacht und beobachtet gefühlt, und er versuchte vergeblich, diese Ahnung seinen überreizten Nerven zuzuschreiben. Er war sich sicher, dass da jemand war, der ihn kaum aus den Augen ließ. Merthin hatte Schlafstörungen und war nervös. Er hatte Angst vor Fehlern, denn wenn er Beyer eines glaubte, dann war es, dass der Mann keinen Fehler duldete.

Seine gottverdammte Eitelkeit hatte ihn dazu getrieben, dieses eiskalte Schwein zu verteidigen. Der Mann schwafelte von politischem Bewusstsein, von der Freiheit und von der Unterdrückung durch die Herrschenden, aber alles, was er damit kaschieren wollte, war die Lust, Menschen zu töten.

Egal, bald war es vorbei. Merthins Part war fast abgeschlossen, schon bald könnte er sich zurückziehen. Beyer wäre draußen, und er hätte seine Ruhe. Er seufzte schwer. Er hatte Mühe, sich auf sein Tagesgeschäft zu konzentrieren. Ihm war klar, dass die Polizei ihm nach Beyers Flucht die Türen einrennen würde, und auch die Medien würden ihn nicht zur Ruhe kommen lassen, aber irgendwann wäre hoffentlich alles vorbei. Der Alte, Kreissler, hatte es ihm zumindest versichert. Er müsste nur noch ein kleines bisschen durchhalten. Gerade zog er eine Akte zu sich heran, als das Piepen seines Handys eine SMS meldete. Er nahm das Telefon aus der Innentasche seines Jacketts und öffnete die

Nachricht. Der Absender war unbekannt, doch Merthin wusste sofort, wer es war. Der Alte. Die Nachricht war kurz, aber unmissverständlich. *Kontakt.* Das war alles. Er müsste sein Büro verlassen und einen der wenigen öffentlichen Fernsprecher aufsuchen. Er hatte eine Telefonnummer. Wenn er sie wählte, wurde er aufgefordert, eine bestimmte Zahlenkombination einzugeben, und erst dann bekam er Anschluss. Er vermutete, dass es sich dabei um eine Anrufweiterleitung handelte, die man nicht zurückverfolgen konnte. Genauso wenig wie die Handys. Die Gruppe um Walter Kreissler wechselte wöchentlich die Handys. Außerdem hatten sie Prepaid-Karten. Für die Sicherheitsbehörden gab es keine Möglichkeit, den Besitzer eines solchen Gerätes zu identifizieren.

Merthin verlor keine Zeit und nahm sein Jackett, das er über die Stuhllehne gehängt hatte. Auf dem Weg nach draußen informierte er seine Sekretärin.

»Diana. Ich muss noch einmal weg.«

Die Angesprochene, eine junge und hübsche rothaarige Frau – wenigstens das gönnte er sich –, warf einen kurzen Blick auf die Uhr. Sie wunderte sich nicht, dass ihr Chef ging, obwohl er gerade erst gekommen war. Sie kannte es nicht anders.

»Kommen Sie heute noch einmal wieder?«

»Keine Ahnung. Ich rufe an.«

Ein letztes Nicken, dann war er verschwunden.

»So, gleich ham wirs.« Werner Schüttler kannte den Weg zur Justizvollzugsanstalt Fuhlsbüttel in Hamburg im Schlaf. Er hatte keine Ahnung, wie oft er schon hier gewesen war, und er kannte dort alle Kollegen. Mit einigen von ihnen traf er sich auch privat. Das war so eine Geschichte. Zu Anfang schwor man sich, dass man sich andere Freunde suchte. Freunde, die nichts mit dem

Job zu tun hatten. Am besten Leute, die noch nie einen Knast von innen gesehen hatten, außer im Fernsehen. Aber das war gar nicht so einfach. Irgendwie stellte man schnell fest, dass man mit solchen Leuten kein gemeinsames Gesprächsthema fand. Und was kuckten die erst aus der Wäsche, wenn man plötzlich verletzt war? Als er anfing, war er noch sehr jung gewesen und auch schon mal ein bisschen hitzig, na ja, und da kam es schon mal zu ein paar Handgreiflichkeiten. Er tauchte dann bei einer Party, er wusste es noch, als sei es gestern gewesen, mit einem Veilchen auf. Es war eine Weihnachtsfeier gewesen, die der Chef seiner Frau, sie war damals Sekretärin, gab. Na, und als er so dastand mit diesem verfärbten und zugeschwollenen Auge, haben alle gedacht, er hätte sich im Suff geprügelt, dabei trank er höchstens mal ein Bier. In seinem Job konnte er sich nicht leisten, keinen klaren Kopf zu haben. Hilde hatte später erzählt, ihr Chef habe sie vorsichtig gefragt, ob ihr Mann denn auch ihr gegenüber gewalttätig sei. Sie habe das Ganze zwar richtigstellen können, aber es war ihm doch unangenehm gewesen. Da fühlte er sich schon wohler im Kollegenkreis, wo über solche Kinkerlitzchen höchstens mal gelacht wurde, wenn man sie überhaupt beachtete.
Er fuhr die Sengelmannstraße in Richtung Norden und wollte nach rechts in den Suhrenkamp einbiegen, als er die Bescherung sah. Hier war eine Baustelle, an der er so nicht vorbeikam.
»Verdammt.« Er konnte hier nicht wenden, dazu war es zu eng, und musste rückwärts zurück auf die Sengelmannstraße, aber da kam schon einer der Bauarbeiter mit seiner knallgelben Weste auf den Wagen zu.
»Ey, Meister«, rief der Typ und winkte.
Werner kurbelte die Seitenscheibe runter. »Sach mal, wie soll ich denn da nu vorbeikomm'?«
Der Bauarbeiter kam näher. »Da mach dir ma' keen Kopp. Fahr

hier links, dann kannste wend'n. Ich weis dich dann rückwärts wieder auffe Straße.« Er zeigte auf eine kleine Straße, von der Werner wusste, dass es eine Sackgasse war. Werner bog links ein, und als er den Rückwärtsgang einlegen wollte, sprang der Bauarbeiter auf das Trittbrett. Werner erschrak. Irgendetwas stimmte hier nicht. Er wollte gerade die Scheibe wieder hochkurbeln, als er eine ruhige Stimme hörte.

»Finger weg vom Lenkrad.« Werner drehte sich langsam zu dem Mann an seiner Tür und starrte voller Entsetzen auf eine Waffe. Die Knarre hatte so ein komisches Rohr vorne drauf. Ob das wohl ein Schalldämpfer war? Plötzlich nahm der Mann die Waffe ein wenig zur Seite und schoss. Werner hatte immer gedacht, mit einem Schalldämpfer machten die Waffen nur *plopp,* wie im Fernsehen, aber so war das nicht. Entsetzt schaute er zur Beifahrerseite. Bernie war einfach nach vorne gesackt, der Kopf lag auf der Ablage vor ihm. In seinem Kopf klaffte ein Loch. Nein, das war nicht richtig, der Kopf war nämlich gar nicht mehr zu erkennen. Seine Hand rutschte langsam hinunter, er hatte wohl versucht, an den Funk zu kommen, um Hilfe zu rufen. So ein Idiot. Werner stieg plötzlich ein trockenes Schluchzen in die Kehle. *Du Idiot!*

»Aussteigen.«

Auf der anderen Seite hatte bereits ein anderer Mann die Tür geöffnet und hatte Bernie hinausgezogen. Einfach so, wie einen Sack Kartoffeln. Werner hörte, wie der Körper auf dem Pflaster aufschlug. Herr im Himmel! *Tut ihm nicht weh, vielleicht lebt er noch.*

»Ausziehen.« Der Mann sah ihn unverwandt an, noch immer die Waffe auf seinen Kopf gerichtet.

»Wenn Sie tun, was ich Ihnen sage, wird Ihnen nichts geschehen.«

Werner wollte etwas sagen, aber er bekam keinen Ton heraus. *Tut mir nichts. Ich bin kein Held, ich mache nur meinen Job. Ihr könnt alles Geld haben, was ich dabeihab.*
Im gleichen Moment wusste er, dass sie ihn nicht ausrauben wollten. Sie wollten seine paar Mücken nicht. Sie wollten was anderes. Was hatte Bernie vorhin noch gesagt? Promi-Transport?
»Na los.« Der Mann wurde ungeduldig. Mit fliegenden Fingern öffnete Werner zuerst die Uniformhose und dann das Hemd. Beides riss er sich förmlich von seinem zitternden Körper, bis er nur noch in Unterwäsche dastand. Er konnte den Verkehr rauschen hören, wie überall in der Stadt, aber er war so entsetzlich allein. Ahnten die Menschen auf der Hauptstraße denn nicht, was hier vor sich ging? Wenn er nun um Hilfe riefe?
»Lassen Sie mich gehen.« Endlich bekam er den Mund auf, aber war das wirklich seine Stimme, die so krächzte?
»Sicher.« Der Mann lächelte ihn an, und noch bevor er Werner in den Kopf schoss, merkte dieser, wie sich ein feuchter Fleck in seiner Unterhose ausbreitete.
Dann war es vorbei.

Sie hatten sich das Haus gekauft, gleich nachdem Caroline da war. Ein Kind sollte Platz haben, um sich zu entfalten, einen großen Garten, um die Abenteuer zu erleben, die man nur in der Kindheit erleben konnte. Blumen im Wind, miteinander spielende Schmetterlinge, oder auch nur die Raupe, die sich auf einem kleinen Blatt scheinbar mühsam fortbewegte.
»Mama?« Caroline stand vor ihr und zerknüllte mit den Händen den Rocksaum. Ach so, daher kam das also, Melanie hatte sich gewundert, warum der Rock immer so schmuddelig war.
»Ja, mein Schatz?«
»Kann ich in den Garten?«

»Sicher, aber so, dass ich dich sehen kann, okay?«
»Okay.« Und schon hüpfte Caroline hinaus.
Im hinteren Teil des Gartens hatten sie eine Schaukel und ein Klettergerüst aufgestellt, aber dort spielte sie eigentlich nur mit ihrem Vater Pirat. Wenn er tagsüber, so wie jetzt, nicht zu Hause war, dann spielte Caroline lieber im vorderen Teil. Dort hatte Melanie sie gut im Blick. Sie hatten eine Sandkiste aufgebaut, und hier, unter den besorgten Augen ihrer Mutter, hatte die Kleine auch ihre ersten zaghaften Radfahrversuche unternommen.
Melanie hatte keine weitergehenden Bemühungen unternommen, aus dem Garten ein Schmuckstück zu machen. Sie wollte nicht immer ihre Tochter ermahnen müssen, sie möge vorsichtig sein und keine Blumen zertreten. Ein paar Büsche standen da, vornehmlich um neugierigen Blicken von Spaziergängern entgegenzuwirken. Zwar legte sich Melanie nicht mehr »oben ohne« in den Garten, schließlich war sie schon Mitte vierzig, aber das Gefühl, es jederzeit tun zu können, hatte etwas für sich.
Sie sah aus dem Fenster, während sie sich weiter mit der Bügelwäsche abquälte, und musste lächeln. Caroline saß in ihrer Sandkiste, backte Sandkuchen mit der einen Hand und bohrte sich hingebungsvoll mit dem Finger der anderen Hand in der Nase. Dann, wie auf ein geheimes Kommando hin, sprang sie auf, griff sich ihr Fahrrad und drehte ein paar Runden im Garten. Sie wurde immer sicherer, und Melanie überlegte, ob sie nicht bald mit ihrer Tochter die erste Fahrradtour unternehmen könnte. Nur bis zum Park, dort könnten sie vielleicht ein kleines Picknick aus Keksen und Saft machen, und dann wieder zurück. Ihr fiel ein, dass sie noch einen Fahrradhelm für die Kleine kaufen musste.
Sie nahm die bereits gebügelten Hemden ihres Mannes und hängte sie an das Treppengeländer, um sie später mit nach oben zu nehmen. Ihr fiel ein, dass sie auf der hinteren Terrasse Wäsche

zum Trocknen aufgehängt hatte, und sie schaute nach, ob sie die schon bügeln konnte. Als sie mit dem Arm voller Wäsche zurück in die Küche kam, warf sie automatisch einen Blick nach draußen, aber Caroline war nirgends zu sehen. Das kleine knallbunte Kinderfahrrad lag auf der Seite, das Vorderrad drehte sich noch in der Luft. Melanie ging näher an das Fenster heran, um einen weiteren Blickwinkel zu haben, aber sie konnte die Kleine nicht entdecken.

Mit gerunzelter Stirn ging sie zur Haustür und öffnete sie. Ein weiterer Blick bestätigte ihr, dass ihre Tochter nicht mehr im vorderen Bereich des Gartens war. *Wahrscheinlich ist sie nach hinten gelaufen, um zu schaukeln, und wir haben uns genau verpasst.* Sie ging nach hinten und schaute nach. Aber auch hier keine Caroline. Das mulmige Gefühl in ihrem Magen breitete sich aus, und sie versuchte, den Anfall von Panik niederzukämpfen. *Bleib ruhig, kein Grund zur Sorge, das Kind kann nicht verschwunden sein.* Sie ging zurück ins Haus und blieb einen Moment im Flur stehen. Sie versuchte, ihre Atmung in den Griff zu bekommen, und als sie merkte, wie sich ihr Puls normalisierte, trat sie etwas ruhiger aus der Haustür. Sie ging den kleinen Gartenweg entlang bis zur Pforte. Die war verschlossen, und eigentlich hatte Caroline auch noch nie das Grundstück verlassen, aber einmal wäre immer das erste Mal. Melanie öffnete das niedrige Holztor und sah zu beiden Seiten die Straße entlang. Von Caroline fehlte jede Spur. Melanie schlug sich eine zitternde Hand vor den Mund.

»Oh, mein Gott.«

Schlagartig fielen ihr all die Geschichten wieder ein, die sie gelesen oder gehört hatte. Kinder, die von der Straße weg entführt, beinahe vor den Augen der Eltern, und nie wiedergefunden wurden. Sie lief auf die Straße hinaus, erst in die eine Richtung, dann in die andere.

»Caro? Caroline?« Sie blieb immer wieder stehen und sah sich um. Plötzlich hörte sie eine schuldbewusste Stimme.
»Frau Schlobohm?«
»Herr Rickert.« Ihr unmittelbarer Nachbar. »Herr Rickert, haben Sie Caro...«
»Ich fürchte, das ist meine Schuld. Wissen Sie, wir haben doch die neuen Welpen, und die wollte sie so gerne sehen, und ich ...«
»Gott sei Dank.« Die Erleichterung durchfuhr sie wie eine Welle. Der alte Mann stand vor ihr, und man konnte ihm das schlechte Gewissen von der Nasenspitze ablesen. Verlegen schob er seine Brille hoch. »Schimpfen Sie ruhig. Meine Frau wird das nachher auch tun, wenn sie es erfährt.«
»Von mir wird sie es nicht erfahren.« Melanie lachte übermütig. Hinter Herrn Rickerts Rücken tauchte Caroline auf.
»Mama, du musst mal kucken. Die sind so niedlich.«
»Kommen Sie ruhig, sie werden Ihnen gefallen.« Herr Rickert blinzelte sie freundlich durch seine Brille an. »Vielleicht gefällt Ihnen ja eines besonders gut.«
»Also gut, aber nur einen Augenblick.« Sie folgte den beiden ins Haus, erleichtert, dass nichts geschehen war.
Den Mann, der ein paar Meter weiter auf der anderen Straßenseite aus einem Wagen stieg, hatte sie nicht gesehen.

In der Nähe seines Büros gab es keine Telefonzelle, und so hatte er seinen Wagen genommen und war Richtung Hauptbahnhof gefahren. Wenigstens konnte man sich hier wieder aufhalten, ohne Angst zu haben, von irgendeinem durchgeknallten Junkie angebettelt zu werden. In Erinnerung an vergangene Zeiten verzog Merthin angewidert das Gesicht. Das Gesindel war verschwunden.
Im Zeitalter des Handys benutzte kaum noch jemand die öffent-

lichen Zellen der Telekom, und so hatte er keine Mühe, ein freies Telefon zu finden. Er wählte die Nummer, und nach dem langgestreckten Piepton gab er die Zahlenkombination ein, die er auswendig kannte. Er hörte ein Freizeichen, und fast augenblicklich meldete sich eine Stimme. Er kannte sie nicht.

»Die Aktion läuft.«

»Was habe ich zu tun?« Er hasste es, wenn er sich so demütig nach seinen Aufgaben erkundigte, aber er tröstete sich damit, dass es bald vorbei war.

»Sie warten ab. Die Polizei wird sie aufsuchen. Ich muss nicht betonen, dass Sie von nichts wissen.«

»Natürlich nicht.«

»Dieser Kontakt wird nicht mehr genutzt. Sie können uns nicht mehr erreichen.« Im ersten Moment war Merthin erleichtert, aber im gleichen Moment machte sich Panik in ihm breit.

»Was ist, wenn die Bullen Druck machen?«

»Sie sind Anwalt, oder etwa nicht? Schweigepflicht und so.«

»Werden Sie mich noch brauchen?«

»Das werden Sie noch früh genug erfahren. Wir melden uns bei Ihnen.«

Sein Gesprächspartner legte auf. Mit dem Hörer in der Hand stand Merthin noch eine Weile in dem kleinen lilafarbenen Glaskasten und starrte auf das Telefon. Er begann zu zittern. Wenn er gehofft hatte, noch ein wenig Kontrolle über die Situation zu haben, dann war diese Hoffnung endgültig gestorben. Er steckte zu tief mit drin. Eine Zeit lang hatte er sich eingeredet, dass es ein Zurück gab, doch nun war ihm klar, dass das Blödsinn war. Er steckte mittendrin in der Scheiße, und zwar bis zur Halskrause.

Langsam hängte er den Hörer ein und drehte sich um.

Himmel, wenn doch nur bald alles vorbei wäre.

Es würde ein Kinderspiel werden. Zwar ließ die Schlobohm ihre Tochter keine Sekunde aus den Augen. Dachte sie jedenfalls. Aber es gab immer Momente, so wie eben, da entwischte ihr das Mädchen doch, und das war in den vergangenen Tagen des Öfteren vorgekommen. Die Kleine hatte ganz allein an der Pforte gestanden und sich umgesehen. Er war spaßeshalber an ihr vorbeigegangen, um zu sehen, wie sie auf Fremde reagierte, und es war genau so, wie er erwartet hatte. Sie sagte »Hallo« und fing gleich an zu erzählen, dass sie Fahrrad fahren konnte. Dann rief der Nachbar und fragte, ob sie die Welpen sehen wolle, und sie war sofort zu dem alten Mann gelaufen und hatte sich von ihm über den Zaun heben lassen. Er hätte sie ohne weiteres eben kassieren können, aber er sollte den Befehl abwarten. Noch sei es zu früh, sie würden mit dieser Aktion zu viel Staub aufwirbeln, der ihre anderen Pläne gefährden könne.

Auch gut. Ihm war egal, wann er zuschlug. Und ihm war auch egal, wer das Opfer war. Gewissensbisse kannte er nicht; wenn dieses kleine Kind verschwinden sollte, dann würde es eben so sein.

Für heute hatte er genug gesehen.

Er stieg in sein Auto und fuhr weg.

Jonas hatte sich das Hemd des Beifahrers übergezogen. Er hatte geflucht, weil es blutbesudelt war, aber das ließ sich nun mal nicht ändern. Über dem Beifahrersitz hing eine Uniformjacke, und die zog er sich über, so waren die verräterischen Flecken nicht zu sehen.

»Eine Bullenhitze ist das.«

»Hör auf zu meckern, wir haben es gleich geschafft. Hast du den Ausweis?«

Jonas klopfte sich auf die Brusttasche. »Hier drin.«

Dieser Anwalt hatte gute Arbeit geleistet. Für einen Anwalt hatte er ziemlich gute Kontakte, die gefälschten Ausweise sahen aus wie echt. Waren sie genau genommen auch, denn man hatte für die Fälschungen die Originalvordrucke benutzt.

»Jetzt müssen wir die da drin nur noch überzeugen.«

»Kein Problem.« Konstantin gab sich zuversichtlich. »Bisher ist doch alles glattgelaufen.«

Tatsächlich waren sie im Zeitplan. Der Trick mit der Baustelle war improvisiert worden, aber auf die Schnelle war es nicht anders zu organisieren gewesen. Außerdem gab es keine andere Stelle, wo sie den Coup hätten durchziehen können. Zugegeben, es war nah am Gefängnis, vielleicht zu nah, aber so hatten sie nicht allzu viel Zeit verloren.

Die Leichen hatten sie versteckt. Rund um den Knast waren Felder und ein kleiner Wald. Dort hatten sie die beiden abgeladen und verscharrt. Man würde die Toten bald finden, aber bis dahin wären sie längst über alle Berge.

Sie fuhren auf den Haupteingang zu, und langsam öffneten sich die Torflügel der Schleuse. Jonas fuhr den Bus so nah wie möglich an das Tor auf der anderen Seite der Schleuse, dann sah er im Rückspiegel zu, wie sich das Tor hinter ihm wieder schloss. Auf diese Weise sollte verhindert werden, dass ein Gefangener durch eine offen stehende Tür entkam.

Der Wachhabende, ein hagerer älterer Mann mit Glatze, kam aus seinem Büro und beobachtete, wie Konstantin und Jonas aus dem Bus stiegen.

»Moin.« Die beiden gaben sich gelassen, der Wachhabende brummte nur. Für ihn war es eindeutig zu früh.

»Wo is der Werner?«

»Der is krank. Wenn du mich fragst, hat der gestern ein' übern Durst getrunk'n.« Konstantin blätterte in den Transportpapieren, die auf einem Klemmbrett befestigt waren.

»Der Werner trinkt doch höchstens mal 'n Bier.«

»Ja, was weiß ich.« Konstantin tat genervt.

»Un' wer is dat?« Der Beamte ruckte mit dem Kopf in Jonas' Richtung.

»Is 'n Neuer. Hat seine erste Woche am Wickel.«

Der Wachhabende sah ihn skeptisch an. Konstantin wurde ungeduldig.

»Mann, ich kann nix dafür, dass Werner krank und der hier«, er zeigte auf Jonas, »neu is. Wenn dir das nicht passt, dann ruf auf der Dienststelle an, aber mach hinne, wir haben noch 'n langen Weg vor uns.«

»Is ja schon gut.« Der Mann gab auf. Innerlich seufzte Konstantin. Es hätte ihm zwar nicht unbedingt leidgetan, den alten Knaben umzubringen, aber das hätte Schwierigkeiten bedeutet, und die konnten sie nun wirklich nicht brauchen. Im besten Falle hätten sie ohne Beyer abhauen können, im schlimmsten Falle hätten sie eine Geiselnahme inszenieren müssen. Kein schöner Anfang für eine den Umständen entsprechend gutorganisierte Flucht.

Der Wachhabende ging zurück in sein Büro und betätigte den Türöffner. Das Tor vor ihnen öffnete sich langsam. »Du kannst gleich hier auffem Hof wenden.« Er machte mit dem Arm eine Kreisbewegung. »Ihr kriegt noch 'n Begleitschutz mit. Einer vorne, einer hinten.«

Jonas und Konstantin stiegen wieder ein und fuhren auf den Hof. Kaum standen sie, ging eine kleine Tür am Ende des Hofes auf, und Christian Beyer wurde in Handschellen von zwei Beamten zum Bus geführt.

»Hier is er, euer Fahrgast.« Weder Konstantin noch Jonas würdigten ihren Chef eines Blickes. Genau genommen kannten sie ihn gar nicht, obwohl sie schon seit Jahren in seiner Organisation tätig waren.

Jonas stieg zuerst in den Laderaum des Busses und demonstrierte Geschäftigkeit.
Rechts und links des Ganges befanden sich kleine Zellen. Ihr Inventar bestand nur aus einem festgeschraubten Stuhl, und sie waren gerade so groß, dass ein Erwachsener darin sitzen konnte. Zum Stehen reichte der Platz nicht.
»So, kann losgehen.« Er stellte sich im Gang des Busses auf und sah zu, wie die beiden Justizbeamten Christian Beyer hereinführten. Als der sich in die für ihn vorgesehene Zelle gesetzt hatte, nahmen sie ihm die Handschellen ab, und Jonas schloss die Tür.
»Das wär's. Viel Spaß.« Die beiden Beamten schienen erleichtert, ihren Schützling los zu sein.
»Yo, dann bis zum nächsten Mal.« Konstantin tippte sich mit der Hand an die Stirn und wollte gerade wieder in den Bus steigen, als einer der in Zivil gekleideten Polizeibeamten, die den Transport begleiten sollten, auf ihn zukam. Er reichte ihm einen dünnen Aktenordner.
»Moin.«
Dieses Mal brummte Konstantin. Aus dem Augenwinkel sah er, dass Jonas bereits einstieg. Er wollte sich so wenig wie möglich mit seinem blutverschmierten Hemd zeigen.
»Hier ist die neue Route. Die hat sich in letzter Minute geändert.«
Konstantin blätterte den Ordner rasch durch. Verdammt, sie mussten erneut umdisponieren, aber das ließ sich nicht ändern.
»Einer von uns fährt vorneweg, der andere bleibt euch dicht an der Stoßstange. Alles klar?«
»Klar.«
Die beiden nickten sich zu, und Konstantin setzte sich hinter das Lenkrad seines Gefährtes.

Er startete den Motor und wartete, bis sich einer der zivilen Streifenwagen vor seine Nase gesetzt hatte.
Langsam verließ der Konvoi das Gefängnis.

»Samson, hierher.« Peter Kranz sah nur noch die Schwanzspitze seines Hundes, der gerade im dichten Unterholz verschwand. Der Golden Retriever war erst ein paar Monate alt, und im Allgemeinen gehorchte er schon ganz gut, aber mitunter gingen ihm noch die Pferde durch. Dann sprang er herum und schnappte nach den Schmetterlingen, die verführerisch dicht an seiner Nase vorbeiflatterten. Sie schienen ihn zu verspotten, denn kaum hatten sie sich vor seinen Zähnen in Sicherheit gebracht, flogen sie wieder so nah heran, als wollten sie auf seiner Nase landen.
»Samson.«
Wahrscheinlich war er auf der Jagd nach einem Kaninchen, in diesem kleinen Wald in Fuhlsbüttel gab es mehr als genug davon. Er hörte ihn bellen und blieb einen Moment stehen. Er rief Samson noch einmal, doch kein Rascheln und Knacken wies darauf hin, dass sich der Hund durch das Gebüsch wieder zu seinem Herrchen durchkämpfte, vielmehr schien das Gebell anzuschwellen.
»Nun lass die Karnickel in Ruhe, die bekommst du ohnehin nicht.« Peter Kranz hatte nicht die geringste Lust, seinem Hund hinterherzustapfen, um ihn am Halsband zurück auf den Weg zu führen, aber es würde ihm wohl nichts anderes übrigbleiben. Er seufzte. Gebückt machte er sich unter den tiefhängenden Zweigen hindurch auf den Weg, seinen Hund zurückzuholen.

Sie warteten, bis sie auf der Autobahn A7 in Richtung Süden waren. Erst hier war der Abstand zwischen den Fahrzeugen so groß,

dass sich Jonas unbemerkt nach hinten begeben konnte, ohne von dem vorausfahrenden Auto im Rückspiegel beobachtet zu werden. Er öffnete die Zellentür, hinter der Christian Beyer saß.
»Die Route hat sich geändert.«
»Kein Problem. Habt ihr ein Handy dabei?«
Jonas fischte seines aus der Tasche und reichte es dem Terroristen. Der nahm es und wählte aus dem Gedächtnis eine Nummer. Er sprach kurz, legte auf und gab es Jonas zurück, der es wieder in seine Hosentasche schob.
»Der Plan wird nicht geändert. Es bleibt wie gehabt. Wo sind die Sachen?«
Jonas zeigte auf die Nachbarzelle. »Hier ist alles drin. Drei Uzis mit jeweils zwei Magazinen und drei Sig Sauer.«
Beyer verzog skeptisch das Gesicht. »Das ist nicht viel.«
»Unsere Leute sind schließlich auch bewaffnet. Kein Problem.«
Beyer nickte. »Wollen wir es hoffen.«

»Samson, mein Junge. Was ist denn?« Peter Kranz stolperte durch das Gestrüpp, als er endlich seinen Hund sah. Der sprang vor und zurück, und sein Bellen klang schon ganz heiser. Er schien sehr aufgeregt.
»Was …« Er roch es, noch bevor er es sah. In seinem Beruf als Krankenpfleger hatte er ihn zu oft gerochen, diesen süßen, leicht metallischen Blutgeruch. Er zwang sich näher zu treten, und das, was er sah, ließ ihn würgen.
»Hierher.« Endlich gehorchte der Hund. Er kam zu seinem Herrchen und sah ihn an, als forderte er ihn auf, etwas zu unternehmen. Und das tat Kranz. Mit zitternden Fingern griff er in seine Jackentasche und holte sein Handy heraus.
»Polizeilicher Notruf? Hier … hier sind zwei Leichen. Bitte …«

»Verdammt, dann leiten Sie eine Großfahndung ein.« Max legte langsam den Telefonhörer auf und drehte sich zu Frank um.
»Es ist passiert.« Er flüsterte.
»Was ist passiert?« Frank war irritiert. Max war aschfahl geworden.
»Beyer ist geflohen.«
»Was?« Frank sprang auf. »Wie konnte das passieren? Sie hatten zusätzlichen Begleitschutz.«
Max lachte trocken auf. »Der zusätzliche Begleitschutz wurde gerade tot aufgefunden. Alle vier Polizisten wurden mit Kopfschüssen hingerichtet. Die Täter haben sie nicht einmal versteckt. Sie wurden auf einem Parkplatz an der Autobahn gefunden. Der Gefangenentransport war leer und Beyer verschwunden. Die Begleitfahrzeuge standen noch da, einer sogar mit laufendem Motor.«
Frank dachte kurz nach.
»Dann haben sie die Justizbeamten als Geiseln mitgeschleppt?«
Max überlegte und schüttelte dann langsam den Kopf. »Nein, ich befürchte etwas anderes. Ich glaube, dass die beiden nicht mehr am Leben sind.«
»Wie kommst du darauf?«
»Frank, denk doch mal nach. Wir haben den Termin zur Verlegung immer wieder verschoben. Selbst die Route wurde noch im letzten Moment geändert. Wenn du also jemanden herausholen wolltest, wie würdest du das anstellen?«
Frank zuckte mit den Schultern. »Kommt darauf an, wann ich von dem endgültigen Termin der Verlegung erführe. Vielleicht würde ich, wie es hier passiert ist, den Wagen auf der Strecke überfallen.«
»Oder?«
»Worauf willst du hinaus?«

»Würdest du nicht versuchen, so dicht wie möglich an den Transport heranzukommen? Ruf im Gefängnis an und erkundige dich, wer Beyer abgeholt hat. Ich will die Namen der Justizbeamten. Und überprüfe die Meldungen der letzten paar Stunden.«

»Wonach?«

»Egal, nach allem, was irgendwie merkwürdig erscheint. Ich mache mich auf den Weg zu Ann.«

Beim letzten Satz war Max schon am Hinausgehen. Er ließ Frank mit einem höchst unguten Gefühl zurück. Er hoffte nur, dass alles gutging.

»Mam?« Alexander versuchte in letzter Zeit dazu überzugehen, seine Mutter Mam zu nennen. Zwar vergaß er es meistens, aber er gab sich alle Mühe. Er benutzte nicht das weiche englische *mum*, er ließ bei Mami nur einfach das i weg.

»Was ist?« Ann sah auf. In der Stimme ihres Sohnes schwang etwas Leidendes mit.

»In *der* Farbe willst du das Wohnzimmer streichen? Das sieht aus wie in 'nem Puff.«

»Das nennt sich Apricot, und wenn es trocken ist, ist es längst nicht so dunkel.« Hoffe ich zumindest, dachte sie. »Und außerdem, woher willst du eigentlich wissen, wie es in einem Puff aussieht? Gibt es da irgendetwas, das ich wissen müsste?« Sie lächelte ihn spitzbübisch an. Doch Alexander war nicht zum Spaßen aufgelegt.

»Sehr witzig. Du bist wieder sehr witzig. Hier setze ich mich aber nicht rein.«

»Brauchst du auch nicht. Ist ja auch mein Wohnzimmer.«

»Ach?« Ihr Sohn wirkte jetzt beleidigt. »Ich denke, es ist *unser* Haus? Jetzt ist das *dein* Wohnzimmer?«

Waren das die Symptome der Pubertät? Sollte das hormonelle Chaos eines Jugendlichen die Frage der Farbe der Wohnzimmerwände zu einem unüberwindlichen Hindernis im Verhältnis zwischen Mutter und Sohn machen? »Wie würdest du es denn streichen wollen? Babyblau?«

Alexander verzog das Gesicht. Es sollte angeekelt wirken, klappte aber nicht ganz. Bevor er sich eine Antwort überlegen konnte – überlegen pubertierende Jugendliche überhaupt? –, wurden beide von einer kleinen Fahrzeugkolonne abgelenkt, die direkt vor dem Haus hielt. Drei BMW. Ann trat näher ans Fenster, und noch bevor sich die Beifahrertür des mittleren Fahrzeuges öffnete, wusste sie, wer sie da besuchen kam. Es weckte keine guten Gefühle.

Sie öffnete die Haustür, als Max den Gartenweg heraufkam.

Max nahm sie in die Arme und drückte ihr einen Kuss auf die Wange. Er wirkte betont locker, sein strahlendes Lächeln hatte etwas Gekünsteltes. Obwohl er es besser wissen musste, versuchte er sie zu täuschen. Sie sah über seine Schulter. Seine Begleiter blieben in den Fahrzeugen.

»Ann, du siehst gut aus.«

»Du auch, Max. Komm rein.«

Sie trat einen Schritt zurück und ließ ihn eintreten. Max blieb unschlüssig einen Moment im Flur stehen.

»Onkel Max, hi.« Alex kam lässig aus dem Wohnzimmer geschlendert und versuchte seine Freude über den Besuch seines Onkels hinter einer gleichgültigen Maske zu verstecken.

»Hallo, Alex, ich wollte mal sehen, wie es bei euch vorangeht. Wann zieht ihr ein?« Die Frage war an Ann gerichtet.

»Wir schlafen seit gestern Abend hier. Die Möbel kommen erst in einer Woche, aber die Badezimmer und die Küche sind schon fertig, und wir hatten in der Frühstückspension, in der wir die letzten zwei Wochen verbracht haben, nur ein kleines Zimmer, in dem wir uns langsam auf die Nerven gingen, oder Alex?« Ihr Sohn zog eine Schnute. Sie achtete nicht weiter auf ihn, sondern musterte Max genauer. Er war offensichtlich nicht zum Vergnügen hier. Bei seinen Besuchen trug er gewöhnlich legere Jeans und ein T-Shirt oder einen Pulli, je nach Witterung. Diesmal aber stand er in einem eleganten anthrazitgrauen Anzug, Hemd und Krawatte vor ihr. Sein dichtes blondes Haar wurde von einem teuren Friseur in Schuss gehalten, und er sah aus, als sei er ein Model für die mittleren Jahre. Trotz seiner sechsundvierzig Jahre sah er noch sehr gut aus. Wer weiß, wenn sie ihn vor Michael getroffen hätte …?

Du schweifst ab, ermahnte sie sich insgeheim. Das tat sie immer, wenn sie etwas Unangenehmes erwartete. Sie kannte ihn zu gut, um nicht zu wissen, dass irgendwo etwas im Argen lag, also beschloss sie, den Stier bei den Hörnern zu packen.

»Was genau willst du?«

Max' Augen blitzten kurz auf, aber auch er musste wissen, dass er ihr nichts vormachen konnte.

»Alex, tust du mir einen Gefallen? Ich muss für einen Moment mit deiner Mutter allein reden. Kannst du vielleicht …« Was Alex machen sollte, ließ Max offen, aber Alex gehorchte umgehend. Er hing sehr an seinem Onkel und hatte schon als kleines Kind seine Autorität anerkannt. Mit einem halbherzigen verächtlichen Schnauben verließ er den Raum.

»Ich würde dir ja gern einen Platz anbieten, aber wie du siehst …« Ann zeigte mit einer weitausholenden Armbewegung in den leeren Raum.

Max rührte sich nicht von der Stelle. Er starrte auf den Boden und wippte auf den Fußballen vor und zurück.

»Also gut. Christian Beyer ist entkommen.«

Die Stille, die auf diese Eröffnung folgte, war bleischwer. Sie lag beinahe greifbar zwischen ihnen. Ann brauchte einen Moment, um das Gehörte zu verkraften.
»Wie war das bitte?« Sie versuchte ihrer Stimme Kraft zu verleihen, aber sie hörte selber, dass sie mehr krächzte, als dass sie sprach.
»Ihr, du und Alex, ihr müsst hier sofort verschwinden.«
»Wie lange?«
»Ich weiß nicht, für wie lange ihr wegmüsst, aber …«
»Ich meine, wie lange weißt du das schon?«
»Wir haben vor vier Stunden erfahren, dass er auf dem Transport nach Stuttgart entkommen ist. Du siehst also, wir haben nicht sehr viel Zeit. Du und Alex, ihr müsst in Sicherheit gebracht werden. Ich bin hier, um euch abzuholen.«
Ann drehte sich um und ging fort von Max quer durch den leeren Raum. Sie fror und schlang sich die Arme um den Oberkörper.
»Und es gab vorher keine Hinweise?«
Max zögerte eine Sekunde zu lange mit der Antwort. Ann drehte sich um.
»Es gab also Hinweise.«
»Ich würde es nicht gerade Hinweise nennen, aber im Nachhinein macht das Ganze einen Sinn.«
»Welchen?«
Max erzählte von dem abgehörten Gespräch zwischen Beyer und seinem Anwalt.
»Und wann hattest du vor, mir davon zu erzählen?«
»Wenn es nicht zu dieser Flucht gekommen wäre, gar nicht.«
»Wann hat dieses Gespräch stattgefunden?«
»Vor zwei Wochen.«
»Na toll.« Ihre Stimme klang bitter. Sie hatte sich zur Ruhe ge-

setzt. Ging jetzt alles wieder von vorne los? Sie musste an Alex denken. Der Gedanke, dass er in Gefahr war, brachte sie fast um den Verstand.
»Gut, anscheinend lässt sich an diesem Desaster nichts mehr ändern. Sieh zu, dass du Alex gut unterbringst, ich finde dieses Schwein.«
»Ann, ich glaube nicht, dass das eine gute Idee ist.«
»Ach? Meinst du das? Ich will dir mal was sagen, Max, es ist mir scheißegal, was du für gut befindest und was nicht. Ich werde nicht zusehen, wie unser Leben den Bach runtergeht.«
»Du solltest dich mit Alex verstecken.«
»Und dann? Vielleicht für den Rest meines Lebens auf der Flucht sein, für den Fall, dass ihr ihn nicht aufspürt? Nein, mein Lieber, ich werde nicht tatenlos zusehen.«
»Was willst du denn machen?«
»Ich habe diesen Mann durch drei Staaten dieser Erde gejagt, ich weiß, wie er tickt. Ich habe ihn einmal gefunden, und ich werde ihn dieses Mal wieder finden. Du brauchst mich, und das weißt du.«
Sie standen sich gegenüber, und Max wusste, dass er verloren hatte. Die Entschlossenheit in Anns Blick war ihm wohlbekannt, und er wusste auch, dass sie recht hatte.
»Max, bitte.« Ihre Stimme hatte sich verändert. Er konnte ihre Wut fast körperlich spüren, aber es war vor allem die Eindringlichkeit, die ihm naheging. Er fühlte sich Jahre zurückversetzt. Vor fast fünfzehn Jahren hatte sie genauso vor ihm gestanden.

»Es tut mir leid, Ann, aber du gehst jetzt nach Hause und ruhst dich aus.«
»Spinnst du? Mein Mann ist tot, und ich soll nach Hause gehen?«
Max sah sie an. Sie trug noch immer die blutverschmierte Jacke. In

ihrem Gesicht war die Schminke verlaufen, der Schmerz in ihren Augen wurde fast vom Hass überlagert, der sie auf den Beinen hielt.
»Genau deshalb solltest du gehen. Du kannst nicht klar denken, und du wirst deshalb keine große Hilfe sein.«
»Keine große Hilfe? Ohne mich hast du gar nichts. Michi und ich haben die Ermittlungen geführt, und ich war dabei, als er starb. Er starb in … in … mein… meinen Armen.« Ihre Stimme versagte, aber sie fing sich rasch wieder. Als sich ihre Blicke trafen, spürte Max die Wut, die sich nun gegen ihn richtete.
»Ohne mich hast du gar nichts.«

»Max.«
Er schüttelte sich kurz, als sie ihn aus seinen Gedanken riss. »Also gut. Wie lange brauchst du?«
»Wenn du mir hilfst, fünfzehn Minuten.«
Max nickte. »Kein Problem. Was ist mit Alex?«
Ann überlegte kurz. Sie seufzte. »Gute Frage. Ich weiß nicht, was ich ihm sagen soll.«
»Soll ich mit ihm reden?«
Sie schüttelte den Kopf. «Nein, besser nicht.« Sie klatschte kurz in die Hände. »Jetzt komm mit in den Keller. Ich muss ein paar Sachen holen, und dafür brauche ich deine Hilfe.«

»Christian.« Walter Kreissler ging mit ausgebreiteten Armen auf seinen Schwiegersohn zu. Der Knast schien geradezu spurlos an ihm vorübergegangen zu sein. Er strahlte noch immer Kraft und eine schier grenzenlose Energie aus. Wenn sich etwas verändert hatte, dann zum Positiven. Seine Entschlossenheit schien noch fester geworden zu sein. Zumindest sagten das seine Augen, die seinen Schwiegervater musterten.
»Walter.« Die Männer umarmten sich.

»Hat alles gut geklappt?« Wohl wissend, dass alles glattgegangen war, wollte der ältere Mann trotzdem eine Bestätigung.

»Alles bestens. Es war aber auch nicht anders zu erwarten, schließlich hast du die Sache hier draußen in die Hand genommen. Deine Leute sind gut.«

»Es sind *deine* Leute.« Walter bohrte dem jüngeren Mann scherzhaft einen Zeigefinger in die Brust. »Aber du hast recht, es sind gute Jungens. Und alle loyal. Sie wissen, worauf es ankommt, und sie würden für dich sterben.« Für einen Moment trat ein schmerzlicher Zug in Christian Beyers Augen. Es war nur ein kurzes Aufflackern, aber Walter Kreissler hatte es bemerkt, und auch er dachte an die junge Frau, die für ihren Mann gestorben war. Seine Tochter, Christians Frau.

Christian klopfte seinem Schwiegervater auf den Oberarm und holte tief Luft. »Lass uns nach vorne sehen.« Er sah sich in dem spärlich möblierten Wohnzimmer des alten Hauses um. »Wie ich sehe, hast du dir einen alten Bauernhof zugelegt.«

Der ältere Mann lachte. »Nein, habe ich nicht.« Er amüsierte sich über Christians Blick. Es machte ihm Spaß, ihn zu verwirren. »Der Hof gehört mir nicht. Ich besitze nichts mehr in diesem Staat. Ich habe damals alles verkauft und das Land verlassen. So konnte ich die Bullen von meiner Spur ablenken. Dieses einsame Gehöft hier«, er machte eine weitausholende Bewegung mit seinem Arm, »habe ich von einem ehemaligen Geschäftspartner gemietet, der es eigentlich verkaufen wollte.«

»Ein Freund von dir?« Christian schmunzelte. Sein Schwiegervater hatte Kontakte auf der ganzen Welt. Und er musste sich keine Sorgen machen. Ein Freund seines Schwiegervaters wäre auch ein Gesinnungsgenosse.

»Sagen wir, er schuldete mir noch einen Gefallen. Aber auf jeden Fall sind wir hier sicher. Und jetzt komm, mein Junge, zieh dich erst einmal um. Ich habe ein paar neue Sachen hier für dich. Du willst sicher aus dieser Anstaltskleidung heraus.«

»Ich will zuerst den Knastgestank loswerden.«

»Wir haben im ersten Stock ein großes Badezimmer.« Walter sah Christian an. Er hatte sich nicht getäuscht. Christian hatte den Biss nicht verloren. Sein Gesicht war noch kantiger, sein Blick noch entschlossener, und er war sichtlich älter geworden. Eine Welle der Zärtlichkeit für diesen Mann, der alles war, was er noch an Familie hatte, schlug über ihm zusammen.

»Junge, ich bin froh, dass du wieder da bist.«

Christian sah dem alten Mann in die Augen. Er drückte seinen Arm. »Für Deutschland. Und für Ina.«

»Alex?«

Ihr Sohn schob sich langsam in ihr Blickfeld. Seinem Gesicht konnte sie ansehen, dass er zumindest einen Teil des Gespräches mitbekommen hatte.

Ann hielt sich nicht lange mit Vorreden auf. »Pack ein paar Sachen zusammen. Wir müssen weg.«

»Jetzt?« Er zog die Augenbrauen hoch. »Wohin?«

»Ja, jetzt. Pack nur für ein oder zwei Nächte. Was wir brauchen, kaufen wir unterwegs. Wir haben keine Zeit zu verlieren.« Die Frage nach dem Wohin ließ sie unbeantwortet.

»Was ist hier eigentlich los?«

»Das erkläre ich dir später, dazu haben wir jetzt keine Zeit. Also, mach schon.«

»Sag mir erst, was hier eigentlich los ist.« Alex' Stimme klang zunehmend aufsässig. Ann seufzte. Natürlich musste sie ihm alles erklären, aber nicht jetzt. Überdies musste sie sich darüber im Klaren werden, was genau sie ihm eigentlich erzählen sollte.

»Ich kann es dir noch nicht erklären. Wir müssen sehen, dass wir hier schleunigst wegkommen. Und jetzt beeil dich ein bisschen, ja, mein Schatz?« Sie zwang sich zur Ruhe und strich ihm zärtlich über das Haar. Amüsiert registrierte sie, dass er den Kopf ein wenig wegzog. Schließlich war er kein kleines Kind mehr.

Max stand die ganze Zeit abseits und beobachtete Mutter und Sohn.

»Ich will es aber jetzt wissen.« Alex wurde störrisch. «Wer ist dieser Typ?«

»Welcher Typ?«

»Von dem Onkel Max gesprochen hat. Dieser Beyer oder so.«

»Nicht jetzt, verdammt noch mal.« Ann war laut geworden. Sie wusste, es war falsch, so mit ihrem Sohn umzugehen, aber sie wollte nur noch weg. Auf einmal fühlte sie sich hier nicht mehr sicher.

»Alex.« Max mischte sich ein. Er nickte mit dem Kopf in Richtung Tür, und Alex verstand. Vor sich hin grummelnd zog er ab. Sein betont fester Schritt auf der Treppe, er stampfte förmlich die Stufen hinauf, ließ das ganze Haus erzittern.

»Das ist nicht der richtige Weg.« Max' ruhige Stimme versuchte der Situation die Spannung zu nehmen, aber Ann war nicht bereit, darauf einzugehen.

»Das musst du mir nicht erzählen, Max, das weiß ich selber.« Ann reagierte heftiger, als sie es eigentlich vorgehabt hatte. Sie hasste es, wenn sie sich hilflos fühlte, aber jetzt kam sie sich auch noch unzulänglich vor. Sie hatte ihren Sohn verprellt und Max angeschnauzt. Ann holte tief Luft und versuchte sich zu sammeln. Es hatte keinen Zweck, jetzt in Panik zu verfallen. Es gab nun mal kein Zurück, und sie musste versuchen, das Beste daraus zu machen. Irgendwann würde auch das ausgestanden sein, und dann konnte sie ihr neues Leben aufnehmen. Über das, was sie Alex erzählen sollte, würde sie später nachdenken. Erst einmal mussten sie aus dem Schlamassel raus.

»Du kannst dich nützlich machen und mir dabei helfen, im Keller die Tiefkühltruhe beiseitezuschieben.«

»Fühlst du dich besser, Junge?«
Walter sah seinem Schwiegersohn lächelnd entgegen. Christian rubbelte sich mit einem Handtuch die Haare trocken. Die Dusche hatte seine Lebensgeister geweckt, die in dem Knastdunst zu ersticken gedroht hatten.
»Viel besser.« Sein Lächeln fiel etwas schwächer aus. Er fühlte sich wie ein kleiner Junge, wenn der Vater seiner verstorbenen Frau ihn so gönnerhaft behandelte. Er wusste, er meinte es nur gut, aber Christian war eigentlich aus dem Alter heraus, wo es andere nur gut mit ihm meinten.
Als er den alten Mann kennengelernt hatte, war Walter das gewesen, was man in ihren Kreisen einen »harten Knochen« nannte. Seine Organisation, die *Deutsche Bruderschaft,* hatte Christian gegeben, wonach er immer gesucht hatte: eine politische Heimat. Überhaupt eine Heimat. Er selbst stammte aus einfachen Verhältnissen, und seine Eltern waren Kleingeister gewesen. Sie hatten keine Visionen, keine Träume und nahmen alles hin in dem Glauben, dass es ihnen gutging. Die Manipulationen des Staates, die Ausbeutung nahmen sie nicht wahr. Seine Mutter ging jeden Morgen in das immer gleiche Krankenhaus, um dort schwerkranke Menschen zu pflegen, und sein Vater ging jeden Morgen in das immer gleiche Hotel, um dort wildfremden Menschen das Essen zu kochen. Am Ende des Monats blieb fast nichts übrig, und dennoch predigten sie ihren Kindern Dankbarkeit für das, was sie hatten. Aber was hatten sie denn? Ein schäbiges kleines Haus, an dem sein Vater in jeder freien Minute herumwerkelte und das erst abbezahlt sein würde, wenn seine Eltern hundert Jahre alt wären. Und jedes Jahr einen Campingurlaub in Frank-

reich bei Selbstversorgung. Ein tristes Leben. Er und seine Schwester trugen gebrauchte Klamotten, die Möbel der Familie waren vom Flohmarkt. Und all das nannte sein Vater bescheidenen Wohlstand. Für Christian war es einfach nur peinlich. Er konnte nicht verstehen, wie sein Vater sich mit so einem Leben abfinden konnte, wo es Leute gab, die im Überfluss schwelgten.
Irgendwann in der Schule nahmen sie das Dritte Reich durch, und er lernte das Leben Adolf Hitlers kennen. Alles, was dieser Mann erreicht hatte, hatte er sich selbst zu verdanken. Er, das Kind eines kleinen Beamten, hatte sich nicht mit dem Spießbürgertum und der Tyrannei abgefunden, die sein Vater zu bieten hatte. Er hatte aus eigener Kraft etwas geschaffen, das allen Menschen Sicherheit und Wohlstand bescherte. Zumindest denen, die es verdient hatten. Und Christian erkannte, dass dieser Mann, ein Mann, der wirklich Visionen hatte, nie wirklich eine Chance bekommen hatte. Er wurde systematisch von Feinden vernichtet, die seine Träume von einer freien Welt, von einem freien Deutschland nicht teilten, ja sogar fürchteten.
Christian Beyer entfernte sich immer mehr von seinen Eltern. Zuerst verachtete er die beiden Menschen, die ihm das Leben geschenkt hatten, und schließlich hasste er sie. Während seine Schwester dieses elende Leben weiterführte, einen ebenso kleingeistigen Spießbürger heiratete und in derselben engen Welt verrottete, nahm er sein Leben selbst in die Hand. Auf seiner Suche wäre er fast verzweifelt, doch dann traf er Walter Kreissler. Eine Legende. Ihm lagen die Menschen zu Füßen, ihm hörten sie zu. Ein charismatischer Mensch, der genau die Träume hatte, die im Hause Beyer verpönt waren. Kreissler nahm ihn unter seine Fittiche und holte ihn schließlich zu sich ins Haus. Es war alles wie ein Traum. Kreissler hatte sich das Leben erarbeitet, von dem Christian immer geträumt hatte, und er ließ ihn daran teilhaben.

Er zeigte ihm einen Weg, der zwar steinig war, aber irgendwann zum Ziel führen würde. Und von da an gingen sie ihn gemeinsam. Irgendwann würde ihnen die ganze Welt gehören, weil irgendwann ebendiese Welt aufwachen würde. Und er lernte Ina kennen, Kreisslers Tochter. Sie führte die *Schwestern* an, die Frauenorganisation, die ihre Wurzeln im *Bund Deutscher Mädchen* und im *Hausfrauenbund* hatten und sich auf das besannen, wozu sie von der Natur bestimmt waren. Zur Hüterin der Familie, zur Mutter und Ehefrau, zur Gefährtin. Und Ina war eine Gefährtin. Sie kämpfte an seiner Seite, sie gebar ihm eine Tochter, sie war ein Teil von ihm. Und plötzlich war sie tot. Getötet von einem Staat, der seinem Volk die Freiheit nahm und es knechtete.

Christian warf das Handtuch achtlos beiseite.

»Wie weit seid ihr mit den Vorbereitungen?«

»Nahezu abgeschlossen.« Der ältere Mann nickte zufrieden. Er war sehr gealtert, seit Christian ihn das letzte Mal gesehen hatte, und das war gerade mal anderthalb Jahre her. Was hatte ihn so zermürbt? Der Tod seiner Tochter? Die Inhaftierung seines Schwiegersohns? Oder beides? Er strahlte nicht mehr die Stärke aus, die ihm einst innegewohnt hatte, und zum ersten Mal kam Christian der Gedanke, dass er den eingeschlagenen Weg vielleicht würde allein weitergehen müssen. Erst jetzt fiel ihm auf, dass Walter Kreissler an Gewicht verloren hatte. Seine Kleider schlotterten ihm um den mageren Körper, sein Gesicht war zerfurcht. Das volle Haar, das vor wenigen Jahren noch dunkel gewesen war, war nahezu weiß. Lediglich die Augen zeugten von dem Feuer, das in dem alten Mann brannte, wenn auch etwas schwächer als früher.

»Was ist mit dem Mädchen?« Er konnte sich nicht überwinden, von ihr als seine *Tochter* zu reden. Schon vor seiner Inhaftierung hatte er sie kaum je gesehen. Aus Sicherheitsgründen. Er wusste nicht einmal genau, wie sie aussah, und auch sie würde sich nicht an ihren Vater erinnern können.

»Wir haben sie gefunden, und es geht ihr gut. Sie lebt bei einer Familie, die sie adoptiert hat. Sie haben ihren Vornamen in Caroline geändert. Wahrscheinlich wollten sie nicht das Risiko eingehen, dass wir sie finden.«

»Wenn alles vorbei ist, holen wir sie da raus.«

»Die Familie wird ständig überwacht.« Walter schwieg einen Moment. »Wie willst du vorgehen?«

»Wir werden wie geplant zunächst unsere Aktion durchführen, und hinterher holen wir meine Kleine.« Ein leises Lächeln umspielte seine Lippen. Der Alte wusste, Christian hatte noch eigene Pläne.

»Und dann?«

»Dann?« Beyer sah seinen Schwiegervater an. Das Glitzern in seinen Augen wirkte fanatisch. »Dann, mein lieber Walter, hole ich mir Ann Deckert.«

»Auf drei.« Max zählte, und dann zogen er und Ann gemeinsam die Tiefkühltruhe von der Wand. Das schwere Gerät kratzte schwer auf dem Steinfußboden, aber es bewegte sich in die gewünschte Richtung. Zum Vorschein kam nicht nur die nackte Wand, sondern auch ein Hohlraum, in dem eine Sporttasche stand. Ann langte in das Loch und zog die Tasche heraus. Sie öffnete den Reißverschluss und legte den Inhalt bloß. Vor ihr breitete sich ein wahres Waffenarsenal aus. Eine Faustfeuerwaffe der Marke Sig Sauer, eine Beretta mit Laserpointer und Schalldämpfer sowie mehrere Schachteln Munition. Max lachte kurz und trocken auf.

»Was hattest du vor? Wolltest du hier in diesem Nest den Dritten Weltkrieg vorbereiten?«

»Du weißt doch, ich bin ein Sammler. Ich kann eben nichts wegwerfen.« Sie nahm die gutgeölte Sig Sauer und lud sie mit ein paar Patronen. Dann zog sie den Schlitten der Waffe nach hinten und ließ ihn wieder nach vorne schnellen. Sie griff erneut in das Loch in der Wand und holte ein Pistolenholster heraus, das sie sich am Gürtel befestigte. Bis auf die geladene Waffe, die sie in das Holster schob, verstaute sie alles wieder in der Tasche und schloss sie.

»Was ist, wenn Alex das sieht?«

»Max, jetzt ist kaum der richtige Zeitpunkt, sich um solche Dinge Gedanken zu machen. Es geht hier um das Leben meines Sohnes und nicht, so leid es mir tut, um sein Seelenheil. Ich weiß«, sie hob beschwichtigend die Hand, als Max zum Sprechen ansetzte, »ich weiß, zu gegebener Zeit muss ich mit ihm reden, aber die Zeit habe ich jetzt nicht. Jetzt geht es um seine Sicherheit. Da stimmst du mir doch zu, oder?«

»Es ist deine Entscheidung.«

»Sehr richtig. Und jetzt hilf mir, diese verdammte Truhe wieder an ihren Platz zu schieben.«

»Du willst an diesem Plan festhalten?« Der Alte wirkte besorgt. Sie saßen in der geräumigen Küche und tranken Kaffee.

»Nichts kann mich davon abhalten.«

»Aber das gefährdet möglicherweise unsere Flucht.«

Beyer schüttelte den Kopf. »Das wird es nicht. Alles hat sie mir genommen. Meine Frau, meine Tochter und meine Freiheit. Sie ist der Grund, warum wir heute hier sind, und dafür wird sie büßen. Mit ihrem Leben und dem Leben ihres Sohnes. Wisst ihr, wo sie ist?«

»Glaubst du ernsthaft, dass sie seelenruhig zusieht und nichts unternimmt? Wahrscheinlich weiß sie bereits, dass du ausgebrochen bist. Sie wird nicht zulassen, dass du ihr oder ihrem Sohn zu nah kommst.«

»Sie muss bezahlen. Und sie wird bezahlen.« Beyer presste die Worte zwischen seinen Zähnen hervor. Walter hielt es für riskant, dass sich Christian so sehr von Rachegedanken leiten ließ. Sie waren ein schlechter Ratgeber, wie er fand.

»Sei vernünftig, Christian. Du wirst nicht an sie herankommen. Sie wird auf alles gefasst sein, und dieses Mal wird sie sich nicht damit begnügen, dich zu finden. Dieses Mal wird sie dich töten.«

»Wo ist sie?« Christian schrie jetzt. Seine Wut brach sich ungezügelt Bahn, und für einen Moment befürchtete Walter, dass sich sein Schwiegersohn auf ihn stürzen würde. Er hatte die Hände zu Fäusten geballt und blitzte ihn hasserfüllt an. Durch den Schrei waren auch die jungen Männer aufmerksam geworden, die in der Scheune arbeiteten. Es herrschte eine angespannte Stille. Walter Kreissler gab auf. Es hatte keinen Sinn. Er würde den jüngeren Mann nicht von seinem Vorhaben abbringen können. Mit einer Hand fuhr er sich durch das Haar. »In Heiligenhain. Sie hat sich dort ein Haus gekauft.«

»Wird sie überwacht?«

»Sporadisch ja, aber eine lückenlose Überwachung war nicht drin. Sie hätte es bemerkt. Wahrscheinlich verlässt sie in diesem Moment ihr Haus.«

»Wie kommst du darauf?«

»Max Heidrich ist vor einiger Zeit in Richtung Ostsee aufgebrochen. Vermutlich, um ihr die gute Nachricht zu überbringen und sie und ihren Sohn in Sicherheit zu bringen.«

Beyer nickte. Ein Grinsen breitete sich auf seinem Gesicht aus. »Wenn sie Bescheid weiß, umso besser, nur wird es ihr nichts nutzen.« Christian Beyer hob eine Faust und hielt sie sich genau

vor das Gesicht. Seine Stimme war kaum mehr als ein Flüstern. Plötzlich hatte Kreissler Angst vor ihm.
»Ich kriege die beiden, und dann werden sie so leiden, wie ich gelitten habe.«

Kaum eine Stunde nachdem Max bei ihnen aufgetaucht war, saßen sie in einem Auto, das sie nach Hamburg bringen sollte. Ann warf einen letzten Blick auf ihr neues Haus. Wehmut überkam sie. Hier hatte sie mit ihrem Sohn ein neues Leben beginnen wollen, alles hatte so vielversprechend angefangen, und nun war sie unversehens in ihr altes Leben zurückkatapultiert worden. Ein Leben, das ihr schon den Ehemann genommen hatte. Nun lief sie Gefahr, auch ihren Sohn zu verlieren, denn egal, wie die ganze Sache ausging, für Alex würde es nie mehr so sein wie vorher. Ihre Gedanken schweiften ab, und sie dachte an Christian Beyer. Das letzte Mal hatte sie gewonnen. Sie hatte ihn geschnappt, und er war verurteilt worden. Dieses Mal würde es anders werden. Sie kannte den Mann besser als irgendein anderer, und sie wusste, er würde alles tun, um die Schlacht für sich zu entscheiden, und er würde niemanden zurücklassen. Er würde es darauf anlegen, sie zu töten und wahrscheinlich auch Alex.
Alex saß neben seiner Mutter und starrte aus dem Fenster. Nur hin und wieder warf er ihr einen verstohlenen Blick zu. Er hatte die Waffe an ihrem Gürtel gesehen, aber auf seine entsetzte Frage, was das denn zu bedeuten habe, hatte sie nicht geantwortet. Sie hatte ihn an der Schulter gepackt und ihn aus dem Haus geschoben. Direkt in eines der Fahrzeuge. Seitdem schwieg er beharrlich. Sie wusste, sie machte so ziemlich alles falsch, was man nur falsch machen konnte, aber sie nahm nicht an, dass es für eine derartige Situation in einem schlauen Erziehungsratgeber ein Patentrezept gab. *Was mache ich, wenn mein Sohn sieht, dass ich eine*

scharf geladene Waffe trage? Alex hatte sich in seine Ecke der Sitzbank gedrückt und hielt seinen Rucksack umklammert. Ann konnte sich nur im Ansatz vorstellen, was in seinem Kopf vor sich ging, aber es gab jetzt wichtigere Dinge zu bedenken, und obwohl es ihr schwerfiel, so konnte sie sich nicht damit aufhalten, wie die ganze Situation auf ihren Sohn wirkte. Sie beugte sich ein wenig nach vorn und sprach Max an, der auf dem Beifahrersitz saß.
»Wohin fahren wir?«
Max wandte sich leicht nach hinten, ohne jedoch den Blick von der Straße abzuwenden. Auch wenn er versuchte, nach außen hin ruhig zu wirken, so stand er sichtlich unter Spannung, als rechne er jeden Moment mit einem Angriff. Ann hätte ihn beruhigen können. So würde Beyer nicht agieren.
»Wir haben die oberste Etage im *Excelsior* requiriert. Dort werden wir euch unterbringen.«
Ann runzelte die Stirn. »Hältst du das wirklich für sinnvoll?«
»In der Dienststelle können wir euch kaum unterbringen, und es muss ein Ort sein, den wir im Notfall leicht verteidigen und von dem wir schnell verschwinden können.«
»Ich halte das für zu auffällig.«
Max nickte. »Unter normalen Umständen würde ich dir recht geben, aber zurzeit hält sich dort eine deutsche Boygroup auf. Die Sicherheitsvorkehrungen sind enorm. Wir haben uns sozusagen mit eingeklinkt, ein paar Sicherheitsleute mehr oder weniger fallen nicht auf. Wir haben das oberste Stockwerk. Wir können also zur Not auch mit einem Hubschrauber verschwinden.«
Ann lehnte sich wieder in ihrem Polster zurück und sah aus dem Fenster. Ihr war bei der Sache nicht sonderlich wohl, aber sie musste sich damit abfinden.
Sie wandte sich ihrem Sohn zu und drückte seine Hand. Langsam drehte er den Kopf und sah ihr ins Gesicht, und das, was sie

sah, erschreckte sie. Sie bemerkte einen Ausdruck in seinem Gesicht, den sie nicht kannte.
Angst.

Die Bürgermeisterin der Hansestadt Hamburg, Friederike Falke, stand auf und strich sich den Rock ihres hanseatisch eleganten, marineblauen Kostüms glatt.
Die letzten Wochen waren der reinste Konferenzmarathon gewesen, aber es würde sich lohnen. Dessen war sie sich sicher. Als erste Frau vor zwei Jahren in dieses Amt gewählt, hatte sie sich vorgenommen, keine farblose Quotenfrau zu werden, sondern in die Geschichte als Politikerin einzugehen, die etwas für diese Stadt getan hatte. Sie hatte mehr Polizisten auf die Straße gebracht als alle ihre Vorgänger zusammen. Die Kriminalität sank, und die Bürger hatten das Gefühl, dass ihre Stadt sicherer wurde. Die Junkies waren von der Straße verschwunden, auch wenn damit das Problem nicht wirklich gelöst war. Sie hatte dafür gesorgt, dass es in der Stadt mehr Anlaufstellen für Drogenabhängige gab. Hatten sie sich vor ein paar Monaten noch auf den Straßen rund um den Hauptbahnhof herumgetrieben, konnten sie sich nun in Tagesstätten waschen, aufwärmen und bekamen dort auch etwas zu essen. Zwar gab es kein Geld für mehr und bessere Therapieplätze, aber genau genommen interessierte das keinen. Hauptsache, der Bodensatz der Gesellschaft war aus der Öffentlichkeit verschwunden.
Arbeitslose wurde zwangsrekrutiert und mussten die Parks fegen, und das Bildungssystem erlebte geradezu einen Aufschwung. Wenn es so weiterginge, dann würde es in ein paar Jahren sogar Abiturienten geben, die in der Lage waren, einen vollständigen Satz grammatikalisch einwandfrei zu sprechen. Sie lächelte spöttisch. Ihr persönlich war das alles herzlich egal. Sie hatte keine

Kinder und auch keine Sympathien für Drogenkranke, aber das Volk, das sie wählte, liebte so etwas. Und damit stiegen ihre Chancen beträchtlich, in zwei Jahren wiedergewählt zu werden. Der größte Coup jedoch lag noch vor ihr. Sie war das Zentrum eines Akts der Völkerverständigung. Sie hatte sich des dunkelsten Flecks in Hamburgs Geschichte angenommen, und das Ganze versprach ein großer Erfolg zu werden.

Kurz vor Kriegsende, am 20. April 1945, als die Alliierten schon kurz vor der Stadt standen, waren in einer Hamburger Außenstelle des Konzentrationslagers Neuengamme jüdische Kinder von SS-Leuten ermordet worden. Sie waren in einem Schulgebäude erhängt worden. 1980 war diese Schule zu einer Gedenkstätte erklärt worden, und Friederike Falke hatte nun zusammen mit der jüdischen Gemeinde einen Deutsch-Israelischen Freundschaftsverein gegründet. Partnerstadt dieses Vereins war Tel Aviv, und zur Gründungsfeier würden in ein paar Tagen der Bürgermeister von Tel Aviv, Claudio Seligmann, sowie einige Honoratioren aus Israel eintreffen. Die Feier würde in jener Gedenkstätte, der Janusz-Korczak-Schule in Hamburg-Rothenburgsort stattfinden. Heute würde Friederike Falke mit dem Vorsitzenden der jüdischen Gemeinde, Rafael Rosenbaum, die letzten Details klären.

Bisher war alles unter strengster Geheimhaltung geplant worden. Es war nicht bekannt, wann die Delegation ankäme, und es war auch noch nicht durchgesickert, in welchem Hotel die Herrschaften residieren würden. Und dabei sollte es auch bleiben. Immerhin waren mehrere Drohungen eingegangen.

Friederike Falke warf einen letzten Blick in den Spiegel. Eine klassische Schönheit war sie nicht gerade, dazu war die Nase zu lang und der Mund zu breit, aber ihre blonden, auf Kinnhöhe geschnittenen Haare glänzten, und ihr Lächeln wirkte bezaubernd. Niemand merkte, dass die Wärme ihre blauen Augen nie erreichte. Sie lächelte zufrieden. Ihre zweiundfünfzig Jahre sah man ihr wahrlich nicht an. Sie schlenderte zurück an ihren Schreibtisch und drückte den Knopf der Gegensprechanlage. »Rita, schicken Sie bitte Herrn Rosenbaum zu mir herein.«

Ann sah sich in der Suite um. Max hatte die ganze Etage gemietet, und überall wimmelte es von Sicherheitskräften. Ihr Schlafzimmer lag neben dem von Alex, und in dem kleinen Wohnzimmer, von dem aus das Badezimmer zu erreichen war, saßen ständig zwei Mitglieder der Antiterroreinheit. Eigentlich konnte nichts schiefgehen, aber Ann war zu lange im Geschäft, um nicht zu wissen, dass dies alles Augenwischerei war. Wenn hier jemand reinkommen wollte, dann schaffte er es auch.
Alex war gleich in sein Schlafzimmer gegangen und hatte die Tür hinter sich geschlossen. Sie ließ ihm seinen Willen, schließlich war dies eine Situation, auf die ihn nichts und niemand vorbereitet hatte. Max war bereits ins Büro vorgefahren, und sie sollte folgen, wenn sie fertig war. Aber zuerst musste sie den Renovierungsstaub loswerden. Sie ging unter die Dusche und wusch sich schnell die Haare, und zehn Minuten später war sie fertig angezogen. Jeans, ein weites Baumwollhemd und feste Wanderschuhe. Die leisteten die besten Dienste. Die Schuhe waren nicht zu schwer, und zur Not konnte sie darin auch einen Hundert-Meter-Hürdenlauf bestreiten. Sie fuhr sich noch einmal mit der Bürste durch ihr feuchtes Haar, und sie war kaum fertig, da klopfte es leise. Einer der Agenten stand im Türrahmen.
»Frau Deckert, ich habe den Auftrag, Sie zu Herrn Heidrich zu bringen.«
Ann versuchte ein leichtes Lächeln, obwohl ihr nicht danach zumute war. »Das ist nett. Ich bin gleich so weit. Geben Sie mir nur

noch fünf Minuten.« Der junge Mann nickte und ging zurück ins Wohnzimmer.

Ann verließ ihr Schlafzimmer und blieb unschlüssig vor Alex' Zimmertür stehen. Was sollte sie ihm sagen? Die Wahrheit? Dafür reichte ihr wohl kaum die Zeit. Egal. Sie holte tief Luft und klopfte entschlossen an das dicke Holz.

»Ja?« Alex' Stimme klang gedämpft durch die Tür.

Sie trat ein und schloss die Tür hinter sich.

»Hej, wie geht es dir?«

Alex lag bäuchlings auf dem Bett und tat so, als lese er in einem seiner Comics. Dass er nur so tat, bemerkte sie an seiner verkrampften Haltung. Seine Fingerknöchel traten weiß hervor, so als halte er einen dicken Stahlträger in den Händen und nicht ein Heft mit vielen bunten Bildern. Sie setzte sich zu ihm und wuschelte ihm durchs Haar, was er sich gefallen ließ.

»Pass auf, ich muss für eine Weile weg.«

»Aha.« Er tat weiter unbeteiligt, aber sie konnte sehen, dass er verunsichert war.

»Ich kann dir jetzt nicht alles erzählen, aber ich verspreche dir, wenn es vorbei ist, werde ich dir das Ganze erklären.«

Er sah von dem Heft auf und blickte ostentativ an ihre rechte Hüfte. »Wo ist deine Knarre?« Es sollte gelangweilt klingen, aber Ann vernahm sehr wohl den heiseren Unterton in seiner Stimme.

»In meinem Zimmer. Hör zu, ich weiß, dass ist alles sehr …«

»Du hast mich angelogen.« Es war eine Feststellung, keine Frage, und sie spürte, dass er begann, die Fassung zu verlieren. »Ich durfte niemals auch nur eine Spielzeugpistole haben, weil du gesagt hast, dass du Waffen hasst, und was ist mit dir? Das Ding ist doch bestimmt kein Spielzeug, oder?«

»Nein, ist es nicht.« Sie lächelte nicht mehr, sondern sah ihren Sohn aus ernsten braunen Augen an. Sie wusste, die Zeit der

Kindereien war zu Ende. Sie musste ihren Sohn als das betrachten, was er war. Ein junger Mann. »Und ich habe dich nicht angelogen. Ich hasse Waffen tatsächlich. Wahrscheinlich gerade, weil ich selber eine habe und weiß, was sie anrichten kann.«
»Und jetzt musst du auf einmal weg. Und wohin? Und wann kommst du wieder?«
»Ich fahre zu Onkel Max ins Büro, und ich habe keine Ahnung, wann ich wiederkomme. Ich versuche mich aber so oft es geht bei dir zu melden. Ist das in Ordnung?«
Alex setzte sich auf und schüttelte den Kopf. »Nein, ist es nicht, aber es interessiert dich eh nicht, was ich dazu sage, oder?«
»Doch, das tut es, aber ich kann nicht. Dieses Mal habe ich keine Möglichkeit, mit dir über das, was ich tue, zu diskutieren.«
»Du bist so anders.«
»Wie bin ich?« Sie sah, wie ihrem Sohn Tränen in die Augen stiegen, die er ärgerlich mit einer Hand wegwischte.
»So, als seist du nicht mehr meine Mutter.«
Ann spürte, wie sich ein dicker Knoten in ihrem Hals bildete. Entschlossen schluckte sie ihn hinunter. Sie durfte ihm auf keinen Fall zeigen, dass es in ihrem Inneren genauso aussah wie in seinem Herzen. Er brauchte jetzt Sicherheit, und die konnte sie ihm nur mit ihrer Stärke vermitteln. »Ich bin immer noch dieselbe. Vielleicht benehme ich mich nicht wie sonst, das gebe ich gerne zu, aber ich bin immer noch deine Mami. Und jetzt hör mir gut zu. Während ich weg bin, passen ein paar Männer auf dich auf. Du musst genau tun, was sie sagen, es sei denn, ich persönlich sage dir etwas anderes. Hast du mich verstanden? Und noch was, du verlässt unter keinen Umständen ohne Begleitung dieses Zimmer. Hast du das auch verstanden?«
Alex blickte sie stumm an. Ihre Stimme wurde eindringlicher.
«Hast du mich verstanden?«

Alex nickte. »Ja.« Es war kaum mehr als ein Flüstern. Sie nahm ihn in die Arme und fühlte sich für einen Augenblick in die Zeit zurückversetzt, in der für ihn eine Umarmung Sicherheit und Geborgenheit bedeutet hatte. Hoffentlich konnte sie ihm auch heute etwas davon geben. Er legte den Kopf an ihre Brust, und für einen Moment gab es nur sie beide. Mutter und Sohn.
»Ich hab dich lieb, Alex.«
»Ich dich auch, Mami.« Er schniefte kurz und hob dann den Kopf. Eine einzelne Träne löste sich aus seinem Augenwinkel und lief ihm über das Gesicht. Aber sie sah noch etwas. Zuversicht. Doch genau die verspürte sie selbst nicht.

»Wie und wo soll die Aktion nun genau ablaufen?« Walter Kreissler wagte einen Vorstoß. Noch hatte ihm Christian nicht erzählt, was er vorhatte. Kreissler hatte einen Teil der Scheune zu Wohnquartieren umfunktionieren lassen. Nur ein paar Tische und Stühle sowie Feldbetten. Nichts Luxuriöses, aber für ihre Zwecke reichte es. Hier schliefen die Wachen, die vierundzwanzig Stunden am Tag mit Feldstechern die Umgebung absuchten. Der Hof lag einsam, und das Gelände war eben. Ein unbezahlbarer Vorteil, der ihnen genügend Sicherheit bot. Hier saßen sie nun und aßen zu Abend. Das Essen stammte aus einem Imbiss im nächsten Dorf, das weit genug entfernt war, um sie vor neugierigen Blicken und aufdringlichen Fragen zu schützen.
»Das erzähle ich dir, wenn es so weit ist.« Beyer nahm ein knuspriges Brötchen und bestrich es mit Butter.
»Vertraust du mir nicht?«
»Walter«, Beyer legte das Messer beiseite und sah seinen Schwiegervater lächelnd an. »Das hat nichts mit Vertrauen zu tun, aber erstens sind die diesbezüglichen Vorbereitungen noch nicht ganz abgeschlossen, und zweitens ist es für den Fall, für den unwahr-

scheinlichen Fall, wie ich hier betonen möchte, besser, wenn du nicht zu viel weißt.«

Kreissler blickte Christian beleidigt an. »Also traust du mir doch nicht? Glaubst du denn, ich würde, wenn wir geschnappt würden, irgendetwas verraten?«

Beyer spürte, dass er einen Schritt zu weit gegangen war. Es war nicht so, dass er dem alten Mann nicht traute. Er traute nur dessen Kraft nicht mehr hundertprozentig.

»Nein, das heißt nur, dass es besser ist, wenn du nicht alles weißt. Es ist sicherer für dich. Und du würdest überzeugender bei den Bullen wirken.« Kreissler widmete sich scheinbar besänftigt wieder seinem Brathähnchen. Christian betrachtete seinen Schwiegervater verstohlen. Es hatte Zeiten gegeben, da der alte Mann sich nicht so leicht hätte abwimmeln lassen. Was war passiert? Eine Zeit lang aßen sie schweigend, bis Walter Kreissler das Gespräch wieder begann.

»Was ist mit Merthin? Können wir den langsam von der Angel lassen?«

Christian musste innerlich grinsen. Von der Angel lassen? Was stellte sein Schwiegervater sich eigentlich vor? Ungerührt aß er weiter.

»Nein, noch nicht. Ich brauche ihn noch eine Weile. Dann sehen wir weiter.«

Kreissler sah von seinem Teller hoch. Er schien alarmiert. »Wie meinst du das?«

»Dass ich ihn noch brauche.«

»Nein, nicht das. Was meinst du mit: *Dann sehen wir weiter?*«

»Er hat Angst.«

»Er war dein Strafverteidiger.«

Christian lachte leise. »Und was hat mir das eingebracht? Zweimal lebenslänglich.«

»Das war ja wohl kaum seine Schuld. Bei dem, was der Staat in den Händen hielt, hätte dich nicht einmal ein Wunder retten können.« *Bei dem, was der Staat in den Händen hielt.* Christan registrierte alles. Walter hatte nicht gesagt: *Bei den Beweisen, die der Staat in Händen hielt*. Das bedeutete, dass er noch zu der Sache stand. Warum nur zweifelte er plötzlich? War er im Knast paranoid geworden?

»Darum geht es nicht. Der Mann hat Angst, und ich will nicht, dass er bei den Bullen aussagt.«

»Das darf er nicht. Er untersteht der Schweigepflicht.«

»Das mag sein, aber ich kann mir nicht vorstellen, dass Merthin Rückgrat genug hat, sich im entscheidenden Moment daran zu erinnern. Vielleicht war er doch nicht die erste Wahl.«

»Er hat uns Öffentlichkeit gebracht und mit der kostenlosen Publicity eine ganze Menge Anhänger.«

Christian überlegte. »Ja, wahrscheinlich hast du recht. Auf jeden Fall brauchen wir ihn noch.«

»Wofür?«

Beyer stützte die Arme auf den Tisch und faltete locker seine Hände. »Er hat einen Kontakt für mich hergestellt, der unbezahlbar ist. Ich erwarte morgen eine Lieferung, die für unsere Aktion lebenswichtig ist.«

»Davon hast du mir nichts erzählt.«

»Stimmt.« Beyer nickte. Er hatte sein Besteck wieder aufgenommen und begann, das Huhn klein zu schneiden.

Kreissler wartete vergeblich auf eine nähere Erläuterung und versuchte es anders. »Wir haben nur noch drei Tage Zeit, und wir wissen noch immer nicht, in welchem Hotel sie absteigen.«

»Haben wir Hinweise?«

»Es gibt Vorbestellungen in vier verschiedenen Hotels. Sie sind nicht dumm.«

»Nein, das sind sie ganz sicher nicht. Aber auch nicht besonders geschickt.« Beyer überlegte kurz. Vielleicht sollte er den Alten doch ein Stück weit einweihen. Er stand auf und ging an den kleinen Schreibtisch, der in der Ecke stand. Er knipste die Schreibtischlampe an und zog eine der Schubladen auf. Nachdem er gefunden hatte, was er suchte, nahm er es heraus und schaltete das Licht wieder aus.
»Hier«, Beyer warf einen kleinen Schnellhefter auf den Esstisch und setzte sich wieder.
»Was ist das?«
»Schau es dir an. Es sind die Pläne der Schule am Bullenhuser Damm in Rothenburgsort.«
»Da findet also die Aktion statt? Eine glänzende Idee.« Walter nickte. Er wirkte sehr zufrieden, dass sein Schwiegersohn ihn nun doch ins Vertrauen zog. Kreissler schob seinen Teller beiseite und faltete die Pläne auseinander.
»Die sind ganz neu. Selbst der neue Anbau ist schon mit drauf.«
»Ja, das war wichtig. Ich hatte Merthin ganz konkrete Anweisungen gegeben, was ich brauche.«
Kreissler studierte die Pläne genau.
»Wir könnten hier und hier«, er zeigte mit dem Zeigefinger auf ein paar markante Punkte, »ein paar Sprengsätze anbringen.«
Christian lächelte. »Findest du das nicht ein wenig plump?«
»Nun, die Überraschung wäre auf unserer Seite, und die, die überleben, schnappen sich unsere Männer.«
»Nein«, Christian schüttelte den Kopf. »Ich denke, dass der Bau vorher sorgfältig abgesucht werden wird. Ein Sprengsatz hat da nicht die geringste Chance. Noch bevor die Veranstaltung angefangen hätte, wäre unsere Aktion beendet. Nein, mein Lieber, wir brauchen keine Sprengsätze.«
»Sondern?« Der alte Mann sah stirnrunzelnd hoch.

Sein Schwiegersohn lächelte breit. »Was wir brauchen, mein lieber Walter, ist die neu eingebaute Klimaanlage.«

Sie saß auf dem Beifahrersitz des großen 8er BMW, während sie von einem der Agenten ins Büro gefahren wurde. Zwar hatte Max ihr zugestanden, dass sie sich frei bewegen könne, aber immer nur mit einem Wachhund an ihrer Seite. Dieser hier, sie wusste nicht einmal seinen Namen, war ganz nett. Er sprach nicht viel, und das wiederum sprach für ihn. Sie blickte aus dem Seitenfenster und sah die vertrauten Orte vorbeihuschen. In dieser Stadt hatte sie gelebt, seit sie sechs Jahre alt gewesen war. Geboren wurde sie in den Vereinigten Staaten, genauer gesagt in Seattle. Ihr Vater war Deutscher, ihre Mutter eine deutschstämmige Amerikanerin. Rechtzeitig zur Einschulung der kleinen Ann war die Familie nach Deutschland gezogen. Und hier in dieser Stadt an der Universität hatte sie Michael kennengelernt.
Mein Gott, wie lange ist das alles her, dachte sie, und doch hatte sie mitunter das Gefühl, als sei es erst gestern gewesen. Hier hatte alles angefangen, und eigentlich hatte sie hier alles beenden wollen, aber nun ja, das Schicksal wollte es wohl nicht auf die leichte Tour.
Die Hamburger Speicherstadt kam in Sicht, und das bedeutete, dass sie gleich die Dienststelle erreicht hatten. Der Fahrer bog in die Altstädter Straße ein. Heute war Markttag, und sie war froh, dass sie nicht auf einen freien Parkplatz angewiesen waren. Sie fuhren zu einer Tiefgarage, und nachdem sich ihr Bodyguard identifiziert hatte, durften sie hineinfahren. Langsam rollte das Fahrzeug die Rampe hinunter. Von außen sah der Häuserblock aus rotem Backstein unscheinbar aus, doch bereits hier in der Tiefgarage konnte man erahnen, wo man sich befand. Hinter dem Rolltor, das sich nach ihrer Einfahrt sofort wieder schloss,

standen bewaffnete Posten, die sich erneut von ihrer Zugangsberechtigung überzeugten. Überall waren Kameras angebracht, die jede ihrer Bewegungen verfolgten, und das ganze Kellergeschoss war taghell erleuchtet.

Mit dem Fahrstuhl fuhren sie in die dritte Etage, und als sich die Aufzugtüren öffneten, betraten sie eine andere Welt. Als Ann und ihr Mann beim Geheimdienst angefangen hatten, gab es Schreibmaschinen und Karteikarten, Verbrecherfotos in Alben und Funkgeräte, die so groß waren, dass man sie unmöglich versteckt tragen konnten. Heute standen überall PCs und Laptops. Man war an die Überwachungskameras der wichtigsten Straßenkreuzungen angeschlossen und konnte auf Satellitenfotos zugreifen. Die Funkgeräte waren oft nur noch ein Knopf im Ohr, und die Schreibmaschinen waren auf dem Müll gelandet. Einige Köpfe drehten sich zu ihr um und schauten wieder weg. Andere, die sie kannten, kamen auf sie zu, schüttelten ihr die Hand oder nickten ihr aus der Entfernung zu. Keiner schien übermäßig überrascht, sie zu sehen. Nach Beyers Verurteilung hatte sie sich zurückgezogen und überlegt, was sie als Nächstes machen sollte. Sie hatte in Paris ihre Wohnung aufgelöst, Alex' Schuljahr abgewartet und sich dann das Haus in der Nähe von Hamburg gekauft. Als sie dem Dienst endgültig den Rücken gekehrt hatte, waren einige Kollegen der Meinung gewesen, dass dieser Abschied nicht für lange sein würde, aber Ann hatte eigentlich vorgehabt, diese Zweifler zu enttäuschen. Nun war es anders gekommen. Sie ging geradewegs ins Besprechungszimmer.

Bei ihrem Eintreten saßen bereits einige Personen um einen Tisch herum. Max sprang auf und eilte auf sie zu.

»Ann, schön, dass du so schnell kommen konntest. Ich will dir ein paar Leute vorstellen. Das hier«, er ging auf einen Mann in ihrem Alter zu, »ist Frank. Er hat eine Zeit lang in Afghanistan und zu-

letzt im Irak gearbeitet. Er leitet das Einsatzteam. Ich glaube, ihr kennt euch noch nicht.« Ann reichte Frank die Hand und lächelte höflich. Es war ihr eigentlich scheißegal, wo er gearbeitet hatte. Er sollte nur helfen, diese Geschichte zu einem guten Ende zu bringen. »Hier geht es weiter. Bernd ist Informatiker und hackt sich, wenn nötig, überall hinein.« Bernd sah aus, wie man sich ein Computergenie vorstellte. Groß, mager, wirre blonde Haare, eine Brille, die ständig von der Nase rutschte, und ein schüchterner Blick. Selbst als er ihr die Hand reichte, lief er leicht rot an. Er murmelte etwas Unverständliches und widmete sich gleich wieder seinem Laptop. »Das ist Christin. Sie ist eine Art Verbindungsbeamtin und koordiniert die Kontakte zu anderen Behörden oder Geheimdiensten.« Die junge Frau, sie schien kaum dreißig Jahre alt zu sein, sah aus wie ein Model. Eine makellose Figur in einem makellosen, eleganten Kostüm. Die Haare saßen perfekt, und für das Make-up schien sie einen Visagisten zu beschäftigen. So schön sie auch aussah, Ann fühlte sich wesentlich wohler in ihrem Jeans-Gammellook. Christin reichte ihr freudestrahlend die Hand. »Wie schön. Ich habe schon viel von Ihnen gehört.«
Blöde Phrasendrescherei. Ann spürte, dass sie zunehmend ungeduldiger wurde.
»Und hier, der vielleicht wichtigste Mann unserer Dienststelle: Eric. Er kümmert sich um die hereinkommenden Meldungen und wertet sie aus. Der Mann ist genial, er hört die Flöhe husten. Das wären dann alle. Ich denke, wir sollten anfangen. Setz dich, Ann.« Er zeigte auf einen leeren Stuhl. Er selbst blieb stehen. Das kannte sie schon von ihm. Immer dann, wenn es ernst wurde, stand er.
»Ich muss mich nicht groß mit Vorreden aufhalten, ihr wisst alle, warum wir hier sind. Aber trotzdem gibt es etwas, das einigen von euch noch nicht bekannt sein dürfte. Der Gefangenentrans-

port wurde überfallen, bevor er Christian Beyer aus dem Gefängnis abgeholt hat.«

»Soll heißen?« Christins Stimme war rauchig. Sie klang sexy, fand Ann.

»Ich habe Frank gebeten, die Meldungen des heutigen Tages zu überprüfen, und dabei stieß er auf etwas, das niemand mit unserem Fall in Zusammenhang gebracht hatte. Zwei männliche, unbekleidete und unbekannte Leichen in Hamburg-Fuhlsbüttel. Sie wurden in einem kleinen Wald in der Nähe des Gefängnisses gefunden. Beide wurden mit einem Kopfschuss förmlich hingerichtet. Wie sich herausstellte, handelt es sich um zwei Justizvollzugsbeamte, die den Transport durchführen sollten. Das heißt, dass Komplizen von Beyer den Transport auf dem Weg nach Fuhlsbüttel überfallen haben. Wir haben sofort im Gefängnis nachgehakt, und der Wachhabende erzählte uns, dass ihm die beiden, die Beyer heute Morgen abgeholt haben, unbekannt waren. Allerdings hatten sie Ausweise und die Transportpapiere, daher sah er keinen Grund zur Nachfrage. Nicht zuletzt deshalb, weil einer der beiden sehr forsch und entschlossen aufgetreten ist.«

»Und wieso hat niemand die Leichenfunde mit Beyer in Verbindung gebracht? Das wäre doch naheliegend gewesen, oder nicht?« Anns Stimme klang fast ein wenig aufsässig. Sie hatte sich schon manches Mal über die Trägheit der Polizei geärgert, aber das hier wäre wirklich der Gipfel.

»Weil die bis dahin noch nichts von der Flucht gewusst haben. Wir haben nach Beyers Flucht eine vorläufige Nachrichtensperre verhängt, und nur wenige bei der Polizei wussten Bescheid.«

Im Geiste entschuldigte sich Ann bei der von ihr so geschmähten Polizei. Die hatten also keine Schuld. Dieses Mal jedenfalls nicht.

Frank schaltete sich ein. »Zwar wurde die Route kurz vor Fahrtantritt geändert, aber das hatte anscheinend keinen Einfluss auf die weiteren Ereignisse. Wahrscheinlich haben sie einer weiteren Gruppe per Handy oder über Funk Bescheid gegeben, und ein paar Kilometer hinter Hamburg fuhr der kleine Konvoi dann auf einen Autobahnparkplatz. Dort wurden die Insassen der beiden Begleitfahrzeuge erschossen, und zwar von den Männern aus dem Transportfahrzeug. Sie ließen alles stehen und liegen und verschwanden im dichten Unterholz hinter dem Parkplatz. In der Nähe konnten Reifenspuren gesichert werden, und die dazugehörigen Fahrzeuge entdeckten wir eine halbe Stunde später abgestellt auf einem Supermarktparkplatz. Von da an verliert sich die Spur von Beyer und seinen Leuten.«

»Woher wisst ihr, dass die Morde von den gleichen Leuten begangen wurden, die auch die beiden Beamten in Fuhlsbüttel getötet haben?«

»Zumindest fanden wir Patronenhülsen, die identisch mit denen der beiden Morde in Hamburg waren.«

»Und die Fahrzeuge, mit denen sie von dem Autobahnparkplatz verschwunden sind?«

»Waren gestohlen. Der Clou: Der Besitzer hatte bis dato nichts von dem Diebstahl gewusst. Es handelt sich um eine kleine Handwerksfirma, die heute eine Betriebsfeier hat, und somit war die Firma geschlossen.«

Ann ließ nicht locker. »Viele Supermärkte überwachen ihre Parkplätze mit Kameras, um Überfällen vorzubeugen.«

Frank nickte. »Dieser Parkplatz eigentlich auch, aber es waren keine Filme in den Kameras, weil der Betreiber des Supermarktes das für eine unnütze Geldverschwendung hält.«

Ann lehnte sich vor und stützte sich mit den Ellenbogen auf der Tischplatte auf. Das Kinn ruhte auf den gefalteten Händen.

»Beyer hat nach wie vor gute Kontakte nach draußen. Können wir Merthin irgendetwas nachweisen?«

Max schüttelte den Kopf. »Nein. Und er wird behaupten, von den Fluchtplänen nichts gewusst zu haben. Aber ich glaube kaum, dass bei ihm der springende Punkt liegt. Viel eher kommt Kreissler in Betracht.«

Ann sah erstaunt auf.

»Walter Kreissler? Beyers Schwiegervater? Ich dachte, der hätte nach dem Tod seiner Tochter und der Verurteilung Beyers das Land verlassen.«

Nun schlug Erics große Stunde. »Hatte er auch. Wie Ihnen sicherlich bekannt ist, konnten wir ihm nie eine kriminelle Handlung nachweisen, auch wenn wir wissen, dass er für einige Attentate verantwortlich war. Jedenfalls, nach dem Prozess verkaufte er seine Firma und sein Haus und zog sich nach Südfrankreich zurück. Zwar hielten wir Kontakt zu den dortigen Behörden, aber er schien sich in einen unbescholtenen Bürger verwandelt zu haben. Bis vor ungefähr einem halben Jahr. Er scharte eine Gruppe junger Deutscher um sich, von denen einige bekanntermaßen der Neonazi-Szene angehören. Unter anderem ein junger Offizier, den sie aus der Bundeswehr geworfen hatten, weil er einem Vorgesetzten, wie er es selber nannte, ›die Judenfresse poliert‹ hatte. Das Verteidigungsministerium vertuschte die ganze Sache und setzte ihn an die frische Luft. Wo war ich stehengeblieben?« Eric runzelte die Stirn. »Ach ja, richtig. Vor circa acht Wochen reiste Kreissler mit seinen Bodyguards wieder nach Deutschland ein und mietete eine kleine Wohnung in Hamburg.«

»Beobachtet ihr ihn?«

»Wir haben es versucht, aber seine Leute haben uns immer wieder abgehängt, und wir konnten nicht riskieren, dass er Klage gegen uns erhebt, schließlich hatten wir nichts in der Hand. Wir mussten uns zurückhalten.«

»Nun haben wir vielleicht ein bisschen mehr.«

»Mag sein«, Frank schaltete sich wieder ein, »aber Kreissler ist seit einer Woche wie vom Erdboden verschluckt.«

Noch nie hatte er sich so verlassen gefühlt. Er hätte ewig im Arm seiner Mutter liegen können, so wie früher, als er noch klein war, aber plötzlich hatte sie ihn sanft weggeschoben und gesagt, dass sie gehen müsse. So kannte er sie gar nicht. Er kannte sie gar nicht mehr. Sie war so anders, und auch wenn sie versucht hatte, ihn zu beruhigen, so hatte er doch Angst. Früher hatte er nie Angst gehabt in ihrer Gegenwart. Ja, bis heute Morgen hatte er das Gefühl überhaupt nicht gekannt. Immer war sie für ihn da gewesen. Sie hatte oft alles andere stehen- und liegenlassen, nur um für ihn da zu sein, und heute ging sie einfach weg.

Er erinnerte sich noch gut an einen Vorfall, er war knapp sechs Jahre alt gewesen. Sie waren damals gerade umgezogen und in seinem neuen Kindergarten hatte es Stress gegeben. Die Erzieherin hatte seine Mutter angerufen, und die war sofort gekommen und hatte die Sache geklärt, obwohl sie eigentlich gar keine Zeit gehabt hatte. Sie hatte bei irgendeiner Besprechung übersetzen müssen. Aber war sie überhaupt Dolmetscherin? Wie viele Übersetzer liefen mit einer scharfen Waffe herum und wurden von bewaffneten Leuten beschützt? Wer war sie wirklich? Verzweiflung machte sich in ihm breit, und er spürte, wie ihm wieder die Tränen kamen, die er unterdrückt hatte, damit seine Mutter sie nicht sah. Aber jetzt konnte er sie nicht mehr aufhalten. Sie flossen einfach seine Wangen hinunter. Würde Mami wiederkommen? Sie hatte so ernst ausgesehen und auch sehr besorgt.

Seit Onkel Max heute Morgen zu ihnen nach Hause gekommen war, hatte sie nicht mehr gelacht. Onkel Max. Was war eigentlich mit dem? Mami hatte ihm immer erzählt, dass Onkel Max der ältere Bruder seines Vaters war. Stimmte das, oder war das auch eine Lüge? Er hätte schwören können, dass seine Mutter ihn nie angelogen hatte, denn sie hasste Lügen. Andererseits hasste sie auch Schusswaffen und hatte selber eine. Was war noch wahr, und was war Lüge? Warum hatte sie ihn angelogen? Lebte sein Vater vielleicht sogar noch, oder war Onkel Max sein Vater? Er wünschte, sie wäre jetzt bei ihm, würde ihm übers Haar streichen, ihn anlächeln und einen dummen Witz reißen. Dann würden sie heißen Kakao trinken und sich einen Trickfilm ansehen. Und wenn er schlecht träumte, dann könnte er zu seiner Mutter ins Bett schlüpfen, sich ankuscheln und alle Monster verschwänden wie von Zauberhand. Aber das hier war kein Traum, und die Männer, die draußen saßen und ihn beschützen sollten, waren schlimmer als Monster. Er vermisste seine Mam, aber er hatte auch Angst, und das erschreckte ihn am meisten.
Zum ersten Mal in seinem Leben jagte ihm seine Mutter Angst ein.

»Ihr habt ihn verloren? Was ist mit der Wohnung, in der er in Hamburg gelebt hat?«
»Der Mietvertrag lief auf den Namen des ehemaligen Bundeswehroffiziers. Bernd?« Max wandte sich an den Informatiker. Der lief vor Verlegenheit rot an und schob sich die Brille wieder auf die Nase. Er schien nicht daran gewöhnt zu sein, direkt angesprochen zu werden.
»Ja, also, ich habe mich überall reingehackt, unter anderem auch in das Wasserwerk und beim Stromversorger. Nirgends taucht Kreisslers Name auf. Selbst das Fahrzeug, das er fuhr, war auf

einen der jungen Männer zugelassen, die mit ihm unterwegs sind. Wir haben nichts.«

»Kreditkarten?«

Bernd schüttelte den Kopf. »Er zahlt immer bar.«

»Was ist mit seiner alten Firma?«

»Die hat er an einen alten Geschäftsfreund verkauft. Achmed Al-Khan. Er und Kreissler sind alte Freunde. Al-Khan ist Iraker, lebt aber seit Jahren in Deutschland und hat mittlerweile einen deutschen Pass. Von Deutschland aus begann er arabische Terrororganisationen zu unterstützen, die in der ganzen Welt ihr Unwesen treiben. Er lernte Kreissler kennen, als der eine seiner Reden hielt. Die beiden freundeten sich an. Zumal die beiden einen gemeinsamen Feind haben. Israel.«

»Gibt es zwischen Beyer und Al-Khan irgendeine Verbindung?«

Christin antwortete. »Al-Khan hat in die ganze Welt Verbindungen. Er macht Geschäfte mit der IRA, den baskischen Separatisten, und man sagt ihm sogar Kontakte zu Al-Qaida nach. Sämtliche Geheimdienste dieser Welt würden ihm nur zu gern etwas nachweisen. Zu Beyer und seiner ehemaligen Organisation hat er aber keinerlei Verbindungen. Wenn er ihm also hilft, dann aus alter Freundschaft zu Kreissler.«

»Also müssen wir da ansetzen.«

Max nickte. »Das ist unsere einzige Spur. Ich schlage vor, dass wir das sofort in Angriff nehmen. Frank, du kümmerst dich um Al-Khan, Bernd, du …«

»Max, warte. Ich finde, wir haben noch nicht alles geklärt.« Die anderen waren bereits im Begriff gewesen, das Besprechungszimmer zu verlassen, um an ihre Arbeitsplätze zurückzukehren. Bei Anns Worten blieben sie stehen. Christin zeigte eine Spur von Ungeduld. Max runzelte die Stirn.

»Was meinst du?«

»Habt ihr euch keine Gedanken darüber gemacht, warum er ausgerechnet jetzt geflohen ist?«
»Er hatte die Gelegenheit.« Die Antwort von Christin kam prompt.
»Die Gelegenheit hatte er schon öfter, und trotzdem hat er es nie auch nur versucht.«
»Es wäre ihm auch nicht gelungen.« Christins Stimme nahm einen spitzen Unterton an. Sie wirkte, als rühre man an ihre Ehre.
»Es ist ihm jetzt gelungen, oder nicht?« Ann sah Christin unter hochgezogenen Augenbrauen an. »Er hat uns bewiesen, dass er fliehen kann. Also, warum jetzt? Ich denke, es geht ihm um mehr als nur Freiheit und Rache. Ich denke, dass wir etwas übersehen.«
»Ach? Und das wäre?« Christins Stimme wurde beißend. Vorbei das Ich-freue-mich-Sie-kennenzulernen-Getue.
»Überinterpretierst du die Sache nicht ein bisschen? Ich meine, wer möchte denn schon gern zweimal lebenslänglich im Knast sitzen?« Max' Stimme klang ganz sanft. Fehlte nur, dass er ihr die Wange tätschelte.
»Max, du brichst dir keinen dabei ab, wenn du dir über diese Theorie Gedanken machst. Ich kenne Beyer, er würde nicht einfach nur so aus dem Knast fliehen. Er ist einer, der die Knaststrafe dazu nutzt, sich zum Märtyrer hochzustilisieren. Es muss noch einen Grund geben, einen sehr viel gewichtigeren. Also, denk nach. Was kann es sein?«
»Ann …«
»Ich glaube, der Gedanke ist gar nicht falsch.« Frank war aufgestanden. »Zwar kenne ich Beyer nicht, aber es macht Sinn. Lasst uns überlegen, welchen Grund es geben könnte.«
Ann sah ihn erstaunt an. Sie hatte gedacht, hier auf verlorenem Posten zu stehen.

»Die Sicherheitskonferenz der Innenminister in Berlin.«

»Und weiter?«

Max zuckte mit den Schultern. »Eigentlich nichts weiter. Die Kanzlerin ist im Ausland, mal wieder, und Staatsbesuch ist derzeit nicht angekündigt.«

»Na ja«, Bernd meldete sich, und zwar buchstäblich. Er hob zaghaft eine Hand, und dabei färbten sich seine Wangen zartrosa. »Vielleicht ist es nicht gerade ein Staatsbesuch, aber einen hochrangigen Besuch haben wir in Hamburg schon.«

»Ach?« Christin demonstrierte Langeweile. Sie schien nicht allzu viel von Bernd zu halten.

»Es wurde ein neuer deutsch-israelischer Verein gegründet. Er bemüht sich um Schüler-, Studenten- und Lehreraustausch mit Israel. Partnerstadt ist Tel Aviv, und Vertreter dieser Stadt kommen in drei Tagen nach Hamburg. Eine der Hauptinitiatoren ist unsere Bürgermeisterin. Die Feierlichkeiten finden in der alten Schule am Bullenhuser Damm statt.«

»Dort, wo die Kinder bei Kriegsende ermordet wurden?« Ann war aufgeregt. Bernd nickte.

»Max, das ist es.« Ihre Stimme hob sich. »Dann macht es auch Sinn, wenn Al-Khan mit drinsteckt.«

»Was für eine Schule? Und welche Kinder wurden ermordet?« Christins Stimme bebte vor Ungeduld. Sie schien keine Ahnung zu haben, worum es ging.

»Nun«, Max kniff die Augen zusammen. »Bernd hat recht. Wir sind vor einiger Zeit gebeten worden, eine Gefährdungsanalyse zu erstellen, aber außer ein paar dilettantischen Drohbriefen hat es keine ernstzunehmenden Anzeichen dafür gegeben, dass ein Anschlag geplant ist, zumal die Neonazis in Hamburg traditionell eher schwach besetzt sind.« Er dachte einen Moment nach und schien dann zu einem Entschluss zu kommen.

»Also gut, ich lass es darauf ankommen. Christin, mach mir bitte einen Termin bei der Bürgermeisterin. Sag ihr, es ist dringend. Noch heute. Frank? Es bleibt dabei, du gehst zu Al-Khan. Bernd, du …«

»Ich gehe mit Frank.« Ann war aufgestanden.

Max sah sie zweifelnd an. »Ich weiß nicht, ob das so eine gute Idee ist. Du kannst hier genauso viel helfen.«

»Helfen? Ich höre wohl nicht recht. Schließlich geht es hier um mein Leben und das meines Sohnes, wenn hier also jemand hilft, dann du.«

Christin war erbost. »Sie haben hier keine Befugnisse. Wenn man Sie hier mitarbeiten lässt, dann aus …«

Ann drehte sich um und schmetterte sie mit einem gelangweilten Gesichtsausdruck ab. »Tun Sie mir einen Gefallen und halten Sie sich da raus. Ich weiß, was ich tue, und glauben Sie mir, ich mache das schon verdammt lange.«

Christin holte Luft, um zu antworten, nach einem Blick auf Max schloss sie ihren Mund jedoch wieder. Sie zögerte kurz und verließ dann unter unverständlichem Gemurmel den Raum.

»Das war nicht unbedingt nötig, Ann.«

»Max, bitte, ich hab wirklich nicht die Zeit, ihr das Popöchen zu pudern. Wenn Al-Khan an der ganzen Sache beteiligt ist, so ziehe ich es vor, einem meiner Feinde von Angesicht zu Angesicht gegenüberzustehen. Also?«

Sie stellte ihn vor die Entscheidung, und seinem Gesichtsausdruck war zu entnehmen, dass es ihm nicht behagte, aber er wusste, dass er keine Chance hatte. Wenn er ihr diesen Wunsch – oder genauer: ihre Forderung – abschlug, würde sie auf eigene Faust agieren, und das konnte er keinesfalls brauchen. Er wandte sich an Frank.

»Frank?«

Der zuckte mit den Schultern. »Ich habe damit kein Problem. Vielleicht ist es sogar besser, wenn wir dort zu zweit aufschlagen.«

Max seufzte. Wahrscheinlich hatte er insgeheim gehofft, dass Frank Anns Anliegen ablehnen würde.

»Bernd, geben Sie Ann bitte eine Chipkarte.« Er wandte sich an Ann. »Das ist dein Zugangsausweis, du kommst damit an die Computer heran.«

»Welche Sicherheitsstufe?« Bernd schob seine Brille die Nase hoch, obwohl sie gar nicht heruntergerutscht war.

»Sie bekommt Stufe eins.« Bernd nickte, packte seinen Laptop zusammen und verließ den Besprechungsraum. Max wandte sich wieder Ann zu. »Mit der Stufe eins hast du eine unbeschränkte Sicherheitsfreigabe, das bedeutet, dass du in jedes Computerprogramm hineinkommst. Auch in die Geheimdossiers. Aber da erzähle ich dir ja wohl nichts Neues.«

»Ich danke dir.«

Max nickte ihr und Frank zu und verschwand dann. Eric folgte ihm auf dem Fuße.

»Also dann. Wollen wir?«

Ann fühlte sich ein bisschen unwohl. Sie spürte, dass sie hier in die Dienststelle einfiel wie ein Invasor, und eigentlich hatte Christin recht. Sie hatte keinerlei Befugnisse, aber schließlich ging es hier nicht um irgendwelche Vorschriften. Hier stand einfach zu viel auf dem Spiel.

»Ja, sicher.« Ihr Ton hörte sich forscher an, als sie sich fühlte, aber Frank lächelte sie freundlich an. Er schien nicht die gleichen Vorurteile zu hegen wie seine Kollegin. Ann folgte ihm zu den Aufzügen, und beide fuhren hinab zur Tiefgarage.

Erst als sie fast am Wagen angekommen waren, sprach Frank.

»Was ist das für ein Gefühl, ein Aussteiger zu sein?«

Ann lächelte leicht. »Es ist phantastisch. Ich hatte plötzlich das Gefühl, das erste Mal seit Jahren wieder Luft holen zu können.«
Er öffnete ihr die Beifahrertür und ließ sie einsteigen. Erst dann ging er auf die andere Seite und stieg selber ein. Während er den Wagen anließ, sprach er weiter.
»Du hast einen Sohn, nicht wahr?«
»Ja, Alex. Er ist vierzehn Jahre alt.«
»Wie kommt er mit der ganzen Situation klar?«
Sie seufzte. »Ich fürchte, gar nicht. Sein letzter Wissensstand war der, dass seine Mutter als Dolmetscherin arbeitet. Nun ist er gezwungen, das in Zweifel zu ziehen.«
»Du hast ihm nicht die Wahrheit erzählt?«
»Dazu war keine Zeit. Ich hatte mir immer vorgenommen, es ihm irgendwann zu gestehen, aber irgendwie war nie der rechte Zeitpunkt.« Sie fuhren auf die Hauptstraße. Einen Augenblick lang ließ sie das sommerliche Treiben an sich vorüberziehen, bis sie das Gespräch wieder aufnahm. Allerdings wechselte sie das Thema.
»Wo fahren wir hin?«
»Al-Khan hat sein Büro am Ballindamm. Ich denke, dort werden wir ihn am ehesten antreffen.«
Ballindamm. Eine der feinsten Geschäftsstraßen mitten in der Hamburger City. Wer sich hier ein Büro leisten konnte, hatte zu Hause goldene Wasserhähne.
»Wie willst du vorgehen?«
Er zuckte mit den Schultern. »Keine Ahnung. Mal sehen, ob er uns überhaupt empfängt.«
Ann betrachtete Frank von der Seite. Im Profil hatte er eine entfernte Ähnlichkeit mit Michael. Seine kurzen blonden Haare waren alles andere als ordentlich gekämmt, sein markantes Gesicht war sehr anziehend. Sie glaubte, gesehen zu haben, dass er graue Augen hatte.

»Bist du verheiratet?« Die Frage war heraus, ehe sie nachdenken konnte, aber sie war ohne Hintergedanken gestellt worden, und Frank beantwortete sie arglos.
»Nein, irgendwie hat es nie richtig gepasst.«
»Ich weiß, was du meinst. In diesem Job ist es nicht ganz einfach, eine harmonische Zweierbeziehung mit einem Glas Rotwein im Mondschein zu pflegen.«
Er lachte leise. »Nein, nicht wirklich. Die meisten Frauen erwarten, dass du eine Art wagemutiger Musketier oder Zorro bist, aber bitte mit geregelten Arbeitszeiten, einem anständigen Anzug und einem modischen Haarschnitt.«
Von einem anständigen Anzug konnte keine Rede sein. Auch er trug Jeans und knöchelhohe Schnürstiefel. Unter einer braunen Wildlederjacke verbarg er ein lappiges, verwaschenes T-Shirt, das schon bessere Zeiten gesehen hatte. Aber er roch gut. Er sah sie kurz an, um dann seinen Blick gleich wieder auf die Straße zu richten.
»Und du? Warum hast du nie wieder geheiratet?«
Ann überlegte. Darüber hatte sie sich nie Gedanken gemacht. Das hatte nie zur Debatte gestanden, eigentlich hatte sie nie wieder einen Mann dicht genug an sich herankommen lassen.
»Ich weiß nicht. Vielleicht ...« Sie stockte. Vielleicht was? »Vielleicht, weil ich meinen Mann nie richtig losgelassen habe.« Stimmte das? Ja, wahrscheinlich. Eine Frau, die mit ihrem toten Ehemann redete, war keine ideale Partnerin für einen anderen Mann.
Mit wem sprichst du, Schatz?
Ach, es ist nichts, Liebling. Ich spreche nur mit meinem toten Ehemann. Ich habe ihm erzählt, was ich heute erlebt habe.
Sie musste kichern.
»Worüber lachst du?«

»Vergiss es. Das war albern. Mitunter geht einfach meine Phantasie mit mir durch.«
»So, wir sind da.« Wie durch Zauberhand wurde direkt auf dem Ballindamm ein Parkplatz frei, so dass sie sich eine ausgedehnte und nervenaufreibende Suche ersparen konnten. Ohne zu blinken wechselte Frank von der linken auf die rechte Fahrspur und rutschte elegant in die Parklücke. Das Hupen aufgebrachter Verkehrsteilnehmer schien er gar nicht wahrzunehmen.
»Voilà. Fast vor der Haustür.« Sie stiegen beide aus, und Ann blickte die Häuserfront hoch. Elegante Häuser aus der Jahrhundertwende und noch älter säumten die eine Seite des Ballindamms. Die andere Seite grenzte an die Alster, an der diverse schicke Eiscafés geöffnet hatten.
»Hier lang.« Frank übernahm die Führung, und sie gingen auf eine offen stehende Haustür zu. Sie traten ein, und sofort umfing sie eine Eiseskälte. Solch alte Gebäude im Winter zu heizen kostete zwar ein Vermögen, dafür war es im Sommer immer schön kühl. Ann fragte sich im Stillen, ob das in ihrem neuen Haus auch so werden würde. Frank orientierte sich kurz an einem blankpolierten Messingschild.
»Hier ist es. Al-Khan, zweiter Stock.«
Sie verzichteten darauf, den antik anmutenden Fahrstuhl zu benutzen, und gingen zu Fuß in die zweite Etage. Oben angekommen traten sie durch die einzige Tür auf dem Stockwerk. Direkt hinter der Eingangstür befand sich ein kleiner Empfangstresen. Eine junge, arabisch aussehende Frau blickte ihnen lächelnd entgegen. Ein kleines Namensschild an dem Revers ihres Blazers wies sie als Jasmin aus.
»Guten Tag. Wie kann ich Ihnen helfen?«
Frank zückte seinen Ausweis, hielt ihn Jasmin kurz unter die Nase und steckte ihn dann wieder ein.

»Verbrechens- und Terrorbekämpfung. Wir hätten gern Herrn Al-Khan gesprochen.«

»In welcher Angelegenheit, bitte?«

»Das würden wir ihm lieber selber sagen.«

»Nun«, sie zögerte. »Ich weiß nicht …«

»Ist er da?«

»Ja, schon, aber …«

»Gut, dann bringen Sie uns zu ihm, anderenfalls warten wir.« Frank lächelte die junge Frau freundlich an und drehte sich um. Er betrachtete scheinbar interessiert die Bilder an der Wand und strich mit der Hand über die Blätter einer Palme, als wolle er prüfen, ob sie echt waren. Ann konnte sich ein Grinsen nicht verkneifen.

»Moment, bitte.« Zwar lächelte Jasmin noch immer, aber die Verunsicherung war ihr deutlich anzumerken. Sie verschwand, und nach erstaunlich kurzer Zeit erschien sie wieder.

»Herr Al-Khan lässt bitten.« Sie führte sie in ein großes Büro, das zwar kostspielig, aber schlicht möbliert war. Der Mann, der sich gerade von seinem Stuhl erhob, sah ihnen lächelnd entgegen. Achmed Al-Khan war sehr groß und schlank. Graue Strähnen durchzogen sein schwarzes Haar, und er war äußerst attraktiv. Ann schätzte ihn auf Mitte fünfzig. Er knöpfte sein Jackett zu und ging um den Schreibtisch herum.

»Ich fürchte, meine Sekretärin hat Ihre Namen nicht recht verstanden.« Sein Deutsch war einwandfrei, er hatte einen kaum hörbaren Akzent.

»Mein Name ist Frank Nessler, und das ist meine Kollegin Ann Deckert. Wir sind von der Antiterroreinheit.«

»Schön. Setzen wir uns.« Er wies den beiden die Besucherstühle vor seinem Schreibtisch zu und setzte sich selbst wieder auf seinen Stuhl.

»Was kann ich für Sie tun?« Sein Lächeln klebte unverändert in seinem Gesicht. Es schien, als amüsiere er sich königlich.
»Es geht um Christian Beyer. Kennen Sie ihn?«
»Ob ich ihn kenne? Nein, aber natürlich habe ich seinen Namen schon gehört. Schließlich ging der Prozess durch die Medien, und seit einigen Stunden wird im Radio über nichts anderes berichtet als über seine Flucht. Das hat sogar die Staumeldungen in den Hintergrund gedrängt.« Er lachte leise über seinen eigenen Witz.
»Und Sie kennen seinen Schwiegervater.« Auch Frank lächelte.
»Walter? Aber sicher. Wir sind sogar gute Freunde.«
»Er ist wieder in Deutschland. Wussten Sie das?«
Al-Khan schwieg einen Moment. Als er wieder sprach, ignorierte er die Frage. »Sie haben mir noch nicht gesagt, was Sie eigentlich von mir wollen.«
»Bevor Kreissler Deutschland verließ, verkaufte er seine Firma an Sie.«
Al-Khan nickte. »Das stimmt. Allerdings habe ich sie gleich weiterveräußert. Wie Sie sicherlich wissen, bin ich Teppichhändler und kann mit einer Fabrik für Elektronikteile nicht sehr viel anfangen.«
Ich bin Teppichhändler. Ann schnaubte innerlich. Das hörte sich an, als verschacherte er, in eine Galabiya gehüllt, auf einem arabischen Basar minderwertige Ware an arglose Touristen. Bis jetzt hatte sie geschwiegen.
»Wenn Sie mit der Firma nichts anfangen konnten, warum haben Sie sie dann gekauft?«
Al-Khan breitete die Arme aus und zuckte mit den Schultern. »Sie wissen doch, wie das ist. Kreissler ist ein guter Freund, und nach dem Tod seiner Tochter war er ein gebrochener Mann. Er wollte Deutschland verlassen und brauchte Geld, also habe ich

ihm unter die Arme gegriffen und kaufte seine Firma. So einfach ist das.«

»So einfach ist das?« Frank lächelte nicht mehr. »Wir würden uns Ihre Lagerhallen gern einmal ansehen.«

»Aus welchem Grund?«

Frank ahmte Al-Khan nach, indem er die Schultern zuckte und die Arme ausbreitete. »Sie wissen, wie das ist. Vertrauen ist gut, Kontrolle ist besser.«

»Ah, Polizisten mit Humor. Oh, verzeihen Sie«, er hob abwehrend die Hände. »Sie sind ja keine Polizisten, nicht wahr? Sie sind Agenten einer Art Geheimdienst, oder irre ich mich? Bundesbeamte?«

Frank nickte nur zur Bestätigung.

»Aber um auf Ihre Bitte zurückzukommen, ich denke nicht, dass ich bereit bin, Ihnen meine Lagerräume zu zeigen.«

»Aus welchem Grund?«

»Sehen Sie, ich wurde als Sohn einer Deutschen und eines Irakers im Irak geboren. Leider musste ich den Irak verlassen. Es gab gewisse, nun, wie soll ich es sagen«, er legte gespielt nachdenklich die Stirn in Falten, »es gab gewisse Animositäten zwischen mir und dem Regime. Also kam ich nach Deutschland, und die Herkunft meiner Mutter machte es mir möglich, etwas zu bekommen, das vielen anderen in meiner Lage verwehrt bleibt.«

»Und das wäre?« Ann lächelte säuerlich.

»Einen deutschen Pass, meine Liebe. Ich bin Deutscher, und als solcher poche ich auf meine Rechte. Wenn Sie meine Lagerhallen besichtigen wollen, dann nur mit einem Durchsuchungsbeschluss. Ich fürchte, ich muss Sie bitten zu gehen, ich habe noch einen wichtigen Termin.« Er stand auf. Auch Ann und Frank erhoben sich. Sie gingen zur Tür, als Achmed Al-Khan noch einmal das Wort ergriff.

»Frau Deckert, ich habe gehört, Sie kennen den Koran?« Es war das erste Mal, dass er zeigte, von Ann gehört zu haben. Sie drehte sich langsam um und sah ihn an. Er lächelte noch immer, aber seine Augen blickten sie kalt an.
»Sure acht, Vers einundsechzig. Ich wünsche Ihnen noch einen guten Tag.«
Kaum standen sie auf der Straße, wandte sich Frank an Ann.
»Was meinte er mit dieser Anspielung auf den Koran?«
Sie sah ihn grimmig an. »Das Schwein hat uns gewarnt. Sure acht, Vers einundsechzig: *Und denke nicht, dass die Ungläubigen gewinnen; sie vermögen ihn nicht zu schwächen.«*
»Ihn?«
»Eigentlich bezieht sich dieser Spruch auf Allah, aber ich bin sicher, er hat Christian Beyer gemeint.«

»Mama, beeil dich.« Der Mann, der ein paar Meter die Straße hinunter in seinem Auto saß, sah, wie die kleine Caroline unruhig von einem Bein auf das andere trat. Ihre dünne Stimme klang leise zu ihm herüber. Er hatte den Eingang des schmucken Einfamilienhauses im Blick. Die Haustür stand offen. Frau Schlobohm hatte eigentlich das Haus bereits verlassen, aber dann war ihr noch etwas eingefallen, und sie war noch einmal zurückgekehrt.
Diese Familie war so herrlich berechenbar. Jeden Morgen um zehn Minuten vor neun verließ die Schlobohm das Haus und brachte ihre Tochter in den Kindergarten. Dann machte sie das, was alle Hausfrauen machten. Einkaufen, Saubermachen, Tratschen mit den Nachbarn und so weiter und so fort. Die Kleine war im Kindergarten gut behütet, außer in der Zeit zwischen elf und zwölf Uhr. Dann spielte sie mit den anderen Kindern auf dem Spielplatz des Kindergartens, und es gab nur eine Erziehe-

rin als Aufsicht. Es würde ein Leichtes sein, sich das Kind zu schnappen und zu verschwinden. Das Ganze würde keine Minute dauern.

Er sah auf seine Armbanduhr. Es war 16.30 Uhr und damit Zeit für Mutter und Tochter, zum allwöchentlichen Balletttraining aufzubrechen. Die Kleine trug bereits ihr rosa Ballettröckchen und an den Füßen ihre Straßenschuhe. Es sah lustig aus, aber eigentlich hatte der Mann für so etwas keinen Blick. Endlich war Frau Schlobohm so weit. Sie schloss den Kleinwagen auf, schnallte ihre Tochter vorschriftsmäßig auf dem Kindersitz fest und stieg dann selbst ein. Rückwärts setzte sie vom Grundstück. Als sie an ihm vorbeifuhr, konnte er einen Blick auf die Frau erhaschen, die angestrengt und unsicher auf die Straße blickte. Sie war keine sehr geübte Fahrerin. Die Kleine blickte aus dem Fenster, und als sie ihn sah, winkte sie ihm zu. Er hatte beobachten können, dass sie das bei jedem tat. Er winkte zurück. Er wartete, bis sie abgebogen waren, und startete dann ebenfalls seinen Wagen. Er hatte erneut eine Bestätigung dessen erhalten, was er in den vergangenen Wochen ermittelt hatte. Der Zeitplan der Familie wurde exakt eingehalten, es gab keine Überraschungen. Er brauchte nur noch das Startzeichen. Ein einfacher Job.

Beyer hatte sich eingehend von Jürgen erklären lassen, was für Waffen sie zur Verfügung hatten. Er lobte ihn für die Befreiungsaktion und dass alles so reibungslos geklappt hatte. Und er vergaß auch die anderen nicht. Er ging zu jedem Einzelnen der Jungen und stellte ihnen Fragen. Er sprach ernst mit ihnen und nahm sich Zeit.

Kreissler beobachtete, wie die Jungen förmlich erglühten. Er, Kreissler, hatte die Massen begeistern können, aber gegen das Charisma seines Schwiegersohnes hatte er keine Chance. Kreiss-

ler wurde respektiert, schließlich war er ein alter Kämpfer für die Sache, aber Beyer wurde verehrt. Sie liebten diesen Mann, der ohne Skrupel war und ohne mit der Wimper zu zucken jeden Einzelnen von ihnen in den sicheren Tod geschickt hätte. Und sie würden sehenden Auges in den Tod gehen. Mit einem *Hurra!* auf den Lippen und dem Bewusstsein, für die Freiheit zu sterben.
Schließlich hatte Beyer seine Runde beendet und kam zu Walter Kreissler ins Büro, der hinter einem Schreibtisch saß und die Pläne studierte, die Beyer ihm gegeben hatte.
»Wie weit sind wir?«
»Deckert und ein Mitarbeiter von Max Heidrich, Frank Nessler, waren bei Al-Khan.«
»Der Mann, der dir diesen Bauernhof vermietet hat?«
»Ja. Er ist ein guter Freund.«
Beyer nickte. »Ein guter Mann, nach allem, was man so hört. Ich kenne ihn leider nicht, aber im Knast genoss er einen exzellenten Ruf.«
Beyer setzte sich auf die Couch und sah seinen Schwiegervater an. Kreissler lächelte beruhigend.
»Du bist nervös, oder? Das ist normal vor einer großen Sache. Aber wir machen Fortschritte.«
Beyer zog die Augenbrauen hoch. Kreissler verstand das als Aufforderung weiterzusprechen.
»Wir wissen wohl auch bald, wo Ann Deckert und ihr Sohn sind.«
»Interessant.«
»Unsere Leute werden sich noch heute melden.«
»Gut.« Beyer nickte. Er sprach wie zu sich selbst. »Das erleichtert meine Entscheidung.«
»Wie meinst du das?«
»Ich hatte bereits erwogen, meine Pläne zu ändern.«

Kreissler kniff die Augen zusammen. *Meine Pläne?*
»Und zwar?«
»Nach der Aktion müssen wir schnell verschwinden. Möglicherweise haben wir dann keine Zeit mehr, die Kleine zu holen, wir holen sie vorher.«
Beyers Ton ließ keinen Widerspruch zu, und trotzdem versuchte Walter zu intervenieren.
»Das könnte riskant werden. Sie werden dich sofort in Verdacht haben.«
»Das macht nichts.« Beyer schüttelte den Kopf. »Sie werden uns nicht finden. Wenn es stimmt, was du sagst, und wir noch heute erfahren, wo der Sohn der Deckert steckt, denke ich, dass es das Beste ist, uns auch ihn vorher schon zu schnappen. Und dann können sie uns gar nichts mehr. «
Kreissler riss die Augen auf. »Bist du wahnsinnig? Das ruiniert möglicherweise unser Vorhaben.«
»Nein, im Gegenteil. Sie werden alles daransetzen, sich den Bengel zurückzuholen, so haben wir an anderer Stelle freie Hand, und außerdem spielt mir das Ann Deckert in die Hände. Sie wird zu mir kommen, um ihren Sohn zu retten.«
Kreissler appellierte an die Vernunft seines Schwiegersohnes.
»Meinst du nicht, dass sie versuchen werden, dich mit Hilfe des Jungen aus der Deckung zu locken?«
»Wahrscheinlich hast du recht. Sie werden es versuchen, aber dieses Mal wird es ihnen nicht gelingen.«
Der alte Mann wagte noch einen letzten Einwand, obwohl er ahnte, dass es zwecklos war. Wahrscheinlich hatte sich sein Schwiegersohn seine Vorgehensweise reiflich überlegt.
»Das wird zu viele Kräfte binden. Kräfte, die wir bei dem Einsatz in der Schule brauchen.«
Beyer schüttelte den Kopf. »Du irrst dich. Wir brauchen weniger

Kräfte, als du glaubst. Einer holt meine Tochter, zwei weitere kümmern sich um den Deckert-Jungen.« Beyer stand auf. »Morgen früh geht es los.«

Er hasste dieses Versteckspiel, man fühlte sich wie in einem schlechten James-Bond-Film, aber es ließ sich nun einmal nicht ändern. Für den Fall, dass er observiert wurde, war er unsinnige Umwege und Schleifen gefahren, und erst als er sicher sein konnte, dass ihm niemand folgte, hatte er sein Ziel angesteuert. Das Parkhaus im Einkaufszentrum an der Hamburger Straße. Hier stand er nun auf einer der oberen Ebenen und wartete. Er wusste, der Mann, der sich mit ihm treffen würde, würde ähnliche Vorsichtsmaßnahmen treffen. Er würde weiter unten parken und dann die Treppe benutzen. Man konnte nicht vorsichtig genug sein, denn der Gegner war ebenso gewieft wie man selbst. Wie hätte es auch anders sein sollen? Schließlich lernte man voneinander. Es war wie ein Spiel, nur dass es um eine ernste Angelegenheit ging. Eigentlich lächerlich, das Ganze.
Er war so in Gedanken vertieft, dass er erschrak, als sich seine Beifahrertür öffnete.
»Herrje, haben Sie mich erschreckt. Ich hoffe, es ist Ihnen niemand gefolgt?«
»Ich mache das nicht zum ersten Mal.« Der andere Mann schien nicht beleidigt. Er kannte das schon. Es war eine gängige Begrüßungsformel. Man schüttelte sich nicht die Hand oder fragte nach dem Befinden von Frau und Kindern. Es wurden Informationen ausgetauscht, mehr nicht.
Der Mann auf dem Beifahrersitz schaute ungeduldig auf seine Uhr.
»Sie wollten mich treffen? Was gibt es denn so Wichtiges?«
»Was zum Henker ist da heute Morgen passiert? Sechs Menschen

sind tot. Zwei Justizbeamte und vier von unseren Leuten. So war das nicht geplant.« Die Wut in der Stimme war nicht zu überhören.

»Ich konnte nichts dafür. Beyer hat das im Alleingang entschieden. Bevor das Befreiungskommando auf dem Parkplatz zuschlagen konnte, war schon alles vorbei. Beyer wollte es so. Bei der anderen Geschichte«, er zuckte mit den Schultern, »gab es Probleme. Einer der beiden wollte den Helden spielen und versuchte an das Funkgerät zu kommen. Die beiden Angreifer vor Ort hatten keine Wahl, als ihn zu töten. Und man konnte wohl kaum einen Zeugen für einen Mord hinterlassen.«

»Die ganze Geschichte droht außer Kontrolle zu geraten. Hat Beyer schon Kontakt aufgenommen?«

»Nein«, der zweite Mann schüttelte den Kopf. »Wenn es so wäre, wüsste ich es.«

»Vertraut er Ihnen?«

»Ja, da bin ich sicher.«

»Wir haben nur noch drei Tage Zeit. Wenn irgendetwas schiefläuft, war alles umsonst.«

»Es wird nichts schieflaufen. Wo sind Ann Deckert und ihr Sohn?«

»Im Hotel Excelsior. Ein paar Prominente sind dort abgestiegen. Der Aufenthalt der beiden wird nicht weiter auffallen. Jedenfalls nicht dem Sicherheitspersonal.«

»Die werden praktisch auf einem Silbertablett serviert.«

Der Mann hinter dem Lenkrad ignorierte die Bemerkung. Als er weitersprach, klang seine Stimme erheblich ruhiger.

»Ich will keine Pannen mehr. Sehen Sie zu, dass alles glattgeht. Bleibt es bei dem Angriffsziel, oder hat Beyer seine Meinung geändert?«

»Nein, es bleibt dabei. Wie ich schon bei unserem letzten Treffen sagte, er hat Merthin schon vor Wochen angewiesen, die Baupläne zu besorgen, und das hat der getan. Beyer studiert sie seit Stunden. Aber was genau er vorhat, weiß ich nicht. Er hält sich sehr bedeckt.«

»Gut. Wenn Sie Näheres wissen, melden Sie sich unverzüglich.«

Ohne einen weiteren Gruß öffnete der Mann auf dem Beifahrersitz die Tür und stieg aus. Er verschwand in Richtung Treppenhaus, aber erst zehn Minuten nachdem er verschwunden war, ließ Max Heidrich seinen Motor an und verließ das Parkhaus. Wie gesagt, er hasste dieses Versteckspiel.

Frank und Ann waren schweigend zurück ins Büro gefahren. Frank war das nur recht, so konnte er seinen Gedanken nachhängen. Ihm gefiel die Frau, die sich laut Max in einen Fall festbeißen konnte wie ein Bullterrier in ein Bein. Und er konnte es sich gut vorstellen. Al-Khan hatte offensichtlich von ihr gehört, sonst hätte er ihr nicht die Warnung zukommen lassen. Aber sie ließ sich nichts gefallen. Die Art und Weise, wie sie mit Christin umgesprungen war, hatte ihn amüsiert. Jede andere Frau wäre angesichts der sorgfältig gepflegten und eleganten Erscheinung in Ehrfurcht erstarrt. Nicht so Ann Deckert. Im Gegenteil. In ihren Jeans und dem unförmigen Hemd hatte sie mehr Kraft und Selbstbewusstsein und mehr Kompetenz ausgestrahlt als die aufgedonnerte Verbindungsbeamtin. Er hatte das Glitzern in Ann Deckerts Augen gesehen. Das Glitzern, das ihm zeigte, wie sehr sie die Jagd eigentlich genoss. Wenn da nicht ihr Sohn wäre. Aber wahrscheinlich machte sie genau das so gefährlich. Er fragte sich, ob sie erkannt hatte, was ihre Natur ausmachte und dass sie im Grunde ihres Wesens ein Killer war. Sie war eine tickende Zeitbombe. Aber so wie Frank das einschätzte, hatte sie ihr Leben deswegen so radikal geändert, um genau das nicht bestätigt zu sehen. Vielleicht würde er sie, wenn alles vorbei war, zum Essen einladen. Er wusste von Max, dass sie nach dem Tod ihres Mannes keinen Blick mehr für andere Männer gehabt hatte, aber Frank wollte es wenigstens versuchen.

Er lenkte das Fahrzeug in die Tiefgarage und stellte es ab.

Auf dem Weg nach oben wandte sich Ann an Frank.

»Kann mir hier jemand die Baupläne für die Schule am Bullenhuser Damm besorgen?«

»Ich bin sicher, die sind schon da. Am besten, du fragst Christin.«

Sie trennten sich vor Max' Büro, und während sich Ann auf die Suche nach der jungen Frau in dem eleganten Kostüm machte, ging Frank direkt zu seinem Chef.

»Wo will Ann hin?« Max hatte augenscheinlich schlechte Laune.

»Sie will sich die Baupläne für die Schule ansehen.«

»Das machen bereits andere. Ich bin sicher, eine mögliche Verteidigungsstrategie wird schon ausgearbeitet.« Er wirkte unruhig und starrte mit auf dem Rücken verschränkten Händen durch die schusssicheren Fensterscheiben auf die Straße. Kein Laut drang durch das Sicherheitsglas, draußen hätte eine Bombe detonieren können, hier oben wäre nichts zu hören gewesen.

»Was habt ihr bei Al-Khan herausbekommen?«

»Nichts. Er macht sich einen Spaß daraus, uns an der Nase herumzuführen. Wir wissen, dass er was mit der Sache zu tun hat, und er weiß, dass wir es wissen. Wie zu erwarten, lässt er uns nur mit einem Durchsuchungsbeschluss in seine Lagerräume.«

»Hat er das gesagt?«

»Ja.«

»Vielleicht will er uns auch nur ärgern, und es ist tatsächlich nichts drin.«

»Ich denke viel eher, dass er weiß, dass uns die Hände gebunden sind. Wir haben nichts in der Hand, und gerade das amüsiert ihn so. Wir haben nur Vermutungen, nichts weiter.«

»Und er hat wohl recht, wenn er meint, dass wir damit nicht viel anfangen können.«

Frank betrachtete den Rücken seines Chefs, der begonnen hatte, auf seinen Füßen hin- und herzuwippen. Ferse, Fußballen. Ferse, Fußballen.

»Max, was ist los?« Frank setzte sich vor den Schreibtisch und wartete. Die Nerven lagen bei allen blank, aber Max wirkte besonders mitgenommen. Er drehte sich langsam um und rieb sich die Stirn.

»Uns läuft die verdammte Zeit davon, und wir haben keine Ahnung, wo Beyer ist. Wenn es stimmt, dass die Schule während der Feierlichkeiten angegriffen wird, wie wird das dann ablaufen? Und was ist, wenn es doch ein anderes Ziel gibt? Was, wenn wir unser ganzes Augenmerk auf das eine Objekt richten, und plötzlich geht ganz woanders ein anderes hoch?«

»Max, du weißt genau, dass es dafür keine Garantien gibt. Das ist immer so. Wir stochern oft im Dunkeln und haben keine Ahnung, welches Ende des roten Fadens wir in der Hand haben. Falls es wirklich der rote Faden ist.«

Max seufzte und setzte sich langsam in seinen Stuhl.

»Ich lasse gerade ein Bewegungsbild von Merthin erstellen. Sehr ergiebig war es bisher nicht.«

Frank wartete schweigend ab. Schließlich sprach Max weiter. »Er hat irgendwann heute Vormittag sein Büro verlassen und hat sich zu Fuß auf den Weg zum Hauptbahnhof gemacht. Dort betrat er eine Telefonzelle und telefonierte. Nach ein paar Minuten hängte er auf und ging zurück in sein Büro. Das war's. Seitdem hockt er da und schaukelt sich wahrscheinlich die Eier.«

»Wen hat er angerufen?«

Max lachte trocken auf. »Für einen Anwalt ist der gar nicht mal so blöd. Er hat, nachdem er aufgelegt hat, eine andere Nummer gewählt. Als unser Späher nach Merthin in die Telefonzelle trat und die Wahlwiederholung drückte, hatte er den Polizeinotruf an der Strippe. Wir müssen jetzt versuchen, über die Telekom an die gewählte Nummer heranzukommen. Bernd wird sich dort hineinhacken. Wir haben keine Zeit, eine offizielle Anfrage zu stellen.«

»Und weiter?«

»Nichts weiter. Wir versuchen, alle möglichen Kontakte zu aktivieren und Verbindungen herzustellen, aber nichts. Alles ist ruhig, niemand in der Szene ist in großartiger Aufregung, niemand scheint irgendetwas zu verbergen. Es ist ruhig an der Front.«

»Wir sollten Merthin unter Druck setzen.«

»Wie stellst du dir das vor?« Max riss die Augen auf und funkelte seinen Mitarbeiter ungehalten an. »Er ist Anwalt und wird sich auf seine Schweigepflicht berufen. Wir gehen schon ein Risiko ein, wenn wir dieses Schwein beobachten lassen.«

»Wir können ihn ja einfach nach seinem Mandanten fragen. Wahrscheinlich macht er sich erst in die Hosen und dann einen Fehler.«

»Das wäre eine Überlegung wert, aber wenn, dann erst morgen früh. Wir sollten bis dahin unsere Quellen weiter anzapfen.« Er setzte seine Lesebrille auf und beugte sich über einige Papiere auf seinem Schreibtisch. Eigentlich ein untrügliches Zeichen, dass das Gespräch beendet war, aber Frank ließ sich nicht abschütteln.

»Hältst du das mit dem Hotel für eine gute Idee?«

»Was meinst du?« Max brummte nur, er sah nicht einmal von seiner Arbeit auf.

»Alex und Ann. Glaubst du wirklich, sie sind da gut aufgehoben?«
»Hast du eine bessere Idee?«
»Schaff den Jungen hierher.«
»Hierher? Bist du wahnsinnig?« Max hatte sich mit einer ruckartigen Bewegung die Brille von der Nase gerissen. »Hier kann sich keiner um ihn kümmern, außerdem wird er dort gut bewacht.«
»Er ist eine wandelnde Zielscheibe.«
»Zehn Leute sind nur dafür da, für seine Sicherheit zu sorgen.«
Frank lachte auf. »Mein Gott, Max, du bist doch sonst nicht so blauäugig. Ins Hotel kommt jeder rein und schnell wieder raus. Wenn sie sich wirklich den Jungen schnappen wollen, haben sie da die beste Chance.«
»Ann war damit einverstanden.«
»Was man so unter Einverständnis versteht. Glaubst du wirklich, sie ist glücklich mit dieser Lösung?«
»Jetzt reicht's mir aber.« Max hieb auf die Tischplatte und sprang auf. »Ich weiß, was ich tue, und der Junge bleibt da. Basta.«
Für einen Augenblick musterten sich die beiden Männer, und langsam, ganz langsam, ging Frank ein Licht auf.
»Das kann nicht dein Ernst sein.« Er blickte seinen Chef ungläubig an.
»Ich weiß nicht, wovon du redest.«
»Du hast vor, den Jungen als Köder zu benutzen.«
»Red nicht so einen Blödsinn.« Max schob sich die Brille wieder auf die Nase und setzte sich.
»Das ist abartig, Max. Weiß Ann davon? Nein«, er beantwortete sich die Frage selbst, »auf keinen Fall. Damit wäre sie nie einverstanden. Max«, eindringlich wandte er sich an den Mann, der begonnen hatte, in seinen Unterlagen zu wühlen, »du machst einen großen Fehler. Hol den Jungen da raus.«

»Nein. Und damit ist das Gespräch beendet.«
»Max, ich …«
»Schluss jetzt.« Max' Stimme klang gefährlich ruhig. »Du hast meine Entscheidungen nicht in Frage zu stellen. Wenn du erst auf diesem Stuhl sitzt, kannst du machen, was du willst, aber bis dahin entscheide ich. Und jetzt raus hier.« Die letzten Worte hatte er fast geschrien.
Frank öffnete den Mund, um etwas zu sagen, sah aber, dass eine weitere Diskussion keinen Zweck hatte. Er drehte sich um und verließ das Büro.
So kannte er Max nicht, und ein flaues Gefühl machte sich in seiner Magengegend breit. Irgendetwas ging hier vor. Er wusste nur nicht, was.
Aber er würde es herausfinden.

Ann würde sich wohl oder übel an Christin wenden müssen. Das würde der jungen Frau ganz bestimmt nicht passen. Sie hatten einen schlechten Start gehabt, und Ann konnte sich vorstellen, wie Christin sich fühlte. Da wurde ihr plötzlich eine Zivilistin vor die Nase gesetzt, und auf einmal war alles anders.
»Christin«, Ann versuchte ein Lächeln. »Ich würde gern die Pläne der Schule einsehen.«
Christin sah sie kühl an.
»Bernd hat die Pläne bereits ausgedruckt, denn auch wir hatten diesen Gedanken.« Sie schenkte Ann ein falsches Lächeln. »Wir sind durchaus in der Lage, die neuralgischen Punkte an diesem Gebäude zu erkennen, und sind bereits dabei, mögliche Szenarien durchzuspielen. Aber vielleicht bringen Sie uns ja die ersehnte Erleuchtung?« Sie wandte sich ab. Für sie war das Gespräch beendet. Sie widmete sich wieder dem Ordner, den sie in

den Händen hielt. Ann legte eine Hand an die Stirn, die andere stemmte sie in die Hüfte.

»Hören Sie, Christin, wir beide haben anscheinend keinen guten Tag erwischt. Es tut mir leid, dass ich vorhin so in Rage war, aber sehen Sie, meine Nerven liegen blank.«

Christin drehte sich langsam um und sah die andere Frau stirnrunzelnd an, als wolle sie herausfinden, ob Ann es wirklich ernst meinte.

»Wir ziehen doch beide am selben Strang und sollten uns jetzt nicht mit Kompetenzgerangel und Zickenkrieg aufhalten. Meinen Sie nicht auch?«

Für einen Moment schwiegen beide Frauen. Schließlich ließ Christin die Hand mit der Akte sinken. Ihr Lächeln wirkte gequält, aber sie hatte sich entschieden, das Friedensangebot anzunehmen.

»Kommen Sie. Ein Paar zusätzliche Augen können nicht schaden.«

Ann folgte Christin in einen Konferenzraum. Hier gab es einen großen ovalen Tisch mit einem Telefon und an jedem Platz einen Internetzugang. An der Wand war ein überdimensionaler Bildschirm angebracht.

Christin ging zu einem Laptop, der an einem Ende des Tisches stand, und drückte ein paar Knöpfe. Auf dem Bildschirm erschien der Gebäudeplan.

»Hier ist der Grundriss der Schule sowie sämtliche in den letzten Jahren vorgenommenen baulichen Veränderungen. Hier«, mit einem Zeigestock tippte sie auf eine bestimmte Stelle, »ist der Haupteingang, und genau hier«, dieses Mal tippte sie auf die gegenüberliegende Seite »ist der Notausgang. Andere Zugänge gibt es nicht. Das ganze Gebäude ist nur zweistöckig.«

»Wie übersichtlich ist das Gebäude?« Ann hatte die Augen zusammengekniffen und studierte den Plan genau. Sie würde später bei Bedarf den gesamten Grundriss vor ihrem geistigen Auge wachrufen können.

»Nun, wie man es nimmt. Übersichtlich und auch wieder nicht. Es gibt einen großen Schulhof, auf den die Sicht nicht durch Büsche verstellt wird. Insofern kann man ihn gut einsehen, allerdings ist er so weitläufig, dass man nicht alle Ecken im Blick hat.«

»Also kann man auch unbemerkt hineinkommen, besonders an einem Tag, an dem hundert geladene Gäste erwartet werden.«

Christin nickte. »Das ist richtig. Allerdings werden Polizei und privater Wachdienst darauf achten, dass niemand hineinkommt, der nicht auch eine Einladung hat.«

Christin drehte sich zu Ann um und lächelte. Ihr Lächeln wirkte im ersten Augenblick entspannt, aber Ann konnte sehen, dass so etwas wie Schadenfreude dahintersteckte. Die leicht nach oben gezogenen Mundwinkel schienen sie zu fragen: *Und? Bist du nun schlauer als wir?*

Ann ging etwas näher heran und fuhr mit dem Finger einzelne unsichtbare Linien entlang.

»Was ist mit dem Keller?«

»Ein Zugang, und zwar hier.« Christin zeigte mit ihrem Stock auf eine kleine Ecke des Grundrisses. »Es gibt aber vom Keller keine Verbindung zum eigentlichen Gebäude. Man muss, wenn man in den Keller will, immer außen halb um das Gebäude herum.«

»Wo werden die Feierlichkeiten stattfinden?«

»Hier im Großen Saal. Früher eine Art Aula, heute der Raum für offizielle Anlässe. Normalerweise haben die Museumsbesucher keinen Zutritt, er wird nur für feierliche Anlässe genutzt.«

Der Raum lag im Erdgeschoss genau in der Mitte des Gebäudes und hatte das Ausmaß einer Turnhalle.

Ann legte eine Hand an den Mund und überlegte laut. »Ein Überfall wäre Wahnsinn. Das würde Beyer nicht wagen. Weder er noch seine Leute würden das überleben.«
»Wer sagt, dass Beyer an so einer Aktion teilnehmen würde?«
»Ich sage das. Ich kenne ihn sehr genau, und an so einer Aktion würde er teilnehmen. Das würde er sich nicht entgehen lassen. Bliebe noch die Variante mit Sprengsätzen.«
»Das Gebäude wird vorher mehrfach auf Sprengsätze untersucht werden. Zuletzt, kurz bevor die Gäste eingelassen werden. Aber …«, Christin ließ den Satz unvollendet, und Ann drehte sich um.
»Aber?«
»Wer sagt uns, dass er bei dieser Veranstaltung überhaupt etwas plant?«

Er konnte sich nicht recht entscheiden. Saß er nun auf dem Silbertablett oder auf dem Schleudersitz? Wahrscheinlich beides. Merthin war sicher, dass nicht nur Beyers Leute jeden seiner Schritte überwachten, sondern dass auch die Sicherheitsbehörden genau über sein Tun Bescheid wussten. Und was den Schleudersitz anging – wenn irgendetwas schiefginge, dann würde auch er untergehen. Er wäre nicht nur seine Zulassung als Anwalt los, er würde sich im Knast wiederfinden.
Und das alles nur für ein wenig beschissene Publicity. Und für Geld.
Wie hatte es so weit kommen können? Hätte er den Fall damals abgelehnt, stünde er dann besser da? Nein, wahrscheinlich nicht, denn hätte er den Fall nicht übernommen, hätten sie einen Weg gefunden, ihn zu zwingen. So hatte er sich, zumindest eine Zeitlang, in dem Gedanken sonnen können, einen freien Willen zu haben. Wie ein Anfänger war er in die Falle getappt und hatte es

erst gemerkt, als es zu spät war. Obwohl … zu spät war es schon vor langer Zeit gewesen. Noch bevor er den Namen Beyer überhaupt gehört hatte. Es war bereits zu spät gewesen, als er begonnen hatte, sich für Pferderennen zu begeistern. Es war schon viel zu spät, als er seine freie Zeit mehr auf der Trabrennbahn als zu Hause verbracht hatte. Zunächst hatte es harmlos begonnen. Es waren nur kleine Summen, die er verlor, aber plötzlich hatte er gewonnen, und er wurde mutiger. Nun verkehrten sich die Verhältnisse. Die Summen, die er gewann, wurden immer kleiner, seine Verluste stiegen, und schließlich nahm kein Wettbüro in der Stadt mehr seine Wetten an. Er konnte seine Gläubiger eine Weile beruhigen, aber irgendwann stand ihm das Wasser bis zum Hals. Da kam Beyer gerade recht. Von dem Vorschuss auf sein Honorar konnte er sich zunächst einige Schwierigkeiten vom Hals halten, aber nicht für lange. Er bekam von seinem Klienten gerade so viel Geld, wie er dringend benötigte. Es war wie ein Wunder. Heute wusste er, dass Beyer bereits damals über seine Schwierigkeiten informiert war und ihn quasi angefüttert hatte. Es war, als gebe man einem Schiffbrüchigen einen Rettungsring, aber zöge ihn nicht aus dem Wasser. Irgendwann musste Merthin mehr tun. Beyer hatte ihn in der Hand. Um all seine Schulden bezahlen zu können, musste er sich auf Machenschaften einlassen, die sein Leben ruinieren würden, wenn sie bekannt würden.

Er hob die Hand direkt vor die Augen und betrachtete den kleinen Zettel, den er heute ganz unspektakulär in einem Umschlag per Post bekommen hatte. Der Stempel war vom Hauptpostamt, und man würde den Absender nicht zurückverfolgen können. Trotz allem würde Merthin ihn, nachdem er sich den Text eingeprägt hätte, verbrennen. Er kannte den Inhalt der Botschaft schon im Schlaf, aber er las sie wieder und wieder. Er würde

morgen, am Donnerstag, Besuch bekommen. In seiner Kanzlei. Um zehn Uhr. Es würde zu dem geplanten Austausch kommen, und dann würde er sein Büro in Richtung Bahnhof, dieses Mal ginge es nach Altona, verlassen. Und ungefähr eine Stunde später wäre endgültig alles vorbei, und er könnte wieder ruhig schlafen. Nun, da Beyer geflohen war, wäre es zu gefährlich, telefonisch in Kontakt zu bleiben. Wahrscheinlich waren alle seine Leitungen, im Büro und hier zu Hause, längst angezapft, und er war sicher, er konnte keinen Schritt mehr unbeobachtet tun. Aber dass Anweisungen mit der Post kamen, war einfach zu ungewöhnlich, als dass die Behörden darauf aufmerksam würden.
Nun gut, noch dieser eine Dienst und dann war Schluss. Er drehte sich in seinem Sessel um und sah hinaus. In seinem Garten blühte alles, es war Ende Juni, und die Sonne schien auf den Rasen. Zwar wurden die Schatten schon länger, es war früher Abend, aber die Sonne wärmte trotzdem. Noch vor ein paar Monaten hätte er sich mit Besitzerstolz an seinem Haus und seinem Garten erfreuen können, heute schien es ihm fast unwichtig. Wenn etwas schiefginge, würde er den Wechsel der Jahreszeiten aus einer Gefängniszelle verfolgen müssen. Und selbst wenn nicht, würde er jemals wieder ohne Angst aus dem Fenster sehen können? Würde er überhaupt jemals wieder angstfrei sein? Er rieb sich mit der Hand über die Augen und wandte den Blick vom Garten ab. Die Stille im Haus war bleiern. Am liebsten würde er immer hier sitzen bleiben, keinen Gedanken mehr an da draußen verschwenden.
Er schloss die Augen. Vielleicht sollte er die Nacht einfach hier in seinem Sessel verbringen.

Max konnte die Erste Bürgermeisterin, Friederike Falke, nicht ausstehen. Sie hatte hart um das Amt gekämpft und nur mit knap-

per Mehrheit gewonnen. Wahlkampfbeobachter hatten vor der Wahl befürchtet, dass es zu einem Patt kommen könne und eine große Koalition unausweichlich sei. Falke hatte klargemacht, dass sie für eine solche Konstellation nicht zur Verfügung stünde. Nach dem Motto: Ganz oder gar nicht. Zwar griff sie all die Themen auf, die die Hamburger Bürger schon seit langem ärgerten, sie versprach eine bessere Schulbildung und mehr Krippenplätze, aber sie war immer noch eine Frau, und auch in diesen aufgeklärten Zeiten war eine Stadt wie Hamburg eigentlich noch nicht reif für eine Frau an der politischen Spitze. Ihre Zugehörigkeit zu der richtigen Partei war schließlich ausschlaggebend gewesen.
Max Heidrich war sicher, und damit stand er nicht allein, dass es dieser Frau nicht wirklich um politische Themen und die Verbesserung desolater Zustände ging. Sie hatte als erste Bürgermeisterin Hamburgs in die Geschichte eingehen wollen, und das war ihr gelungen.
Er hatte kurz nach dem Streit mit Frank das Büro verlassen, und nun saß er hier im Vorzimmer der Bürgermeisterin. Er sah auf die Uhr. Sie ließ ihn warten, obwohl er schon vor zwanzig Minuten einen Termin mit ihr gehabt hatte. Es war kurz vor halb sieben, und er hatte weiß Gott anderes zu tun, als hier herumzusitzen. Wahrscheinlich wollte Friederike Falke lediglich ihre Macht demonstrieren. Es konnte auch ihr nicht verborgen geblieben sein, dass ein Teil des Senats sowie höhere Beamte mit ihr als erste Frau an der Spitze nicht einverstanden waren. Also tat sie alles, um die Macht ihres Amtes zu demonstrieren, wann immer es ging.
»Sie können jetzt hineingehen.« Der Sekretär stand mit einem entschuldigenden Lächeln vor ihm, als könne er etwas dafür, dass seine Chefin keine Manieren hatte.
Max konnte seine Wut, unter anderem auch wegen des Disputs

mit Frank, kaum verhehlen, als er in das Amtszimmer der Politikerin trat.

Falke saß an ihrem Schreibtisch, und als sie aufsah, traf ihn ein Blick aus kalten blauen Augen.

»Herr Heidrich. Nehmen Sie Platz. Ich sage Ihnen aber gleich, meine Zeit ist äußerst knapp bemessen.«

Sie wartete nicht ab, bis Max saß, sondern wandte sich gleich wieder dem Unterschriftenordner zu, den sie Seite für Seite durchblätterte, um mal hier, mal da ihr Kürzel unter ein Schreiben zu setzen. Er hätte schwören können, dass sie ihm damit nur zeigen wollte, wie beschäftigt sie war.

»Auch ich habe zu tun, aber für gewisse Dinge muss man sich die Zeit nehmen.«

Friederike Falke hob schnell den Blick. »Soll das ein Anflug von Kritik sein? Dann sind Sie bei mir an der falschen Adresse. Es müsste schon zu Ihnen durchgedrungen sein, dass ich vollkommen kritikresistent bin. Also, worum geht es?«

Er hatte es zumindest geschafft, dass sie den Stift beiseitelegte, die Hände auf der Tischplatte faltete und sich ihm zuwandte. Nun kam es darauf an. Er wusste genau, wie er die Frau anpacken musste, um sein Ziel zu erreichen.

»Es geht um die Feierlichkeiten am Samstag. Gibt es eine Möglichkeit, den offiziellen Teil der Feier woanders abzuhalten?«

Friederike Falke hob die Augenbrauen. »Wozu?«

»Nun«, Max betrachtete eingehend seine Fingernägel, »wir haben Hinweise, dass es möglicherweise zu Störungen kommen wird.«

»Störungen? Ich verstehe nicht. Und was für Hinweise meinen Sie?«

»Wir gehen davon aus, dass eine Gruppe um Christian Beyer versuchen wird, einen Anschlag zu begehen.«

»Christian Beyer? Der Terrorist, der heute Morgen aus der Haft entflohen ist? Meinen Sie nicht, der hat andere Sorgen, nämlich wie er aus dem Land kommt? Sie haben mir noch nicht gesagt, was für Hinweise Sie haben? Gibt es neue Drohungen?«
Falke wurde zunehmend ungeduldiger. Sie gab sich keine Mühe, ihren Unmut zu verbergen.
»Nein«, Max schüttelte den Kopf, »nichts außer den Drohbriefen, die wir in den vergangenen Wochen erhalten haben.«
»Und die Sie allesamt als mehr oder weniger harmlos eingestuft haben. Sehe ich das richtig?«
»Korrekt. Allerdings erreicht das Ganze mit der Flucht Beyers eine neue Dimension.«
»Wollen Sie mir allen Ernstes sagen, dass Sie lediglich Vermutungen, allenfalls Befürchtungen hegen?« Sie kniff die Augen zusammen und bekam immer mehr Ähnlichkeit mit einem fiesen Frettchen. Innerlich musste Max grinsen.
»Wir haben genügend Erfahrungen in solchen Dingen, um …«
Falke ließ ihn nicht aussprechen. Ihr ganzer Körper spannte sich an, und es schien, als müsse sie sich zusammenreißen, um dem Chef der Verbrechens- und Terrorbekämpfung nicht an die Gurgel zu gehen. Ihre Stimme klang gepresst.
»Lieber Herr Heidrich, ich hatte heute ein Gespräch mit dem Vertreter der jüdischen Gemeinde, Rafael Rosenbaum. Ich konnte ihm versichern, dass es keine größeren Störungen geben wird, und nun verlangen Sie von mir, dass ich das Ganze abblase? In zwei Tagen kommt die Delegation aus Tel Aviv. Was soll ich den Leuten sagen? Dass sich Juden in Deutschland wieder verstecken müssen? Und das nur, weil Sie bestenfalls eine Ahnung haben?«
»Eine Gefährdung haben wir nie ganz ausschließen können.«
»Das ist mir bewusst. Schließlich habe ich lang und breit mit dem

Innensenator darüber debattiert, wie Ihnen bekannt sein dürfte.« Ihre Stimme klang bissig.

»Wie Sie sicherlich wissen, unterstehen wir nicht dem Innensenator, sondern dem Bundesinnenminister.«

»Und was sagt der Herr Bundesinnenminister dazu?«

»Ich habe noch nicht mit ihm gesprochen.«

Friederike Falke hieb mit der Hand auf den Tisch und stand auf. Allerdings nicht, ohne sich dabei über den Rock zu streichen.

»Meine Antwort heißt nein. Die Feierlichkeiten werden stattfinden wie geplant. Wir lassen uns nicht erpressen. Das hat schon Bundeskanzler Helmut Schmidt vor dreißig Jahren deutlich gemacht.«

»Nun, in dem Fall ging es um eine etwas anders gelagerte Sache, meinen Sie nicht?« Eine gewisse Bissigkeit konnte sich nun auch Max nicht mehr verkneifen.

Falke überging den letzten Satz. Sie fuhr unbeirrt fort.

»Im Übrigen wurde die Feier im Geheimen geplant. Wie groß ist also die Wahrscheinlichkeit, dass etwas durchgesickert ist?«

Mein Gott, war die Frau beschränkt. Wahrscheinlich wusste das ganze Rathaus bis hinunter zum Putzdienst Bescheid. Es war wirklich unglaublich, was sich die Hamburger dabei gedacht hatten, dieses Weib zu wählen.

»Sicher, Frau Falke.«

»War das dann alles? Ich habe zu tun.« Die Bürgermeisterin setzte sich wieder auf ihren Stuhl und widmete sich ihrem Ordner.

Max stand auf und verließ das Büro. Vor der Tür blieb er einen Moment stehen und holte tief Luft. Das war besser gelaufen als gedacht. Es war herrlich, wenn andere Menschen so berechenbar waren. Falke ließ sich ungern etwas sagen.

Sein Plan war aufgegangen.

Christian Beyer hatte den ganzen Tag über Plänen gebrütet, in die er Kreissler nicht einweihte. Der alte Mann wusste nicht, ob er beleidigt sein sollte. Noch vor kurzem hätte er geschworen, dass sein Schwiegersohn ihm vertraute, aber jetzt war er sich nicht mehr so sicher. Er hatte ihm keinen Grund für Misstrauen gegeben. Vielleicht wusste Christian, dass er den Knast nicht mehr überstehen würde. Immer wieder waren diese Gedanken in den letzten Stunden in sein Bewusstsein geschwappt, und immer wieder hatte er sie verdrängt.

Christian hatte ihm nichts erzählen wollen, und nun rief er alle zu einer Einsatzbesprechung zusammen.

Die jungen Männer saßen stocksteif auf ihren Stühlen und warteten darauf, dass ihr Herr und Meister zu ihnen sprach.

Kreissler sah sich um. Er war stolz auf diese jungen Leute, die so nichts mit der jungen Generation gemeinsam hatten, der nichts heilig war, die nur an ihr Bankkonto und an ihren Vorteil dachte. Pflichterfüllung und Disziplin waren ein Fremdwort für diese allzu unbeschwerte Generation. Hier aber saßen Männer, teils noch halbe Kinder, die bereit waren, für eine Sache einzutreten. Und für die würden sie auch sterben. Er, Kreissler, hatte dafür gesorgt, dass seine Tochter, und damit Christians Ehefrau, in diesen Kreisen wie eine Heilige verehrt wurde, die nicht nur davon sprach, für die große Sache zu sterben, sondern die auch tatsächlich sehenden Auges in den Tod gegangen war. Dass die Explosion des Sprengstoffes ein Unfall war, verschwieg er wohlweislich.

Ina war in den Kreisen der Freiheitskämpfer so etwas wie die Heilige Jungfrau Maria in der katholischen Kirche, und das, so redete er sich zumindest ein, milderte seinen Schmerz über den Verlust seiner Tochter.

Kreissler ließ sich treiben von seinen Gedanken. Noch war nur

das leise Gemurmel der Männer zu hören. Aber plötzlich trat Christian vor seine Gemeinde und begann zu sprechen.
»Ohne euch wäre ich heute nicht hier.« Er ließ seinen Blick über die knapp zwanzig Männer gleiten und hielt bei jedem Gesicht eine Weile inne. Gerade lange genug, um jedem Einzelnen das Gefühl von Wichtigkeit zu vermitteln. Es war totenstill geworden. Alle hingen wie gebannt an seinen Lippen.
»Ihr habt euch die vergangenen Monate auf eine Aktion vorbereitet, die wichtig ist für unseren Krieg, eine Aktion, die wichtig ist für uns und die Freiheit unserer Kinder. Keiner von euch wusste, worauf er sich vorbereitete; heute nun hat euer Warten auf Antworten ein Ende.« Beyer verschränkte die Arme auf dem Rücken und ging vor seinen Leuten auf und ab. Es schien, als überlege er sich seine nächsten Worte sorgfältig. Nur Kreissler wusste, dass Beyer nicht nachdenken musste. Er hatte sich schon längst seine Worte zurechtgelegt.
»Es dürfte euch nicht entgangen sein, dass die Bürgermeisterin dieser Stadt, Friederike Falke«, er spie den Namen förmlich aus, »Juden aus Israel eingeladen hat, um eine zweifelhafte Organisation aus der Taufe zu heben, die uns Deutsche in unserem Denken und unserem Handeln beschneiden will.« Seine Stimme war immer weiter angeschwollen, und er hatte die rechte Hand zur Faust geballt, während die linke weiterhin auf seinem Rücken lag. Kreissler wusste, dass Christian in seiner Jugend alte Aufnahmen von Adolf Hitler studiert hatte. Beyers Plan ging auf. Entrüstetes Raunen ging durch den Raum, einige der Männer schien es kaum auf ihren Stühlen zu halten.
»Aber«, Christian senkte die Hand und auch seine Stimme, und die kleine Gruppe verstummte sofort, »aber, das lassen wir nicht zu. Zwar haben diese Vaterlandsverräter die Aktion im Geheimen geplant, aber dank unserer Umsicht«, *dank unserer Spitzel,*

ergänzte Kreissler, »dank unserer Umsicht, wissen wir, was sie vorhaben.«
Wieder ballte er eine Hand zur Faust und hielt sie seinen Zuhörern entgegen. Sein Blick sprühte vor Hass, sein Mund war wutverzerrt.
»Dabei sollen wir Deutsche entehrt werden. DASLASSEN-WIRNICHTZU.« Die letzten Worte schrie er. Er schleuderte sie den jungen Männern förmlich entgegen. Es hielt sie nicht mehr auf ihren Sitzen. Sie sprangen auf, applaudierten und jubelten ihrem Anführer zu. Christian Beyer sonnte sich für einen Moment in der Wärme des Zuspruches, bis er erneut mit einer Handbewegung Ruhe einkehren ließ. »Aber davon später. Jürgen wird euch«, er zeigte auf den jungen Mann, der in der ersten Reihe der Zuhörerschaft saß, »in die genauen Pläne einweihen, allerdings erst am Morgen des Geschehens. Wir haben nun andere Dinge zu besprechen. Wir müssen unsere Flucht vorbereiten. Nein«, er wehrte ab, als sich empörtes Gemurmel erhob, »versteht mich nicht falsch. Es ist keine Flucht aus Feigheit, sondern eine Flucht, um unsere Ideen zu retten und zu verteidigen. Niemand von euch nützt der Sache, wenn er im Gefängnis landet. Glaubt mir, von dort habt ihr mich heute befreit, und ich war euch nicht von Nutzen in den letzten Jahren. Aber wir werden zurückkehren, und unsere Rückkehr wird triumphal sein.«
Die Menge schien beruhigt, denn schließlich war der große Christian Beyer kein Feigling. Jeder hier wusste das. Kreissler war erstaunt. Fast alle, die hier saßen, sahen Christian heute das erste Mal, aber sie waren bereits in seinem Bann. Es war einfach unglaublich. Kreissler glühte vor Stolz. Das war sein Schwiegersohn, sein Sohn, seine Schöpfung.
»Wir haben einige Flugtickets. Die, die mit meinem Schwiegervater, und vor allen Dingen meinem Vorbild, nach Deutschland

eingereist sind, werden das Land mit ihm wieder verlassen, und zwar per Flugzeug.« Christian zeigte auf seinen Mentor, und alle Köpfe wandten sich dem Mann zu, der sie in den Zeiten von Beyers Inhaftierung geführt hatte.

»Die Schweine werden meinen Schwiegervater auf Schritt und Tritt verfolgen, so dass nichts Auffälliges geschehen darf. Einer von euch, wer, das wird Jürgen später bekanntgeben, wird zusammen mit einer unserer Schwestern das Land im Auto verlassen. Aber nicht allein. Die beiden werden als Ehepaar reisen. Als Ehepaar mit einem Kind.« Die Männer sahen sich um, so als suchten sie nach einem Kind, das ihnen bisher verborgen geblieben war.

»Ich selbst werde auf verschiedenen Umwegen das Land verlassen, aber keine Angst, ich werde nicht allein reisen. Ich werde«, ein böses Lächeln machte sich auf seinem Gesicht breit, »ich werde meine Lebensversicherung bei mir haben. Nehmt es mir nicht übel, dass ich euch nicht in alle Pläne im Detail einweihe, aber jeder wird nur das wissen, was für ihn maßgeblich ist. So kann sich niemand aus Versehen verraten, sei es durch ein unbedachtes Wort oder eine zufällige Geste. Es ist nur zu eurer Sicherheit, nicht zu meiner.«

Die wenigen Gesichter, die sich darüber, dass ihnen ihr Anführer offenbar nicht rückhaltlos vertraute, verzogen hatten, entspannten sich. Sie erkannten, welch weitsichtiger Mann Christian Beyer war, und sie nickten zustimmend. Natürlich, so war es das Beste.

»Alles weitere wird euch Jürgen am Morgen der Aktion mitteilen. Aber es gibt noch etwas.« Christians Gesicht nahm einen bedauernden Zug an.

»Ich will euch nicht verhehlen, dass es gefährlich werden wird, und es ist durchaus möglich, dass einige von uns entweder geschnappt oder getötet werden, und daher bitte ich euch: Tragt nichts bei euch, was den Behörden hilft, euch zu identifizieren. Ich verspreche euch, dass wir uns um eure Frauen und eure Kinder kümmern werden.« Er machte eine Kunstpause und sah wieder in jedes Gesicht, so als wolle er sichergehen, keines zu vergessen. Dann reckte er urplötzlich eine Faust zur Decke und schrie.

»Für die Freiheit.«

Aus zwanzig Kehlen wurde ihm geantwortet.

»Für Deutschland.«

Die Männer skandierten diesen Satz, bis sie heiser waren.

Kaum war Max wieder in der Dienststelle, beorderte er seine Leute in das Besprechungszimmer. Zu ihnen gehörte auch Ann. Während sich alle setzten, blieb Max stehen.

»Ich komme eben von der Ersten Bürgermeisterin. Sie hat sich geweigert, die Feierlichkeiten zu verschieben oder auch nur den Veranstaltungsort zu wechseln. Sie besteht auf dem geplanten Ablauf.«

Leises Gemurmel erhob sich.

»Das kann sie nicht machen.« Eric war empört. »Was, wenn etwas passiert? Dann kann sie ihre Wiederwahl vergessen.«

»Was, wenn nichts passiert?«, gab Max zurück. »Dann macht sie sich lächerlich. Das ist in etwa ihre Argumentation. Sie will stichhaltige Beweise, und solange wir keine haben, bleibt alles beim Alten. Also liegt es an uns. Bernd?«

Er erteilte dem Computerfachmann das Wort. Der räusperte sich und schob unwillkürlich seine Brille ein Stück die Nase hinauf.

»Ich habe alle Telefone von Merthin angezapft, aber es kam bisher nichts dabei heraus. Weder zu Hause noch in der Kanzlei.«

»Was ist mit seinem Handy?« Max war konzentriert, aber jeder im Raum konnte sehen, dass er erschöpft war.
»Er hat ein Vertragshandy, und zwar bei der Telekom. Allerdings ist das anscheinend seit Tagen abgestellt. Die Funkzellenpeilung hat jedenfalls nichts ergeben.«
»Sonst was zu Merthin?« Max blickte in die Runde.
Frank schüttelte bedauernd den Kopf. »Wir beobachten ihn, aber wie du weißt, ist das ein schwieriges Unterfangen. Wenn er es mitbekommt, sind wir geliefert. Offiziell ist er ein unbescholtener Anwalt. Mitunter müssen wir die Observation abbrechen. Aber was immer wir verfolgen können, alles scheint astrein zu sein.«
Christin meldete sich zu Wort. »Nachdem er aus der Telefonzelle am Hauptbahnhof kam, ging er in die Kanzlei. Nach einer knappen Stunde hat er sie jedoch verlassen und ist nach Hause gegangen. Seitdem hat er sich da nicht wieder weggerührt.«
»Besuche?«
Christin schüttelte den Kopf. »Keine. Keinerlei Kontaktaufnahme.«
»Was ist mit Kreissler? Habt ihr den wiedergefunden?«
Alle schüttelten den Kopf.
»Ich habe mit der Polizei und dem Verfassungsschutz gesprochen. Sie haben ihn ebenso aus den Augen verloren wie wir. Keiner weiß, wo er ist. Wir wissen nicht einmal, ob er überhaupt noch im Land ist.« Christins Stimme klang beruhigt, so als sei die Tatsache, dass die anderen Geheimdienste auch nicht mehr wussten, eine Art Entschuldigung für das eigene Unvermögen.
»Jede Wette, dass er noch hier ist. Was ist mit seinem Lakai, diesem ehemaligen Offizier der Bundeswehr?«
»Jürgen Hartmann? Auch den haben wir aus den Augen verloren. Er ist zusammen mit Kreissler abgetaucht. Zwar werden weiterhin Rechnungen von seinem Konto abgebucht, aber dabei

handelt es sich um Buchungen für Strom, Wasser und Ähnliches. Er setzt keine Kreditkarten ein.«
»Al-Khan?« Max verzichtete auf vollständige Sätze.
Frank schaltete sich ein. »Ich habe veranlasst, dass er beobachtet wird, aber bisher ohne Ergebnis. Er hat seit unserem Besuch sein Büro nicht verlassen.«
»Und seine Telefonate sind nur beruflicher Natur. Meist spricht er arabisch, aber es scheint um Teppiche und Liefertermine zu gehen. Den genauen Wortlaut lassen wir noch übersetzen.«
Bernds Brille rutschte nun wirklich über die schweißglänzende Nase, aber merkwürdigerweise reagierte er nicht darauf.
»Al-Khan ist kein Anfänger. Der wird mit Sicherheit nicht telefonisch Anschläge verabreden.« Max brummte mehr vor sich selbst hin, als dass er zu den anderen sprach. »Was ist mit seinen Lagerräumen im Hamburger Freihafen?«
»Nichts Außergewöhnliches.« Frank hatte die Arme vor seiner Brust verschränkt und ein Bein über das andere gelegt. Seine ganze Haltung drückte Abwehr aus.
»So, wie es aussieht, keine Verdächtigen. Wir machen so viele Bilder wie möglich von seinen Arbeitern und gleichen sie ab mit dem Gesichtserkennungsprogramm in unserer Datenbank. Bisher hatten wir noch keinen Treffer. Er geht kein Risiko ein und stellt wohl nur Leute ein, die noch nicht in Erscheinung getreten sind. Ich gehe mal davon aus, dass die von der wahren Profession ihres Chefs nichts ahnen.«
»Gut, dann an die Arbeit.« Max klatschte in die Hände. »Ann? Was ist mit dir?« Er war bereits auf dem Weg nach draußen, besann sich aber und blieb an Anns Stuhl stehen.
»Ich schätze, ich werde ins Hotel gehen und nach Alex sehen. Vielleicht lege ich mich auch einen Moment hin. Hier kann ich wohl nicht viel ausrichten.«

»Gut.« Max schien zufrieden. »Wenn sich etwas Neues ergibt, bekommst du Nachricht. Frank, organisiere bitte jemanden, der Ann ins Hotel bringt.«

»Du hast sie alle auf deiner Seite.« Walter lächelte seinen Schwiegersohn an.
»Ich weiß.« Christian war kein Angeber, aber er übte sich auch nicht in falscher Bescheidenheit.
»Gibt es etwas Neues?«
Walter nickte. »Ja. Ann Deckert und ihr Sohn sind im Hotel Excelsior untergebracht worden. Man vermutet, dass sie da sicher sind. Irgendeine bekannte Musikband residiert dort ebenfalls, und die Sicherheitsvorkehrungen sind enorm. Wahrscheinlich glauben sie, dass die beiden dort nicht auffallen werden.«
»Gut.« Beyer war zufrieden. Er wischte sich mit dem Handrücken über die Stirn.
»Verflucht, ist das heiß hier drin.«
»Es sind nur noch etwas über zwei Tage, dann haben wir es hinter uns. Wie geht es weiter?«
Beyer überlegte einen Moment und wandte sich von seinem Schwiegervater ab.
»Morgen ist Donnerstag, richtig?«
»Richtig.«
»Gut. Wir werden morgen das erste Mal zuschlagen. Ein bisschen Unruhe im Vorfeld sorgt dafür, dass wir ihre Kräfte dezentralisieren und sie wie aufgescheuchte, kopflose Hühner herumstolpern. Wir holen morgen den Jungen aus dem Hotel.«
Kreissler hatte noch immer seine Zweifel. »Am Samstag läuft unsere Aktion. Wir sollten vorsichtig mit unseren Kräften und dem Personal haushalten. Jede unbedachte Aktion kann alles gefährden.«

Beyer blieb abrupt stehen und funkelte Kreissler an. »Meine Aktionen sind niemals unbedacht. Es wird ein Kinderspiel. Wir warten, bis die Deckert das Hotel verlassen hat, und schlagen dann zu.«

»Warum willst du sie davonkommen lassen?«

»Das will ich nicht. Ich will nur, dass sie leidet, wie ich gelitten habe. Sag Jürgen Bescheid. Ich brauche vier oder fünf Personen, eine davon muss eine unserer Schwestern sein, die sich ab sofort zur Verfügung halten sollen. Jürgen selbst soll nicht dabei sein. Ihn brauche ich am Samstag.« Er sah auf seine Armbanduhr. »Sagen wir in zwei Stunden, also gegen 22.00 Uhr, im Büro. Ich werde die Jungen selber in ihren Auftrag einweisen.«

»Komm, ich bringe dich ins Hotel.« Frank fasste Ann leicht am Ellbogen und schob sie in Richtung Tür. »Ich schätze, du bist ziemlich kaputt. Der Tag war ja ganz schön aufregend.«

»Ja, du hast recht.« Ann sah auf ihre Uhr und war erstaunt. Sie hatte jegliches Zeitgefühl verloren und hätte schwören können, dass es schon später Abend war, dabei war es gerade mal kurz nach acht. Zweifelnd sah sie ihn von der Seite an.

»Und es stört dich wirklich nicht? Ich meine, du hast doch sicherlich noch andere Dinge zu tun.«

»Das Schöne an meinem Job ist, dass andere für mich die Laufarbeit machen und mich gegebenenfalls über Handy informieren. Das machen sie zwar meist mitten in der Nacht, aber ein Haar ist schließlich in jeder Suppe.« Er lachte. »Nein, es macht mir wirklich nichts aus.«

Sie steuerten beide in Richtung Ausgang, und Christin, die mit einem Ordner in der Hand ihren Weg kreuzte, nickte ihnen nur kurz zum Abschied zu. Ihr Lächeln fiel etwas gequält aus.

Ann sah ihr fast grimmig hinterher.

»Wie macht sie das nur?« Sie murmelte mehr zu sich selbst, aber Frank hatte sie trotzdem verstanden.
»Wie macht sie was?«
»Sie sieht schon den ganzen Tag aus wie aus dem Ei gepellt, und ich fühle mich, obwohl hier die Klimaanlage auf Hochtouren läuft, verschwitzt und klebrig. Wie also macht sie das?«
»Gute Frage, aber ich schätze, es liegt daran, dass sie mit dem Kopf arbeitet und wir mehr die Handwerker sind. Mitunter glaube ich, sie verlässt dieses Büro nicht einmal zum Schlafen.«
»Ich habe das irgendwie nie hinbekommen, so elegant auszusehen, und schon gar nicht den ganzen Tag.«
»Bist du neidisch?« Frank sah sie lächelnd von der Seite an.
Ann zuckte mit den Schultern. »Ich weiß nicht. Ich meine, sieh mich an. Ich sehe vielleicht nicht unbedingt aus wie ein Penner, aber ich trage ein Holzfällerhemd, alte Jeans und noch ältere Wanderschuhe.«
»Weißt du, was gegen einen Anflug von Neid in diesem Fall hilft?«
»Ich bin nicht …«
»Wenn sie mir mal wieder auf die Nerven geht, stelle ich mir immer vor, dass sie unter ihren tollen Kostümen Schlüpfer trägt, die bis über den Bauchnabel reichen, und weiße feingerippte Unterhemden. Dann geht es mir sofort um Längen besser.«
Ann musste lachen. »Du magst sie nicht.« Das war eine Feststellung, keine Frage. Sie waren bei dem Sicherheitsposten zur Tiefgarage angelangt und zeigten ihm unaufgefordert ihre Dienstausweise. Auch wenn es blödsinnig erschien, dies beim Verlassen des Gebäudes zu tun, es hielt sich jeder an dieses ungeschriebene Gesetz. Für Ann, die jahrelang so ein Ding mit sich herumgetragen hatte, fühlte sich die neue Plastikkarte fremd und kalt in ihrer Hand an.

»Was heißt nicht mögen«, Frank zuckte die Schultern. »Das will ich so nicht behaupten. Ich kann nicht sagen, ob ich sie mag oder nicht, dafür ist sie mir einfach zu gleichgültig. Sie ist gut in dem, was sie macht, und damit hat sich mein Interesse für sie auch schon erschöpft.«
Er öffnete die Tür zur Tiefgarage und ließ Ann den Vortritt. Ihre Schritte klangen hohl in dem düsteren Raum, in dem im selben Moment das Licht aufflammte. Bewegungsmelder, dachte Ann.
Frank betätigte die Fernbedienung, und an einem Fahrzeug in ihrer Nähe leuchteten die Scheinwerfer kurz auf. »Ich kann mir nie merken, wo ich die verdammten Autos parke. Allein deswegen sind diese Fernbedienungen eine grandiose Erfindung.« Er öffnete die Beifahrertür und ließ sie einsteigen. Erst dann ging er um das Auto herum und schob sich hinter den Fahrersitz. Ann fühlte sich seltsam berührt. Es war lange her, dass ihr ein Mann die Tür aufgehalten hatte. Von Max einmal abgesehen, aber der zählte nicht. Er war in ihren Augen schon lange kein gewöhnlicher Mann mehr, sondern ein verlässlicher Freund und der Patenonkel ihres Sohnes. In der schweren Zeit nach Michaels Tod, in der sie auch noch feststellte, dass sie schwanger war, hatte sie geglaubt, dem allen nicht gewachsen zu sein. Max war für sie da gewesen. In Gedanken ersetzte sie *seltsam* durch *angenehm*. Sie war *angenehm* berührt.
Als sie hinaus in den frühen Abend fuhren, kam Ann alles so unwirklich vor. In der Nähe der Dienststelle herrschte reges Treiben. Auf dem Marktplatz standen Tische und Stühle, und die Kneipen- und Bistrowirte bedienten ihre Gäste draußen. Von überall her hörte man Gelächter und Musik, alle waren unbeschwert. Ann träumte sich in ihr neues Haus zurück. Sie stellte sich vor, welche Wände sie noch farbig streichen würde, wo sie ein Bild anbringen würde, oder vielleicht …

»Wie geht es dir?« Franks Stimme holte sie aus ihren Träumen zurück. Sie antwortete, ohne nachzudenken.
»Beschissen.«
»Kann ich mir vorstellen. Wegen Alex?«
»Ja, aber auch, weil ich nichts machen kann. Ich dachte, ich könnte helfen, etwas bewegen, und war doch heute nicht mehr als ein Statist. Eine abgehalfterte Ex-Agentin.«
Frank lachte laut auf. »Ich weiß, es ist hart, aber versinke jetzt bitte nicht in Selbstmitleid. Du hast immerhin aufgezeigt, wo Beyer wahrscheinlich das nächste Mal zuschlagen wird.«
»Das war nicht schwer. Mitunter glaube ich, ich kenne ihn besser als er sich selbst. Das war schon so, als wir ihn jagten und schließlich verhafteten. Er konnte es kaum fassen. Als ich ihn das erste Mal traf und mit ihm sprach, war es, als kannten wir uns schon unser ganzes Leben. Und das Merkwürdige war, er empfand genauso. Er meinte nur: *Ich weiß jetzt, warum ich verhaftet wurde.*«
Plötzlich fiel ihr dieses Gespräch wieder ein.
Sie war aufgestanden, um den Vernehmungsraum zu verlassen. Beyer saß dort und lächelte still in sich hinein, als habe er sich selbst einen pikanten Witz erzählt. Er war an Armen und Beinen mit Ketten gefesselt, die im Boden verankert waren. Er galt als sehr gefährlich.
»Ich weiß jetzt, warum ich verhaftet wurde.«
Sie war bereits an der Tür und drehte sich noch einmal um. »Weil sie einen Fehler zu viel begangen haben?« Er schüttelte den Kopf. »Nein, weil sie mich gejagt haben.«
Sie verzog spöttisch die Mundwinkel. »Mit Schmeicheleien kommen Sie bei mir nicht weiter, aber trotzdem: Danke für das Kompliment.«
Er lachte. »Ich will Ihnen nicht schmeicheln. Das wäre mir zu billig, und billig bin ich nun wirklich nicht. Außerdem, wie kann ich Ihnen schmeicheln wollen? Sie sind für den Tod meiner Frau verantwort-

lich. Meine Tochter habe ich seit Jahren nicht gesehen. Nein, ich schmeichle niemandem, den ich hasse. Und ich hasse Sie, Ann Deckert.« Er hatte trotz der Fesseln eine Hand gehoben und zeigte mit dem Zeigefinger in ihre Richtung. Sie kannte ihn gut genug, um sich nicht von seinem Lächeln täuschen zu lassen. Sie glaubte ihm jedes Wort, und wenn er könnte, würde er sie jetzt in diesem Moment mit bloßen Händen töten. Sie lächelte noch einmal und schickte sich an, den Raum zu verlassen, als er weitersprach.

»Ich hasse Sie, und trotzdem gebe ich zu, dass wir uns ähnlich sind. Mehr noch, Sie sind wie ich.«

Sie erstarrte in der Bewegung, und Kälte machte sich in ihrem Magen breit. Langsam wandte sie sich ihm wieder zu, obwohl sie wusste, dass das ein Fehler war. Sie durfte ihm nicht zeigen, dass seine Worte sie trafen, auf welche Weise auch immer. Das war einfach nicht professionell.

»Wir sind uns nicht ähnlich. Ich wäre nie in der Lage, solch verabscheuungswürdige Taten zu begehen.«

»Nun, was verabscheuungswürdig ist und was nicht, liegt doch wohl im Auge des Betrachters. Für Leute wie Sie bin ich ein Terrorist. Für meine Gefolgsleute und diverse andere Menschen, die zu feige sind zu handeln, bin ich ein Freiheitskämpfer.«

»Sie sind ein Mörder.« Die Wut schnitt ihr fast die Kehle zu. Die Kälte in ihrem Innern breitete sich immer weiter aus, und sie hatte das Gefühl, dass ihr die Haare zu Berge standen.

»Mörder ist ein böses Wort. Ich bevorzuge Killer. Das trifft es besser. Und Sie«, er lachte, »Sie sind auch ein Killer. In Ihren Augen zwar auf der richtigen Seite des Gesetzes, aber ein Killer. Ich stehe nur auf der anderen Seite, nämlich auf der Seite einer politischen Überzeugung, Sie hingegen stehen auf der Seite des blinden Gehorsams und der Unterdrückung. Das allein unterscheidet uns.«

Sie riss die Tür auf und stürzte hinaus. Ihr Herz schlug ihr bis zum

Hals, und sie wusste, sie hatte einen fürchterlichen Fehler begangen. Sie hatte sich diesem Mann eben ausgeliefert.

»Und warum?«

»Was?« Ann schreckte hoch. Sie war wieder einmal in die Vergangenheit abgeglitten, und Franks einfache Frage brachte sie wieder zurück.

»Warum glaubte er den Grund für seine Verhaftung zu kennen?«

»Er meinte, wir seien uns ähnlich.«

»Und seid ihr das?«

Ann überlegte einen Moment. »Ja, vielleicht. Zumindest war ich immer in der Lage, mich in ihn hineinzuversetzen. Also müssen wir uns irgendwie ähnlich sein, oder nicht?«

Sie sah wieder hinaus. Hier im Norden waren die Tage so wunderbar lang. Um diese Jahreszeit konnte man bis zehn Uhr draußen sitzen, ohne auch nur eine Kerze anzünden zu müssen.

»Wie soll es weitergehen?« Frank wollte ihr offenbar keine Ruhe gönnen.

»Wie meinst du das?«

»Willst du weiterhin im Hotel bleiben?«

»Soll ich mich verstecken?«

»Du sollst dich nicht verstecken, aber was ist mit Alex? Meinst du nicht, es wäre besser, ihn woanders unterzubringen?«

Ann dachte einen Moment nach. »Ich möchte ihn in meiner Nähe wissen. Ich habe das Gefühl, dass ich ihn dann besser beschützen kann.«

»Das kannst du nicht. Nicht, wenn du nicht bei ihm bist. Ich halte es für klüger, ihn in Sicherheit zu bringen, und zwar an einen Ort, von dem man ihn nicht herausholen kann.« Er erzählte ihr nicht von seinem Gespräch mit Max und auch nichts davon, dass er befürchtete, dass Alex als Lockvogel herhalten sollte. Er wollte sie dazu bringen, ihren Sohn von sich aus aus der Schusslinie zu schaffen. Wenn alles nichts nützte, würde er ihr von seinen Vermutungen erzählen, aber ihm war klar, dass er damit wahrscheinlich scheitern würde, denn schließlich waren Ann und Max seit Jahren gut befreundet.

Ann lachte trocken auf. »Wohin denn? Vielleicht in eines der sicheren Häuser? Da ist er doch im Hotel besser aufgehoben.« Sie spielte auf die konspirativen Wohnungen an, die das Innenministerium unterhielt, um Kronzeugen für eine kurze Zeit dem Zugriff ehemaliger Komplizen zu entziehen. »Wer sagt uns denn, dass der Gegenseite diese Unterkünfte nicht längst bekannt sind?«

»Ich dachte nicht an ein sicheres Haus. Ich habe einen Freund, der mir noch einen Gefallen schuldig ist und den ich um Hilfe bitten könnte.«

Sie sah ihn erstaunt an. »Du hast dir also schon Gedanken gemacht? Hast du das mit Max besprochen? Hatte er die Idee?«

»Nein.« Frank schüttelte den Kopf. »Ich denke, wir sollten den Kreis derer, die davon wissen, klein halten.«

Ann schwieg einen Moment, bevor sie weitersprach. »Und wer ist dieser Freund?«

»Der Leiter des Sicherheitsdienstes im amerikanischen Konsulat. Er würde ihn im Konsulat verstecken. Alex wäre auf exterritorialem Gebiet, und ich glaube kaum, dass Beyer wagen würde, das Haus zu stürmen.«

Sie lachte auf. »Amerikanisches Konsulat? Ich fürchte fast, du hast zu viele Agentenfilme gesehen.« Sie schüttelte den Kopf und wandte sich wieder dem Treiben auf der Straße zu.

»Ich meine es ernst.«

»Ich auch.« Plötzlich hörte sie auf zu lachen und sah ihn scharf an. »Sieh mal, ich kenne deinen Namen. Du bist seit Jahren der Leiter der Einsatzgruppe, aber ich bin dir heute zum ersten Mal begegnet. Du machst dir Gedanken, als würden wir uns seit Jahren kennen, und ehrlich gesagt finde ich das ein wenig befremdend. Es sei denn, du hättest einen guten Grund für deine Vorgehensweise. Es gibt für mich nur zwei Möglichkeiten. Entweder du bist einer von Beyers Spitzeln, oder du weißt etwas. Die erste Möglichkeit scheidet aus. Du hast heute mehr als genug Möglichkeiten gehabt, mich auszuschalten, und du wärest auch ungehindert an meinen Sohn herangekommen, um ihn zu entführen oder ihm etwas anzutun. Bleibt nur die zweite Möglichkeit. Also schlage ich vor, wir reden Klartext. Was weißt du?«

Frank hätte fast laut aufgelacht ob ihres Scharfsinns und ihrer direkten Art, aber die Situation war alles andere als komisch.

»Nichts Bestimmtes, aber ich habe ein dummes Gefühl in der Magengegend.« Frank wusste nicht recht, wie er fortfahren sollte, aber als Ann beharrlich schwieg, erzählte er von dem Gespräch mit Max. Als er geendet hatte, sagte Ann nur ein Wort.

»Weiter.«

»Beyers Verlegung wurde immer wieder im letzten Moment verschoben. Dann, kurz bevor es zu diesem offiziellen deutsch-israelischen Freundschaftstreffen kommen soll, lässt Max ihn in ein anderes Gefängnis bringen. Und was passiert? Beyer wird befreit und sechs Menschen sterben. Warum hat Max ihn nicht ausfliegen lassen? Das wäre nicht das erste Mal, dass man Schwerverbrecher mit einem Hubschrauber durchs Land fliegt.«

Wieder schwieg Ann, und Frank befürchtete schon einen Wutausbruch. Wahrscheinlich würde sie gleich zu Max laufen und ihm alles erzählen. Wem wäre damit geholfen? Gerade in solch einer Situation hieß es, Ruhe in den eigenen Reihen zu bewahren. Aber er hatte sich unnötig Sorgen gemacht.

»Du hältst ihn für einen Spitzel?« Ihre Stimme klang ruhig, fast gelassen.
»Ich bin mir nicht sicher.« Sie waren am Hotel angelangt, und Frank lenkte den Wagen in die Einfahrt zur Tiefgarage. Ann reichte ihm die kleine Plastikkarte, die man ihr an der Rezeption ausgehändigt hatte, und Frank zog sie über den kleinen Scanner. Fast sofort öffnete sich das Tor. Erst als er den Wagen in einer unbesetzten Parkbucht abgestellt und den Motor ausgemacht hatte, sprach Frank weiter.
»Er hat dich erst vier Stunden nach der Flucht informiert. Auch das hätte früher passieren müssen. Ich denke, nach reiflicher Überlegung war er sicher, dass er dich braucht. Dich und deinen Sohn, und zwar als Lockvögel.«
Ann dachte über das eben Gehörte nach. Max hatte sich erstaunlich schnell von ihr überreden lassen, sie an der Suche zu beteiligen. Franks Theorie war nicht so abwegig, aber glauben wollte sie es einfach nicht. Max war in all den Jahren ein treuer Freund gewesen. Am Taufbecken hatte er den kleinen Alex gehalten, und Weihnachten hatte er, sooft es ging, mit Ann und ihrem Sohn verbracht. Frank deutete ihr Schweigen falsch.
»Du glaubst mir nicht?«
»Sagen wir mal so. Ich war lange genug in diesem Geschäft, um zu wissen, zu was ein Mensch tatsächlich fähig ist. Es fällt mir zwar schwer zu glauben, dass er mich oder meinen Sohn opfern würde, aber wie heißt doch dieser nette Spruch? Ich habe schon Pferde kotzen sehen …«
»… und das genau vor der Apotheke.« Frank nickte. Ann lächelte. Sie legte eine Hand auf seinen Arm.
»Gib mir eine Nacht, um drüber zu schlafen. Ich gebe dir Bescheid.«
»Ist gut. Ich hole dich morgen ab, und dann sehen wir weiter.«

Ann bestand darauf, allein in ihr Zimmer zu gehen. Sie stieg aus und ging durch die stille Tiefgarage zu den Aufzügen. Erst als sich die Fahrstuhltüren hinter ihr schlossen, hörte sie den Motor aufheulen. Erschöpft lehnte sie sich gegen die Aufzugwand. Es war ein gottverdammter Alptraum, und in ihrem Kopf wirbelte alles durcheinander. Sie würde sich ein wenig ausruhen und einen Schlachtplan entwerfen.

Aber zuallererst galt es, Alex nichts von ihren Sorgen spüren zu lassen.

Als sie in ihrer Etage aus dem Fahrstuhl stieg, wurde sie gleich von zwei Mitarbeitern des Sicherheitsdienstes nach dem Ausweis gefragt. Als feststand, dass sie weder Bomben werfen noch ihre Waffe ziehen würde, ließ man sie passieren. Einer der Beamten begleitete sie zu ihrem Zimmer und öffnete die Tür. Sofort sprang ein Agent von seinem Sitzplatz in der kleinen Suite auf. Er hatte in Sekundenbruchteilen eine Waffe hervorgezaubert, die er jedoch gleich wieder einsteckte, als er Ann erkannte. Sie war heilfroh, dass sie keine bösen Absichten hegte. Hier kam keiner so schnell lebend rein und mit Sicherheit nicht heil wieder heraus.

»Oh, guten Abend, Frau Deckert.«

»Guten Abend.« Sie nickte dem Kollegen freundlich zu. Verdammt, sie wusste nicht einmal, wie die Leute hießen, die hier auf ihren Sohn achteten. Sie versuchte, das so gut wie möglich wieder wettzumachen.

»War wohl ein ziemlich langweiliger Tag, oder?« Sie kam näher und nahm dabei ihr Holster ab, das sie vorsichtig auf den Tisch legte.

»Nun«, der Beamte grinste breit, »das würde ich so nicht sagen. Alex hat Helmut«, er nickte mit dem Kopf zu einem älteren Mann mit Brille, der ebenfalls aufgestanden war, »in die Geheimnisse des Schachspiels eingeweiht und mich hat er beim Pokern abgezockt.«

Ann musste lachen. »Großer Gott, beim Pokern? Ich hoffe, Sie haben nicht Haus und Hof verspielt. Für einen Jungen in seinem Alter ist er nämlich nicht schlecht.«

»Im Schach aber auch nicht.« Helmut hielt ein Buch hoch. *Schach in dreißig Stunden*. »Ich bereite mich schon auf die morgendliche Schlacht vor.«

»Sind Sie morgen auch wieder hier?«

»Ja«, der Jüngere nickte. »Die Nachtschicht kommt gleich, dann legen wir uns im Nebenzimmer aufs Ohr. Beim Frühstück wird Alex Helmut wahrscheinlich gleich einem mündlichen Test unterziehen.« Beide Männer lachten.

Ann war gerührt. Sie vermutete, dass zumindest Helmut Kinder hatte. Was die jetzt wohl machten? Ob sie Angst um ihren Vater hatten, oder waren sie in dem Glauben, dass er einem harmlosen Buchhalterjob nachging?

»Wo ist er?«

»Er wollte in seinem Zimmer fernsehen.«

Ann nickte. »Danke.« Sie ging etwas zögerlich auf die Zimmertür ihres Sohnes zu, als Helmut noch etwas einfiel. »Äh, Frau Deckert?«

Sie drehte sich um. »Ja?«

»Er hat nicht viel gegessen, aber er hält sich gut. Wenigstens zum Lachen haben wir ihn bringen können. Er ist ein guter Junge.« Er sah sie an, und sie erwiderte sein Lächeln. »Ich danke Ihnen.«

Sie klopfte an die Tür und wartete. Fast hoffte sie, er würde schlafen, aber da antwortete er.

»Ja?«

Sie öffnete die Tür und steckte den Kopf ins Zimmer. Alex lag auf der Seite im Bett und hatte seinen Kopf auf einen Arm gestützt. Die Fernbedienung in der Hand, zappte er durch die Kanäle.

»Hi. Kann ich reinkommen?«

Alex klopfte auf den Platz neben sich. Sie ging zum Bett und legte sich neben ihn. Er rückte ein wenig zur Seite und legte sich auf den Rücken.

»Du siehst *Sponge Bob?* Ich denke, das kannst du nicht ausstehen? Außerdem bist du doch dafür wohl ein wenig zu alt, hm?«

»Stimmt, aber da kommt gleich ein toller Film, und den wollte ich sehen. Guckst du mit?« Er drehte den Kopf und sah seine Mutter an.

»Klar, wenn ich darf. Was ist es?«

»*Lethal Weapon*.«

»Welcher Teil?«

»Der erste.«

»Cool.«

Die nervige Stimme von Sponge Bob verklang in diesem Moment, und laut plärrte die Werbung auf. Alex reichte seiner Mutter die Fernbedienung und rückte näher an sie heran. Ann strich ihm über den Kopf und drückte einen Kuss auf sein Haar.

»Ich habe gehört, du versuchst beim Pokern die Beamten um ihr sauer verdientes Geld zu bringen.«

»Helmut ist gut.«

»Und Schachunterricht erteilst du auch.«

»Er lernt ganz schön schnell. Der stellt sich nicht so dusselig an wie andere, die ich kenne.« Alex grinste seine Mutter spitzbübisch an. Sie hatte Schach nie begriffen, aber Alex hatte den Versuch nie aufgegeben, es ihr beizubringen. »Dein Vater hat auch versucht, es mir zu erklären, aber irgendwie bin ich zu blöd dafür.«

»Stimmt.« Aus dem breiten Grinsen wurde nun lautes Gelächter. In gespieltem Zorn ging Ann auf ihren Sohn los und kitzelte ihn durch.

»Wage es nicht, Unwürdiger«, grollte sie mit tiefer Stimme, hob sein T-Shirt, drückte ihre Lippen auf seinen Bauchnabel und presste die ganze Luft aus ihren Lungen auf seinen Bauch. Alex fing an sich zu winden und lachte immer lauter, während er versuchte, sich aus dem Griff seiner Mutter zu befreien. Er warf sich hin und her, und sein Gesicht lief puterrot an.

»Nicht. Ich mache mir gleich in die Hose, Mami, nicht.«

Urplötzlich ließ sie von ihm ab.

»Okay.«

Alex rutschte ein Stück weg, schnappte sich ein Kissen und warf es nach seiner Mutter, und schon war eine Kissenschlacht im Gange. Schließlich lagen beide japsend nebeneinander auf dem Bett, das aussah, als hätte dort eine Bombe eingeschlagen. Einen Moment verharrten sie beide und starrten auf den Bildschirm. Eine bildschöne junge Frau mit den Maßen eines Models war gerade dabei, eine Fettverbrennungskapsel anzupreisen, der allein sie ihre gute Figur verdankte.

»Mami?« Alex' Stimme klang ein wenig belegt.

»Mmh?« Ann hatte sich auf einen Arm gestützt und sah konzentriert auf den Bildschirm. Sie fürchtete, dass ihr Sohn eine Erklärung verlangen würde, die sie ihm nicht geben konnte. Nicht konnte oder nicht wollte?

»Ist mein Vater wirklich tot?«

Insgeheim atmete sie erleichtert aus. Die Frage war einfach. »Ja, das ist er.«

»Und du? Du warst niemals Dolmetscherin, oder?«

Langsam wurde es haarig, aber sie konnte ihn nicht länger anlügen. Wenn er es schon erfahren musste, dann von ihr. »Nein.«

»Bist du ein Killer oder so was?«

Sie hob den Kopf und sah ihren Sohn mit gespieltem Entsetzen an. »Mein Gott, Alex, bis du sicher, dass wir uns *Lethal Weapon* ansehen sollten? Vielleicht wäre *Micky Maus* passender.« An den Augen ihres Sohnes, der sie stumm ansah, erkannte sie, dass sie nicht um eine Antwort herumkam. Sie seufzte.

»Nein, kein Killer. Eher oder so was.«

»Und mein Vater?«

»Auch oder so was.«

»Mami.« Alex' Stimme klang fast nachsichtig. Mach keine Witze, schien sie zu sagen. Sag mir die Wahrheit.

»Also, gut.« Sie richtete sich auf und setzte sich im Schneidersitz hin. »Dein Vater und ich, wir waren Bundesbeamte bei einer Terror- und Verbrechensbekämpfungseinheit. Vor ein paar Monaten habe ich beschlossen aufzuhören. Wir sind deswegen so oft umgezogen, weil ich Leute über den ganzen Erdball habe verfolgen lassen. Ich war Leiterin von Dienststellen in ganz Europa und den USA. Man kann sagen, wir sind eine Art Geheimdienst.«

Alex sah sie aus zusammengekniffenen Augen an. Auch er hatte sich aufgesetzt und hockte mit angezogenen Beinen neben ihr. Er war hochkonzentriert.

»Und ist mein Vater wirklich bei einem Verkehrsunfall gestorben?«

Sie holte tief Luft und betrachtete angestrengt ihre Fingernägel. Hier war sie, die Frage, vor der sie sich am meisten gefürchtet hatte. »Nein. Dein Vater wurde bei einem Einsatz getötet. Erst nach seinem Tod habe ich erfahren, dass ich mit dir schwanger war.«

»Dann ist Onkel Max auch nicht mein richtiger Onkel, oder? Er hat uns heute abgeholt, weil er weiß, was du früher getan hast.«

Es war eine Feststellung. Er hatte sich anscheinend so viel zusammengereimt, dass Ann nur noch Lücken in der Geschichte schließen musste.

»Max ist nicht der Bruder deines Vaters, falls du das meinst, aber er ist tatsächlich dein Patenonkel. Er war unser Chef, und über die Jahre, besonders nach dem Tod deines Vaters, ist er ein guter Freund der Familie geworden.«

Alex schwieg einen Moment. Er hatte eine ganze Menge zu verdauen, aber noch war er nicht am Ende mit seinen Fragen.

»Was ist mit dem Mann, der uns jetzt verfolgt?«

Ann registrierte das *uns*. Ihr Sohn war nicht dumm.

»Der Typ ist ein Terrorist, der bereits viele Menschen getötet hatte. Zumeist mit Bomben. Ich habe viel Zeit darauf verwandt, ihn zu fangen. Jedenfalls, in Frankreich haben wir ihn geschnappt und nach Deutschland gebracht. Er wurde zu lebenslanger Haft verurteilt, und gestern sollte er in ein anderes Gefängnis gebracht werden. Auf dem Weg ist er geflohen. Nun will er sich an mir rächen.«

Alex nickte und wandte sich wieder dem Fernseher zu, aber sie konnte förmlich sehen, wie seine Gedanken rasten. Nach endlosen zwanzig Sekunden Werbung für weiblichen Hygienebedarf ergriff er das Wort.

»Also bist du wirklich in Gefahr.« Es war mehr eine Feststellung als eine Frage. Wahrscheinlich wurde ihm der Ernst der Lage erst jetzt, da er nicht mehr so verletzt war über die Lebenslüge seiner Mutter, richtig bewusst. Jede weitere Lüge würde sein Vertrauen in sie zerstören, also beschloss sie, ganz ehrlich zu ihm zu sein. Er hatte ein Recht darauf, und erstaunt stellte sie fest, dass er fast erwachsen war.

»Ja, ich bin in Gefahr.«

»Ich auch, nicht wahr?«

Sie strich ihm wieder über den Kopf. »Ja, mein Schatz, du auch.« Sie zog ihn in ihre Arme und hielt ihn ganz fest. »Und glaub mir, das ist das Schlimmste für mich.«

»Aber wir werden es doch schaffen, oder nicht?« Er löste sich von seiner Mutter und sah ihr hoffnungsvoll ins Gesicht. Für einen Moment sahen sie sich tief in die Augen, und Ann beschloss, dass es nicht schaden könnte, jetzt mehr Zuversicht zu zeigen, als sie eigentlich empfand. Sie lächelte leicht.

»Wir haben doch immer alles geschafft, oder?«

Noch bevor Danny Glover und Mel Gibson auf dem Bildschirm ganz Los Angeles in Schutt und Asche gelegt hatten, waren beide Arm in Arm eingeschlafen.

4

Der Donnerstag war ein schöner sonniger Tag. Unter anderen Umständen hätte er die Sonne genossen, aber für seinen heutigen Auftrag war es etwas ungünstig. Zu viele Leuten waren bei diesem Wetter auf der Straße. Egal, er würde sich beeilen, nach kurzer Zeit das Auto wechseln, und selbst wenn es Zeugen gäbe, die sich das Kennzeichen merken würden, hätte die Polizei keine Chance, ihn zu schnappen.

Auch an diesem Morgen lief alles wie am Schnürchen. Es war fast wie ein Spiel. Er sah auf die Uhr. 8.45 Uhr. Gleich würde die Tür aufgehen, und die Schlobohm würde mit ihrer Tochter an der Hand das Haus verlassen. Tatsächlich. In diesem Moment öffnete sich die Tür, und Mutter und Kind traten heraus.

Sie waren schon auf dem Weg zum Auto, als der Mutter etwas einfiel und sie zurück ins Haus lief. Wie fast jeden Morgen in den vergangenen Wochen. Wahrscheinlich litt sie unter der zwanghaften Sorge, den Herd oder die Kaffeemaschine angelassen zu haben. Er kannte diese Frau vermutlich mittlerweile besser als sie sich selbst.

Kurz darauf trat sie wieder aus dem Haus und schloss die Tür erneut ab. Er sah auf die Uhr. 8.47 Uhr. Das kleine Mädchen hatte geduldig gewartet und stand da, wo ihre Mutter sie hatte stehen lassen.

Frau Schlobohm nahm ihre Tochter an die Hand und ging zum Wagen.

Aufschließen.

Caroline auf dem Rücksitz anschnallen.

Tür schließen.

Um das Auto herumgehen.
Fahrertür aufsperren.
Einsteigen.
Losfahren.
Dass sie heute nicht zu Fuß gingen, sondern das Auto nahmen, war ein gutes Zeichen. Das hieß, dass die Frau hinterher einkaufen fahren wollte. Das hieß aber auch, dass der Kindergarten sie wahrscheinlich nicht sofort erreichen könnte. Als der Wagen rückwärts auf die Straße setzte, wandte er sich ab und blickte sich im Zimmer um. Er hatte nichts vergessen. Die Kleinigkeiten, die er sein Eigen nannte, hatte er in einer kleinen Sporttasche verstaut, die er nun vom Fußboden aufhob. Das Zimmer war bis auf eine Matratze auf dem Boden leer. Sein Schlafsack lag zusammengerollt in seiner Tasche. Über Fingerabdrücke brauchte er sich keine Sorgen zu machen. Er hatte trotz der hochsommerlichen Temperaturen immer Handschuhe getragen. Lediglich den Griff der Zimmertür musste er abwischen. Ohnehin waren seine Fingerabdrücke bei den Behörden noch nicht registriert.
Er verließ seine Unterkunft und ging leise die Treppe hinab, aber anscheinend nicht leise genug. Seine Vermieterin stand am Fuße der Treppe und sah ihm lächelnd entgegen.
»Na? Geht es wieder los? Wann kommen Sie denn wieder?«
Er zuckte mit den Schultern und bemühte sich um ein leichtes Lächeln. »Schwer zu sagen. Wahrscheinlich erst in zwei Wochen.«
»Und wann kommen Ihre Möbel?« Die alte Schabracke mit ihrem falschen Gebiss und dem ekelhaften Geruch nach Kölnisch Wasser ließ nicht locker. Sie hatte zu viel Lidschatten aufgelegt, und der geschminkte Mund sah aus wie ein Pavianhintern. Die Haare hatte sie in kleine Locken legen lassen. Trotz der frühen Stunde stank sie penetrant nach altem Schweiß.

»Die kommen bei meinem nächsten Landaufenthalt.« Es kümmerte ihn nicht, dass die Alte ihn würde beschreiben können. Bis die Bullen dahinterkämen, dass er mit der Sache zu tun hatte, hätte er das Land längst verlassen. Anfangs hatte er mit dem Gedanken gespielt, die Frau umzubringen, aber das wäre die Mühe nicht wert gewesen.
»Na, dann wünsche ich Ihnen eine schöne Fahrt.«
Sie lächelte und sah ihm nach, als er an ihr vorbeiging und das Haus verließ. Er blieb einen Moment vor der Haustür stehen und holte tief Luft.
Angewidert roch er an seinen Sachen. Nach dieser Aktion würde er seine Klamotten in den Müll schmeißen. Der Gestank nach alter Frau und Kölnisch Wasser schien sich in seinen Poren und Kleidern festgesetzt zu haben.
Widerlich.

Max hatte die ganze Nacht kein Auge zugetan. Irgendetwas war im Gange, das wusste er. Etwas würde heute passieren. Aber was? Es war Donnerstag, bis zu der von der Bürgermeisterin bis ins letzte Detail geplanten Feier waren es noch zwei Tage. Und nun hatte er erfahren, dass heute schon etwas geschehen würde. Sein Anrufer hatte nicht viel Zeit gehabt und sich nicht mit ihm treffen können. Aber eigentlich war das auch egal, da er nicht viel zu erzählen hatte. Max schwitzte, und das lag nicht an der Wärme, die die Sonne bereits um neun Uhr am Morgen verbreitete, denn er hatte sich für eine Unsumme eine Klimaanlage in seinem Haus einbauen lassen. Es war die Angst, die ihm den Schweiß aus den Poren trieb. Wenn etwas schiefginge, dann war er geliefert, und er fragte sich nicht zum ersten Mal, ob er die ganze Geschichte falsch angepackt hatte. Zunächst hatte er es für einen klugen Schachzug gehalten, Ann ins Boot zu holen. Er hatte immer gewusst, wie er sie anpacken musste, damit sie tat, was er wollte. Es war keine Frage gewesen, dass sie an der Sache beteiligt werden wollte, darauf hatte er es ja abgesehen, aber was, wenn sie die ganze Sache verdarb? Was, wenn die Aktion anders abliefe? Dann hätte er sich ins eigene Knie geschossen, und die monatelange Vorbereitung wäre für die Katz.

Zum wiederholten Mal sah er auf die Uhr. Seit heute Morgen drei Uhr saß er an seinem Küchentisch und dachte nach. Er hatte nicht damit gerechnet, dass ihm die Dinge entgleiten könnten. Er war der Meinung gewesen, alles kontrollieren zu können, und nun war er nichts weiter als ein Beobachter. Er kam sich vor wie ein Spieler, der wusste, dass mit gezinkten Karten gespielt wurde, und der gerade dabei war, Haus und Hof zu verlieren. Alles hing von dieser verfluchten Scheiße ab. Seine Reputation, seine Zukunft – ja sogar sein Leben.

Was zum Henker war bloß aus ihm geworden? Früher, ja noch vor ein paar Jahren, hätte er Skrupel gehabt. Nie wäre er so weit gegangen, aber an irgendeiner Stelle auf dem Weg der Gerechtigkeit, und so hatte er sich und sein Leben immer gesehen, musste er falsch abgebogen sein. Nun saß er hier und wünschte fast, er wäre tot. Aufstöhnend ließ er seinen Kopf auf die Arme sinken. Wenn er die Zeit doch nur zurückdrehen könnte. Wenn er doch die ganze Sache ungeschehen machen könnte. Aber es war zu spät.

Er starrte seinen Kaffeebecher an – er wusste nicht, der wievielte es war – und konnte sich nicht aufraffen, sich anzuziehen. Er wollte nicht da raus. Wollte nicht wissen, was passiert war oder passieren würde. Langsam stand er auf und ging zur Spüle. Er kippte den Becher aus und sah zu, wie die braune, ölig glänzende Brühe in den Abfluss rann. Wut stieg in ihm auf. Unerklärliche, maßlose Wut. Er hatte die Schnauze voll. Gestrichen voll. Er wollte nicht mehr.

Vor allen Dingen wollte er nicht zugeben, dass er versagt hatte. Kläglich versagt.

Beyer und Kreissler hörten den Funkverkehr ihrer Leute ab. Das gab ihnen die Möglichkeit, dicht am Geschehen zu bleiben, ohne selbst aus der Deckung zu treten.
Der Personalaufwand für diese Operation war gering, der Einsatz wurde von Leuten durchgeführt, die bestens geschult waren und aufgrund ihrer militärischen Ausbildung rücksichtslos vorgehen würden. Auch eine der Schwestern war dabei. Alle wussten, dass es gefährlich würde und dass es möglicherweise Tote gäbe. Keiner von ihnen hatte den Sinn dieses Einsatzes hinterfragt, keiner hatte auch nur Zweifel angemeldet. Sie hatten gelernt, dass vieles im Kontext, im großen Zusammenhang gesehen werden musste. Beyer konnte sich auf die Loyalität und den bedingungslosen Gehorsam seiner Leute verlassen.
Er hatte angeordnet, weitgehend Funkstille einzuhalten und erst nach Beginn oder im Notfall über Funk Kontakt aufzunehmen. Jeder wusste, was er zu tun hatte, wo sein Platz war. Zwei Leute auf der Hintertreppe, zwei im Fahrstuhl und die Schwester als eine Art Agentin hinter den feindlichen Linien. Auch wenn die Sicherheitsmaßnahmen enorm waren, so rechnete wahrscheinlich keiner der Beamten mit einem Angriff. Die Operation wäre einfach, aber effektiv, und noch bevor einer der Bullen zum Nachdenken käme, wäre er entweder tot oder die Aktion schon gelaufen. Vielleicht auch beides.
»Das ist eine gelungene Ablenkung. Meinen Glückwunsch, Christian.« Kreissler konnte seinem Schwiegersohn seine Bewunderung nicht versagen, auch wenn er mit der Unternehmung zuerst nicht einverstanden gewesen war. »Aber schafft uns das auch Luft für die zwei Tage, die noch vor uns liegen?«

Beyer drehte sich lächelnd zu seinem Schwiegervater um. »Glaube mir, sie werden genug zu tun haben und unachtsam werden. Wir schaffen ein bisschen Verwirrung, und das wird ihre Kräfte dezentralisieren. Bevor sie merken, was los ist, haben sie schon verloren.«

Kreissler sah auf seine Armbanduhr. Es war kurz nach neun Uhr. »Wann geht es los?«

»Geduld, mein lieber Walter. Ann Deckert allein entscheidet, wann wir losschlagen. Wenn sie das Hotel verlässt, holen wir uns den Jungen. Sie wird nie mehr erfahren, ob sie, wenn sie geblieben wäre, ihren Sohn hätte retten können. Wir haben alle Zeit der Welt.«

In ihrem Unterschlupf gab es keine Klimaanlage, und Kreissler schwitzte wie ein Schwein. Die Hitze, die sich hier staute, wurde nicht einmal nachts erträglicher. Allerdings konnte er nicht sicher sagen, ob das der Grund für seine Schweißausbrüche war oder ob er einfach Angst hatte. Angst? Die hatte er früher nicht gekannt, aber da lebte seine Tochter noch. Da war er bereit gewesen, alles für seine Überzeugungen zu tun. Nun, da er die Gelegenheit hatte, wäre er am liebsten umgekehrt. Alles würden sie hinter sich lassen. Andererseits gab es ohnehin nichts mehr, was ihn hier noch hielt. Das Einzige, was ihm geblieben war, waren Christian und seine kleine Enkeltochter, die er nun bald wiedersehen würde. Wie würde sie reagieren? Sie hatte ihren Vater kaum jemals gesehen, und auch er, Walter, war ihr fremd. Würde sie aussehen wie Ina? Oder kam sie mehr nach ihrem Vater? Er wusste es nicht, und nicht zum ersten Mal fragte er sich, ob die Entscheidung, Charlotte zu holen, wirklich so gut war. Was hatte das Kind von der Zukunft zu erwarten? Und vor allen Dingen, was wurde von ihr erwartet? Verstohlen musterte er Christians Gesicht. Er wirkte entschlossen und mitleidlos, und mit Sicherheit verschwendete er anders als Walter keine Gedanken an Dinge, die angesichts der zu erwartenden Ereignisse fast nebensächlich erschienen. Vielleicht war Walter einfach zu alt für diese ganze Geschichte. Vielleicht hatte er seinen Biss verloren, aber was hatte er für eine Alternative? Er hatte nicht vor, sich wie andere alte Männer auf eine Parkbank zu setzen, Tauben zu füttern und darauf zu warten, dass der Tod auf leisen Sohlen näher kam. Er schüttelte sich unwillkürlich. Nein, er wurde sentimental, und Gefühlsduselei konnte er sich nicht leisten.

»Alles in Ordnung mit dir?« Christian sah ihn stirnrunzelnd an.

»Ja, sicher.« Kreissler fuhr sich mit der Hand über die müden Augen. »Nur die verdammte Hitze macht mir zu schaffen.« Seine wahren Gefühle würde er niemandem mitteilen. Schon gar nicht Christian.

Sie hatte geträumt. Michi hatte an ihrem Bett gesessen und sie lächelnd angeschaut.

»Du machst dir Sorgen.«

»Natürlich mache ich mir Sorgen. Würdest du das nicht?«

Er ging nicht auf ihre Frage ein.

»Das hast du gut gemacht. Die Ungewissheit war das Schlimmste für ihn. Nun kann er sich darauf einstellen.«

»Wie kann er sich darauf einstellen? Geschichten wie diese kennt er höchstens aus dem Fernsehen, und da werden sie romantisch verklärt.«

»Du hast ihm die Wahrheit gesagt und keine heroischen Sprüche geklopft.« Michi lächelte noch immer. »Vertrau ihm einfach. Er ist mein Sohn.« Das Lächeln wurde breiter.

»Und meiner.« Ann antwortete fast trotzig.

»Ja, und deiner.« Michi hob die Hand und strich ihr zärtlich über die Wange. »Frank wird gut auf ihn aufpassen.«

Ann sah der Traumgestalt ihres verstorbenen Mannes forschend ins Gesicht. «Meinst du das im Ernst?«

»Warum nicht?« Michi gluckste vor Lachen. »Ich bin nicht eifersüchtig, falls du das meinst. Ich denke, es ist an der Zeit, dass du loslässt.«

»Was soll ich loslassen?«

»Nicht was, meine Schöne, sondern wen.«

»Willst du mich loswerden?« Ann spürte einen Kloß im Hals. Trotzdem bemühte sie sich um ein Lächeln.

»Nein, und das weißt du. Ich werde immer bei dir sein, aber du hast ein neues Leben angefangen, und es wird Zeit, dass du das auch verstehst.«

Ann spürte Panik in sich aufsteigen. »Aber du bist mein Mann.«

»Nein. Ich war dein Mann. Ich bin tot, schon vergessen?«

Ann öffnete den Mund, um etwas zu sagen, bekam aber kein Wort heraus. Michi schien wehmütig zu lächeln. »Ich werde dich nie verlassen.« Sein Gesicht verblasste.

»Nein, geh nicht. Warte. Ich brauche dich.«

»Ich werde dich nie verlassen.« Es klang wie aus weiter Ferne.

Mit einem Ruck wachte sie auf. Wie so oft in den vergangenen Jahren sah sie sich im Zimmer um, in der Hoffnung, Michi wäre da. Dass sein schrecklicher Tod nur ein böser Traum gewesen wäre, dass er vielleicht mit einem Handtuch um die Hüften aus der Dusche träte. Aber nein. Enttäuscht ließ sie sich in die Kissen zurücksinken. Sie warf einen Blick auf den Wecker. Es war fast neun Uhr, und sie hatte eine Entscheidung gefällt. Sie würde Alex fortschaffen. Frank hatte recht. Sie hatte keine Möglichkeit, ihren Sohn optimal zu schützen. Niemand würde davon erfahren, auch Max nicht. Alex war in den Vereinigten Staaten geboren, hatte deshalb einen amerikanischen Pass, und insofern wäre es einfacher, ihn im Konsulat unterzubringen. Dann würde sie eben ein bisschen James Bond spielen. Im schlimmsten Fall machte sie sich lächerlich. Hauptsache, ihr Sohn war in Sicherheit.

Erleichtert schlug sie die Bettdecke zurück und schwang die Beine aus dem Bett. Im Nebenzimmer war es ruhig, aber sie wusste, dass die Kollegen hellwach waren. Sie würde sich jetzt eine Dusche genehmigen und nebenan mit den Beamten einen Kaffee trinken. Der Fernseher im Zimmer war ausgeschaltet, vermutlich hatte die Nachtschicht nach ihnen beiden gesehen. Wie viel hatte sie von dem Film noch mitbekommen? Ach ja, Mel Gibson hatte gerade wieder seine Schulter eingerenkt. Egal. Alex schlief neben ihr noch tief und fest. Sie würde ihn erst ein wenig später wecken, schließlich würden die nächsten Tage aufreibend genug werden, und er brauchte seine Ruhe.

Erst jetzt stellte sie fest, dass sie in ihren Klamotten eingeschlafen war. Eigentlich ziemlich eklig. Auf dem Weg ins Badezimmer dachte sie an ihren Traum zurück. Für einen Moment hielt sie inne.

Danke, Michi.

Er hatte in der vergangenen Nacht so ziemlich jede Emotion durchlebt, derer er fähig war. Euphorie, Angst, Erleichterung, Panik, Depressionen, Selbstmitleid, Trauer. Einmal glaubte er sogar, ein verräterisches Stechen in der Brust zu spüren, und einen verrückten Moment lang wünschte er sich tatsächlich einen Herzinfarkt herbei. Dann wäre er unfähig, irgendeine Anweisung zu befolgen, und wenn er im Krankenhaus aufwachte, wäre alles vorbei. Aber das Stechen hörte auf. Johannes Merthin bekam keinen Herzinfarkt. Je näher der Morgen rückte, desto unruhiger wurde er. Er war kaum in der Lage, sich auf sein Buch zu konzentrieren, und immer wieder stand er auf, um sich ein Glas Wasser aus der Küche zu holen. Es wäre sinnvoller gewesen, sich eine ganze Flasche an den Sessel zu stellen, aber dann hätte er sich selbst gegenüber keine Rechtfertigung für seine Unruhe gehabt. Als es schließlich hell war und die Sonne über den Rasen kroch, hielt es ihn nicht mehr. Er ging im Zimmer auf und ab, auf der verzweifelten Suche nach einer anderen Lösung, aber nachdem er fast eine Furche in den Teppich getreten hatte, musste er sich eingestehen, was er die ganze Zeit gewusst hatte. Es gab keine Alternative. Er konnte sich der Polizei nicht stellen. Seine Karriere wäre ruiniert, er würde in den Knast wandern, und Beyer mit seinen Verbindungen würde dafür sorgen, dass er ihn auch nicht mehr lebend verließ. Selbst wenn der Staat ihm eine neue Identität verschaffte, einen neuen Namen und ein neues Leben, würde er sich stets umsehen und sich fragen, ob man ihn gefunden hatte. Ob die Frau mit dem Kinderwagen in Wirklichkeit eine Terroristin war oder der Mann, der nebenan den Garten machte, nicht vielleicht ein Auftragskiller. Nein, zum Umkehren war es zu spät. Es gab nur eine Möglichkeit. Wenn er gehorsam seine letzte Aufgabe erfüllte, konnte er hoffen, mit einem blauen Auge aus der ganzen Sache rauszukommen.

Er kleidete sich heute besonders sorgfältig an. Er verbrachte lange Zeit vor dem Spiegel, so als hoffte er, das bevorstehende Treffen hinauszögern zu können. Er wusste nicht einmal, wie sein Besucher aussehen würde. Auf irgendeine Weise würde sich der Typ ihm gegenüber schon ausweisen.

Es war halb neun, als Merthin sich auf den Weg machte. Das schöne Wetter, auch heute versprach es wieder heiß zu werden, hob seine Laune; wahrscheinlich würden all seine Probleme bald ein Ende haben. Und dann konnte er sich entspannen und sich ganz seiner Arbeit widmen. Nie wieder würde er in solch eine

Situation geraten, das schwor er sich. Nie wieder würde er die Rennbahn besuchen, und um Wettbüros würde er künftig einen großen Bogen machen. Je mehr gute Vorsätze er sich vorbetete, umso beschwingter wurde er. Was konnte ihm denn noch passieren? Wenn er seinen letzten Job erledigt hatte, war er frei. Und niemand konnte ihm etwas anhaben. Auch die Behörden nicht. Ich bin Anwalt, schon vergessen, ihr Wichser? Am liebsten hätte er es laut herausgeschrien, stattdessen lachte er. Sie konnten ihn nicht zwingen zu reden, und das wussten sie. Jeder wusste das, auch Beyer.

Als er in seinem Büro ankam, fühlte er sich wie Arnold Schwarzenegger in *Rambo*. Oder war das Sylvester Stallone gewesen? Einerlei, niemand konnte ihm etwas.

Er war ein guter Anwalt, das wusste er. Tief in seinem Innern wusste er aber auch, dass er ein Meister war, ein Meister der Selbsttäuschung.

Als Ann frisch geduscht und angezogen – in den üblichen Jeans und einer frischen weißen Bluse – aus ihrem Zimmer kam, war Frank bereits da. Er unterhielt sich mit Helmut und dem anderen Kollegen – wie hieß der noch? –, und als sie ins Zimmer trat, brach das brüllende Gelächter der Männer abrupt ab. Wahrscheinlich erzählten sie sich nicht stubenreine Witze, und obwohl Ann eine ehemalige Kollegin war, so zogen sie doch eine unsichtbare Grenze. So war das nun mal. Als Kollegin warst du eine von ihnen. Als Schutzperson mit Kind aber mutierte sie zu einem Heimchen am Herd, dem man Unschuld unterstellte.

»Guten Morgen, Frau Deckert.«

»Guten Morgen, liebe Kollegen.« Sie lächelte. »Habe ich etwas verpasst?«

»Helmut erzählte gerade«, Frank wies mit dem Kopf auf den

älteren Mann, »dass sie gestern Abend bei euch den Fernseher ausgemacht haben, und zwar mitten in einer Szene, bei der Mel Gibson unter Wasser eingeschnürt wie ein Paket um sein Leben kämpft. Wenn das nicht spannend ist, frage ich mich, was ihr euch sonst anseht. Ihr sollt tief und fest geschlafen haben.«

Ann winkte betont gelangweilt ab. »Kinkerlitzchen. Oder wie mein Vater zu sagen pflegte: Ich habe das Drehbuch geschrieben.«

Die Männer lachten, aber Ann spürte, dass sich Nervosität breitmachte. Alle merkten, dass ein Gewitter im Anzug war, aber keiner konnte sagen, wann und woher es kommen würde.

»Frühstück?« Helmut sah sie fragend an.

»Nein, danke«, sie schüttelte den Kopf, »nur einen Kaffee. Ich möchte nachher mit Alex frühstücken. Haben Sie Ihre Schachlektionen gelernt, Helmut?« Wenigstens einen der beiden konnte sie mit Namen ansprechen. Der nickte gequält. »Ich träume schon von Schach. Heute werde ich es Alex zeigen.«

»Träum weiter, Baby.« Der andere Beamte klopfte Helmut auf die Schulter. »Glaub mir, der Junge zockt dich wieder ab.«

Ann hätte ewig mit diesem Geplänkel weitermachen können. Aber sie hatte sich entschieden, und es brannte ihr auf den Nägeln. Plötzlich hatte sie das Gefühl, dass ihr die Zeit davonlief.

»Könnten Sie uns eine Kanne Kaffee heraufkommen lassen? Frank und ich sind in meinem Zimmer.« Sie hatte sich schon umgedreht, als ihr noch etwas einfiel. »Und es ist nicht so, wie Sie denken«, setzte sie schmunzelnd hinzu. Helmut zwinkerte ihr belustigt zu, der andere Kollege rollte mit den Augen.

Als sie in ihrem Zimmer allein waren, hielt Ann sich nicht lange mit Vorreden auf.

»Setz dich.« Es gab neben dem großen französischen Bett zwei kleine Sessel, auf die sich beide nun niederließen. Frank sah sie ruhig an. Er stellte keine Fragen und schien abzuwarten, was sie zu sagen hatte.

»Ich habe mich entschieden. Bring Alex von hier weg.« Ann hatte sich in ihrem Sessel ein wenig nach vorn gebeugt. Auch wenn sie mehr denn je davon überzeugt war, dass es eine gute Idee war, zerriss es ihr fast das Herz, die Verantwortung für ihren Sohn abgeben zu müssen.

Alex wurde vom Rauschen der Dusche wach. Durch die Vorhänge fiel Sonnenlicht, und im ersten Moment fühlte er sich wohl. Dann fiel ihm ein, wo er war und was seine Muter ihm am Abend zuvor erzählt hatte. Wann immer er in der vergangenen Nacht wach geworden war, hatte seine Mutter neben ihm gelegen und geschlafen, und er hatte sich an sie gekuschelt und war gleich wieder eingeschlafen. Eigentlich war er aus dem Alter heraus, wo er nachts zu seiner Mutter ins Bett kroch, aber genau genommen war es ja andersherum gewesen. *Sie* hatte in *seinem* Bett geschlafen. Aber das war egal. Ihm war es wichtig gewesen, ihren Herzschlag zu hören und ihr Pfirsichshampoo zu riechen. Es gab ihm das Gefühl, dass alles in Ordnung war. Zwar war nicht alles so, wie es sein sollte, aber es würde sich wieder einrenken. Davon war er überzeugt. Er drehte sich auf die andere Seite und wickelte sich fester in seine Decke. Bevor sie ihm die ganze Geschichte erzählt hatte, hatte er sich zwar seinen Teil gedacht, aber in seiner Phantasie hatte alles viel schlimmer ausgesehen, und nun, bei Tageslicht, schien ihm die Situation nicht mehr ganz so bedrohlich. Schließlich wurden sie gut bewacht. Und was hatte seine Mutter immer gesagt, und zwar so lange er denken konnte? *Hauptsache, wir sind zusammen und wir haben uns lieb.* Zugegeben, dabei war es um andere Sachen gegangen, aber es war doch egal, ob es um Familienstreitigkeiten, eine Fünf in Mathe oder um einen irren Terroristen ging, oder? Er konnte sich ein Leben ohne seine Mutter nicht vorstellen, und so klammerte er sich daran, dass alles gut werden würde, wenn sie nur zusammenblieben. Wie ein Mantra leierte er einen Satz immer wieder in seinem Kopf herunter: *Alles wird gut, alles wird gut, alles wird gut*. In dem Bewusstsein, dass nichts geschehen würde, schloss er die Augen und döste noch einmal ein. Als er wieder aufwachte, war es in der Dusche ruhig. Er strampelte mit den Füßen die Decke von seinen Beinen und sprang aus dem Bett. Im Wohnzimmer nebenan saßen nur Helmut und Joachim. Helmut las in seinem Schachbuch, und Joachim hatte eine Zeitung vor der Nase. Beide hatten einen Becher Kaffee neben sich stehen.

»Guten Morgen, Alex.« Joachim grinste ihn an. Helmut hob den Blick, lächelte und wedelte mit dem Buch.

»Morgen, Joachim. Morgen, Helmut. Wie spät ist es?«

»Schon nach neun, du Schlafmütze. Willst du etwas frühstücken? Hier, nimm die Karte und such dir was aus. Die Stadt Hamburg bezahlt, also sei nicht zu bescheiden. Du weißt schon«, Helmut fuhr mit einer lässigen Geste mit der Hand durch die Luft. »Hummer, Lachs, Kaviar, wilde Weiber.«

Alex seufzte gespielt gequält. »Ich fürchte, da macht mir meine Mutter einen Strich durch die Rechnung. Wo ist sie überhaupt?«

»In ihrem Zimmer. Sie hat da eine Besprechung.« Joachim deutete mit einer Hand auf die Tür des Zimmers, das neben dem von Alex lag.

Alex hielt einen Moment inne und hob dann die Hand, um zu klopfen. So wie es zu Hause üblich war, wartete er ab, bis seine Mutter ihn hereinrief, und er trat ins Zimmer. Er sah einen Mann auf einem der Sessel sitzen; seine Mutter sprang bei seinem Eintreten auf. Ihrem Gesichtsausdruck sah er an, dass etwas nicht stimmte. Ihm wurde eiskalt.

Punkt neun Uhr kamen Mutter und Tochter im Kindergarten an. Aus sicherer Entfernung konnte er sehen, wie die Schlobohm gestikulierend auf die Erzieherin einredete. Das tat sie jeden Morgen. Er fragte sich, was die Frau jeden Morgen mitzuteilen hatte. Zwar verfügte er über keinerlei Erfahrung mit Kindern – nicht, dass er sie nicht mochte, sie waren ihm völlig gleichgültig –, dennoch konnte er sich nicht vorstellen, was die Schlobohm der Frau im Kindergarten jeden Tag zu erzählen hatte. Schließlich drehte sie sich um, winkte ihrer Tochter noch einmal, stieg ins Auto und fuhr davon.
9.10 Uhr. Er hatte die Wahl. Entweder er schlug jetzt zu, oder er musste bis zehn Uhr warten. Zwischen halb zehn und zehn wurden die Kinder im Inneren des Gebäudes abgefüttert und erst danach wieder hinausgelassen. Ein paar Minuten noch betrachtete er das Treiben. Eine der Erzieherinnen schien heute nicht zur Arbeit zu kommen, so dass die Frau, die das kleine Mädchen in Empfang genommen hatte, viel zu tun hatte. Die anderen Angestellten des Kindergartens würden erst kurz vor halb zehn kommen, das wusste er aus vorangegangenen Beobachtungen. Jetzt war die Zeit günstig.
Die Kleine war mit ihrem bunten Sommerkleidchen und den langen blonden Haaren gut auszumachen. Sie tollte allein auf dem Spielplatz herum und schien sich für die anderen Kinder noch nicht zu interessieren. Der Augenblick war günstig.
Er näherte sich dem Zaun, der den Spielplatz von der Straße trennte, immer auf der Hut und darauf vorbereitet, eine andere Richtung einzuschlagen, wenn sein Vorhaben zu scheitern drohte. Das kleine Mädchen saß allein auf der Schaukel, hatte den Kopf in den Nacken gelegt und betrachtete den blauen Himmel, als gäbe es dort etwas Außergewöhnliches zu sehen. Die Haare hingen ihr über den Rücken; wenn sie ihren Körper noch ein

kleines Stück weiter nach hinten bog, würde sie von der Schaukel fallen. Als er sicher war, dass sich niemand in der Nähe des Kindes aufhielt, die Erzieherin war im Gebäude verschwunden, die anderen Kinder spielten in der Sandkiste, die auf der anderen Seite des Spielplatzes stand, trat er an den Zaun heran und sprach das Mädchen an.

»Hej, Caroline. Erkennst du mich?«

Das kleine Mädchen hörte zu schaukeln auf und sah ihn mit gerunzelter Stirn an. Schließlich hellte sich ihr kleines Gesicht auf, und sie fing zu plappern an.

»Du bist der Onkel, der bei uns manchmal am Haus vorbeigeht.«

Er nickte lächelnd. »Stimmt. Du hast mir erzählt, dass du Fahrrad fahren kannst, und euer Nachbar hat die süßen Welpen.« Pausenlos ließ er seine Augen wandern. Alles war ruhig. Niemand interessierte sich für ihn.

»Willst du was sehen?« Die Kleine nickte.

»Dann musst du herkommen.« Er schob eine Hand in die Tasche und tat so, als hole er etwas heraus. Dann hielt er den vermeintlichen Gegenstand in der einen hohlen Hand und schützte ihn mit der anderen.

»Sieh mal. Ich habe ein kleines Küken.«

»Oh.« Hatte sich Carolines innerer Kampf soeben noch auf ihrem Gesicht abgezeichnet, so konnte sie ihre Neugier nun nicht mehr im Zaum halten. Sie rutschte von der Schaukel und lief auf den Mann, den sie schon so oft gesehen hatte, zu. Als sie am Zaun stand, senkte er die Hand und tat, als wolle er ihr etwas zeigen. Als sie sich vorbeugte, legte er blitzschnell den einen Arm um die Taille des Mädchens und mit der anderen Hand hielt er ihr den Mund zu. Er hob sie über den Zaun und ging mit eiligen Schritten – nur nicht laufen, das würde zu sehr auffallen – die Straße hinunter zu seinem Wagen.

Als die Erzieherin aus dem Haus trat, sah sie nur eine sanft im Morgenwind schwingende Schaukel. Dass Caroline nicht mehr am Schaukeln war, störte sie nicht weiter. Sie hatte genug um die Ohren. Eine der Kolleginnen hatte sich mal wieder krankgemeldet, und sie musste nun mit zwanzig Kindern bis zehn Uhr allein fertig werden. Sie stöhnte. Immer blieb alles an ihr hängen. Es gefiel ihr fast, sich als Heldin der Arbeit zu betrachten und sich in Selbstmitleid zu suhlen, aber sie beschloss, das auf jeden Fall zur Sprache zu bringen. Es konnte nicht angehen, dass sie ständig mehr arbeitete als die anderen. Sie ließ ihren Blick schweifen und sah, wie ein kleiner Junge, ein arger Rüpel, einem Mädchen eine Ladung Sand ins Gesicht warf. Natürlich fing die Kleine sofort zu plärren an.

»Marc, hör auf mit dem Blödsinn. Wie oft habe ich dir schon gesagt, du sollst das lassen.« Sie lief hin und packte den Jungen grob am Arm. Nun brach die Hölle los. Auch der kleine Marc heulte nun, und wie zum Trotz fiel die ganze Bande ein.

Die Erzieherin seufzte resigniert. Wie gesagt, immer blieb alles an ihr hängen.

Caroline hatte sie völlig vergessen.

»Du willst mich loswerden?« Alex war aufgesprungen. Seiner Miene konnte man entnehmen, dass seine Gefühle zwischen Ärger, Enttäuschung und Angst changierten. Er wollte bei seiner Mutter bleiben. Hatte es keine Gültigkeit mehr, dass nichts passieren konnte, wenn sie zusammenblieben? Hatte sie ihn überhaupt noch lieb? Jetzt wollte seine Mutter, dass er mit diesem Mann, Frank hieß er, wegging, während sie allein im Hotel bleiben würde.

»Es geht um deine Sicherheit. Ich befürchte, dass unser Versteck bald auffliegt, wenn es das nicht schon getan hat.« Sie sah ihn

ganz ruhig an. Nichts wies darauf hin, dass ihr die Entscheidung ebenso weh tat wie ihm.
»Wenn ich unterwegs bin, kann ich dich nicht beschützen. Also musst du irgendwohin, wo du sicher bist. Im amerikanischen Konsulat bist du es. Schließlich hast du einen amerikanischen Pass. Frank«, sie wies mit dem Kopf auf den Mann, der ruhig dasaß, »kennt dort jemanden, der sich um dich kümmern wird. Egal, was passiert, dort wird dir nichts geschehen.«
»Du willst mich los sein.« Seine Stimme drohte zu kippen, und die Tränen standen ihm in den Augen.
Für einen Moment sagte niemand etwas. Ann rang mit sich. Die Zeiten, in denen sie ihrem Sohn den Hintern gepudert hatte, waren vorbei. Endgültig. Sie konnte nicht alles von ihm fernhalten, aber sie konnte ihn schützen. Auch wenn es ihr das Herz brach, sie musste deutliche Worte sprechen, damit er merkte, dass das Ganze kein Spiel war. Vielleicht wurden dadurch irreparable Schäden angerichtet, aber hier ging es um mehr als den häuslichen Frieden. Hier ging es um das Leben ihres Sohnes. Alles andere müsste man zu klären versuchen, wenn die Sache vorbei war.
»Wenn du es so siehst«, sie nickte, »dann hast du recht. Ja, ich muss dich sogar loswerden.« Sie sah, wie das Gesicht ihres Sohnes leichenblass wurde und sein schmaler Körper sich versteifte. »Ich muss dich in Sicherheit wissen, sonst kann ich nicht arbeiten. Du bist kein Kind mehr, also stell dich den Tatsachen. Du wirst in das Konsulat gehen und es nicht verlassen.«
Alex hatte sich wieder gesetzt. Ihm rannen Tränen über die Wangen, die er ärgerlich mit dem Ärmel seines Schlafanzuges wegwischte. Er wusste, dass seine Mutter recht hatte und dass es vernünftig war, aber er hatte das Gefühl, dass sie beide bessere Chancen hätten, wenn sie zusammenblieben. Kaum hatte sich

dieser Gedanke in seinem Kopf festgesetzt, wusste er schon, dass er idiotisch und kindisch war. Aber er hatte sich immer als der Beschützer seiner Mutter gesehen, wie so manch kleiner Junge das tat. Ihm ging auf, dass er für dieses Selbstbild viel zu alt war. Er konnte seine Mutter nicht beschützen. Vielleicht, wenn sie eine Sekretärin wäre oder eine … eine Dolmetscherin. Er hatte so viel erfahren in den letzten vierundzwanzig Stunden, dass er kaum mit dem Denken hinterherkam. Seine Mutter hatte sich verändert, oder nein, nicht verändert. So, wie sie jetzt war, war sie immer gewesen, nur hatte er es nicht bemerkt. Sie war immer anders gewesen als andere Mütter, und er war stolz darauf gewesen. Und trotz seiner Angst war er es noch immer, vielleicht mehr denn je.

»Wie lange?« Er räusperte den dicken Kloß in seinem Hals weg.

»Zwei Tage.« Ann kam auf ihn zu und hockte sich vor seinen Stuhl. Dabei legte sie ihm die Hände auf die Knie.

»Nur zwei Tage, mein Schatz, dann ist alles vorbei. Samstagmittag sind wir wieder auf dem Weg nach Hause.«

Er hob den Blick und sah seiner Mutter fest in die Augen. Er meinte, erkennen zu können, wann sie log, und er war sicher, dass sie es nun nicht tat. Vielleicht wollte er es auch nur glauben.

»Fahren wir beide ins Konsulat?«

»Nein«, seine Mutter schüttelte den Kopf. »Am sichersten ist es, wenn wir ab sofort nicht mehr zusammen gesehen werden. Frank wird dich hinausschmuggeln.«

Alex warf einen Blick zu dem Mann, der ihm leicht zunickte. Er lächelte nicht, und er sagte nichts. Alex hatte ein Es-wird-schon-alles-gut- oder Hab-keine-Angst-Gehabe erwartet, aber der Mann sagte nichts. Er blickte ernst, aber freundlich. Das gab den Ausschlag. Der Mann behandelte ihn nicht wie ein kleines

Kind, und wenn seine Mutter ihm vertraute, dann würde er es auch tun. Er wandte seinen Blick wieder seiner Mutter zu, die noch immer vor ihm hockte. Die Wärme ihrer Hände drang durch seinen Schlafanzug und hinterließ ein klammes Gefühl. Ihr Blick hatte sich verändert. Plötzlich lag etwas Bittendes darin. Alex erkannte, dass seine Mutter auf ihn baute, und er würde sie nicht enttäuschen.

»Mam«, er lächelte gequält, »meine Knie sind schon ganz heiß. Du kannst die Hände jetzt runternehmen.«

Johannes Merthin saß in seinem Büro wie auf Kohlen. Zum wiederholten Male warf er einen Blick auf seine Armbanduhr. Kurz nach halb zehn, noch hatte sich niemand bei ihm gemeldet. Ausnahmsweise war er heute früher in der Kanzlei erschienen, denn er hatte Angst, etwas zu verpassen. Was, wenn sein Kontakt kam und er wäre nicht da? Was, wenn er im Stau feststeckte? Nein, kein Risiko. Das konnte er sich nicht leisten. Hier ging es um seine Existenz, um seine Zukunft und um … ja, um sein Leben. Ungeduldig drückte er erneut den Knopf der Gegensprechanlage.

»Diana? Gab es Anrufe für mich?«

»Nein«, schnarrte es zurück, »sonst hätte ich Sie sofort informiert.«

Natürlich hätte sie das, er hatte es ihr ausdrücklich aufgetragen.

»Bringen Sie mir einen Kaffee.«

»Sofort.«

Er kannte seine Sekretärin, wobei sie Wert auf die Bezeichnung *Assistentin* legte, und er wusste, dass sie bereits auf dem Weg zur Kaffeemaschine wäre. Eigentlich konnte er keinen Kaffee mehr sehen, aber es gab ihm das Gefühl, alles im Griff zu haben.

Es klopfte leise, und noch bevor er antworten konnte, stand die junge Frau in der Tür. Ihr Gesichtsausdruck war verwirrt.

»Herr Merthin, hier ist ein Herr Meier, der Sie zu sprechen wünscht. Er sagt, er hat einen Termin, aber ich …«

Johannes Merthin war aufgesprungen. »Ist gut. Er soll reinkommen. Keine weiteren Störungen.« Er nestelte an seinem Jackett, schloss die Knöpfe, nur um sie gleich darauf wieder zu öffnen.

»Soll ich noch einen Kaffee …«

»Vergessen Sie den Kaffee«, herrschte er seine Assistentin an. »Ich sagte, keine weiteren Störungen.«

Die junge Frau trat zur Seite, und ein kleiner Mann schob sich an ihr vorbei. Er war kaum ein Meter siebzig groß, hatte eine Halbglatze und ein nichtssagendes Gesicht, eines, das man gleich wieder vergaß.

Der Anwalt wischte sich seine feuchten Handflächen an der Anzughose ab, seine Herz schlug ihm bis zum Hals. Diana hatte die Tür wieder geschlossen, und noch bevor er etwas sagen konnte, hatte der Mann, der sich Meier nannte, seinen Aktenkoffer auf dem Schreibtisch abgestellt und sah Merthin abwartend an. Meiers Gesicht verriet nichts, es war vollkommen gleichmütig. Merthin starrte ihn an, unfähig, sich zu bewegen. Schließlich räusperte sich sein Besucher.

»Ich glaube, Sie haben etwas für mich.«

»Oh, ja, warten Sie …«

Merthin eilte an den Safe, der hinter einem Bild versteckt war, schob das Gemälde beiseite und gab die Kombination ein. Die Stahltür schwang auf, und er entnahm dem Tresor mit zitternden Fingern einen kleinen Lederkoffer, den er zu seinem Tisch trug.

Sie sahen sich über den Schreibtisch hinweg kurz an und öffneten dann fast zeitgleich die Koffer. Meier drehte den seinen so, dass Merthin den Inhalt betrachten konnte. Ein Metallzylinder, sicher in Schaumstoff gebettet. Er hatte keine Ahnung, worum es sich handelte, und es interessierte ihn auch nicht. Hauptsache, er brachte die Sache schnell über die Bühne.

»Na, dann will ich mal anrufen.« Er lachte nervös auf. Es hätte eigentlich keiner Worte bedurft, aber er ertrug die Stille nicht. Es machte ihn nervös, dass sein Gegenüber so unbeteiligt wirkte.

Merthin griff nach seinem Handy und wählte die Nummer, die man ihm gegeben hatte. Es war ein Anschluss auf den Cayman-Inseln. Als sich die Stimme einer Frau meldete, nannte er die Kontonummer und den Betrag, der von einem auf ein anderes Konto transferiert werden sollte. Etwas über eine Million Euro wechselte seinen Besitzer.

Dann reichte er das Telefon an seinen Besucher weiter, der ebenfalls eine Kontonummer und ein Passwort nannte.

Meier lauschte einen Moment schweigend und beendete dann das Telefonat. Er stand auf, und erstmals sah Merthin ihn lächeln.

»Es war angenehm, mit Ihnen Geschäfte zu machen.«

Er nickte Merthin noch einmal zu, drehte sich dann um und verließ den Raum. Das ganze Treffen hatte kaum fünf Minuten gedauert und kam Merthin vor wie ein böser Traum. Mit fliegenden Händen schloss er den Koffer und stellte ihn gerade auf den Fußboden neben seinem Schreibtischstuhl, als das Handy klingelte. Er drückte den grünen Knopf auf dem Gerät und lauschte der ihm wohlbekannten Stimme, die ihm letzte Anweisungen erteilte. Als er auflegte, atmete er geräuschvoll aus.

Der letzte Akt, soweit es ihn betraf, hatte begonnen.

Er hatte seine Einstellung Kindern gegenüber revidieren müssen. Jetzt waren sie ihm nicht mehr gleichgültig, sie waren unausstehlich. Dieses verdammte Balg schrie und zeterte, und erst als er ihr das Messer zeigte und sagte, dass er ihr damit weh tun

würde, gab sie Ruhe. Am liebsten hätte er das Gör windelweich geschlagen, aber er durfte sie nicht anrühren, sonst würde Beyer ihn vermutlich umbringen. Mittlerweile wimmerte das Kind hinten auf der Rückbank und raubte ihm den letzten Nerv.
Er hatte den zweiten Wagen auf einem Supermarktparkplatz bereitgestellt und eigentlich geplant, das letzte Stück dorthin zu Fuß zu gehen. Das hatte er vergessen müssen, denn das Mädchen hätte ohne Zweifel Aufmerksamkeit erregt, und selbst wenn ihn niemand angesprochen hätte, so hätte man sich später an den Mann mit dem weinenden Kind erinnert. Also hatte er so dicht wie möglich an dem zweiten Wagen geparkt und das Kind das kurze Stück hinter sich hergezerrt. Alle sollten glauben, er sei ein Vater, der mit seiner kleinen Tochter überfordert war. Die Kleine hatte sich zunächst gegen seine Versuche, sie in das andere Fahrzeug zu verfrachten, gesperrt, aber er hatte einmal kurz ihre Finger in seiner Hand zusammengedrückt, und sie hatte aufgegeben.
Verdammtes kleines Miststück.
»Das sag ich meinem Papa.« Unter Tränen hatte sie versucht, ihm zu drohen. *Eigentlich ganz schön mutig, die Kleine*. Kinder in dem Alter glaubten vermutlich immer an die Unbesiegbarkeit des Vaters.
«Halt den Mund«, knurrte er. Das war ein Fehler gewesen. Bisher hatte er kein Wort gesagt, und das hatte ihr Angst eingejagt. Nun hatte er auf ihr Geheule reagiert, und sie war mutiger geworden.
»Und der Papa, der haut dich dann.« Die Tränen waren versiegt, und sie blitzte ihn wütend an. Ihre Stimme war schrill geworden; am liebsten hätte er dem kleinen Biest den Hals umgedreht.
Gott sei Dank hatte er es nicht weit, in ein paar Minuten wäre er das Gör los. Er konnte sich beim besten Willen nicht vorstellen,

was sein Chef mit diesem Kind wollte. Aber es war nicht seine Aufgabe, darüber nachzudenken. Er hatte einen Auftrag bekommen, und den hatte er gewissenhaft und pflichtbewusst ausgeführt. Punktum.
Als sie anfing, mit den Beinen gegen die Lehne des Fahrersitzes zu treten und zu kreischen, hatte er sein Messer gezogen.
»Wenn du jetzt nicht die Klappe hältst, tue ich nicht nur dir, sondern auch deinem Vater weh. Also, HALT DAS MAUL.«
Nun saß sie also hinten und wimmerte. Wenigstens klingelten ihm von dem schrillen Geschrei nicht mehr die Ohren.

Max Heidrichs schlechte Laune war gefürchtet. Meist brüllte er dann herum und ließ an niemandem ein gutes Haar.
Heute sah das anders aus. Er war nicht nur schlecht gelaunt, er wirkte resigniert. Man konnte ihm ansehen, dass er kaum geschlafen hatte, und wenngleich er wie immer viel Wert auf sein äußeres Erscheinungsbild gelegt hatte, wirkte er derangiert. Das lag zum größten Teil an den dunklen Ringen unter seinen Augen.
Heute nahm ihm niemand seine schlechte Laune übel. Alle standen sie unter Druck, und die Ungewissheit darüber, was tatsächlich passieren würde, lastete auf jedem Einzelnen schwer. Die Spannung in dem kleinen Besprechungsraum war fast mit Händen greifbar.
»Gibt es etwas Neues?«
»Nichts, was uns weiterbringt.« Wie selbstverständlich hatte Christin das Wort ergriffen. Außer ihr saßen noch Bernd und Eric in dem kleinen Zimmer.
»Wo ist Frank?«
»Der war heute noch nicht hier.«
»Weiß jemand, wo er ist?«

»Ich gehe mal davon aus, dass er Ann Deckert hierher eskortiert.« Christins Stimme klang spröde. Sie schien es Max übelzunehmen, dass er nicht zuerst sie anhören wollte, sondern sich darüber Gedanken machte, wo sein Stellvertreter steckte.

»So, so, du gehst davon aus.« Max schwang in seinem Stuhl herum und blickte in den Computerraum, in dem verschiedene Monitore eine Vielzahl von Bildern zeigten. Statistiken, politische Fernsehnachrichten, Bilder von Kameras, die an strategisch wichtigen Punkten in Hamburg aufgenommen wurden. Scheinbar willkürlich gewählte Programme, die zwar zusammenhangslos wirkten, aber letztendlich ein vollständiges Bild ergaben. Die Nachrichten ersetzten die Auswertung der Tageszeitungen, die sie noch vor ein paar Jahren jeden Morgen hatten vornehmen müssen. Sie wurden nun von einem speziell für diese Aufgabe geschriebenen Computerprogramm verglichen und analysiert. Was machen wir eigentlich, wenn diese ganzen Computer plötzlich ausfallen?, dachte Max.

Eric und Bernd wechselten einen verwunderten Blick. Max schien in sich gekehrt, und seiner Stimme fehlte der drohende Unterton, den sie so gut kannten.

Bernd versuchte, zu seinem Chef durchzudringen. »Wir haben weiterhin keine Erkenntnisse. Keine Spur von Kreissler und seinen Schergen. Ganz zu schweigen von Beyer.«

Max gab keine Antwort.

»Max?« Christins Stimme klang sanft. Sie war zu Max getreten und fasste ihn leicht an die Schulter.

»Was?« Er zuckte zusammen. »Es tut mir leid, ich war in Gedanken woanders. Also Bernd, was sagtest du?«

»Keine neuen Erkenntnisse.« Bernd schüttelte den Kopf, als wolle er seine Aussage bekräftigen.

»Eric?«

»Nichts. Zumindest nichts Greifbares. Im Internet kursieren ein paar Gerüchte. Die beschäftigen sich aber hauptsächlich mit Beyers Flucht und damit, dass man es *dem Pack schon noch zeigen werde*.«

»Pack?« Max runzelte die Stirn.

Eric zuckte mit den Schultern. »Das ist alles. Was damit gemeint ist, scheint niemand zu wissen. Aber alle warten auf etwas.«

Wieder schien Max nicht richtig zugehört zu haben. Bernd und Eric wechselten irritierte Blicke. Christin wirkte genervt.

»Max? Wie soll es jetzt weitergehen?«

»Hm? Ach ja.« Max sah einen nach dem anderen an. »Versucht, Frank zu erreichen. Ich brauche ihn hier. Und ich will wissen, wo Ann ist. Auch sie kann hier von Nutzen sein.« Bernd schob seine Unterlagen zusammen, und Eric klappte sein Notebook zu. Christin rauschte aus dem Raum und knallte die Tür etwas lauter zu, als nötig gewesen wäre.

Es passte ihr nicht, auf die hinteren Ränge verbannt worden zu sein.

Weder Ann noch Alexander hatten großen Appetit. Alex hatte sein Brötchen lediglich zerkrümelt, bis es aussah, als sei es explodiert, dann aber nichts gegessen. Ann hatte einen dicken Kloß im Hals, und sie beschloss, nur Kaffee zu trinken.

»Also«, ihre Stimme hörte sich fremd an. Wie ein Messer fuhr sie in die Stille hinein. »Du bleibst im Konsulat bis übermorgen, also bis Samstag. Ich hole dich dort gegen Mittag ab, und dann fahren wir nach Hause. Hast du das Geld eingesteckt, das ich dir vorhin gegeben habe?«

»Ja, das hast du mich jetzt schon dreimal gefragt. Ich habe hundert Euro bei mir. Siehst du?« Er hob seinen Rucksack hoch und öffnete ihn. »Hier ist mein Portemonnaie.«

»Gut. Hast du genug Sachen zum Wechseln eingepackt?«
Alex verdrehte die Augen. Ann konnte jedoch sehen, dass er nicht wirklich genervt war. Es war seine Art, mit der Angst umzugehen.
»Mam, du warst selber dabei. Du hast mir sogar die Sachen rausgelegt.«

Das Zimmermädchen, eine kleine dunkelhaarige Person Mitte zwanzig, schob ihren Wagen, beladen mit sauberer Bettwäsche, Handtüchern zum Wechseln und diversen Reinigungsmitteln, an den Sicherheitskräften vorbei über den Flur. Obwohl sie freundlich nickte, spürte sie förmlich die misstrauischen Blicke in ihrem Rücken. Noch hatte sie keiner angesprochen, was ihr merkwürdig vorkam. Sie klopfte an die Zimmertür, rief »Zimmermädchen« und öffnete, ohne eine Antwort abzuwarten, die Tür.
Noch bevor sie ihren Wagen auch nur einen Zentimeter weit bewegen konnte, stand sie einem großen breitschultrigen Mann gegenüber, der ihr den Zugang verwehrte.
»Tut mir leid, aber Sie haben hier keinen Zutritt.«
»Ich wollte nur die Zimmer reinigen.«
Der Mann schüttelte den Kopf. »Das ist nicht nötig.«
»Wenn ich es nicht mache, bekomme ich Ärger.«
»Nein, den bekommen Sie nicht.« Der Mann, der vor ihr stand, wirkte sehr angespannt. Eine gewisse Ungeduld schwang in seiner Stimme mit. »Das ist mit der Direktion geklärt. Ich muss Sie bitten zu gehen.« Er schloss die Tür, und die junge Frau hörte, wie er sie von innen absperrte. Sie drehte sich um und schob ihr Wägelchen den Weg zurück, den sie gekommen war. Mit dem Schlüssel, der an ihrer Uniform hing, schloss sie die Tür zum Wäscheraum auf, ging hinein und machte die Tür hinter

sich zu. Für einen Moment legte sie ein Ohr an die Tür, und erst als sie sicher war, dass niemand im Korridor war, zog sie ein Handy aus der Tasche und wählte eine Nummer. Als sie die vertraute Stimme vernahm, erzählte sie kurz und knapp, was passiert war. Dann lauschte sie den Anweisungen, die ihr erteilt wurden. Die junge Frau nickte zu jedem der weiteren Schritte und beendete das Gespräch.
Aus einem Rucksack, der in einer Ecke des Zimmers stand, nahm sie eine kleine Menge einer formbaren Masse und klebte sie an einen Wäscheschrank. In die Masse drückte sie einen Gegenstand, einer Uhr nicht unähnlich, mit einer Digitalanzeige. Sie glich die Zeit auf ihrer Armbanduhr ab, stellte den Zünder um zehn Minuten vor und aktivierte den Sprengsatz.
Nach einem letzten Blick auf die betäubte, geknebelte und gefesselte Frau verließ sie den Raum.
Niemand beachtete sie, als sie zum Treppenhaus ging.

»Wir gehen jetzt zusammen raus. Keiner der Leute darf wissen, dass du das Hotel verlässt. Hast du verstanden?«
Alex sah seine Mutter stumm an und nickte.
Ann fuhr fort, noch immer den Blick fest auf ihren Sohn gerichtet.
»Wir werden Helmut und den anderen sagen, dass ich jetzt ins Büro fahre und du und Frank mich zum Auto begleitet. Dann verlasse ich das Hotel, und fünf Minuten später fahrt ihr weg. Einverstanden?« Ann richtete ihren Blick auf Frank.
Er nickte.
»Also los. Gib mir deinen Rucksack.« Sie streckte den Arm aus und nahm Alex' Rucksack. Sie nickte ihrem Sohn noch einmal zu und öffnete die Zimmertür.
Helmut sah hoch und lächelte.

»Helmut, ist das in Ordnung, wenn ich Ihren Wagen nehme? Ich sorge dafür, dass ihn jemand aus dem Büro zurückbringt.«

»Kein Problem, Frau Deckert.« Helmut langte in seine Hosentasche und fischte einen Schlüssel hervor.

»Hier.« Er reichte ihn ihr.

»Danke. Ich fahre jetzt.«

Frank nickte Helmut kurz zu. »Alex und ich begleiten Frau Deckert noch bis in die Garage. Wir sind gleich zurück.«

»Kein Problem.« Franks Autorität genügte, um jeden möglichen Zweifel oder auch Kritik im Keime zu ersticken. Schließlich galt er als der kommende Mann an der Dienststelle. Mit einem Knopf an seinem Revers aktivierte Helmut das Funkgerät, das er verdeckt trug, und gab entsprechende Anweisungen an seine Leute durch.

»Danke.« Ann lächelte ihm zu, und gemeinsam mit ihrem Sohn und Frank verließ sie das Zimmer.

Keiner der Sicherheitsleute hielt sie auf, und als sie im Untergeschoss aus dem Fahrstuhl stiegen, war die Bahn frei.

»Also, denk dran. Übermorgen hole ich dich ab, und dann, mein Schatz, darfst du wieder den Bohrhammer schwingen. Einverstanden?« Sie gab sich betont fröhlich, aber sie konnte ihren Sohn nicht täuschen. Sie sah die Angst in seinen Augen.

»Klar, Mami.«

Ann drehte sich um und ging auf den Wagen zu. Sie widerstand dem Drang, sich noch einmal nach ihrem Sohn umzuwenden. Sie schloss den Wagen auf und setzte sich hinein. Für einen Moment saß sie bewegungslos hinter dem Lenkrad und drehte den Schlüssel in ihren Händen. Es wäre so einfach. Kurzerhand aussteigen und Max' Angebot annehmen. Den Jungen nehmen und verschwinden. Irgendwohin, wo sie niemand kannte. Nein, entschieden schüttelte sie den Kopf. Sie wollte nicht ihr Leben

lang über die Schulter blicken und sich fragen müssen, ob sie diesen Tag überleben würden.
Nein, es war zu spät. Sie konnte nicht mehr zurück. Für den Bruchteil einer Sekunde erinnerte sie sich an das Baby, das sie einst in ihren Armen gehalten hatte, aber entschlossen verscheuchte sie den Gedanken und gab Gas. Als sie in das helle Sonnenlicht hinausfuhr, galt ihr Augenmerk nur mehr einer Person.
Christian Beyer.

Der Koffer in seiner Hand fühlte sich fremd an, und obwohl oder auch weil er nicht wusste, was er da eigentlich transportierte, fühlte er sich ganz und gar unwohl.
Merthin hatte seiner Sekretärin gesagt, dass er heute wahrscheinlich nicht wiederkommen würde, und war nun auf dem Weg zum Bahnhof in Altona. Das leise Schnurren seines Wagens beruhigte ihn ein wenig, und er versuchte sich zu entspannen. Er riss an seinem Krawattenknoten und lockerte ihn. Augenblicklich hatte er das Gefühl, freier atmen zu können.
Dieser eine Auftrag noch, und sein Job war erledigt. Dann war er frei. Frei von Angst. Beyer und seine Horde würden Deutschland auf dem schnellsten Wege verlassen, und Merthin würde nur mehr aus der Presse von diesem Pack hören.
Er lenkte seinen Wagen auf den Parkplatz vor dem Bahnhof, und nachdem er ein paar Runden gedreht hatte, fand er einen Stellplatz. Ein Blick auf die Uhr zeigte ihm, dass er reichlich Zeit hatte. Er sollte den Zug in Richtung Frankfurt um 9.53 Uhr nehmen und zwei Stationen später, am Hauptbahnhof, wieder aussteigen. Den Koffer sollte er auf der Toilette deponieren. Das war alles.
Er ging zu einem der Fahrkartenschalter und löste eine Fahrkarte

zum nächstmöglichen Ziel. Den Koffer fest zwischen den Beinen eingeklemmt, steckte er die Fahrkarte samt seiner Brieftasche in die Innentasche seines Jacketts. Er nahm den Koffer wieder in die Hand und ging auf den bereits wartenden Zug zu. Er drehte sich um, aber es gab niemanden, der ihn beobachtete. Niemand schien sich für ihn zu interessieren. Rucksacktouristen standen neben Familien mit Kindern, eine Schulklasse drängelte sich an älteren Leuten vorbei in die Waggons. Trotz seiner inneren Unruhe fühlte sich Merthin das erste Mal seit Wochen relativ sicher. Er verglich die Sitzplatznummer mit der Nummer auf seiner Fahrkarte und setzte sich hin. Den Kopf zurückgelehnt, gönnte er sich einen Moment Ruhe. Als der Zug schließlich langsam in Bewegung kam, musste er sich geradezu zwingen aufzustehen. Nachdem sie den Bahnhof Dammtor passiert hatten und einige Reisende zugestiegen waren, machte er sich auf den Weg zur Toilette. Man hatte ihm genaue Anweisungen gegeben, um welche Toilette es sich handelte. Im ersten Waggon hinter dem Speisewagen. Kurz befürchtete er, dass die Toilette besetzt sei, doch gerade als er die kleine Kabine erreichte, öffnete sich die Tür, und eine junge Frau trat heraus. Merthin zwängte sich in den kleinen Raum und ließ sich seufzend auf dem Toilettensitz nieder. Als der Zug langsamer wurde, erhob er sich, blickte in den Spiegel und spritzte sich ein wenig Wasser ins Gesicht. Gleich wäre es vorbei, gleich würde er diesen Zug verlassen und in ein neues Leben eintreten. Kurz bevor der Zug zum Stehen kam, öffnete er die Toilettentür und stieß dabei fast mit einem jungen Mann zusammen, der ihm kaum Zeit ließ, den engen Raum zu verlassen. Mit einem Seufzen stieg er die wenigen Stufen auf den Bahnsteig hinab. Dem Zugbegleiter, der die Tür geöffnet hatte, hätte er fast die Hand geschüttelt. Merthin kicherte. Wahrscheinlich hielt er ihn für irre, aber das war Merthin egal. Schließlich hatte er allen Grund zum Feiern, und warum

sollte man anderen Leuten nicht zeigen, dass man Grund hatte, sich am Leben zu erfreuen? Reiß dich zusammen, ermahnte er sich. Gib dich normal, fall nicht auf. Er holte noch einmal tief Luft. Er würde jetzt in die S-Bahn steigen, zurück nach Altona fahren, und sein wundervoller Wagen würde ihn nach Hause bringen.
Dann würde er feiern.
Er war frei.

»Sie hat eben das Hotel verlassen.« Beyer zog sich den kleinen Knopf aus dem Ohr. »Wir hätten uns unser kleines Ablenkungsmanöver sparen können. Was soll's«, er lachte leise, »wie heißt es so schön? Doppelt genäht hält besser. Die Operation hat begonnen.«
Er sprach mehr zu sich selbst als zu seinem Schwiegervater. Kreissler sah dem jüngeren Mann in die Augen und erkannte etwas, das er nie zuvor an ihm bemerkt hatte. Das Glitzern war neu. Christian war ihm trotz ihrer Vertrautheit fremd geworden. War es der Knast? Er hatte oft gehört, dass das Gefängnis die Menschen veränderte. Der Staat brach ihnen das Rückgrat, nahm ihnen die Kraft, stahl ihnen die Identität. Aber das hier war etwas anderes. Inwieweit ging es Christian um die Sache? Mit einem Mal war er besorgt. Er kannte Christian schon so lange. Sie hatten Seite an Seite gekämpft, sie teilten die gleiche Leidenschaft, zumindest hatte er das immer geglaubt, aber was verband sie wirklich? Ina? Ina war tot.
»Walter.«
Kreissler schreckte hoch und sah in die kalten Augen seines Schwiegersohnes.
»Ich war in Gedanken.«
»Das habe ich bemerkt.« Christian fixierte ihn, als wolle er seine Gedanken lesen.

»Ich habe an Ina gedacht.« Das war nicht gelogen.
Plötzlich veränderte sich Beyers Gesichtsausdruck. »Wir tun es auch für sie.«
»Ja, ich weiß.« Der alte Mann nickte. Da war sie wieder, die alte Vertrautheit. Kreissler legte seinem Schwiegersohn eine Hand auf den Arm, aber dieser Moment währte nur kurz.
»Herr Beyer?«
Jürgen war aufgetaucht und hielt respektvoll Abstand.
»Ja?« Christian wandte sich nicht einmal um, sondern fragte nur über die Schulter.
»Ihre Tochter ist da.«
»Danke. Ich komme.« Er stand auf, und Walter folgte ihm. Ein Mann, den Walter nicht kannte, hatte ein kleines Mädchen an der Hand, das verängstigt in der großen Scheune stand. Sie wirkte verloren zwischen all den Waffen und Munitionskisten und starrte zu Boden.
»Lassen Sie meine Tochter los.« Beyers Stimme war leise, fast ein wenig heiser, und der Mann ließ die Hand des Kindes augenblicklich los und trat unwillkürlich einen Schritt zur Seite. Das kleine Mädchen, das sich bisher nicht gerührt hatte, schaute plötzlich ängstlich hoch, so als suche sie nach der schützenden Hand.
»Charlotte.« Beyer ging auf sie zu und sprach mit einschmeichelnder Stimme. Die Kleine hatte den Blick wieder zu Boden gesenkt und wich vor dem fremden Mann zurück.
»Komm her, meine Kleine.«
Das Kind schüttelte den Kopf und wich weiter zurück.
»Du brauchst keine Angst zu haben.«
Als er ihr eine Hand an die Wange legen wollte, begann sie zu wimmern. Fast zärtlich betrachtete er das kleine Mädchen und sprach in den Raum hinein, im Bewusstsein, dass sie dort nur darauf warteten, seine Anweisungen auszuführen.

»Bringen Sie meine Tochter in ihr Zimmer und versorgen sie mit allem Nötigen. Das Kind braucht Ruhe.«
Eine der Schwestern eilte hinzu und nahm sich des Kindes an. Die Kleine wirkte plötzlich teilnahmslos, so als habe sie sich mit ihrem Schicksal abgefunden. Beyer sah dem Mädchen hinterher, ebenso Walter Kreissler.
Der alte Mann war wie erstarrt. Wenn er eines sicher wusste, dann, dass dieses Kind nicht seine Enkelin war.

Frank schaute auf die Uhr. In zwei Minuten würde er sich mit dem Jungen auf den Weg machen. Sollte es Verfolger geben, so hatten sie sich wahrscheinlich an Anns Fersen geheftet. Er sah zur Seite und betrachtete Alex, der angestrengt auf das Armaturenbrett starrte.
»Ich habe auch Angst.« Zuerst glaubte er, Alex habe ihn nicht gehört, aber schließlich hob der Junge den Kopf und warf einen fragenden Blick auf seinen Begleiter.
»Ich bin doch bald in Sicherheit. Wovor also sollte *ich* Angst haben?«
Frank beschloss, nicht auf den sarkastischen Ton des Jungen einzugehen, schließlich wusste er, was in Alex vor sich ging. Der Sarkasmus war sein einziger Halt, andernfalls wäre er in Tränen ausgebrochen.
»Es ist keine Schande, Angst zu haben, schon gar nicht, wenn man um die Menschen fürchtet, die einem nahestehen.«
Alex schwieg einen Moment. Als er sprach, hatte sich seine Stimme verändert. Man hörte das Kind in ihm.
»Meine Mam und ich, wir …«
Ein dumpfer Schlag drang zu ihnen in die Tiefgarage. Frank glaubte, eine leise Erschütterung zu spüren.
»Was war das?« Alex' Stimme klang ängstlich.

»Das war eine Explosion. Eine gottverdammte Explosion.« Frank ließ den Wagen an und fuhr mit quietschenden Reifen aus der Parkbucht in Richtung Ausfahrt. Ohne darauf zu warten, dass die Schranke geöffnet wurde, gab er Gas und durchbrach die zerbrechliche Barriere. Vom grellen Sonnenlicht zunächst geblendet, riss er das Steuer ruckartig herum und raste in westlicher Richtung davon.

»Was ist los?« Alex hatte sich nach vorn gebeugt und hielt sich mit beiden Händen am Armaturenbrett fest.

»Das galt uns.«

»Die wollten uns umbringen?«

»Eine gute Frage. Vielleicht wollten sie uns auch nur aus dem Hotel treiben. Wenn wir Glück haben, haben sie nicht so schnell reagiert, und wir konnten rechtzeitig verschwinden.«

Frank sah sich hektisch um; sein Blick wanderte ständig zwischen Außen- und Rückspiegel hin und her.

»Verflucht.« Erst im letzten Moment sah er die Bremsleuchten des Fahrzeuges vor ihm aufleuchten. Er riss das Steuer nach links, und der Wagen quetschte sich nur wenige Millimeter vor einem anderen Wagen auf die linke Fahrspur.

»Vorsicht.« Alex schrie und ließ sich im selben Moment in die Polster zurücksinken. Die Ampel vor ihnen war auf Rot gesprungen, aber Frank gab Gas.

»Halt dich fest, Junge.«

Unter lautem Hupkonzert schoss das Fahrzeug über die Kreuzung, und nur ein Wunder bewahrte sie vor einem Zusammenstoß mit anderen Autos.

Erst nachdem sie die Kreuzung hinter sich gelassen hatten, wagte Frank einen erneuten Blick in den Rückspiegel.

»Ich glaube, wir haben es ... Verflucht.«

»Was ist?« Alex sah Franks Blick und drehte sich um.

»Wir sind nicht allein.«
Hinter ihnen war ein Mercedes der M-Klasse aufgetaucht. Er näherte sich mit hoher Geschwindigkeit.
»Die hatten Posten vor dem Hotel stationiert. Festhalten.«
»Die haben was? Wer sind die?« Die Stimme des Jungen klang schrill.
Abrupt bog Frank vom linken Fahrstreifen ab in eine kleine Seitenstraße. Vorbei an pöbelnden Fußgängern jagte er die Straße entlang.
»Können wir nicht die Polizei rufen?« Alex' Stimme klang flehentlich.
»Nein, können wir nicht.«
»Warum nicht?«
»Weil ich nicht weiß, wem wir trauen können. Wir ... Scheiße.«
Vor ihnen, in ungefähr einhundert Metern Entfernung war ein Lieferwagen aufgetaucht, der sich quer zur Straße stellte. Frank wusste, dass das kein Zufall war. Er riss erneut am Lenkrad und fuhr nach links in eine Fußgängerzone. Unter lautem Hupen fuhr er in Schlangenlinien durch die Passanten. Ein Streifenpolizist starrte ihnen mit weitaufgerissenen Augen hinterher.
»Da.« Alex hatte eine Hand ausgestreckt und zeigte auf den schwarzen Mercedes Geländewagen, der unvermittelt vor ihnen aufgetaucht war.
»Was machen wir jetzt?« Alex war den Tränen nahe. Frank bremste und blieb in der Fußgängerzone stehen. Hinter ihm näherte sich langsam der Lieferwagen, vor ihnen stand der Mercedes quer.
»Sehr viele Möglichkeiten haben wir nicht.« Ein alter Mann kam heran, klopfte an die Scheibe und fing an zu schimpfen. Er zeigte Frank einen Vogel, und fast hätte Frank laut aufgelacht.

»Was machen wir jetzt?« Alex' Stimme drohte sich zu überschlagen.

»Ich fürchte«, Frank machte eine kleine Pause, »ich fürchte, du wirst mir vertrauen müssen.« Er beobachtete, wie aus dem Mercedes zwei Männer ausstiegen. Sie näherten sich vorsichtig dem Wagen, in dem Alex und Frank saßen. Ein Blick in den Rückspiegel bestätigte, dass der Lieferwagen ihren Rückzug verhindern sollte.

»Okay.« Alex bemühte sich um einen festen Ton. Frank wartete einen Moment und ließ die beiden Männer näher herankommen. Als sie sich bis auf wenige Meter dem Wagen genähert hatten, gab er Gas und hielt direkt auf die beiden zu, die sich nur mit einem Sprung zur Seite retten konnten. Ihm war klar, dass er nicht an dem Mercedes vorbeikäme.

»Festhalten, Alex.« Er riss das Steuer herum und raste mit Vollgas in die Schaufensterscheibe einer Karstadtfiliale. Frank betete, dass er niemanden verletzte. Schlitternd kam der Wagen zum Stehen.

»Raus hier, Alex.« Der Junge saß wie versteinert neben ihm.

»Nun mach schon.« Er brüllte dem Jungen ins Ohr, packte ihn am Arm und zerrte ihn hinter sich aus dem Wagen. Stolpernd bahnten sie sich einen Weg durch das Chaos. Von weitem waren Polizeisirenen zu hören, die sich schnell näherten.

«Jetzt beweg dich.« Noch immer zerrte Frank Alex hinter sich her. Stolpernd versuchte der Junge sich auf den Beinen zu halten. Schließlich ließ das Gewicht an Franks Arm nach. Alex hatte Fuß gefasst.

»Da rüber.« Frank versetzte Alex einen Stoß in Richtung Rolltreppe. An entsetzten und schreienden Menschen vorbei kämpften sie sich durch die Menge. Sie gelangten zur Treppe und liefen sie, immer zwei Stufen auf einmal nehmend, hoch. Frank drehte

sich kurz um und sah, dass sie von vier Männern verfolgt wurden. Alle trugen dunkle kurze Bomberjacken und Jeans.
»Los, schneller.« Im ersten Stock rannten sie durch die Herrenabteilung, und noch bevor sie den Hinterausgang erreicht hatten, flog die Tür auf, und sie sahen sich mehreren Polizisten mit gezogenen Pistolen gegenüber. Dahinter tauchte eine Frau auf. Sie kreischte hysterisch.
»Das ist der Mann. Der da.« Sie zeigte mit dem Finger auf Frank, und beide blieben abrupt stehen.
»Hände hoch.« Einer der Polizisten, wahrscheinlich der Einsatzleiter, fuchtelte mit seiner Waffe herum.
»Auf den Boden, Hände in den Nacken.«
Frank sah sich hektisch um. Die Männer in den dunklen Jacken waren ebenfalls die Rolltreppe heraufgekommen. Sie hatten sich verteilt und beobachteten die Szene aus sicherer Entfernung.
»Warten Sie.« Frank hatte sich wieder dem Einsatzleiter zugewandt.
»Ich sagte, auf den Boden.« Die Stimme wurde lauter. Es war offensichtlich, dass die Polizisten überfordert waren. Frank befürchtete, dass es zu einer Schießerei kommen würde, wenn er weiter versuchen würde, auf die Beamten einzuwirken.
«Also gut, aber tun Sie meinem Sohn nichts.« Er spürte fast körperlich den Blick, den ihm Alex zuwarf. Frank legte die Hände in den Nacken und kniete sich hin. Dabei drehte er sich noch einmal um und sah, dass sich die Männer, die sie verfolgt hatten, zurückzogen.
»Nicht bewegen.« Die Stimme des Einsatzleiters hatte einen hysterischen Ton angenommen. Die Polizisten kamen näher, immer noch die Waffen im Anschlag. Frank konnte ihre Gesichter jetzt deutlicher sehen. Er erkannte, dass keiner von ihnen jemals in solch einer Situation gewesen war. Aus dem Augenwinkel nahm

er wahr, dass Alex ebenfalls auf die Knie gesunken war. Einer der Polizisten näherte sich dem Jungen und zog ihn am Arm hoch.

»Komm mit mir, Junge. Es ist okay.«

Alex warf Frank einen ängstlichen Blick zu. Auch wenn er ihm die wohl schlimmsten Minuten seines Lebens verdankte, schien er Frank doch zu vertrauen. Frank nickte Alex kaum merklich zu, um ihm zu bedeuten, dass alles gut werden würde.

Jemand packte ihn von hinten und riss ihn zu Boden. Ohne dass er seinen Körper abfangen konnte, prallte er mit dem Gesicht auf dem Linoleumboden auf. Er schlug sich seine Zähne empfindlich an, aber bevor er sich darüber Gedanken machen konnte, wurden ihm brutal die Arme auf den Rücken gerissen und Handschellen angelegt. Dann zerrten sie ihn hoch. Er hatte das Gefühl, dass sie ihm seine Schultergelenke auskugelten.

Er sah Alex hinterher, wie er in der Obhut zweier Polizisten zum Hinterausgang geführt wurde.

Zumindest der Junge war in Sicherheit.

Walter Kreissler hatte es gleich gesehen. Er wunderte sich nur, dass Christian es nicht bemerkt hatte. Der wollte seine Tochter in diesem Kind erblicken, vielleicht einen Funken von Ina in den Augen des Mädchens erkennen.

Walter hingegen hatte seinen Blick nicht von dem verkrüppelten Arm der Kleinen wenden können. Der rechte Arm war nur halb so dick wie der linke, und die Hand war verkrümmt. Vermutlich rührte die Behinderung von verkürzten Sehnen im Arm. Aber seine Enkelin war makellos gewesen. Wer also war dieses Kind? Was hatte Merthin da für einen Bockmist verzapft? Der Anwalt hatte den Auftrag gehabt, die kleine Charlotte Beyer ausfindig zu machen und nicht irgendein Kind.

Kreissler überlegte, was nun zu tun sei. Sie konnten unmöglich ein fremdes Kind mitnehmen. Schließlich waren sie keine Verbrecher, die kleine Kinder verschleppten. Er holte noch einmal tief Luft und öffnete die Tür des Zimmers, in dem die Kleine untergebracht war.
Das Kind saß auf der Kante des Bettes, das mitten im Raum stand. Sie sah ängstlich auf, als Kreissler eintrat. Der Teddy, den er für seine Enkelin gekauft hatte, lag unberührt neben ihr.
Er versuchte zu lächeln.
»Du musst keine Angst haben. Darf ich mich zu dir setzen?«
Seine Stimme klang selbst in den eigenen Ohren außergewöhnlich sanft, und das Kind schien ein wenig beruhigt. Mit dem Handrücken wischte sie sich über die Augen, aber die zitternde Unterlippe verriet, dass sie weinte und Angst hatte. Sie nickte.
Kreissler setzte sich neben sie und bemühte sich um einen ruhigen Ton.
»Gefällt dir der Teddy nicht?« Er nahm das Stofftier und drehte es in seinen Händen.
»Doch.« Was für eine dünne Stimme sie hatte.
»Warum spielst du nicht mit ihm?«
Sie sah ihn scheu von der Seite an. »Darf ich?«
»Natürlich.« Der alte Mann lächelte. Es fiel ihm plötzlich nicht mehr so schwer. »Er liegt hier, weil er auf ein kleines Mädchen wie dich gewartet hat.«
Caroline schniefte. Sie sah Kreissler nun in die Augen, und die Angst wurde allmählich von Neugierde verdrängt.
»Wie heißt er denn?«
Walter zuckte mit den Schultern. »Er hat noch keinen Namen. Wollen wir uns einen für ihn überlegen?«
Wieder nickte sie. Sie wischte sich noch einmal über die Augen und nahm den Teddy, den er ihr hinhielt, in die Hand.

»Er lacht.« Ein zaghaftes Lächeln machte sich auf ihrem kleinen Gesicht breit.

»Er freut sich, dass du dich mit ihm anfreunden willst.«

»Wollen wir ihn Wuschel nennen?«

Kreissler tat, als überlege er. »Ich glaube, Wuschel würde ihm gefallen. Ja, das ist ein guter Name.«

»Dann nenne ich ihn Wuschel.« Das Kind drückte den Teddy fest an die Brust, und es schien Kreissler, als fände sie Trost.

Wie einfach es für die Kinder noch war. Ein Teddy hatte noch die Macht, ein kleines Leben zu retten.

»Schlaf jetzt ein bisschen. Ich komme nachher noch einmal zu dir.« Gehorsam rutschte die Kleine höher auf das Bett und rollte sich, Wuschel fest im Arm, zusammen. Kreissler deckte sie zu und drückte ihr einen Kuss auf das Haar. Als er an der Zimmertür stand, hatte sie die Augen bereits geschlossen.

Eine Welle der Zärtlichkeit überkam ihn.

Was sollte er tun? Was, zum Henker, sollte er nur tun?

Sie genoss die Fahrt durch die Stadt beinahe. Viele Orte hatten sich verändert, einiges allerdings würde sich nie ändern.

Sie hatte sich nie für eine Lokalpatriotin gehalten, aber sie merkte nun, dass sie ihre Heimatstadt vermisst hatte.

Sie hätte den Weg auch ohne die Hilfe des Navigationssystems gefunden. Einiges hatte sich verändert, aber als sie an der Speicherstadt vorbeifuhr, spürte sie ein Gefühl von Heimat.

Als sie ein Kind gewesen war, hatte sie ihr Vater oftmals mitgenommen. Er hatte einen Speicher in der Lagerstadt gehabt, und sie hatte nicht genug bekommen können von den Düften, die ihr dort um die Nase wehten. Verschiedene Gewürze, Tee und Kaffee; jedes Mal sagte ihr Vater seinen Spruch: Tausend Nasen möchte ich haben.

Ihr Vater hatte mit Tee und Kaffee gehandelt, etwas, das sie als Kind erfassen konnte.
Gab es etwas, das Alex jemals würde erfassen können? Worauf er stolz sein könnte?
Fast konnte sie die Gerüche ihrer Kindheit erahnen, aber als sie in die Tiefgarage einfuhr, verflüchtigte sich ihre Erinnerung. Die Wirklichkeit holte sie ein.
Sie parkte den Wagen und begab sich zu dem Fahrstuhl, der sie in ihre alte Welt zurückbrachte. Sie hatte das Gefühl, zu Hause zu sein.
Sie ging durch das große Büro, das alle miteinander teilten. Vorbei die Zeit der muffigen Kabuffs, in denen jeder für sich saß. Hier war ein moderner Bürotrakt entstanden, in dem die Angestellten lediglich durch kleine Paravents voneinander getrennt waren.
»Da sind Sie ja. Gott sei Dank.« Bernd eilte auf sie zu und packte sie am Arm.
»Was ist los?« Widerstrebend ließ sie sich von ihm wegziehen.
»Der Chef will Sie sprechen.« Er zog sie weiter hinter sich her und ließ ihren Arm nur kurz los, als er die Tür zum Besprechungsraum öffnete. Dann legte er ihr einen Arm auf den Rücken und schob sie vor sich her durch die geöffnete Tür.
»Sie ist da.«
In dem großen Raum herrschte eine gespannte Atmosphäre. Max telefonierte mit dem Rücken zu ihr, und die anderen, darunter Eric und Christin, arbeiteten fieberhaft an ihren Laptops. Den überwiegenden Teil der Anwesenden kannte Ann nicht.
»Kann mir jemand sagen, was los ist?« Ein ungutes Gefühl hatte sie gepackt, und ärgerlich schaute sie in die Runde. Die meisten starrten sie an und sagten nichts. Max hatte sich umgedreht und beendete schnell das Telefonat.

»Ann. Gut, dass du da bist. Komm mit, ich muss mit dir reden.«

Er erteilte noch ein paar Anweisungen und strebte zur Tür. Er hielt Ann die Tür auf, und nach einem letzten Blick in die Runde folgte sie ihm.

»Was soll das?« Sie musste fast rennen, um mit Max Schritt halten zu können.

»Gleich. Es muss ja nicht jeder mitbekommen, was wir hier reden.«

Er riss die Tür zu seinem Büro auf, und Ann stürmte an ihm vorbei. Max schloss die Tür und sah Ann an.

»Hör zu. Reg dich jetzt bitte nicht auf. Es hat eine kleine Komplikation gegeben.«

Ann spürte, wie sich ein Eisklumpen in ihrem Magen bildete und immer größer wurde.

»Was soll das heißen, eine kleine Komplikation?«

Max holte tief Luft und schaute zu Boden. Er schien nicht so recht weiterzuwissen.

»Ist etwas mit Alex? Nun red schon.« Ann hatte ihren ehemaligen Chef am Ärmel gepackt.

»Es hat im Hotel einen Bombenanschlag gegeben.«

»Oh, mein Gott.« Ann legte eine zitternde Hand auf ihre Lippen. Ihr schien, als sei ihr ganzes Gesicht taub.

»Ann, ich glaube nicht, dass …«

Sie nahm langsam die Hand runter und tastete nach einem der Stühle, die großzügig in Max' Büro verteilt waren.

»Es ist mir egal, was du glaubst. Was ist mit Alex?«

»Helmut erzählte, dass er mit dir und Frank das Zimmer verlassen hat. Kurz danach erfolgte die Explosion. Wenn es dich tröstet …« Er legte ihr unbeholfen eine Hand auf die Schulter. »Wenn es dich tröstet, wir haben weder unter den Verletzten noch den Toten Alex gefunden. Wo hast du ihn zuletzt gesehen?«

»In der Tiefgarage.« Sie starrte mit leerem Blick vor sich auf den Boden. *Alex, um Himmels willen, was habe ich getan?*

»Was wollte er da?«

»Ich wollte wegfahren, und er und Frank wollten mich in die Tiefgarage begleiten.« Warum sagte sie nicht die Wahrheit? Warum sagte sie nicht, dass Frank mit Alex das Hotel verlassen wollte? Die Antwort traf sie wie ein Schlag. Weil sie Max nicht traute. Immerhin hatte sie Franks Plan zugestimmt, Alex in Sicherheit zu bringen. Seit wann traute sie Max nicht mehr? Was war mit ihr passiert? Oh, Gott, Alex.

«Ann, ich bin sicher, dass wir ihn finden werden. Wir …«

»Erspar mir diesen Scheiß. Du sprichst nicht mit irgendeinem ahnungslosen Idioten. Du sprichst mit mir.« Ann hatte sich erhoben und stand Max mit vor Zorn funkelnden Augen gegenüber. »Ich weiß genau, was das Ganze bedeuten kann. Frank hat sich wohl bisher nicht gemeldet, oder?«

»Nein. Ich …« Max breitete die Arme aus. Die Tür flog auf. Bernd stand mit verrutschter Brille vor ihnen.

»Ich glaube, wir haben sie.«

Er drehte sich gleich wieder um, im Vertrauen darauf, dass Max und Ann ihm folgen würden. Ann rannte hinter den beiden Männern her.

»Was habt ihr?« Sie stützte sich auf die Rückenlehne von Bernds Stuhl und sah ihm über die Schulter.

»Sekunden nach der Explosion hat ein Fahrzeug mit hoher Geschwindigkeit das Hotel verlassen. Aufgrund der Fahrweise kann es sich nur um Frank gehandelt haben. Er hat den Schlagbaum der Garage durchbrochen und ist in westlicher Richtung davongerast. Leider fehlen uns dann ein paar Sekunden. Die

Überwachungskameras der Polizei erfassten ihn erst wieder, als er eine rote Ampel überfahren hat. Interessanterweise wurde er von einem Fahrzeug verfolgt.«

»Kennzeichen?«

Bernd schüttelte den Kopf. »Keine Chance. Die Auflösung der Kameras ist nicht hoch genug. Wir können gerade eben erkennen, um was für einen Fahrzeugtyp es sich handelt. Jedenfalls«, er schob sich mit dem Mittelfinger der rechten Hand die Brille gerade, die kurz davor gewesen war, endgültig ihren Bestimmungsort zu verlassen.

»Jedenfalls verlieren wir ihn wieder für ein paar Sekunden, bis er hier«, Bernd zeigte mit dem Finger auf ein Standbild auf seinem Monitor, »in die Fußgängerzone in der Spitalerstraße einbiegt. Tja, und dann hat Frank einen ziemlich guten Stunt hingelegt.«

»Soll heißen?« Ann sah Bernd an, auf dessen Gesicht sich ein breites Grinsen breitgemacht hatte.

»Soll heißen, dass unser Held mit dem Wagen geradewegs in eine Karstadtfiliale gefahren ist. Die Bullen sind bereits vor Ort und haben Alex und Frank mitgenommen.«

Ann hatte nicht bemerkt, dass Max genau hinter ihr stand. Plötzlich brüllte er los. »Los, Christin, du fährst sofort zu dem zuständigen Polizeirevier und holst die beiden da raus. Nimm dir jemanden mit, damit das Ganze noch überzeugender wirkt. Ihr bringt sie unverzüglich hierher. Eric, du schickst eine Vorabmeldung an die Wache. Du weißt schon, einen von den Vordrucken, auf denen der Innenminister der Bundesrepublik bereits unterschrieben hat. Schreib irgendetwas von *top secret* und dass die beiden sofort an uns zu übergeben sind.« Er klatschte in die Hände. »Na los, bewegt euch.« Er dreht sich zu Ann um.

»Was habe ich dir gesagt? Alles wird gut.«

Er fühlte sich fast beschwingt, als er in Altona aus der Bahn stieg. Er würde nach Hause fahren, ein Bad nehmen und früh zu Bett gehen. Er warf sein Jackett, einen Zeigefinger durch die Schlaufe am Kragen geschoben, über die Schulter. Es war warm, und er legte den Kopf mit geschlossenen Augen in den Nacken. Die Sonne brannte heiß auf sein Gesicht, aber es störte ihn nicht. Kleine Schäfchenwolken zogen träge vorbei. Es war ein schöner Sommer, und wenn man den Wetterfröschen glauben konnte, würde es auch so bleiben.

Er griff in seine Hosentasche und zog den Autoschlüssel heraus. Mit einem Druck auf die Fernbedienung entriegelte er seinen Wagen. Die Lampen des 750er BMW leuchteten auf. Er schritt gemächlich auf das Fahrzeug zu, öffnete die Fahrertür und warf sein Jackett auf den Beifahrersitz. Der Wagen war nicht nur ein Statussymbol, vor allem war er Balsam für seine Seele. Es gab ihm das Gefühl von Geborgenheit und Beständigkeit. Er schob den Schlüssel in das Zündschloss und startete den Motor.

Wenn er sich über das klickende Geräusch noch gewundert haben mochte, so hatte er keine Zeit mehr, den Gedanken weiterzuverfolgen. Mit einer gewaltigen Explosion, die im ganzen Innenstadtbereich zu hören war, flog das Auto in die Luft. Es hob vom Boden ab und setzte sanft wieder auf. Fast wie ein Vogel, der seine ersten kläglichen Flugversuche unternahm.

Er hatte recht behalten.

Endlich war es vorbei.

Als Kreissler das Büro betrat, telefonierte Beyer gerade. Der alte Mann hörte nur noch den letzten Satz, bevor Christian das Handy ausschaltete.

»Sorgt dafür, dass der Wagen mit dem Jungen nicht am Polizeirevier ankommt.«

Der Terrorist legte das Telefon behutsam auf den Tisch und wandte sich mit gerunzelter Stirn seinem Schwiegervater zu.
»Es hat eine kleine Komplikation gegeben.«
»Was ist passiert?«
Eigentlich interessierte es Walter nicht. Seine Gedanken galten dem kleinen Mädchen, das oben auf dem Bett lag und mit einem Teddy kuschelte, der nicht für sie bestimmt war.
»Nessler hat es geschafft, sich von der Polizei festnehmen zu lassen. Auch der Junge ist in Polizeigewahrsam.«
»Damit ist dieser Teil deines Plans also geplatzt.« Walter nickte bedächtig. »Wer weiß, wozu es gut ist.«
»Nichts ist geplatzt.« Christians Stimme hatte eine Schärfe angenommen, die Kreissler immer öfter an seinem Schwiegersohn wahrnahm und die es früher so nicht gegeben hatte.
»Was soll das heißen?« Der Alte kniff die Augen zusammen und sah den jüngeren Mann an.
»Ich habe dafür gesorgt, dass der Polizeiwagen seinen Bestimmungsort nicht erreichen wird. Ich lasse ihn stoppen.«
»Du meinst, du lässt die Männer töten?« Aber er wusste die Antwort schon. Und er fragte sich zum wiederholten Male, ob Beyer nicht jegliches Gefühl für Verhältnismäßigkeit verloren hatte.
Beyer zuckte mit den Schultern. »Wenn es sein muss? Ich brauche den Jungen, und ein paar Bullen werden mir meinen Plan nicht versauen. Warst du bei Charlotte? Wie geht es ihr? Sie muss ziemlich erschöpft sein.« Beyers Stimme wurde etwas weicher. Ich muss es ihm sagen, dachte Kreissler. Jetzt oder nie.
»Bist du sicher, dass es eine gute Idee ist, Charlotte mitzunehmen?«
»Was soll das heißen?« Beyer sah ihn misstrauisch an.
»Charlotte lebt in einer neuen Familie. Sie wird sich weder an

dich noch an mich wirklich erinnern. Ich halte es für keine gute Idee, das Kind aus seiner gewohnten Umgebung zu reißen.«

»Sie gehört zu ihrer rechtmäßigen Familie.« Christians Stimme war leise geworden. Kreissler spürte die verhaltene Wut dahinter.

»Sie ist noch ein Kind. Was glaubst du, was gerade in ihr vorgeht? Sie ist völlig verängstigt.«

Beyer nickte. »Natürlich ist sie das. Sie hat heute schließlich einiges mitgemacht. Aber es wird Zeit, dass sie erfährt, wer ihre Eltern sind und wo ihre wahre Bestimmung liegt. Sie wird das schnell begreifen, schließlich ist sie meine Tochter.«

Kreissler holte tief Luft. *Jetzt.* »Nein, das ist sie nicht.«

Für einen Moment konnte man an Beyers Gesicht ablesen, dass er ein wenig die Fassung verlor, aber er hatte sich schnell wieder gefangen.

»Was soll das heißen?«

»Das Kind da oben in dem Zimmer ist nicht deine Tochter.« Der alte Mann bemühte sich um einen ruhigen Ton.

Beyers Gesichtsausdruck verfinsterte sich zusehends. »Soll das heißen, dass meine Frau mit einem anderen …«

»Was fällt dir ein?« Jetzt war Kreissler wütend. Wie konnte sich dieser Mann erlauben, so über seine Tochter, über Ina, zu sprechen? »Natürlich nicht, aber dein Mann, Merthin, hat das falsche Kind ausfindig gemacht. Das Kind da oben«, Kreisslers Blick wanderte zur Zimmerdecke, »dieses Kind da oben ist ein anderes Kind. Es ist nicht Charlotte.«

»Woher willst du das wissen? Du hast Charlotte beinahe ebenso lange nicht mehr gesehen wie ich.«

»Das kleine Mädchen, das du für Charlotte hältst, hat einen verkrüppelten Arm. Es ist vermutlich ein Geburtsfehler.«

Beyer drehte sich weg. Kreissler sprach weiter. Vielleicht konnte er seinen Schwiegersohn überreden, das Kind freizulassen.

»Wir lassen die Kleine am besten laufen. Wir könnten sie irgendwo aussetzen, wo sie schnell gefunden wird.«
Beyer antwortete nicht sofort, so dass Kreissler schon dachte, der jüngere Mann hätte ihn nicht gehört.
»Nein, das tun wir nicht. Zwar hasse ich die Vorstellung, mit einem behinderten Kind belastet zu sein, aber wir brauchen sie als Geisel. Sie wird unsere Flucht sicherstellen.«
»Bist du wahnsinnig?« Kreissler konnte es nicht fassen. »Wir sind keine Kindesentführer. Sie ist doch ein unschuldiges Kind.«
Beyer drehte sich um und sah seinen Schwiegervater hasserfüllt an. »Dann wird erst recht niemand unsere Flucht verhindern. Oder glaubst du wirklich, die Bundesregierung wird zusehen, wie ein kleines Kind, das Opfer von … wie nennen sie uns? … *Terroristen* wird. Nein, wir brauchen sie. Mit ihr und dem Deckert-Bengel kann uns nichts mehr passieren. Vergiss nicht, wir befinden uns im Krieg.«

Alex war verunsichert. Zwar war er in Begleitung der Polizei, sie würden ihn zu einem Polizeirevier fahren, aber ihm ging das Gespräch mit Frank nicht aus dem Kopf.
Können wir nicht die Polizei rufen?
Nein.
Warum nicht?
Weil ich nicht weiß, wem wir trauen können.
Alex holte tief Luft. Die Polizisten waren nett zu ihm, und sie fragten, ob er Hunger oder Durst hätte. Wahrscheinlich hatte Frank übertrieben. Ja, so musste es sein. Gleich wäre er an der Wache, und dann würden sie seine Mutter anrufen. Sie würden nach Hause fahren, und alles wäre gut. Er seufzte. Nach Hause. Er vermisste das Haus, von dem er zu Anfang gedacht hatte, er würde es nie mögen. Aber mit jedem Tag, an dem sie daran ge-

arbeitet hatten, war es schöner geworden. Als Nächstes sollte die Vortreppe gemacht werden. Die, durch die er am ersten Tag gebrochen war. Es war genau so geworden, wie seine Mutter es sich gewünscht hatte, und er hatte die Geräusche lieben gelernt, die das alte Haus machte. Es knirschte und knackte in allen Ecken, und wenn er zu Anfang noch Angst gehabt hatte – mitunter hatte er geglaubt, fremde Schritte auf der Treppe zu hören –, hatte er sich irgendwann vorgestellt, das Haus würde mit ihm sprechen. Vielleicht wollte ihm das Haus erzählen, wer schon alles darin gewohnt hatte. Ob die Leute glücklich gewesen waren oder nicht. Ob es hier jemals Kinder gegeben hatte. Und Alex begann dem alten Haus zu antworten. Wie er hieß, warum er keinen Vater hatte und dass seine Mutter ein wenig verrückt war. Obwohl er sicher war, dass das Haus wusste, wer eingezogen war. Und er war sicher, dass sich das Haus über seine neuen Besitzer freute. Es ging dort immer fröhlich zu. Jedes Haus musste sich doch Bewohner wünschen, die sich wohl fühlten.

»Hej, was soll das?«

Die Stimme des Fahrers riss Alex aus seinen Gedanken. Er reckte den Kopf, um durch die Frontscheibe zu sehen. Ihm blieb fast das Herz stehen, als er den schwarzen Mercedes-Geländewagen sah, der plötzlich quer vor dem Streifenwagen hielt. Der Polizist musste eine Vollbremsung machen, um einen Aufprall zu verhindern.

»Spinnt der, oder was?«

Alex hörte Bremsen hinter sich quietschen, und als er sich umdrehte, sah er durch die Heckscheibe ein anderes Fahrzeug genau hinter dem Polizeiwagen halten.

»Wir müssen hier raus.« Seine Stimme überschlug sich fast, aber er hätte sich seine Warnung sparen können, denn auch die Polizisten merkten, dass hier etwas nicht stimmte. Noch bevor sie reagieren konnten, kamen aus dem vorderen Wagen zwei maskierte Männer. Sie trugen Waffen in den Händen und rannten auf den Polizeiwagen zu. Die beiden Männer, die vor Alex saßen, nestelten an ihren Holstern herum und versuchten panisch, ihre Waffen hervorzuholen. Im selben Moment standen die beiden Maskierten neben dem Wagen, richteten die Waffen auf sie und schossen durch die geschlossenen Scheiben. Alex war wie gelähmt. *Frank hatte recht. Er hatte wirklich recht.* Es war, als schrie eine Stimme in seinem Kopf. Er war im ersten Moment unfähig zu reagieren, aber er zwang sich dazu, etwas zu tun. Als sich seine Hand zu dem Türgriff tastete, wurde die Tür plötzlich geöffnet und jemand zerrte ihn am Arm heraus. Ihm wurde ein Sack über den Kopf geworfen. Man stieß ihn in ein Auto, die Tür fiel hinter ihm krachend ins Schloss, und er hörte, wie der Wagen beschleunigte.

Niemand hatte ein Wort gesprochen.

Alex fing an zu beten und rief nach seiner Mutter.

Und nach seinem Vater.

Das erste Mal in seinem Leben.

Max und Ann saßen im Bereitschaftsraum und tranken Kaffee. Keiner sprach ein Wort, jeder hing seinen Gedanken nach, als Bernd hereingestürmt kam. Er hatte seine Brille in der Hand und wirkte aufgelöst.

»Max, schnell.« Ohne eine Reaktion abzuwarten, rannte er zurück an seinen Arbeitsplatz. Max und Ann rannten ihm nach.

»Was ist los?«

»Irgendetwas ist schiefgelaufen. Wartet, ich habe es gleich.« Er tippte wie wild auf seiner Tastatur herum. Plötzlich erschien auf dem Monitor eine Kreuzung, auf der zwei Streifenwagen mit offenen Türen standen.

»Ich habe den Polizeifunk abgehört und erfahren, dass es einen bewaffneten Überfall auf einen Streifenwagen gegeben hat. Ich habe mich in die Überwachungskameras eingeklinkt, und jetzt seht euch das an. Ich zeige euch die letzten zwei Minuten.« Er gab ein paar Befehle in seinen Computer ein, und das Standbild verschwand; stattdessen wurde ein Szene abgespielt, die aus einem schlechten Krimi zu kommen schien. Man sah einen Streifenwagen, der von unten ins Bild fuhr. Plötzlich kam ein Mercedes-Geländewagen von rechts und bremste genau vor dem Polizeiwagen ab. Nur eine Vollbremsung des Polizisten verhinderte das Schlimmste. Zunächst schien es jedenfalls so. Dann erschien hinter dem Streifenwagen ein weiteres dunkles Auto, dass sich quer stellte, so dass dem Fahrer des Streifenwagens keine Möglichkeit zum Ausweichen oder Rückwärtssetzen blieb. Aus dem vorderen Wagen sprangen zwei maskierte Männer, liefen auf das eingekeilte Auto zu, schossen durch die Seitenscheiben und öffneten die hintere Tür. Dann zerrten sie eine schmächtige Person heraus, stülpten ihr einen Sack über den Kopf und stießen sie in den Geländewagen. Sowohl der Mercedes als auch das zweite Auto gaben Gas und verschwanden. Zurück blieb ein zerschossener Wagen mit zwei toten Polizisten. Die Aufnahmen waren nicht allzu deutlich, aber Ann wusste, wer dort aus dem Wagen gezerrt worden war.

Sie hatte soeben die Entführung ihres Sohnes mit angesehen.

»Alex.« Ann legte eine Hand an ihren Mund. Sie hatte das Gefühl, sich gleich übergeben zu müssen. Max stand wie versteinert neben ihr. Als er die Sprache wiederfand, klang seine Stimme heiser.

»Können …«, er räusperte sich, »können wir verfolgen, wohin die beiden flüchtenden Fahrzeuge verschwunden sind?«

Eric schüttelte den Kopf. »Nein, leider nicht. In diesem Bereich sind nur die großen Kreuzungen mit Kameras überwacht. Sie können überallhin verschwunden ein. Ich habe keine Ahnung.«

»Entschuldigt mich für einen Moment.« Ann bekam plötzlich keine Luft mehr. Sie musste hier raus, allein sein. Sie taumelte wie eine Betrunkene zu den Toiletten, stieß die Tür auf und stürzte zu einer der Kabinen. Sie schaffte es gerade noch, den Toilettendeckel zu heben, und übergab sich. Schließlich ließ sie sich gegen die Trennwand sinken und versuchte, zu Atem zu kommen; aber die Stimme in ihrem Kopf gab keine Ruhe. *Sie haben Alex entführt. Sie haben Alex.* Mit einem lauten Aufschluchzen schlug sie die Hände vors Gesicht.

Du solltest dich zusammenreißen. Unser Sohn braucht dich jetzt.

Plötzlich war es, als würde Michi neben ihr stehen.

Zusammenreißen? Sie haben Alex, mein Gott.

Ich weiß, aber glaubst du, du hilfst ihm, indem du kotzt und heulst?

Sie sah sein Gesicht vor sich. Es lächelte nicht wie sonst, wenn sie ihn sah. Er sah sie ernst an, ein wenig besorgt vielleicht, aber auch streng.

Was schlägst du vor? Ich hatte gedacht, du passt auf ihn auf.

Er ging auf ihren Vorwurf nicht ein. Schon früher hatte er es vermieden, sinnlose Streitigkeiten zu führen. Er hatte immer versucht, sachlich an ein Problem heranzugehen. Problem? Herr im Himmel, das hier war mehr als ein Problem.

Du solltest nachdenken und dann handeln. Meinst du, man hat dir alles erzählt? Ich fürchte, hier ist etwas ziemlich danebengegangen, und es ist deine Aufgabe herauszufinden, was.

Und dann habe ich meinen Sohn wieder?

Du wirst unseren Sohn heil zurückbekommen, wenn du dich zusammenreißt. Glaub mir.

Auf Michis Gesicht erschien das gleiche gütige Lächeln, das sie sah, wenn sie von ihm träumte. Und wie immer schöpfte sie Hoffnung.

Meinst du wirklich?

Du etwa nicht? Komm schon, meine Schöne, zeig, dass du nichts verlernt hast.

Bleib bei mir, lass mich jetzt nicht allein.

Ich bin immer bei dir.

Sein Gesicht verblasste.

»Frau Deckert?« Eine besorgte Stimme riss sie aus ihren Gedanken. Sie gehörte einer jüngeren Mitarbeiterin der Abteilung.

»Ja, ich bin hier.«

»Herr Heidrich lässt fragen, ob es Ihnen gutgeht und ob Sie etwas brauchen.«

»Sagen Sie ihm, ich bin gleich so weit.«

Sie wartete, bis die Schritte der Frau verklungen waren, und verließ dann die kleine Kabine. Über den Waschbecken hingen Spiegel, und als Ann sich in einem von ihnen betrachtete, bekam sie einen Schreck. Sie sah genauso aus, wie sie sich fühlte. Uralt und beschissen. Sie spritzte sich etwas kaltes Wasser ins Gesicht und trocknete sich mit einem Papierhandtuch ab.

Sie straffte die Schultern und holte noch einmal tief Luft. Michi hatte recht.

Sie durfte nicht aufgeben.

Frank hatte keine Ahnung, was passiert war.

Nachdem ihn die Polizisten bei Karstadt zu Boden gestoßen hatten, waren sie mutig geworden. Einer hielt ihm permanent die Waffe an den Kopf, während ein anderer schrie, er solle sich ruhig verhalten. Ihm dröhnten die Ohren von diesem Geschrei. Mit der Zunge tastete er vorsichtig nach seinen Schneidezähnen. Gott sei Dank, sie waren noch da. Er war hart auf dem Boden aufgeschlagen, und dem ersten Schmerz zufolge hätte er schwören können, dass er sich sämtliche Schneidezähne ausgeschlagen hatte. Zwar tat ihm der ganze Kiefer weh, aber die Zähne saßen noch fest.

Als sie ihn endlich in einen Streifenwagen verfrachtet hatten, konnte er die Fahrt über verfolgen, wie sich die beiden jungen Polizisten darüber unterhielten – beziehungsweise wie sie sich brüsteten –, ihn überwältigt zu haben. Sie schienen sich gegenseitig in ihrem Todesmut übertroffen zu haben, und es klang, als hätten beide ihn jeweils im Alleingang unter Einsatz ihres Lebens gefangen genommen. Natürlich waren sie dabei ganz entspannt und cool gewesen, das verstand sich von selbst. Wahrscheinlich würden sie ihren Frauen heute Abend erzählen, dass sie bei Karstadt in der Damenabteilung den Dritten Weltkrieg verhindert hätten.

Frank schloss die Augen und amüsierte sich insgeheim über die beiden Hampelmänner, als der Fahrer plötzlich aufschrie und im gleichen Moment bremste. Frank, der unangeschnallt, aber mit Handschellen gefesselt auf der Rückbank saß, konnte sich nicht halten und knallte mit dem Kopf gegen die Rückenlehne des Beifahrersitzes.

»Oh, Scheiße.« Beide Polizisten starrten auf das Bild, das sich ihnen bot, und Frank folgte ihren Blicken. Mitten auf der Kreuzung stand ein Streifenwagen, beide Türen geöffnet. Aus der Fahrertür konnte Frank einen blutüberströmten Arm hängen sehen. Ihn überlief es heiß und kalt. Er wusste sofort, was das bedeutete. Sie hatten sich Alex geholt. Einer der beiden Polizisten schrie hastig und unzusammenhängend in das Mikrofon des Funkgerätes, und bevor beide ausstiegen, drehte sich der Fahrer kurz zu ihm um. «Du bleibst gefälligst sitzen, du Schwein.«

Er beobachtete die beiden Männer, wie sie zu dem Wagen ihrer

Kollegen liefen. Sie sahen in den Wagen hinein, und während der eine fassungslos von dem Auto zurücktrat, übergab sich der andere. Der Gefasstere der beiden kam zum Streifenwagen zurück und gab mit belegter Stimme eine Meldung an die Zentrale ab. Für einen Moment tat er Frank leid. Das, was der junge Mann da eben gesehen hatte, sollte kein Mensch sehen müssen, aber so war es nun mal, wenn man beschloss, Räuber und Gendarm zu spielen. Gerade als er seinen Funkspruch abgesetzt hatte, klingelte sein Handy. Frank hatte gehört, dass neuerdings auch die Polizisten mit Handys ausgestattet wurden. Der Mann warf einen Blick auf das Display und nahm das Gespräch an. Er hörte einen Moment zu und stieg dann nach einem schnellen Blick auf Frank aus dem Wagen. Offenbar verlief das Gespräch sehr einseitig, Frank konnte sehen, dass der junge Mann fast nur zuhörte. Schließlich kam er zum Wagen zurück. Er öffnete die hintere Tür.

»Herr Nessler?« Ach was, jetzt nicht mehr *du Schwein?* »Es tut mir sehr leid, aber Sie hätten uns sagen sollen, wer Sie sind.« Also ob das etwas gebracht hätte, du Klugscheißer. Der Polizist half Frank beim Aussteigen und nahm ihm verlegen die Handschellen ab. »Wir sollen Ihnen jede Unterstützung zukommen lassen. Außerdem soll ich Ihnen mitteilen, dass Sie gleich abgeholt werden.«

Frank überlegte fieberhaft. »So viel Zeit habe ich nicht. Geben Sie mir meine Sachen.« Er streckte fordernd die Hand aus.

»Ihre Sachen?« Der Polizist war zunächst verwirrt, dann schien er sich zu erinnern. »Ihre Sachen, selbstverständlich.« Er beugte sich in das Auto, öffnete das Handschuhfach und nahm die Gegenstände heraus, die sie bei Frank gefunden und sichergestellt hatten. Eine Schusswaffe, sein Portemonnaie und sein Handy.

»Es tut mir wirklich leid, Herr Nessler, aber wir wussten ja nicht, dass Sie … nun ja, ich meine …«

»Mir ist schon klar, dass Sie nur Ihren Job gemacht haben.« Frank zwang sich zu einem Lächeln, sein Gegenüber nickte eifrig. »Ich würde vorschlagen, wir vergessen die ganze Sache.«
»Gut.« Der junge Polizist atmete sichtlich erleichtert auf. Er dachte wahrscheinlich an die ungerechtfertigte Brutalität, die Frank über sich hatte ergehen lassen müssen und die eine junge Polizistenkarriere ganz schnell hätte beenden können.
Frank drehte sich um und verschwand in Richtung S-Bahn-Station.

Alex konnte zwar nichts sehen, aber er spürte, dass sie mit hoher Geschwindigkeit fuhren. Er versuchte sich die Route oder zumindest die Richtung zu merken, aber er hatte nach kurzer Zeit jegliche Orientierung verloren. Auch auf sein Zeitgefühl konnte er sich nicht verlassen. Nach einer Ewigkeit, wie ihm schien, hielt der Wagen an, und er wurde erneut herausgezerrt. Noch immer sprach niemand ein Wort. Während ihn einer der Männer am Arm gepackt hielt, stolperte er über unebenes Gelände. Irgendwo wurde eine Tür geöffnet, und er bekam einen Stoß in den Rücken. Als man ihm den Sack vom Kopf riss, fand er sich im Inneren eines Hauses wieder. Vor ihm standen drei Männer. Alle waren unmaskiert. Einer der Männer, ein großer Blonder mit kalten grauen Augen, sah ihn lächelnd an. Er machte Alex am meisten Angst, und er schien das Sagen zu haben, denn er sprach als Erster.
»So, so. Der Sohn der Mörderin und Volksverräterin. Du heißt Alex, nicht wahr?«
Alex sah sich flüchtig um. Die Stimme des Mannes wurde scharf, obwohl er noch immer lächelte.
»Ich rede mit dir. Weißt du, wer ich bin?«
Alex schüttelte den Kopf.

»Was ist los? Hast du deine Stimme verloren?«
»Nein.« Alex beeilte sich zu antworten. Er hatte plötzlich das dringende Bedürfnis, einen guten Eindruck zu machen.
»Also, noch einmal: Weißt du, wer ich bin?«
»Nein.«
»Mein Name ist Christian Beyer, und deine Mutter hat meine Frau getötet und meine kleine Tochter verschleppen lassen. Hat sie dir nie davon erzählt?«
Zwar hatte er große Angst, aber Alex spürte auch, wie Wut in ihm hochstieg.
»Meine Mutter hat noch nie jemanden getötet.«
»So, meinst du? Willst du damit sagen, dass ich lüge?« Das Lächeln war aus dem Gesicht des Mannes verschwunden. Alex antwortete nicht. Was hätte er auch sagen sollen?
»Lass gut sein, Christian.« Der älteste der drei Männer legte eine Hand auf den Arm des Mannes, der Beyer hieß. »Lass den Jungen in Frieden. Du hast, was du wolltest, aber er ist noch ein Kind, also lass ihn in Ruhe.«
Für einen Moment schien es, als wolle Beyer die Hand des anderen Mannes abschütteln.
»Schafft ihn mir aus den Augen. Sperrt ihn in das Zimmer mit dem Krüppel.«
Einer der Männer, die hinter ihm gestanden hatten, packte ihn erneut am Arm und führte ihn eine Treppe hinauf. Im ersten Stock wurde eine Zimmertür aufgeschlossen und Alex hineingeschubst. Bevor er sich umdrehen konnte, fiel die Tür hinter ihm ins Schloss. Als er sich im Zimmer umsah, entdeckte er ein kleines Mädchen auf dem Bett, das Alex ängstlich entgegenblickte. Sie drückte einen Teddy fest an sich und lutschte am Daumen. Alex versuchte zu lächeln.
»Wie heißt du?« Die Kleine zögerte zunächst, entschloss sich

dann aber wohl, dass sie ihm trauen könne. Sie nahm den Daumen aus dem Mund.
»Caroline Schlobohm.«
»Hallo, Caroline. Ich bin Alex.«
Plötzlich verzog sich das kleine Gesicht, und das Mädchen begann zu weinen. »Ich will zu meiner Mami.«
Alex ging auf das Bett zu und setzte sich neben das Kind. Etwas unbeholfen tätschelte er Carolines Wange.
»Ich auch.« Er spürte, wie ihm die Tränen kamen.
»Glaub mir, ich auch.«

Sie hatte sich von Bernd instruieren lassen, wie man sich in die Kameras der Verkehrsüberwachung reinhacken konnte, und so prüfte sie jede Kamera im Umkreis des Tatortes, um eine Spur der flüchtenden Fahrzeuge zu finden. Bisher waren ihre Bemühungen vergebens gewesen. Die Stadt Hamburg installierte Kameras nur an Unfallbrennpunkten. Forderungen der Sicherheitsbehörden, ein möglichst lückenloses Netz von Überwachungseinrichtungen zu schaffen, wurden seitens der Politik immer wieder abgelehnt. Man wollte dem Bürger nicht zumuten, in einem Überwachungsstaat zu leben, und die nächsten Bürgerschaftswahlen standen schließlich immer an. Wie hieß es doch so schön? Nach den Wahlen ist auch immer vor den Wahlen.
Schwachsinn, dachte Ann.
Plötzlich war sie wie elektrisiert. Sie hatte etwas wahrgenommen. *Verdammt, lass dich nicht ablenken.* Sie spulte das Band zurück. Ja, das könnte es sein. Sie sah einen Mercedes-Geländewagen, der mit hoher Geschwindigkeit in Richtung Osten fuhr.
»Bernd, ich glaube, ich habe etwas.«
Bernd sprang von seinem Stuhl auf und kam zu ihr auf die andere Seite des Tisches.

»Zeigen Sie her.« Er nahm seine Brille ab und kniff die Augen zusammen. Nicht zum ersten Mal fragte sich Ann, ob die Brille reine Staffage war.

»Ja, das wäre möglich. Es ist immerhin ein Anhaltspunkt. Ich werde das einem meiner Hiwis geben, die können es weiterverfolgen. Zumindest haben wir jetzt eine grobe Richtung. Das ist doch schon mal etwas.« Er sah Ann ins Gesicht und lächelte. »Wir kriegen die Schweine, da bin ich ganz sicher.«

Sie versuchte zurückzulächeln, aber es fiel ihr schwer.

»Ich gehe einen Kaffee trinken.«

Bernd nickte ihr verständnisvoll zu. Niemand hier schien zu glauben, dass sie jetzt noch eine große Hilfe sein konnte, und sie hatte das Gefühl, allen war wohler zumute, wenn sie nicht im Raum war.

Sie ging in die kleine Teeküche und nahm sich Kaffee aus der Warmhaltekanne. Eigentlich hatte sie sich das Kaffeetrinken fast ganz abgewöhnt, aber in Krisensituationen griff sie auf diese Droge zurück. Sie musste wach bleiben und ihre Sinne beieinanderhalten, wenn sie ihrem Sohn von Nutzen sein wollte.

Ihre Erschöpfung war eher seelischer Natur, aber sie wusste aus Erfahrung, dass das verheerender sein konnte als körperliche Erschöpfung. Sie musste nachdenken. Vielleicht hatte sie etwas übersehen.

Er brauchte ihren Sohn, um an sie heranzukommen. So viel war klar. Außerdem diente Alex als Geisel, damit Beyer seine geplante Aktion störungsfrei durchführen konnte. Er wusste genau, dass sie nie das Leben ihres Sohnes aufs Spiel setzen würde. Sie hatte keine Ahnung, wie sie es bewerkstelligen sollte, ihren Sohn zu schützen; sicher würden das Bundesinnenministerium und wahrscheinlich auch Max nicht zulassen, dass sie das Leben ihres Sohnes an erste Stelle setzte. Aber das war ihr egal. Sie gehörte nicht zu diesem Verein. Zur Not würde sie mit Alex danach das Land verlassen. Sie wusste, wozu sie fähig war, wenn es um ihr Kind ging. Sie würde zur Not auch zur Verräterin werden.

Sie sah auf die Uhr. Es war erst ein Uhr, aber es kam ihr vor, als sei sie seit Jahren wieder hier. Wenn sie daran dachte, dass sie noch gestern zusammen mit Alex in dem neuen Haus gewerkelt hatte, dann erschien es ihr wie eine Ewigkeit. Sie spürte, wie ihr die Tränen wieder heiß in die Augen stiegen. Energisch wischte sie sie weg und zog die Nase hoch. Schwäche konnte sie zeigen, wenn das hier alles vorbei war. Wenn der Anschlag am Samstag erfolgt war oder auch nicht. Es war ihr egal, Hauptsache sie war dann wieder mit Alex zusammen. Sie glaubte, seinen süßen Babygeruch wahrzunehmen. Ihr fielen seine ersten tapsigen Gehversuche ein und sein stolzes Gesicht, als er den ersten Tag in den Kindergarten ging. Es war, als sei das alles erst gestern gewesen. Oder vor hundert Jahren.

»Ann?«

Sie schreckte aus ihren Gedanken hoch. Max stand vor ihr.

»Ja?«

»Komm mal mit. Ich glaube, das wird dich interessieren.«

»Wisst ihr, wo Alex ist?« Hoffnung keimte in ihr auf.

»Nein, noch nicht, aber das ist nur eine Frage der Zeit.« Max sah sie nicht an, als er das sagte, wahrscheinlich schämte er sich selber für seine Platituden.

»Was gibt es dann?«

Sie begleitete ihn zurück in den Computerraum.

«Eric hat die Tagesmeldungen analysiert. Das macht er jeden Tag mehrmals. Dabei stieß er auf eine Autobombe, die vor etwa eineinhalb Stunden am Altonaer Bahnhof hochgegangen ist.«

»Und?«

»Viel hat die Polizei und das Bombenkommando nicht mehr vorgefunden, aber anhand von Fragmenten der Fahrgestellnummer konnte der Eigentümer ermittelt werden.«
»Nun mach es nicht so spannend.« Langsam nervte es sie, dass Max sprach, als müsse er irgendeinen geheimen Spannungsbogen halten.
»Es war der Wagen von Merthin, du weißt schon, Beyers Anwalt. Und ich wette mit dir, dass Merthin drin saß, als sein Auto hochging.«

Melanie Schlobohm war halb wahnsinnig vor Angst. Vor Stunden schon war sie bei der Polizei gewesen und hatte ihre Tochter als vermisst gemeldet. Als *vermisst!* Oh, Gott, wie sich das anhörte. Sollte sie jetzt etwa auch zu den Eltern gehören, die tränenüberströmt im Fernsehen darum flehten, ein Lebenszeichen von ihrem Kind zu bekommen? Würde sie zu den Müttern gehören, die jeden Morgen für ihr Kind den Tisch deckten, obwohl es schon seit zehn Jahren kein Lebenszeichen mehr gegeben hatte? *Nein, Melanie, Stopp. Reiß dich zusammen.* Wahrscheinlich war Caroline über den Zaun geklettert, weil sie sich etwas ansehen wollte. Vielleicht einen kleinen Vogel. Ja, so musste es gewesen sein. Sie hatte sich etwas ansehen wollen, war ein Stück die Straße hinuntergegangen und hatte anschließend nicht zurückgefunden. Dagegen sprach, dass Melanie gleich zu Anfang alle Straßen abgesucht hatte und nicht eine einzige Spur hatte finden können. Verdammt, wo blieb denn bloß die Polizei? Sie wünschte, ihr Mann wäre da, aber der war auf einer Geschäftsreise im Ausland, und sie konnte ihn nur sehr schlecht erreichen. Sie hatte eine Nachricht hinterlassen, er möge sie zurückrufen. Als sie einen Wagen vorfahren hörte, rannte sie zum Fenster. Gott sei Dank, die Polizei war endlich da.

Sie riss die Haustür auf und lief den beiden Beamten entgegen. Beide bewegten sich, als hätten sie alle Zeit der Welt. Der Ältere hatte einen enormen Bauch, der Jüngere eine Säufernase.

»Da sind Sie ja endlich.«

»Nun mal ganz ruhig, junge Frau.« Fettbauch hob die Hand, als wolle er einen herannahenden Bus stoppen. Sein Gesichtsausdruck changierte zwischen *Ich bin der Held aller Frauen* und *Ich werde mit allem fertig*.

Säufernase hingegen schien nur an sein nächstes Bier zu denken. Zumindest wirkte er so unbeteiligt, als ginge ihn ein verschwundenes Kind nichts an.

Melanie, von Natur aus ein eher zurückhaltender Mensch, wurde wütend.

»Was soll das heißen, nun mal ganz ruhig? Meine Tochter ist seit Stunden verschwunden, und Sie kommen erst jetzt hier an, so als wäre das eine Lappalie.«

Fettbauchs jovialer Gesichtsausdruck verschwand. Er verzog ärgerlich den Mund.

»Wir haben auch noch andere Dinge zu tun.«

»Finden Sie einfach meine Tochter.« Melanie wirkte auf einmal erschöpft.

»Wir werden uns erst einmal das Haus ansehen.« Sein väterliches Gehabe war verschwunden. Er wollte nun zeigen, dass er die Fäden in der Hand hielt. Säufernase hatte bisher keinen Ton gesagt.

»Wie bitte?« Melanie riss entgeistert die Augen auf. »Was hat unser Wohnstil denn mit dem Verschwinden meiner Tochter zu tun?«

»Es geht nicht um Ihren Wohnstil.« Fettbauch sonnte sich in seiner Wichtigkeit. »Wir müssen ganz sichergehen, dass das Kind nicht hier ist.«

»Hier?« Melanie Schlobohm machte ein weitausholende Handbewegung. »Glauben Sie, ich hätte Sie alarmiert, wenn meine Tochter hier wäre?«

»Nun ja«, Fettbauch sah ihr das erste Mal in die Augen. »Wissen Sie, mitunter sind die Kinder gar nicht verschwunden.«

»Ich verstehe nicht …« Melanie war verwirrt. Erst langsam dämmerte ihr, was der Polizist damit sagen wollte. »Meinen Sie etwa, ich hätte meinem Kind etwas angetan und will hier irgendetwas vertuschen?«

Der Polizist hob abwehrend die Hände. »Das habe ich nicht gesagt. Das haben Sie gesagt.«

Die verzweifelte Mutter ließ die Arme sinken. Sie war am Ende ihrer Kräfte.

»Tun Sie, was Sie tun müssen.«

»Na, sehen Sie«, da war sie wieder, die väterliche Art, »es geht doch. Also, wo ist das Zimmer der Kleinen?«

»Die Bombe hat den halben Altonaer Bahnhof weggerissen, und es hat diverse Tote und Verletzte gegeben. Du kannst dir vorstellen, wie belebt der Bahnhofsplatz um diese Tageszeit ist.«

»Warum erfahren wir erst jetzt von dieser Sache?«

»Weil die Polizei zunächst nicht wusste, um wen es sich bei dem Opfer handelte. Und wir wüssten es wahrscheinlich noch immer nicht, wenn Eric nicht die Tagesmeldungen durchgegangen wäre.«

»Sein Haus und sein Büro müssen durchsucht werden.«

»Das habe ich bereits veranlasst. Zwei Teams sind schon unterwegs.«

»Das Büro möchte ich selbst untersuchen.«

Max seufzte entnervt. »Ann, bitte, du stehst derzeit unter einem enormen Stress, und ich glaube nicht …«

Sie lächelte ihn freundlich an, obwohl sie seine Worte wirklich ärgerten. »Ihr wisst doch gar nicht, wonach ihr suchen sollt. Ich glaube, dass er die wichtigsten Sachen in seinem Büro versteckt hat.«

»Und wie kommst du darauf?« Max behandelte sie mit gutmütig-herablassender Geduld.

»Im Ernstfall sollte niemand etwas bei ihm finden. Schließlich hätte er sich immer auf sein Auskunftsverweigerungsrecht berufen können. Mandantenpost darf nicht durchgesehen werden. Was ist also einfacher, als brisantes Material in Mandantenakten zu verstecken?«

»Und?« Mittlerweile war die genervte Langeweile aus seiner Stimme verschwunden.

»Und? Wenn es etwas gibt, das mit Beyer zu tun hat, bin ich wahrscheinlich die Einzige, die das aufdecken wird. Vergiss nicht, ich kenne Beyer besser als seine Mutter.«

»Seine Mutter ist tot.«

»Umso besser.«

Jetzt war sie es, die ihn milde lächelnd anblickte.

»Also gut. Wie sieht deine Theorie aus?«

»Beyer bereitet seine Flucht aus Deutschland vor.«

»Das bezweifle ich stark. Wahrscheinlich war es ein Racheakt. Schließlich ist er zu zweimal lebenslang verurteilt worden. Wenn das kein Grund ist, sich an seinem Anwalt zu rächen«, versuchte Max einen Witz. Ann ließ sich nicht darauf ein.

»Dann hätte man ihn schon vorher getötet. Beyer hatte genug Kontakt nach draußen, um so einen Auftrag erteilen zu können. Nein, ich denke, er brauchte Merthin noch für irgendetwas. Und als er ausgedient hatte, hat er ihn beseitigt. Wo ist eigentlich Beyers Tochter, Charlotte?« Die Frage sollte beiläufig klingen.

»An sie kommt er nicht heran. Charlotte ist in Sicherheit.« Max sah nur kurz auf.
»Wo ist sie?«
»Wie gesagt, in Sicherheit.« Es war offensichtlich, dass Max nicht näher auf dieses Thema eingehen wollte. Warum nicht? Sollte Frank recht behalten? Den bisherigen Ereignissen zufolge deutete alles auf ein Leck in der Dienststelle hin, aber es war schwer vorstellbar, dass ausgerechnet Max der Maulwurf war. Ann kannte ihn so viele Jahre, und sie hatte in ihm immer den Idealisten gesehen. Sie konnte nicht glauben, dass er nach so langer Zeit plötzlich die Seiten gewechselt haben sollte. Dazu machte er den Job einfach zu lange. Trotz allem musste sie Vorsicht walten lassen. Sie wollte ihren Sohn retten, dazu bedurfte es eigener Methoden. Sie würde einigen kleineren Spuren nachgehen, ohne Max zu informieren. Sie würde versuchen herauszubekommen, wo Beyers Kind war. Denn dort würde letztendlich auch Beyer auftauchen.
Ann wurde in ihrem Gedankengang gestört, als plötzlich die Tür aufging. Christin war zurück, und sie sah alles andere als glücklich aus. Tatsächlich wirkte sie verärgert.
Max sah hoch. »Und?«
»Frank ist verschwunden.«
»Was heißt, er ist verschwunden?«
»Als wir dort ankamen, wo der Junge entführt wurde, war Frank nicht mehr da, obwohl ich ihm habe ausrichten lassen, er möge auf uns warten. Ein Polizist sagte, Frank habe die S-Bahn nehmen wollen. Was soll dieser Scheiß eigentlich? Ich wette, der will wieder sein eigenes Ding drehen.«
Ann runzelte die Stirn. Dort, wo *der Junge* entführt wurde? Es ist mein Sohn, verdammt noch mal!
Max schien nicht sonderlich beunruhigt. »Nur keine Aufregung. Ich bin sicher, er wird sich bald hier melden.«

Anns Handy klingelte. Sie nahm das Telefon aus ihrer Hosentasche und sah auf das Display. Die Nummer war ihr unbekannt.

»Hallo?«

»Sag niemandem, dass ich es bin. Kannst du sprechen?« Für einen Moment fühlte sie sich überrumpelt. Sie sagte das Erstbeste, was ihr einfiel.

»Henrieke. Ich bin so froh, dass du anrufst.« Sie hatte Franks Stimme sofort erkannt. Es war also doch zu etwas gut, jemanden wie ihre pausbäckige Nachbarin zu kennen. Sie stand auf und sah Max entschuldigend an.

»Es ist eine Freundin von mir. Ich bin gleich wieder da.« Sie drehte sich um und verließ schnell das Büro. Sie suchte sich eine ruhige Stelle am Ausgang.

»Was soll dieser konspirative Mist?«

»Ich hatte recht. Erst der Sprengstoff im Hotel, und dann haben sie auf uns gewartet. Wir hatten keine Chance.«

»Und was jetzt?« Es rauschte ziemlich stark in der Leitung, und sie hatte Mühe, Frank zu verstehen.

»Ich würde vorschlagen, wir treffen uns.«

»Gut, aber vorher will ich noch ein paar Sachen überprüfen. Wie geht es Alex?« Sie schluckte. »Ich meine, war er in Ordnung, als du ihn zuletzt …«, fast hätte sie *lebend* gesagt, »als du ihn zuletzt gesehen hast?«

»Er war okay. Sie brauchen ihn noch. Solange sie dich nicht haben, werden sie ihm nichts tun.«

Das klang brutal, aber er hatte recht. Das war auch ihre Hoffnung, und es erleichterte sie, dass sie nicht die Einzige war, die so dachte. Sie schloss für einen Moment die Augen und schickte ein Stoßgebet zum Himmel. *Lieber Gott, behüte mein Baby.*

»Ann, bist du noch da?«

»Ja, ja. Sagen wir in einer Stunde?«
»Okay, wäre dir das Restaurant im Kaufhof in der Mönckebergstraße recht?«
»Alles klar. Dann bis nachher.« Plötzlich fiel ihr etwas ein. »Warte. Wem traust du hier?«
»Im Moment traue ich niemandem.«
»Aber wenn du hier jemandem trauen müsstest?«
Frank überlegte einen Moment.
»Eric. Was immer du vorhast, bestell ihm einen schönen Gruß von mir. *Auf die Leiber der hübschesten Weiber.*«
Sie lachte. »Genau so?«
»Genau so.«

Beyer schaltete sein Handy aus und starrte in den Garten. Die Gegenwart seines Schwiegervaters schien er vollkommen vergessen zu haben.
»Und? Gibt es Neuigkeiten?«
»Hm?« Beyer zuckte zusammen. »Ach so, ja. Ja, es gibt Neuigkeiten, aber ich weiß nicht, was sie zu bedeuten haben.« Nach einer kurzen Pause sprach er weiter. »Nessler ist verschwunden.«
»Frank Nessler? Heidrichs rechte Hand?«
Beyer nickte. »Genau der. Nachdem wir uns den Jungen geholt haben, hat die Polizei ihn laufenlassen. Seitdem verläuft sich seine Spur.«
»Bist du ganz sicher?« Kreisslers Stimme klang ein wenig skeptisch.
»Ganz sicher. Auf meine Quelle kann ich mich verlassen. Unser Informant ist über alles im Bilde.«
»Das kann gefährlich für uns werden.«
»Ich wüsste nicht, warum.« Beyer drehte sich zu dem alten Mann

um. »Keiner weiß, wo wir sind. Allerdings vermute ich, dass mittlerweile auch Nessler dahintergekommen ist, dass einer seiner Leute falschspielt. Aber er kann nichts machen.«

»Was ist mit Ann Deckert?«

»Was soll mit ihr sein?«

»Sie ist gefährlich. Sie hat dich schon einmal in eine Falle gelockt.«

»Glaubst du, das habe ich vergessen? Das werde ich niemals vergessen. Und ich werde es ihr niemals verzeihen.« Beyers Augen sprühten vor Hass. »Aber sie ist schwach, solange wir ihren Sohn haben. Sie ist wie gelähmt und wird nichts tun, was ihren Sohn in Gefahr bringt.«

»Aber sie wird kämpfen bis zum letzten Atemzug. Sie wird unberechenbar sein wie ein verwundetes Tier.«

»Und was wird es ihr bringen? Sie wird sterben, genau wie ihr Sohn. Und das weiß sie auch. Sie hat nichts in der Hand. Alle Trümpfe liegen bei uns.«

Kreissler beschloss, das Thema ruhenzulassen. »Wer ist deine Quelle?«

»Warum willst du das wissen?«

Der Alte zuckte mit den Schultern »Weil es mich interessiert.«

»Es ist besser, wenn du es nicht weißt.« Der Terrorist drehte sich wieder weg und schaute aus dem Fenster. »Du kennst meine Politik. Jeder weiß nur, was er zur Erfüllung seiner Pflicht tatsächlich benötigt. Den Zusammenhang kenne nur ich.«

Kreissler fröstelte. *Jeder weiß nur, was er zur Erfüllung seiner Pflicht benötigt.*

Und was passiert dann? Merthin ist nach Erfüllung seiner Aufgabe getötet worden. Wie weit würde Christian gehen? Würde er sich über alte Familienbande hinwegsetzen? Wäre auch Walter Kreissler in tödlicher Gefahr, wenn seine Pflicht erfüllt war?

Kreissler begann, sich vor seinem Schwiegersohn zu fürchten, und er fragte sich, ob es richtig gewesen war, ihn aus dem Gefängnis zu befreien.
Er hat jedes Maß verloren, dachte er. Er geht über Leichen, egal wie viele, egal wer. Er dachte an das kleine Mädchen, das oben in seinem Zimmer saß und schreckliche Angst durchlitt.
Und er war sich sicher: Wenn Christian das Kind nicht mehr brauchte, würde auch sie sterben.

Caroline schlief. Endlich. Alex hatte ihr ein paar Geschichten erzählt, die seine Mutter ihm immer erzählt hatte. Er war erstaunt, an wie viele er sich noch erinnerte. Die Kleine hatte irgendwann aufgehört zu weinen, hatte den Daumen in den Mund gesteckt und war auf seinem Schoß eingeschlafen. Er hatte sie vorsichtig hochgehoben und aufs Bett gelegt. Nun lag sie da und schniefte ein bisschen. Alex sah, dass ihre Nase lief, und weil er kein Taschentuch zur Hand hatte, nahm er einen Zipfel der Bettdecke und wischte ihr vorsichtig den Schnodder aus dem Gesicht.
Solange er das Kind hatte beruhigen müssen, war er abgelenkt gewesen, nun aber war er mit seinen Gedanken wieder allein. Und mit seiner Angst. Es war nicht einfach, die Angst zu verbergen, aber er hatte schnell gemerkt, dass Caroline sich nur beruhigen ließ, wenn er sich fröhlich gab.
Er fragte sich, ob seine Mutter ihre Gefühle in den letzten zwei Tagen auch hatte verbergen müssen, und auf einmal fühlte er sich schuldig, dass er ihr so zugesetzt hatte. Er würde alles dafür geben, ihr zu sagen, dass er es nicht so gemeint hatte, dass er Angst gehabt hatte und dass er eigentlich gar nicht von ihr weg-wollte. Doch er wusste nicht einmal, wo sie jetzt war, und anrufen konnte er sie ohnehin nicht. Seinen Rucksack mitsamt dem Handy und seinem Geld hatte er vor der wilden Flucht durchs

Kaufhaus im Auto zurückgelassen. Und selbst wenn er es bei sich gehabt hätte, hätten diese Kerle da unten ihm sicher alles abgenommen und er wäre genau da, wo er jetzt war. Also, Scheiß drauf! Er seufzte. Es tat gut zu fluchen. Er hörte förmlich die Stimme seiner Mutter. *Hör auf zu fluchen, mein Schatz!*
Er rutschte vom Bett und setzte sich mit dem Rücken zur Wand auf den Fußboden. Er wollte nicht einschlafen, weil er Angst vor dem Aufwachen hatte. Er lehnte seinen Kopf an die Wand und dachte nach. Es musste eine Möglichkeit geben, hier herauszukommen. Die Fenster waren nicht zu öffnen und dreifach verglast. Selbst wenn er es schaffte, eine Scheibe einzuschlagen, was ziemlich unwahrscheinlich war, würde der Lärm sämtliche Bewohner des Hauses auf den Plan rufen. Und dann würden sie ihn vermutlich fesseln. Damit wäre also nichts gewonnen. Blieb nur die Alternative, bei Nacht und Nebel aus dem Haus zu schleichen, aber auch das traute er sich kaum zu. Erstens glaubte er nicht, dass er Caroline würde ruhig halten können – schließlich konnte er sie nicht hierlassen –, und zweitens war die Tür von außen abgeschlossen. Er müsste sich irgendetwas einfallen lassen. Vielleicht könnte er einen der Wachposten rufen, und wenn der zur Tür hereinkam, ihm eins über den Schädel ziehen. Das klappte zumindest in den Filmen, die er gesehen hatte. *Eben, Alex, in Filmen.* Wahrscheinlich war die allerletzte Möglichkeit noch immer die beste. Warten, bis seine Mutter kam. Und sie würde kommen. Da war er sicher.

Sie würde es gar nicht erst mit einem Augenaufschlag versuchen. Weder mit einem verführerischen noch mit einem verschämt mädchenhaften. Sie würde einfach hingehen und ihn um Hilfe bitten. Sie straffte noch einmal die Schultern und ging auf Erics Schreibtisch zu.

»Eric? Haben Sie einen Moment Zeit?«

»Selbstverständlich, Frau Deckert. Was kann ich für Sie tun?«

Ann setzte sich Eric gegenüber auf einen Stuhl und legte beide Unterarme auf die Schreibtischplatte.

»Ich brauche Ihre Hilfe.«

Er lächelte sie freundlich an. »Sagen Sie, was Sie brauchen.«

»Könnten Sie für mich die Tagesmeldungen noch einmal durchgehen?«

»Warum?« Er runzelte die Stirn.

»Ich weiß eigentlich gar nicht genau, was ich suche, aber vielleicht finden Sie etwas Auffälliges. Nicht unbedingt Autobomben, die hatten wir ja nun schon«, sie schenkte Eric ein Lächeln, das von ihm höflich erwidert wurde, »aber vielleicht Ereignisse, die nicht jeden Tag vorkommen.«

Eric schien ein Stück von ihr abzurücken, und statt eines freundlichen Lächelns entdeckte sie nun Misstrauen in seinem Gesicht.

»Sie sagen, ich solle für *Sie* diese Erkundigungen einziehen. Soll das Ganze also an Max vorbeigehen?«

»Ich versuche, ein paar Fadenenden aufzunehmen, um zu sehen, wohin sie führen. Es bringt aber nichts, die Pferde scheu zu machen, solange ich nicht weiß, ob das alles Sinn macht.«

»Frau Deckert, ich weiß sehr wohl, dass Sie sich Sorgen um ihren Sohn machen, aber ich weiß ehrlich gesagt nicht, wie die Tagesmeldungen da helfen können.«

Ann seufzte.

»Als ich Frank fragte, wem ich trauen kann, nannte er Ihren Namen. Und ich soll Ihnen sagen«, sie lächelte, plötzlich ein wenig verlegen, »Auf die Leiber der hübschesten Weiber.«

Eric grinste breit und lehnte sich mit verschränkten Armen in seinem Stuhl zurück.

»Dann wissen Sie also, wo er ist?«

»Zumindest weiß ich, wo er in einer Stunde sein wird.«

»Er vermutet ein Leck hier, nicht wahr?«

Ann nickte. »So etwas Ähnliches.«

Noch immer lächelnd nickte Eric. »Ich kenne Frank schon eine halbe Ewigkeit, und wenn er Ihnen unseren ganz persönlichen Trinkspruch verraten hat, dann kann ich Ihnen wohl trauen. Also, wo fangen wir an?«

»Bekommen Sie Ärger, wenn rauskommt, was Sie für mich tun?«

»Nein, wohl kaum. Schließlich bin ich Bundesbeamter und damit unkündbar. Nein, ich werde einfach behaupten, dass ich ein wenig Eigeninitiative ergriffen habe. Und wenn wir hier tatsächlich ein Leck haben, und das vermute ich auch mittlerweile, dann wird man mir wahrscheinlich sogar einen Orden anhängen. In welche Richtung gehen Ihre Gedanken?«

Ann beugte sich weiter vor und sah Eric fest in die Augen. Seine Stirn war gerunzelt, er schien hochkonzentriert. Spuren von Misstrauen konnte sie nicht mehr entdecken. *Merkwürdig, was schmutzige Trinksprüche aus Männern machten.*

»Beyer ist gestern geflohen. Ich nehme an, dass zu dem Zeitpunkt die Vorbereitungen für die Aktion, die er plant, weitgehend abgeschlossen waren. Heute hat er sich meinen Sohn geholt und Merthin in die Luft gejagt. Damit hat er sich eine Geisel gesichert und eines lästigen Mitwissers entledigt. Ich schätze, dass er dabei ist, seine Flucht aus Deutschland vorzubereiten, aber ohne seine Tochter wird er nicht gehen. Max will mir nicht sagen, wo sie sich aufhält, aber ich glaube, dass das von entscheidender Bedeutung ist.«

Eric nickte bedächtig. »Das denke ich auch, allerdings vermute ich, dass die Akte über die Adoption Verschlusssache ist. Trotzdem werde ich es versuchen. Wie alt ist das Mädchen?«

»Lassen Sie mich überlegen. Soweit ich mich erinnere, ist sie 2001 geboren. Sie ist also ungefähr sechs Jahre alt.«
»Wie kann ich Sie erreichen?«
»Übers Handy. Warten Sie, ich schreibe Ihnen die Nummer auf.« Sie klopfte ihr Hemd und ihre Jeans auf der Suche nach einem Zettel und einen Stift ab. Schließlich zog sie einen zerknitterten Kassenbon aus ihrer Hosentasche und griff nach einem der Stifte, die auf Erics Schreibtisch zuhauf herumlagen.
»Hier«, sie reichte ihm den Zettel. »Ansonsten rufen Sie Frank an.«
Eric nahm den Zettel und steckte ihn in seine Hemdtasche.
»Ich halte euch über alles auf dem Laufenden. Da wäre noch etwas.«
Ann war bereits im Begriff zu gehen und drehte sich mit einem fragenden Gesichtsausdruck noch einmal um. Eric zog, nach zwei kurzen Seitenblicken, ein dünne Mappe hervor.
»Das hier wird Sie und Frank interessieren. Bitte passen Sie auf. Es darf nichts herausfallen.«
Sein Blick nagelte sie fest. Sie öffnete die Mappe und entdeckte, neben einer Anzahl von losen Blättern, einen PDA, eine Art Minicomputer.
»Manchmal stellt sich erst nach einer Weile raus, wozu etwas gut ist. Aber wie gesagt, von mir haben Sie das nicht. Und, äh, viel Glück.«

»Na, großartig.« Friederike Falke applaudierte demonstrativ, als Max zur Tür hereinkam. »Das haben Sie ja großartig gemacht.« Ihre Stimme zitterte vor Wut.
Max schlenderte unbeeindruckt zu einem der Stühle vor dem Schreibtisch jener Schnepfe, wie er sie im Geiste nannte, und ließ sich hineinfallen.

»Fühlen Sie sich doch wie zu Hause.« Falke hatte sich auf eine Ecke ihres Schreibtisches gelehnt und sah Max wütend an. Ihre Stimme zitterte. Sie hat sich nicht unter Kontrolle, dachte er.

»Ich habe Sie herkommen lassen …« Ihre Stimme klang gepresst, zumindest bemühte sie sich um Contenance. Max musste innerlich grinsen.

»Ich lasse mich nirgendwohin zitieren. Ich bin gekommen, weil die Zeit reif ist.«

»Weil die Zeit reif ist? Ich höre wohl nicht recht. Heute Morgen ist der Strafverteidiger dieses … dieses … Abschaums mit einer Autobombe in die Luft gesprengt worden, ein halbes Hotel wurde in Schutt und Asche gelegt, und Sie reden davon, dass nun die Zeit reif ist.« Sie verschränkte die Arme vor der Brust und versuchte ein Lächeln, das eher einer Fratze glich. »Herr Heidrich, habe ich da irgendetwas verpasst?«

Max lächelte freundlich. »Ich war gestern schon einmal hier und bat Sie, die Feierlichkeiten zu verschieben, was Sie vehement ablehnten. Also, Frau Falke, was werfen Sie mir eigentlich vor?«

»Hätte eine Terminverschiebung die heutigen Ereignisse in irgendeiner Weise beeinflusst?«

»Nein, aber man hätte die Sicherheit der Teilnehmer eher gewährleisten können.«

»Und die Welt hätte wieder über den bösen Deutschen geschimpft. Wir wären in der ganzen Welt in der Yellow Press zerrissen worden.«

»Das werden wir sowieso.«

Friederike Falke kniff die Augen zusammen. «Mir gefällt Ihr Ton nicht, Herr Heidrich.«

»Und mit gefällt Ihre Profilierungssucht nicht.«

Die Frau sprang auf und stemmte ihre Hände in die Hüften. Max überlegte kurz, ob sie ihn attackieren wollte.

»Was erlauben Sie sich? Ich bin die Erste Bürgermeisterin dieser Stadt, und ich werde dafür sorgen, dass Sie Ihren Job verlieren.«
Max stand ebenfalls auf und schloss sein Jackett. »So? Werden Sie dass? Sehen Sie, ich habe gestern versucht, Sie zu warnen, aber Sie wollten nicht hören. Wenn Sie also versuchen, meine Karriere zu zerstören, werde ich dafür sorgen, dass in jeder Zeitung dieses Landes Bilder Ihrer früheren Besuche in Swingerclubs erscheinen.«
Max sah, wie der Frau das Blut aus dem Gesicht wich. Wie gelähmt stand sie vor ihm und starrte ihn mit offenem Mund an. Kein schöner Anblick, dachte Max.
»Sind wir dann mit der Besprechung durch, Frau *Erste Bürgermeisterin?*«

Trotz ihrer Anspannung musste Ann lächeln, als sie das Restaurant im Kaufhof betrat. In solchen Kaufhäusern hatte sie mit Alex das Essengehen geübt. Sie erinnerte sich daran, wie sie beide, damals hatten sie noch in den Staaten gelebt, in eines der großen Kaufhäuser gegangen waren – es war ein *J.C.Penney* gewesen – und feierlich eine Portion Pommes gegessen hatten. Alex war sehr stolz gewesen, seine neuerlernten Tischmanieren ausprobieren zu können, und tatsächlich hatte danach nicht eine einzige frittierte Kartoffel an der Wand geklebt.
Der von Frank gewählte Treffpunkt war eher bedrückend. Die Tische waren am Boden festgeschraubt, und die Stühle ließen sich nur schwer verrücken. Sie entdeckte Frank gleich. Als er sie sah, hob er den Arm und winkte ihr kurz zu. Sie musste lächeln. Er saß in der hintersten Ecke mit dem Rücken zur Wand und mit dem Gesicht zum Eingang. Genauso machte sie es seit Jahren, und sie hatte immer angenommen, sie sei die Einzige, die so lebte. Immer in der Angst, dass jemand käme, dem sie aus-

weichen musste. Sie bahnte sich einen Weg durch das Gewimmel an der Kasse, die sich in der Nähe des Eingangs befand, und ließ sich mit einem leisen Aufstöhnen auf einem Stuhl Frank gegenüber nieder.

»Wie hast du dich losgeeist?« Das Austauschen höflicher Begrüßungsfloskeln gehörte offenbar nicht zu Franks Qualitäten.

»Ich bin ja offiziell kein Teil der Dienststelle. Ich kann kommen und gehen, wann ich will. Schon vergessen?«

»Du bist sauer.« Er sah ihr in die Augen, und sie erwiderte unsicher seinen Blick.

»Nein. Ich bin traurig und habe entsetzliche Angst.«

»Sie werden ihm nichts tun. Sie wollen dich, oder besser: Er will dich. Solange sie dich nicht haben, bleibt Alex am Leben.«

Sie sah auf den Tisch hinunter und kratzte mit dem Fingernagel an einem Fleck, von dem sie nicht wissen wollte, woraus er bestand.

»Was hast du?« Seine nüchterne Stimme brachte sie zurück in die Gegenwart.

Sie holte den Aktendeckel hervor. »Das hier ist von Eric. Ich habe noch nicht hineingesehen.«

Sie schob Frank die dünne Mappe hinüber, und er schlug sie auf.

»Es ist der vorläufige Bericht über den Anschlag auf das Hotel.«

Er überflog den ersten Bericht. »Erst einmal eine gute Nachricht. Helmut und Joachim geht es gut. Beide waren zur Zeit der Explosion in eurem Zimmer. Ein paar Schrammen. Das war's.«

Ann war erleichtert. Wenigstens konnten sie nun nach Hause zu ihren Familien.

»Und die anderen?«

Frank las weiter. »Sie haben Semtex benutzt und es in der Wäschekammer plaziert. Die Wachposten, die sich auf dem Flur in unmittelbarer Nähe befunden haben, sind tot. Drei Männer.

Außerdem haben sie in der Wäschekammer die Überreste einer weiblichen Person gefunden. Wahrscheinlich das Zimmermädchen. Hier«, er schob ihr ein paar Blätter über den Tisch. »Vielleicht findest du auch etwas.«

Einen Moment gingen sie schweigend die Unterlagen durch. Schließlich stieß Ann auf ein interessantes Detail.

»Hier, hör mal zu. Ungefähr zehn Minuten vor der Explosion kam ein Zimmermädchen in das Zimmer. Helmut hat sie gleich wieder hinausgeschickt. Als er sie später beschrieb, waren die Hotelleitung und auch die Hausdame sich einig, dass es sich dabei nicht um das reguläre Zimmermädchen gehandelt hatte. Wahrscheinlich also eine von Beyers ›Schwestern‹, die das Zimmermädchen ausgeschaltet und sich selbst dafür ausgegeben hat.«

Frank sah stirnrunzelnd auf. »Wie ist das möglich? Wie konnte jemand von Beyers Leuten unbehelligt in das Hotel gelangen?«

Ann zuckte mit den Schultern. »Das ist ganz einfach. Das Personal betritt das Hotel durch den Hintereingang. Wahrscheinlich ist sie schnurstracks zu den Umkleideräumen, hat sich eine Uniform geschnappt und ist nach oben gefahren. Niemand sieht einem Zimmermädchen ins Gesicht. Vielleicht hat sie das echte Zimmermädchen gefragt, ob sie ihr die Wäschekammer aufschließen kann, und hat sie dann überwältigt.«

»Jedes Zimmermädchen hat doch einen Schlüsselbund für seine Etage. Außerdem kennt man sich bestimmt untereinander, oder?«

»Sicher. Aber sie brauchte doch nur sagen, dass sie neu ist. Nichts leichter als das.« Ann seufzte und lehnte sich zurück. »Der Grund des Anschlags ist klar. Man wollte euch aus dem Hotel treiben. Damit ist der Wissensstand der Gegenseite nicht ganz so gut wie angenommen. Zumindest wussten sie nicht, dass du und Alex bereits seit zehn Minuten in der Tiefgarage gewartet habt.«

Frank nickte. »Also hatten wir recht. Der Maulwurf ist mindestens eine Etage höher zu finden und nicht in den unteren Rängen der Abteilung. Was schlägst du als Nächstes vor?«

»Ich habe Max gesagt, dass ich die Büroräume von Merthin durchsuchen will. Falls überhaupt, dann hat er sein brisantes Material im Büro.«

Frank nickte. »Zwischen der Mandantenpost, schon klar. Was dagegen, wenn ich mitkomme?«

»Ich dachte, du wolltest so etwas wie untertauchen?«

»Nein, nicht direkt, ich möchte nur nicht an die Dienststelle zurückkehren. Ich möchte ein wenig Abstand haben, um das Ganze von außen zu betrachten. Ich glaube, dass damit unsere Chance, den Maulwurf zu kriegen, erheblich größer ist und damit auch die Möglichkeit, Alex unversehrt aus der Sache herauszubekommen.«

Alles war komplett aus dem Ruder gelaufen. Hatte Max gestern noch geglaubt, die ganze Affäre im Griff zu haben, so war er jetzt sicher, dass alles, wofür er die letzten Monate gearbeitet hatte, den Bach hinunterging. Und damit auch gleich seine Karriere. Obwohl, was hieß schon Karriere? Da, wo er jetzt war, war ohnehin Endstation. Man würde ihn höchstens in den vorzeitigen Ruhestand schicken, bei vollen Bezügen, versteht sich, feuern würde man ihn wohl nicht. Dafür war in bestimmten Etagen einfach die Angst zu groß, er könne den falschen Leuten zur falschen Zeit die falschen Dinge erzählen. Er wusste zu viel. Max schüttelte sich. In schlechten Krimis wäre so eine Feststellung ein Todesurteil. Allerdings wusste er manchmal nicht mehr, ob er weiterleben wollte, wenn wirklich alles schiefginge. Wenn

Ann etwas passierte. Oder Alex. Wenn es wirklich zu dem Attentat käme. Er sah auf die Uhr. Er hatte genug Zeit. Den Termin beim Innensenator hatte er abgesagt und es damit begründet, dass er aufgrund der Krise keine Zeit habe. Die Berichte würden dem Innensenator zugeschickt. Sollte er Fragen haben, könne er sich telefonisch melden. Der Mann kochte bestimmt vor Wut, aber ausrichten konnte er nichts. Er war in diesem Fall eben nicht der wichtigste Mann, und wenn jemand noch profilierungssüchtiger war als die Bürgermeisterin, dann war es ihr Stellvertreter und Innensenator. Wenn alles schiefging, konnte auch der Herr Senator seinen Hut nehmen, doch der wusste bisher nichts von den Ausmaßen dieser Katastrophe.

Eigentlich hätte Max ins Büro zurückfahren müssen, aber er konnte sich nicht dazu aufraffen, den Motor anzulassen und loszufahren. Ihm kam die verrückte Idee, einfach durch die Stadt zu schlendern, ein Eis zu essen und zu vergessen, was passiert war. Er seufzte. Es half nichts. Er musste noch einmal den toten Briefkasten aufsuchen und eine Nachricht hinterlassen. Er musste noch einmal Kontakt herstellen, um zu versuchen zu retten, was noch zu retten war.

»Weißt du eigentlich, wie spät es mittlerweile ist?« Frank sah Ann von der Seite an.

Sie zuckte mit den Schultern. »Keine Ahnung. Ich habe fast nie eine Uhr dabei. Warum?«

»Es ist halb drei, und ich befürchte, du hast noch nichts gegessen.«

»Stimmt. Und ich habe auch keinen Hunger.«

Ann parkte gerade vor dem Bürohaus, in dem sich Merthins Kanzlei befand. Nichts deutete darauf hin, dass Polizei vor Ort war. Die Straße war abgesehen vom Durchgangsverkehr ruhig,

und es standen keine Streifenwagen vor dem Haus. Nur ein geübter Beobachter konnte unter den diversen Zivilfahrzeugen die Polizeiwagen ausmachen.
»Du solltest etwas essen.«
»Ich hol mir nachher eine Kleinigkeit.«
Sie stiegen beide aus und sahen an dem Gebäude hoch. Es war ein neuer Komplex, der hier, im Falkenried, in kürzester Zeit hochgezogen worden war. Großzügige helle Geschäftsräume, kein Büro hatte weniger als dreihundert Quadratmeter Grundfläche. Die Mieten waren horrend, aber für eine Adresse im unbestreitbar feinen Hamburg-Eppendorf waren viele Firmen und auch Anwälte bereit, einiges auf den Tisch zu blättern.
Die Kanzlei befand sich im dritten Stockwerk, und je näher sie den Räumen kamen, desto belebter wurde das Treppenhaus. Auf dem obersten Treppenabsatz wurden sie von einem jungen Mann gestoppt.
»Tut mir leid, aber hier können Sie nicht durch.«
Ann und Frank zückten ihre Ausweise, und nachdem der junge Polizist einen Blick darauf geworfen hatte, ließ er sie passieren. Zwar vermutete Ann, dass er mit der Dienststellenbezeichnung nicht viel anfangen konnte, aber das Emblem des Bundsinnenministeriums zeigte Wirkung.
Sie betraten das Büro. Direkt an der Eingangstür befand sich die Rezeption, und dort standen einige Frauen herum, zum Teil mit etwas ratlosen Gesichtern. Ann vermutete, dass es Merthins Sekretärinnen waren. Keine schien besonders erschüttert, vielmehr beobachteten sie neugierig die Polizisten, die in Ausübung ihrer Pflicht alle Aktenschränke durchwühlten.
Frank riss plötzlich den Arm hoch. »Hej, Günther.«
Ein Mann, Ann schätzte ihn auf Mitte fünfzig, drehte sich um,

und seine Augen wanderten suchend umher, bis sie an den Neuankömmlingen hängenblieben. Dann lächelte er.
»Das ist Günther Helmich. Der Leiter des Staatsschutzes.« Ann sagte weder der Name noch das Gesicht etwas.
Helmich kam mit ausgestreckter Hand auf sie zu und tat so, als wolle er erst Frank die Hand schütteln, schwenkte dann aber im letzten Moment um, so dass Franks Hand ins Leere griff, und wandte sich an Ann.
Mit einem breiten Grinsen in Franks Richtung schüttelte er ihr die Hand.
»Erst die Dame, mein Lieber.« Er schenkte Ann noch ein strahlendes Lächeln und wandte sich dann an Frank.
»Und was machst du hier, altes Haus?«
Ann stöhnte innerlich auf. Wieder so ein Idiot, der Frauen grundsätzlich nur als schmückendes Beiwerk betrachtete. Frank grinste.
»Ich begleite eine Kollegin. Darf ich vorstellen? Ann Deckert.«
»Ich bin erfreut.« Fast schien es, als wolle er ihr erneut die Hand schütteln, aber er erinnerte sich wohl daran, dass er das gerade eben getan hatte, und nickte ihr nur noch einmal freundlich zu.
»Dann wollen Sie wohl ein paar Akten abholen?«
Ann hob ihr überlanges Hemd so weit hoch, dass man die Waffe an ihrer Seite sehen konnte. »So ähnlich. Ich möchte das persönliche Büro von Johannes Merthin durchsuchen.«
Helmichs Blick veränderte sich ein wenig. Er schien nicht viel von selbstbewussten Frauen mit Waffen an der Hüfte zu halten.
»Ach ja, richtig«, seine Stimme klang ein wenig gedehnt, »mir wurde schon mitgeteilt, dass das Büro nicht angerührt werden darf, sondern dass Spezialisten von eurem Verein kommen. Na, dann kommt mal mit.«
Sein Lächeln fiel jetzt ein wenig säuerlich aus. Es gefiel ihm nicht, weggedrängt zu werden, schon gar nicht von einer Frau.

Arschloch, dachte Ann.

Das Büro, in das er sie führte, war ziemlich protzig eingerichtet. Hier hatte jemand viel Geld investiert, allerdings ohne den dazugehörigen Geschmack zu entwickeln. Da waren an der einen Wand zwei Rokokostühle um einen kleinen Tisch mit Einlegearbeiten drapiert. Der Schreibtisch war wuchtig und mindestens hundert Jahre alt, der dazugehörige Stuhl wirkte wie ein Sonderangebot von Ikea. Am Fenster stand ein aufgeklappter Globus, in dem Spirituosen standen – *mein Gott, das gab es wirklich noch* –, und an der Wand röhrte ein Hirsch von einem Gemälde herunter. Das Ganze war unterlegt mit entsetzlichen, dicken Perserteppichen, die nicht alt oder antik, sondern bestenfalls verschlissen aussahen. Die billigen Jalousien wirkten, als wären Herrn Merthin am Ende Geld und Ideen ausgegangen.

»Danke.« Ann wandte sich über die Schulter an Helmich.

»Ihr müsst mal sehen, ich weiß nicht, was hier so interessant sein …«

Ann drehte sich leicht lächelnd um. »Vielen Dank, Herr Helmich. Wenn ich etwas benötige, lasse ich es Sie wissen.«

Helmich lief rot an, wohl eher vor Wut als vor Verlegenheit, und verließ den Raum.

Frank lachte. »Na, dem hast du es aber gegeben.«

»Hätte nur noch gefehlt, dass er mich für eine Dame vom Schreibdienst hält. Aufgeblasener Idiot.«

»Helmich braucht hin und wieder mal einen kleinen Dämpfer. Es soll sogar vorgekommen sein, dass er einer weiblichen Mitarbeiterinn einen Klaps auf den Hintern gegeben hat. Sie hat Zeter und Mordio geschrien, ist zur Frauenbeauftragen gelaufen, und es hat eine kleine Untersuchung gegeben. Aber die ganze Geschichte wurde unter den Teppich gekehrt. Schließlich wollte man den Leiter des Staatschutzes nicht der Hysterie einer

kleinen Kommissarin opfern. Seitdem ist er zwar etwas vorsichtiger, aber trotzdem haut er noch so manches Mal daneben.«
Frank bedachte Ann mit einem kleinen Lächeln und klatschte dann in die Hände. »Also, wo fangen wir an?«
»Wie wäre es, wenn du dir den kleinen Aktenschrank dort in der Ecke vornimmst und ich den Schreibtisch?«
Frank folgte ihrem Blick zu dem kleinen Schränkchen.
»Da bin ich in null Komma nix durch. Auf geht's.«
Eine Zeitlang arbeiteten sie konzentriert.
»Verdammt, der hat nichts hier.«
»Wundert mich nicht.« Frank richtete sich langsam auf. »In den siebziger Jahren hat man die Kanzleien der Terroristenanwälte regelmäßig durchsucht und sogar die Mandanten- und Prozessakten beschlagnahmt. Wahrscheinlich hatte Merthin die Befürchtung, dass es ihm, als Verteidiger des Rechtsterroristen Beyer, ähnlich ergehen würde.«
»Im Vergleich zu damals würde ich unser Land aber fast einen Rechtsstaat nennen.« Ann war entnervt. »Er hat hier nicht einmal Telefonnummern herumliegen.«
»Wahrscheinlich war Beyer paranoid genug, dafür zu sorgen, dass sein Anwalt übervorsichtig war. Hast du übrigens die Akten vom Prozess Beyer gefunden?«
Ann schüttelte den Kopf. »Nein, ich denke, wir fragen die Sekretärin. Die müsste doch eigentlich für die Ablage verantwortlich sein.«
Beide verließen das Zimmer und gingen zurück zur Rezeption. Von Helmich war nichts zu sehen. Wahrscheinlich vermied er es, Ann vor seinen Leuten noch einmal unter die Augen zu treten. Sie vermutete, dass er um seine Autorität fürchtete, wenn er von ihr Anordnungen entgegennehmen müsste. Wäre sie ein Mann, würde er damit sicher besser leben können.

»Eine von denen muss es sein.«

Frank zeigte auf die kleine Gruppe von Frauen, die dort noch immer herumstand, mittlerweile eher gelangweilt als neugierig. Hier passierte nichts, was sich weiterzuerzählen lohnte. Ann ging auf ein junges Mädchen zu, das etwas abseits stand. Sie war nicht ganz so schick angezogen wie die anderen, und auch fehlte ihr der blasierte Gesichtsausdruck. Wahrscheinlich die Auszubildende, dachte Ann.

»Entschuldigen Sie bitte, aber können Sie mir sagen, welche der Damen die persönliche Sekretärin von Herrn Merthin war?«

Die Wangen der jungen Person röteten sich. Wahrscheinlich war es heute das erste Mal, dass ihr jemand Aufmerksamkeit schenkte.

»Das ist Diana. Die Rothaarige dahinten.«

»Ich danke Ihnen.« Ann lächelte ihr noch einmal zu und ging auf die rothaarige Frau zu, die intensiv ihre Fingernägel betrachtete.

»Sind Sie Diana? Die Sekretärin von Herrn Merthin?«

Die junge Frau hob die Augenbrauen. »Ja, ich bin Diana Marxen, die persönliche Assistentin von Herrn Merthin.«

Ann konnte sich nur mit Mühe ein Grinsen verkneifen. Was hatten die jungen Dinger nur gegen die Bezeichnung Sekretärin?

»Schön. Wir hätten Sie gern einen Moment gesprochen.« Sie fasste Diana Marxen leicht am Arm und trat mit ihr ein Stück zur Seite, wo Frank auf sie wartete.

»Das ist mein Kollege Frank Nessler, und mein Name ist Ann Deckert. Wir ermitteln in dem Mordfall Ihres Chefs.«

»Sie auch?« Diana Marxen gab sich alle Mühe, ihre aufkeimende Neugier hinter einem gelassenen Gesichtsausdruck zu verbergen, was ihr aber nicht ganz gelang. Das nun folgende Gespräch würde sie wohl heute Abend haarklein ihren Freundinnen referieren.

»Ja, wir auch. Sagen Sie, wo hat Herr Merthin seine persönlichen Notizen gelassen?«
»Sie meinen, die Notizen zu den einzelnen Fällen?«
»Ja, zum Beispiel.«
»Die hat er, beziehungsweise ich, in den Prozessakten abgeheftet.«
»Gab es noch andere Notizen? Vielleicht welche, die nicht zu den laufenden Verfahren gehörten?«
Diana Marxen verzog die Mundwinkel nach unten und schüttelte langsam den Kopf.
»Nicht, dass ich wüsste. Zumindest hat er mir nichts davon erzählt.« In ihr Gesicht schlich sich eine Spur von Enttäuschung. Sie würde ihre Geschichte heute Abend ausschmücken müssen. Nicht, dass die lieben Freundinnen noch mitbekamen, dass Madame nichts wusste.
Frank schaltete sich ein. »War Herr Merthin in der letzten Zeit anders als sonst?«
»Er war die ganze Zeit anders als sonst, zumindest seitdem er diesen Terroristen verteidigt hat.« Ihre Stimme klang fast ein wenig abfällig.
»Inwiefern?«
»Er war oft mürrisch. Mitunter kam er gar nicht mehr ins Büro, und wenn er hier war, verlor er in einer Tour die Geduld. Maria zum Beispiel hat er einmal angeschnauzt …«
»Ja, schon gut.« Frank winkte ab. »Hatte er Besuch von Leuten, die vom Typ her eher nicht zu seinen Klienten passten?«
Diana schien wirklich nicht die Hellste zu sein. Sie starrte Frank an, als habe er nach der Landung von Marsmenschen gefragt. Frank startete einen neuen Versuch.
»Ich meine, gab es Besuch, der Ihnen merkwürdig vorkam?«
Wieder schüttelte sie langsam den Kopf. »Nicht direkt, ich mei-

ne …« Sie machte eine Pause. Ann hätte sie am liebsten geschüttelt, aber Frank lächelte der jungen Frau beruhigend zu.
»Lassen Sie sich ruhig Zeit.«
»Na ja, also heute Morgen, das war schon komisch.«
»Ja?« Franks Lächeln war voller Charme. »Sie müssen sich nicht genieren. Wir behalten die Informationen für uns. Und wenn das, was Sie uns sagen, nichts mit dieser Sache zu tun hat, wird die betreffende Person auch nichts davon erfahren.«
Diana Marxen lächelte erleichtert, und Ann glaubte zu sehen, wie sie Frank kurz zuzwinkerte. *Herrgott, will die jetzt ein Kind von ihm, oder was?*
»Also, heute Morgen, kurz bevor Herr Merthin das Büro verließ, war ein Mann da, der ihn zu sprechen wünschte. Zuerst wollte ich ihn nicht vorbeilassen, weil er keinen Termin hatte, und Herr Merthin ist … war in solchen Dingen sehr eigen. Er sagte immer …«
»Wie hieß der Mann?« Ann konnte sich das Geplapper wirklich nicht länger antun.
»Meier. Seine Name war Meier.« Diana Marxen beugte sich vertraulich lächelnd zu Frank hinüber. »Mir war natürlich gleich klar, dass das nicht sein richtiger Name war. Ich meine, wer heißt schon Meier?« Sie kicherte, verstummte aber sofort wieder; vermutlich erkannte sie, dass es unpassend war zu lachen, so kurz nachdem der Chef mittels einer Autobombe das Zeitliche gesegnet hatte.
»Wie sah der Mann, der sich Meier nannte, aus?« Ann machte einen neuen Versuch, eine brauchbare Information aus dieser dummen Person herauszubekommen. Diana Marxen antwortete in Franks Richtung.
»Ja, also jung war der nicht mehr. Der war mindestens schon um die fünfzig. Und groß war der auch nicht. Vielleicht so wie ich.«

Sie hob ihre Hand und deutete die Größe an. Demzufolge ging Herr Meier ihr gerade mal bis zum Bauchnabel.

»Ach ja, und eine Halbglatze hatte er. Und so eine schreckliche Hakennase.«

»Haben Sie ihn denn zu Herrn Merthin gelassen?« Frank lächelte noch immer, aber auch ihm konnte man ansehen, dass ihm die Marxen langsam auf die Nerven ging.

»Oh, ja. Herr Merthin wollte den Mann sofort sehen, obwohl der keinen Termin hatte. Weil, eigentlich mag Herr Merthin nicht, wenn die Leute hier einfach so hereinplatzen, und er sagt immer …«

Frank und Ann sahen sich an. Ann ruckte mit dem Kopf in Richtung Ausgang.

»Vielen Dank, Frau Marxen. Sie haben uns wirklich sehr geholfen.«

»Warten Sie, da war noch etwas!«

»Ja?« Frank musste sich zu einem Lächeln zwingen.

»Wissen Sie, als Herr Meier kam, trug er einen Aktenkoffer bei sich. Als er wieder ging, hatte er keinen mehr dabei. Dafür aber Herr Merthin.«

»Der hatte einen Aktenkoffer dabei?«

»Nein. Er hatte *den* Aktenkoffer dabei.«

Noch im Treppenhaus konnte Ann es sich nicht verkneifen, Frank ein wenig aufzuziehen.

»Na, da hast du ja eine Eroberung gemacht. Dir ist klar, dass du jetzt der Held ihrer schweißnassen Nächte bist?«

Frank lächelte.

»Wäre es dir lieber, sie würde von dir träumen?«

Sie verließen das Gebäude und gingen auf das Auto zu.

»Wolltest du nicht eigentlich die Akten einsehen?« Frank schloss den Wagen auf und sah Ann über das Autodach hinweg an.

»Nein, das brauche ich nicht mehr. Ich weiß, wer heute Morgen bei Merthin war.«

»Ach?«

Frank öffnete die Tür, stieg ein und entriegelte von innen die Beifahrerseite. Ann sprach erst weiter, als auch sie eingestiegen war.

»Meier.«

»Ha, ha, sehr lustig. Wer ist der Typ?"

»Der heißt wirklich Meier. Werner Meier. Er ist Schweizer und eine Art Waffenhändler.«

»Eine *Art* Waffenhändler?«

»Ja.« Ann nickte. »Er handelt nicht mit Sturmgewehren oder mit Maschinenpistolen, sondern mit biologischen Waffen. Der Mann verkauft Krankheitserreger.«

Es war so, wie Eric vermutet hatte. Über Charlotte Beyer fand sich nur der Tag der Geburt, 12. August 2001, der Geburtsort, das Albertinen-Krankenhaus in Hamburg, und die Tatsache, dass sie nach dem Tod der Mutter und der Verurteilung des Vaters vom Vormundschaftsgericht zur Adoption freigegeben worden war. Und zwar, das war interessant, auf Bestreben der Eltern von Christian Beyer. Die wollten weder mit ihrem Sohn noch mit der Schwiegertochter etwas zu tun haben. Dazu gehörte auch, die Pflegschaft für das Kind abzulehnen.

Vielleicht lagen die Adoptionsunterlagen bei der Bundesanwaltschaft oder bestenfalls beim BKA. Wahrscheinlich jedoch waren die Unterlagen vernichtet worden, um dem Kind und dessen neuer Familie Sicherheit zu garantieren.

Mit diesen dürftigen Informationen wandte er sich den Tagesmeldungen zu.

»Woran arbeitest du gerade?«

Christin war an seinen Arbeitsplatz herangetreten und versuchte neugierig, an ihm vorbei auf seinen Monitor zu schauen.

»Warum?« Er schwang auf seinem Stuhl herum und lehnte sich so weit vor, dass er mit seiner Schulter den Bildschirm verdeckte.

»Ich will nur sichergehen, dass wir unsere Kraft nicht vergeuden und effektiv arbeiten.« Die Arroganz in ihrer Stimme wurde nur von der Überheblichkeit ihres Blickes übertroffen.

»Was ist los? Bist du jetzt, da Max kurz das Büro verlassen hat, schnurstracks zur Chefin aufgestiegen?«

Ihr Blick wurde kühl. »Du scheinst zu vergessen, dass wir in einer echten Krise stecken.«

Eric nickte. »Eben. Und deshalb würde ich vorschlagen, du machst dich auch wieder an die Arbeit, anstatt hier herumzustehen und dummes Zeug zu reden.«

Belustigt stellte er fest, dass Christin um ihre Fassung rang. Sie war wütend, aber sie verzichtete darauf, sich lächerlich zu machen. Sie drehte sich abrupt um und verschwand. Eric musste grinsen.

Wenn sie ihm nicht so gleichgültig gewesen wäre, hätte er sich über sie geärgert.

Bevor er sich erneut den Tagesmeldungen zuwandte, rief er ein anderes Programm auf, das ihm eine Art Stadtplan zeigte. Er suchte den kleinen Punkt, der noch immer unbeweglich an einer Stelle verharrte. Er nickte zufrieden. Der Punkt hatte sich bis jetzt nicht vom Rathaus wegbewegt. Trotzdem würde er ihn im Auge behalten.

Die Meldungen, die die Polizei jeden Tag mehrmals aktualisierte, waren zum überwiegenden Teil langweilig. Gemeldete Einbrüche der letzten Nacht, Tankbetrug, irgendwo war eine alte Dame in der Nähe ihrer Bank überfallen und ihrer gesamten Rente beraubt worden, Verkehrsunfälle und …

Eine Nachricht allerdings war interessant.
Er klickte mit dem Mauszeiger die Meldung an, um detailliertere Informationen zu bekommen. Was er las, ließ ihm den Atem stocken. Er las es noch einmal und verglich die Informationen mit dem spärlichen Wissen, das er hatte, aber er hatte keinen Zweifel mehr.
Er griff in seine Hemdtasche und zog den Zettel hervor, den Ann ihm gegeben hatte. Vielleicht hatten sie endlich eine heiße Spur.

Anns Handy klingelte. Auf dem Display konnte sie sehen, dass es Eric war. Sie drückte den grünen Knopf.
»Hallo, Eric.« Sie lauschte einen Moment und begann dann hektisch nach einem Zettel und einem Stift zu suchen. Als sie beides gefunden hatte, ließ sie sich das Gesagte von Eric noch einmal wiederholen. Sie bedankte sich, versprach, so bald wie möglich zurückzurufen, und legte auf.
»Und?« Frank wandte den Blick kurz von der Straße ab und sah sie von der Seite an.
»Eric hat etwas Interessantes gefunden. Seit heute Morgen, gegen halb zehn, ist ein kleines Mädchen verschwunden. Dem Alter nach könnte es die kleine Charlotte Beyer sein.«
»Wie kommt er darauf?«
»Ich hatte ihn darum gebeten, die Tagesmeldungen noch einmal durchzugehen. Ich hatte befürchtet, dass er so etwas finden würde.«
»Und wie kamst du darauf?«
»Spätestens übermorgen Abend wird Beyer das Land verlassen, und ich bin sicher, nicht ohne seine Tochter. Also, lass uns hinfahren.«

Melanie Schlobohm war verzweifelt. Die Polizei hatte ihr Haus auf den Kopf gestellt, und als sie weder im Keller noch auf dem Dachboden und schon gar nicht in Carolines Zimmer einen Hinweis gefunden hatten, fiel selbst von Fettbauch die Gelassenheit ab. Er nahm eine Vermisstenanzeige auf, erklärte ihr, man würde sich bei ihr melden, und verließ mit Säufernase fast fluchtartig das Haus. Melanie war ruhelos und lief ständig auf und ab. Bei jedem Geräusch, das von draußen an ihr Ohr drang, rannte sie zum Fenster und suchte mit den Augen den Vorgarten ab, immer in der Hoffnung, Caroline dort stehen zu sehen, zurückgekehrt von einem kleinen Abenteuer. Aber nie war es Caroline. Melanie hatte mittlerweile ihren Mann erreicht, und der hatte versprochen, das nächste Flugzeug nach Hause zu nehmen, aber bis er hier ankäme, wäre es wahrscheinlich spät in der Nacht und sie bereits wahnsinnig vor Angst.

Sie versuchte, nicht zu weinen. Weinen war in ihren Augen ein Ausdruck von Trauer, aber es gab keinen Grund zu trauern, schließlich, so versuchte sie sich zu beruhigen, war ihrer Kleinen nichts passiert, sie hatte sich nur verlaufen. Hätte sie geweint, dann hätte sie das wie ein böses Omen empfunden, das ein schreckliches Ereignis erst heraufbeschwor.

Sie zuckte zusammen, als es klingelte. Sie rannte los. Caroline musste sich nur auf die Zehenspitzen stellen, um die Klingel zu erreichen. Gleich würde sie ihre Tochter in die Arme schließen können. Sie riss die Tür auf.

»Caro…«

Aber es war nicht Caroline. Es waren ein Mann und eine Frau, die sie freundlich anlächelten.

»Frau Schlobohm?«

»Ja?«

Die Frau zog eine kleine Plastikkarte aus der Tasche und zeigte sie ihr. »Mein Name ist Ann Deckert, und das ist mein Kollege Frank Nessler. Wir kommen von der Terror- und Verbrechungsbekämpfung. Es geht um Caroline. Können wir kurz hereinkommen?«

Melanie Schlobohm blieb das Herz förmlich stehen. »O mein Gott, ist mit ihr … ich meine, was ist … wo ist …«

Der Mann – wie hieß er doch gleich?-, legte ihr beruhigend eine Hand auf den Arm.

»Bitte entspannen Sie sich. Es gibt bisher keinen Grund zur Aufregung. Wir wollen nur kurz mit Ihnen sprechen, um Caroline so schnell wie möglich zu finden.«

»Aber was wollen Sie denn wissen?«

Der Mann sah sie eindringlich an.

«Vielleicht wäre es besser, wenn wir hineingingen?«

Melanie Schlobohm verstand. Sie bemerkte die Blicke der Nachbarn, die so taten, als hätten sie ausgerechnet in der Nähe von Melanies Haustür etwas an der Hecke herumzuschneiden. Wahrscheinlich witterten sie eine Sensation, die sie im Viertel herumtratschen konnten, dachte sie bitter.

»Bitte entschuldigen Sie, aber ich bin sehr durcheinander und mache mir große Sorgen.« Sie trat einen Schritt beiseite und ließ die beiden ein.

»Sie müssen sich nicht entschuldigen. Wir verstehen das sehr gut.«

Melanie hasste diese Phrasen. Ihre Stimme schwoll an.

»Das bezweifle ich. Haben Sie Kinder?«

Die Frau sah ihr fest in die Augen. »Ja. Ich habe einen Sohn, und glauben Sie mir, ich weiß, was Sie durchmachen, wahrscheinlich mehr, als Sie vermuten.«

Der Blick der Frau war offen, und etwas in ihren Augen ließ Melanie erahnen, was die Frau meinte. Mit einem Male war sie verlegen.

»Ich kann mich nur noch einmal entschuldigen. Bitte, nehmen Sie Platz. Kann ich Ihnen etwas anbieten?«

Die beiden schüttelten den Kopf. »Nein, vielen Dank. Wir wollen Sie nicht lange stören.«

Die beiden setzten sich auf die Couch, Melanie nahm gegenüber in einem Sessel Platz und sah ihre Besucher erwartungsvoll an. Es hatte etwas Beruhigendes, dass hier zwei Menschen saßen, die sich um sie und ihre Ängste kümmerten und sie ernst nahmen.

Ann Deckert begann zu sprechen.

»Frau Schlobohm, ist es korrekt, dass Ihre Tochter am 12. August 2001 geboren wurde?«

»Ja, aber das habe ich doch schon alles Ihren Kollegen erzählt.«

»Das stimmt, aber sehen Sie, wir machen uns lieber selber ein Bild, da die Berichte der Polizei mitunter nicht so genau sind. Würden Sie mir auch sagen, in welchem Krankenhaus Sie Caroline zur Welt gebracht haben?«

Melanie Schlobohm war verwirrt. Erst schneiten nach Stunden zwei Polizisten herein und durchsuchten ihr Haus, in der Annahme, sie hätte ihrem eigenen Kind etwas angetan, und nun saßen hier zwei Leute und wollten wissen, wo sie ihr Kind zur Welt gebracht hatte.

»Ich verstehe nicht ganz, was das mit dem Verschwinden meiner Tochter zu tun hat. Ich meine ...«

»Frau Schlobohm, wir haben einen bestimmten Grund, warum wir das fragen. Bitte, seien Sie so gut und antworten Sie auf unsere Fragen. Ich verspreche Ihnen, dass wir es Ihnen hinterher erklären werden.« Frau Deckert sah sie noch eindringlicher an als zuvor, und der Mann lächelte ihr leicht zu. Sie hatte keine andere Wahl, sie musste diesen beiden Polizisten vertrauen. Polizisten? Waren das überhaupt Polizisten? Ihr wurde ganz kalt. Sie hatte sich den Ausweis nicht genau angesehen.

»Darf ich Ihre Ausweise bitte noch einmal sehen?«

»Sicher.« Beide zogen ihre Ausweise hervor und schoben sie ihr über den Tisch zu. Sie nahm die Plastikkarten und verglich die Bilder darauf mit den Gesichtern ihrer beiden Besucher.

»Hier steht, dass Sie für das Bundesinnenministerium arbeiten. Ich verstehe nicht ganz …« Sie breitete die Arme aus. In der einen Hand hielt sie noch immer die Karten.

Frau Deckert und ihr Kollege wechselten einen kurzen Blick, dann sprach Ann Deckert weiter.

»Es stimmt, wir arbeiten für das Bundsinnenministerium, und zwar, wie schon gesagt, für die Abteilung Terror- und Verbrechensbekämpfung. Frau Schlobohm, wir sind der Meinung, dass Ihre Tochter das Opfer einer Verwechslung geworden ist. Also, noch einmal, wo haben Sie Caroline zur Welt gebracht?«

»Eine Verwechslung? Aber mit wem? Das kann doch alles nicht wahr sein.« Es hielt sie nicht mehr auf ihrem Sessel. Sie sprang auf und trat an das Fenster. Dabei umklammerte sie mit den Armen ihren Oberkörper, als sei ihr kalt.

»Wissen Sie, wir haben uns so sehr ein Kind gewünscht. Fast schon hatten wir die Hoffnung aufgegeben, und dann wurde ich schwanger. Sie können sich nicht vorstellen, was das für ein Gefühl war, so lange zu warten.«

Jetzt sprach der Mann. Verdammt, warum konnte sie sich nur den Namen nicht merken.

»Frau Schlobohm, ist Caroline Ihr eigenes Kind, oder wurde sie von Ihnen und Ihrem Ehemann adoptiert?«

Mein Gott, das wurde ja immer schlimmer. Es war ein Alptraum, und Melanie hoffte inständig, dass sie bald daraus erwachen würde. Caroline wäre da, sie würden etwas essen, im Garten spielen und …

»Frau Schlobohm. Wir sind hier, um Ihnen zu helfen, aber Sie müssen unsere Hilfe auch zulassen. Also, ist Caroline adoptiert oder nicht?«

Sie drehte sich um und sah den Mann an. »Bitte entschuldigen Sie, aber ich habe mir Ihren Namen nicht gemerkt.«

»Mein Name ist Frank Nessler.«

Melanie Schlobohm gab auf.

»Nein, sie ist unser leibliches Kind.«

»Frau Schlobohm, bitte seien Sie ehrlich zu uns. Davon kann eine Menge abhängen. Unter Umständen das Leben von Caroline. Ist sie wirklich Ihr eigenes Kind?«

»Ja, ich kann Ihnen sogar die ersten Ultraschallbilder zeigen.«

»Welches Krankenhaus, Frau Schlobohm?« Wieder sprach Ann Deckert.

»Es war das Albertinen-Krankenhaus. Dort habe ich Caroline zur Welt gebracht.«

Eric hatte den Weg, den Max nach seinem Besuch bei der Bürgermeisterin genommen hatte, auf dem Monitor verfolgt. Max hatte an einer Stelle angehalten, war dort aber nicht lange geblieben. Für ein Treffen mit jemandem hätte es kaum ausgereicht.

Als Max nun ins Büro kam, war er offensichtlich schlecht gelaunt.

»Und? Wie ist es gelaufen bei der Bürgermeisterin?«

»Wie schon?« Max knurrte. »Die Frau hat den Intelligenzquotienten einer Zahnbürste, aber ich glaube, ich habe sie in den Griff bekommen. Wie weit seid ihr?«

Er hatte sich in seinen Schreibtischstuhl geworfen und sich von Eric abgewandt. Er wirkte erschöpft. Eric tat, als bemerke er es nicht. Er lehnte sich gegen einen der Aktenschränke und verschränkte die Arme vor der Brust.

»Unsere Leute durchsuchen das Haus von Merthin. Bisher haben sie nichts finden können. Der Staatsschutz stöbert in seinem Büro herum, aber von denen haben wir noch keine Nachricht.«

»Sonst etwas?«

»Wir können einen ungefähren Radius festlegen, in dem der schwarze Geländewagen nach der Entführung des Jungen verschwunden ist.«

Max wandte sich um. Er schien erstaunt.

»Ach?«

«Ja.« Eric nickte. »Er hat sich nach der Flucht in Richtung Osten davongemacht. Zuletzt hat ihn eine Verkehrsüberwachungskamera am Horner Kreisel erwischt. Danach verliert sich zwar jede Spur, aber ich denke, er ist nicht weiter als bis nach Bad Oldesloe gefahren.«

»Wie kommst du darauf?« Max wirkte skeptisch.

»Wenn sie einen Anschlag in Hamburg planen, werden sie kaum erst zwei Stunden anreisen. Sie müssen irgendwo in der Nähe der Autobahn einen Unterschlupf haben. Ich vermute eines der kleinen Dörfer.«

»Davon gibt es ja nicht viele zwischen Hamburg und Bad Oldesloe.« Max' Ton war sarkastisch.

»Da magst du recht haben, aber bis vor ein paar Stunden hatten wir überhaupt keine Ahnung, wo sie sich aufhalten könnten. Wir wissen also schon hundert Prozent mehr.« Eric ließ sich nicht aus der Ruhe bringen.

»Und was willst du mit deinen Erkenntnissen anfangen?«

Eric zuckte mit den Schultern. »Vielleicht herausfinden, ob einer von Kreisslers Kontakten dort lebt. Christin kümmert sich bereits darum.«

»Also deiner Meinung nach besteht nicht die Möglichkeit, dass sie vom Horner Kreisel aus eine andere Abfahrt genommen haben und in einer konspirativen Wohnung in, sagen wir mal«, Max tat, als überlege er angestrengt, »in Barmbek untergekommen sind?«

Eric blieb gleichmütig. »Natürlich ist das möglich, aber sehr unwahrscheinlich, meinst du nicht?« Sein Ton war zuckersüß, aber seine Geduld war am Ende. »Was ist los, Max? Ich habe den Eindruck, du willst sie nicht erwischen. Warum sperrst du dich gegen das, was wir haben?«

»Weil wir nichts haben, verdammt noch mal.« Max war aufgesprungen und hieb mit der Faust auf den Tisch. »Wir haben nichts außer einen entführten Jungen und einen Mercedes-Geländewagen, der rein theoretisch schon in Klein-Timbuktu sein könnte.« Er fuhr sich mit einer Hand durch die Haare und beruhigte sich wieder ein bisschen.

»Wo, zum Henker, steckt Frank?«

»Ich habe keine Ahnung, er hat sich nicht gemeldet.«

»Und Ann?«

»Sie ist noch unterwegs. Soweit ich weiß, wollte sie das Büro von Merthin durchsuchen.«

»Das kann doch nicht so lange dauern.« Max holte tief Luft. »Was ist mit Merthin? Wissen wir schon, was er am Bahnhof gemacht hat?«

»Nein, aber wir sind dran.«

»Ich will Ergebnisse, verflucht. Also, macht euch an die Arbeit.« Er funkelte Eric wild an. Der drehte sich um und verließ das Büro seines Chefs. Auf dem Flur wandte er sich noch einmal um und sah Max, wie er am Schreibtisch saß, die Ellenbogen auf die Tischplatte gestützt, das Gesicht in den Händen vergraben.

Egal, was passiert, dachte Eric, deinen Job bist du los, Max.

Nachdem sie Melanie Schlobohms Haus verlassen hatten, saßen sie eine Weile nachdenklich im Auto.

»Ich werde zurück an die Dienststelle fahren und versuchen herauszubekommen, was Merthin am Bahnhof gemacht. Wie steht es mit dir?« Ann sah Frank von der Seite an.

»Ich? Fahr mich bitte nach Hause. Dort steige ich in mein eigenes Auto und stelle mich in der Nähe der Dienststelle auf.«

»Und wozu das?«

»Max ist in den letzten zwei Wochen verdächtig oft verschwunden, ohne uns Bescheid zu geben, wo er ist oder wann er wiederkommt. Auch gestern war er eine Zeitlang weg. Sollte das wieder passieren, möchte ich ihm folgen und sehen, was er vorhat und ob er jemanden trifft.«

»Du glaubst tatsächlich, er ist die undichte Stelle?« Ann war der Gedanke zuwider, aber auch ihr war aufgefallen, dass Max nicht mehr der Alte war.

»Du etwa nicht?«

»Ich bin mir nicht sicher.« Ann schaute geradeaus. Sie musste an die vielen Gelegenheiten denken, in denen er für sie und ihren Sohn da gewesen war. Als Onkel, als guter und mitunter auch väterlicher Freund, obwohl es mit Sicherheit Zeiten gegeben hatte, in denen er sich mehr hatte vorstellen können.

»Es fällt mir schwer zu glauben, dass ich mich all die Jahre in ihm getäuscht haben soll.«

»Er hat sich erst in letzter Zeit verändert.«

»Du meinst, er ist ein Überzeugungstäter?« Ann musste wider Willen lachen. »Nein, nicht Max. Er ist ein Konservativer, mehr nicht. Er würde sich nicht extrem auf eine Seite schlagen und schon gar nicht Gewalt anwenden.«

»Wir haben alle im Laufe unserer Dienstjahre Gewalt anwenden müssen, oder etwa nicht?«

»Das ist ja wohl etwas anderes.«
»Warum? Weil es unser Job ist? Was ist denn moralischer? Es für Geld zu tun oder weil es deine Überzeugung ist?«
»Was wird das hier? Eine Grundsatzdiskussion?« Ann blitzte ihn an.
Frank seufzte. »Nein, vergiss es. Wahrscheinlich sind wir ein wenig überreizt.«
»Ach, du hast ja recht. Mittlerweile würde mich gar nichts mehr wundern, und schließlich wusste der Maulwurf auch, in welchem Hotel wir waren. Der Verdacht, dass es Max ist, drängt sich schon auf. Also gut. Bezieh du Posten vor der Tür, ich versuche, ihm im Büro auf den Zahn zu fühlen.«

Kreissler dachte über das Telefonat nach, das er eben geführt hatte. Er fragte sich, wie lange sie hier noch sicher waren. Ein anderes Versteck aufzusuchen würde Zeit kosten, Zeit, die sie nicht hatten.
»Sie wollten mich sprechen, Herr Kreissler?«
Kreissler riss sich von seinem Gedanken los und wandte sich lächelnd an den jungen Mann, der mit ernstem Gesicht vor ihm stand. Straff, aufrechte Haltung, ein Soldat eben.
»Jürgen. Ja, ich fürchte, wir haben ein kleines Problem.«
Jürgen Hartmanns Gesicht blieb unbewegt.
»Was glauben Sie, wie sicher sind wir hier?«
»Sicher. Ich glaube nicht, dass es Grund zur Besorgnis gibt.«
»Eben wurde mir mitgeteilt, dass man versuchen wird, uns hier ausfindig zu machen. Irgendwie sind sie wohl dahintergekommen oder vermuten zumindest, dass wir uns hier in der Gegend aufhalten.«
»Ich glaube nicht, dass sie uns hier finden. Das Gelände ist gut einsehbar, und in der Umgebung habe ich Patrouillen laufen.

Sowie sich uns jemand nähert, werde ich es erfahren, und dann haben wir Zeit genug zu verschwinden.«

»Gut, gut.« Kreissler war beruhigt. Der Junge war sein Geld wert. »Wie geht es den Kindern?«

»Den Kindern?« Hartmann zog erstaunt die Augenbrauen hoch.

Ha, also doch eine Regung.

»Ja, wie geht es ihnen?«

»Soweit mir bekannt ist, gut. Sie machen kein Theater und verhalten sich ruhig. Mit denen werden wir keine Probleme haben.«

»Werden Sie heute Nacht eine Wache vor die Tür stellen?«

»Nein, die Tür ist abgesperrt, und die Fenster sind fest verschraubt. Außerdem haben wir den Kindern alles abgenommen, was sie unter Umständen als Werkzeug nutzen könnten. Nein, sie können nicht raus.«

»Gut. Unsere Leute brauchen Schlaf. Die nächsten Tage werden hart, und jeder Mann muss bei voller Konzentration sein. Uns dürfen keine Fehler unterlaufen.«

Jürgen Hartmann gab keine Antwort. Für ihn war das selbstverständlich. Ein echter Soldat eben.

Als Ann das Büro betrat, machte ihr Eric ein Zeichen. Max war also wieder da. Sie ging sofort in sein Büro.

»Wo warst du so lange?«

»Ich war in Merthins Büro.«

»So lange?«

»Ja.« Sie blickte ihn ungerührt an. Max war schlecht gelaunt und hatte wohl beschlossen, das an ihr auszulassen.

»Hast du wenigstens etwas gefunden?«

»Ja, habe ich.« Sie setzte sich lächelnd auf einen der Stühle.

»Kurz bevor Merthin das Büro verlassen hat, hatte er Besuch. Und zwar von Werner Meier.«
Max' Kopf ruckte hoch. »Meier? Meinst du den Schweizer?«
»Ja, genau den.«
»Woher weißt du das?« Er sah sie misstrauisch an.
»Merthins persönliche Assistentin hat ihn mir beschrieben. Es kann nur er gewesen sein. Es hat im Büro anscheinend eine Übergabe stattgefunden.«
Max sah sie konzentriert an. »Was für eine Übergabe?«
»Meier hatte bei seinem Eintreffen einen Aktenkoffer dabei, den er bei Merthin gelassen hat. Dieser wiederum hat ihn mitgenommen, als er das Büro verließ.«
»Das ist interessant.« Max dachte einen Moment nach. »Wahrscheinlich ist Meier längst verschwunden, und wir haben keine Handhabe, nach ihm suchen zu lassen, oder?«
»Nein.« Ann schüttelte den Kopf. »Bisher hat er sich nichts zu Schulden kommen lassen.«
»Was glaubst du, was in dem Koffer war?«
»Ich gehe davon aus, dass er biologische Kampfstoffe bei sich hatte. Du weißt so gut wie ich, dass Meier damit handelt.«
»Ich wusste nicht, dass Beyer ihn kennt.«
»Nein, vermutlich kennt er ihn auch nicht. Der Kontakt wird über einen Mittelsmann hergestellt worden sein. Über Al-Khan.«
Max seufzte. Er drehte sich um und schaute aus dem Fenster. Der Himmel war stahlblau, und es schien sich draußen kein Lüftchen zu regen. Hier drinnen hingegen summte die Klimaanlage und hielt die Temperatur auf einem angenehmen Level.
»Auch das können wir nicht beweisen.« Er war wieder tief in Gedanken versunken, bis er plötzlich weitersprach.
»Weißt du, wo Frank ist?«

»Er war mit mir bei Merthin. Wo er jetzt ist, weiß ich nicht. Er wollte eigene Ermittlungen anstellen.«
»Er war mit dir bei Merthin? Wieso meldet er sich nicht?« Max klang wieder verärgert.
»Das musst du ihn schon selber fragen. Und wie läuft es hier?«
Max zuckte mit den Schultern.
»Ein paar halbgare Vermutungen. Ansonsten versuchen wir herauszufinden, was Merthin auf dem Bahnhof in Altona wollte.«
»Gut, ich mache mich wieder an die Arbeit.«
Max sah sie an. »Was hast du vor?«
Ann zuckte mit den Schultern. »Mal sehen, wo ich gebraucht werde. Ich werde einfach versuchen, mich nützlich zu machen.«
»Solltest du dich nicht besser ausruhen? Ich lass dir hier in den hinteren Räumen ein Bett herrichten, wenn du willst.«
»Vielleicht später. Noch bin ich zu aufgedreht.«
»Wie du willst.«
Max schien ein wenig beleidigt, dass sie sein Angebot ausschlug. Sie überlegte einen Moment, verzichtete aber darauf, ihm von der kleinen Caroline Schlobohm zu erzählen. Wenn er wirklich der Spitzel war, würde er diese Information weitergeben, und dann war das Leben des Kindes keinen Pfifferling mehr wert. Sie war sicher, dass Beyer das Kind nicht am Leben lassen würde, wenn er merkte, dass es nicht seine Tochter war. Als Geisel brauchte er die Kleine schließlich nicht. Dafür hatte er Alex. Ann verließ das Büro und ging schnurstracks zu Eric.
»Und? War es ein Treffer?« Er verzichtete darauf, Namen zu nennen. Ann nickte.
»Allerdings. Beide Kinder wurden am selben Tag im selben Krankenhaus geboren.«
»Zumindest wird er der Kleinen nichts tun, wenn er davon aus-

geht, dass es sich bei ihr um seine Tochter handelt. Ich bleib am Ball, falls sich in dem Fall noch etwas tut.«

»Zum Beispiel?«

»Es muss doch, verdammt noch eins, irgendjemand etwas gesehen haben.«

»Wie ist sie verschwunden?«

»Laut Bericht hat die Kindergärtnerin nur einen Moment nicht aufgepasst, und plötzlich war die Kleine vom Spielplatz des Kindergartens verschwunden. Die Mutter hat angegeben, dass Caroline recht vertrauensselig ist. So ist sie vor ein paar Tagen zu einem Nachbarn ins Haus gegangen, weil der ihr ein paar Hundewelpen zeigen wollte. Sie hatte ihrer Mutter vorher nichts gesagt, und die gute Frau war in Panik, bis sich die Sache aufklärte.«

Ann nickte. »Also im Prinzip eine ganz einfache Geschichte. Er muss die Familie beobachtet haben.«

»Davon gehe ich aus, aber die Polizei führt wohl gerade Tür-zu-Tür-Befragungen durch. Niemand hat in den letzten Tagen eine verdächtige Person bemerkt. Er muss ganz schön gerissen sein.«

»Nein«, Ann schüttelte den Kopf, »das war ein Profi. Haben wir sonst etwas?«

»Ja, schauen Sie her.« Er klickte auf einem Bildschirm ein paar Bilder an. »Wegen der Autobombe hatten wir keine Probleme, die Aufzeichnungen der Überwachungskameras der Hamburger Hochbahn und der Deutschen Bahn zu bekommen. Und jetzt wird es interessant.« Er ließ einen Film laufen, auf dem der Parkplatz vor dem Bahnhof in Hamburg-Altona zu sehen war. Ein großer 7er BMW fuhr vor und der Fahrer stieg aus. An der Uhr, die unten rechts am Bildrand mitlief, konnte Ann erkennen, dass dies die Aufnahmen von heute Morgen 10.30 Uhr waren. Den Fahrer kannte sie. Es war Johannes Merthin. Er trug einen Aktenkoffer und verschwand in der Bahnhofshalle.

»Und jetzt passen Sie auf.«

Eric spulte den Film vor und hielt ihn um 11.25 Uhr wieder an. Wieder war Merthin zu sehen. Er kam aus dem Bahnhof und öffnete mit der Fernbedienung seinen Wagen. Er hatte keinen Koffer dabei. Er stieg ein und plötzlich, auf dem Film lautlos und geradezu gespenstisch, flog der Wagen in die Luft.

»Sehen Sie? Er hatte keinen Koffer mehr dabei, als er rauskam.«

»Ja, und ich bin sicher, er hat ihn irgendjemandem in die Hand gedrückt.«

»Wir sind dabei, das ganze Areal zu überprüfen. Bisher haben wir den Koffer in keinem der Läden oder Lokale gefunden. Wir können nicht sagen, wo Merthin sich in dieser knappen Stunde aufgehalten hat. Noch nicht. Aber das kriegen wir auch noch raus. Und noch etwas. Ich habe mir die gesamte Stunde des Films genau angesehen, aber niemand hat an seinem Wagen herumgefummelt.«

»Das heißt, dass die Bombe längst installiert war.«

»Genau«, Eric schaute sie triumphierend an, »und dann ist sie per Fernzündung hochgejagt worden.« Er wandte sich wieder seinem Monitor zu. »Wenn ich etwas Neues höre, schicke ich es Ihnen in Ihr Postfach.«

Sie sah ihn verwirrt an.

»Postfach?«

»Sie arbeiten doch sicher mit einem Laptop, oder? Dann kann ich Ihnen alle Neuigkeiten dorthin schicken, so sind Sie immer auf dem neuesten Stand.« Er sah sie eindringlich an.

»Ja, das ist eine gute Idee.«

»Sie können es ja hinterher wieder löschen.«

»Wir haben viel zu tun. Ich kann mir nicht vorstellen, dass wir Zeit haben für einen kleinen Plausch.« Die kühle Stimme hinter ihnen gehörte Christin.

Eric strahlte sie an. »Wie schaut es bei dir aus? Hast du nichts zu tun? Oder willst du einfach mit uns einen Plausch halten?«

»Woran arbeitest du gerade?« Sie ignorierte seine Bemerkung.

»Ich versuche herauszufinden, was Merthin am Bahnhof wollte. Und du? Weißt du schon, auf welchem Bauernhof unsere bösen Buben untergekommen sind?«

»Bauernhof?« Ann sah erstaunt von einem zum anderen.

»Wir vermuten …«

»*Du* vermutest.« Christins Stimme klang eisig.

»Also gut, ich vermute, dass die Fahrer des Wagens, die Ihren Sohn entführt haben, in Richtung Osten die Stadt verlassen haben und sich jetzt auf irgendeinem Bauernhof oder in einem größeren, alleinstehenden Gebäude vor den Toren der Stadt verstecken.«

»Wo Alex ist, ist auch Beyer.« Ann spürte Aufregung in sich aufsteigen.

»Nun, das Ganze ist jedenfalls nicht so einfach, wie du dir das vorstellst, mein lieber Eric. Es gibt eine Unmenge von kleinen und großen leerstehenden Häusern auf der Strecke zwischen Hamburg und Bad Oldesloe.«

«Bad Oldesloe?« Ann sah Eric fragend ein. Dieser nickte.

»Ja, ich denke, dass sie auf keinen Fall weiter weg sind. Ich vermute sie irgendwo kurz hinter der Landesgrenze zu Schleswig-Holstein.«

»Ich habe bereits Kontakt zu den dortigen Behörden aufgenommen und um Amtshilfe gebeten, aber leider habe ich noch keine Erkenntnisse vorliegen. Wie gesagt, es ist recht weitläufig. Ach übrigens«, Christin wandte sich an Ann, »Max hat mich gebeten, ein Bett für Sie herrichten zu lassen. Ich habe in einem der hinteren Besucherzimmer ein Feldbett aufstellen lassen. Nur für den Fall, dass Sie etwas Ruhe brauchen.«

»Vielen Dank, Christin, das ist wirklich sehr nett. Ich glaube«, Ann ließ den Kopf im Nacken kreisen, »ich glaube, ich werde mich wirklich einen Moment hinlegen.«

»Wo willst du hin?« Beyer sah seinen Schwiegervater argwöhnisch an.
»Ich muss hier mal raus und frische Luft schnappen. Ich nehme einen der Wagen.«
»Gut.« Beyer nickte beruhigt. »Nimm aber nicht den schwarzen Geländewagen. Ich fürchte, dass wir damit zu sehr aufgefallen sind.« Beyer lächelte leicht. »Ich musste Jürgen auch schon sagen, dass er den anderen Mercedes nehmen soll.«
»Jürgen? Wo will der denn hin?«
»Der soll etwas für mich abholen. Allerdings warten wir damit noch, bis es ein wenig dunkler ist.« Beyer sah auf die Uhr. »Es ist jetzt fast sieben Uhr. Ich schätze, in einer halben Stunde ist es dunkel genug.«
»Wie sieht der Zeitplan aus?«
»Wie meinst du das?« Beyer sah Kreissler mit übertrieben weit aufgerissenen Augen an.
»Ich meine, wie geht es weiter? Keiner von uns weiß besonders viel. Wenn ich mich entsinne, planst du für übermorgen eine Aktion, und niemand weiß, was passieren wird.«
»Und so ist es auch richtig.« Beyer nickte. »Nur so viel, wir werden morgen unsere Zelte hier abbrechen.«
»Wir werden was?«
»Ja, am Samstag wird die Zeit zu knapp sein, um hierher zurückzukommen, also werden wir unsere Unterkunft verlegen.«
»Und wohin?«
»Wir werden uns verteilen. Ein paar gehen in ein Hotel, ich werde bei einer Schwester bleiben.«

»Was ist mit mir?«

»Deine Aufgabe ist so weit erledigt. Du hast hier alles phantastisch organisiert, aber ich glaube, es ist besser, wenn du wieder nach Südfrankreich fährst.«

Kreissler überlief es eiskalt. »Du traust mir nicht.«

»Walter.« Beyer lächelte ihn an. Der alte Mann sah, dass das Lächeln Beyers Augen nicht erreichte. »Du bist so etwas wie ein Ablenkungsmanöver. Wenn du morgen ganz offen in Richtung Grenze fährst, führst du die Ermittler auf eine falsche Spur.«

»Das glaubst du doch selber nicht.«

Beyer wandte sich ab. »Egal, ich habe es so entschieden.«

»Was ist mit den Kindern?«

»Die werde ich noch eine Weile brauchen. Den Krüppel, um das Land unbehelligt zu verlassen, sollte man mir Schwierigkeiten bereiten, und den Deckert-Bengel, um an das Miststück Ann Deckert heranzukommen. Ich werde beide nicht mehr aus den Augen lassen. Jürgen wird etwas Entsprechendes organisieren.«

»Jürgen? Soll das heißen, du traust einem Lakaien mehr als mir?«

»Ach, Walter. Warst nicht du es, der die *Jungens*, wie du sie immer so schön nennst, und ihre Fähigkeiten in den Himmel gehoben hat? Und auf einmal sind sie nur Lakaien? Deine Zeit ist um, du bist zu weich geworden. Wahrscheinlich bist du einfach nur alt. Oder die Trauer um Ina hat dich um den Verstand gebracht. Du hast keinen Biss mehr. Walter, du bist nicht mehr der Kämpfer, den ich einmal kennengelernt habe. Lass die Jüngeren ran und trauere weiter um Ina. Aber deine Aufgabe hier ist beendet. Und jetzt entschuldige mich bitte, ich habe zu tun.«

Beyer verließ den Raum und ließ Kreissler völlig benommen zurück.

Der alte Mann gewann nur langsam seine Fassung wieder. Er

lachte bitter auf. Er konnte nur mehr dafür sorgen, dass er zumindest lebend aus dieser Geschichte herauskam.

Es wurde langsam dunkel, und Caroline war wieder wach. Sie spielten *Ich sehe was, was du nicht siehst*, aber mittlerweile waren die Möglichkeiten begrenzt. Sie hatten schon fast alles erraten, was es in diesem Zimmer zu sehen gab, und die Kleine begann zu nörgeln.

»Ich muss mal aufs Klo.«

»Jetzt? Du warst doch gerade eben.«

»Ich muss aber.« Ihr Gesicht wurde störrisch, und es fehlte nur, dass sie mit dem Fuß aufstampfte.

Alex seufzte. »Also gut.« Er stand auf und klopfte von innen gegen die Tür. »Hallo? Ist da jemand? Die Kleine muss mal.«

Er musste immer laut klopfen und rufen, weil es keine Wachposten vor ihrer Tür gab. Wozu auch? Hier kamen sie ohnehin nicht raus.

»Hej, hallo.«

Nichts.

»Ich muss ganz doll.« Caroline kniff die Knie zusammen. Wenn nicht bald jemand kam, machte die glatt in die Hose. Er klopfte noch einmal.

»Hallo. Kann bitte mal jemand kommen?«

Als er hörte, wie jemand den Schlüssel ins Schlüsselloch schob, trat er hastig einen Schritt zurück. Zwar hatte man ihnen bisher nichts getan, aber er wollte außer Reichweite sein. Die Tür schwang auf, und ein Mann kam herein. Er hatte ihn schon einmal gesehen. Es war einer der Männer, die bei seiner Ankunft ganz dicht bei diesem Christian Beyer gestanden hatten.

»Bitte entschuldigen Sie, aber …«

Der Mann legte den Finger an die Lippen, warf noch einen Blick in den Flur und trat dann hastig ins Zimmer. Er schloss die Tür hinter sich und sah Alex an.

»Hör mir gut zu, Junge. Ihr müsst jetzt ganz leise sein. Hast du das verstanden?«

Alex nickte.

»Wir drei werden dieses Zimmer verlassen, und ich möchte keinen Mucks hören. Meinst du, die Kleine«, der Mann ruckte mit dem Kopf in Carolines Richtung, »meinst du, die Kleine schafft das?«

Alex sah kurz zu Caroline. »Ich weiß nicht. Ich hoffe es.«

»Dann mach ihr klar, dass sie keinen Mucks machen darf. Wenn ihr genau tut, was ich sage, kommen wir hier vielleicht lebend raus.«

Alex nickte. »Okay.« Er wandte sich an das Kind und sah sie ernst an.

»Caroline, du musst jetzt noch ein bisschen aushalten. Meinst du, du schaffst das?«

»Warum?« Sie zog ihren Daumen nur aus dem Mund, um zu antworten. Gleich danach verschwand er wieder.

»Du willst doch zu deiner Mama, oder nicht?«

Caroline nickte nur.

»Siehst du, und ich will auch zu meiner Mama. Also musst du noch ein bisschen aushalten, bis du zur Toilette kannst. Wir gehen jetzt hier raus, und du musst ganz ruhig sein.«

»Warum?« Wieder Daumen raus, Daumen rein.

Alex holte tief Luft. »Weil uns die Männer sonst weh tun.« Er tat es nicht gern, aber er musste ihr Angst machen. Als er sah, wie sich das kleine Gesicht verzog, sprach er hastig weiter. »Wenn du jetzt heulst, gehe ich allein. Klar?«

»Nein, geh nicht.«

»Dann sei ruhig.« Die Kleine nickte heftig und nuckelte weiter am Daumen. Mit der anderen Hand fuhr sie sich über die Augen und versuchte ein Lächeln. Sie wollte ihm beweisen, dass sie der Aufgabe gewachsen war.

»Junge, wir haben nicht ewig Zeit.«

»Ist ja schon gut. Wir sind so weit.« Alex nahm Caroline an die Hand und zwinkerte ihr beruhigend zu. Sie holte noch einmal tief Luft und lächelte zurück. Der Mann sah sie beide kurz an und öffnete dann die Tür. Er schaute rechts und links den Flur entlang, drehte sich um und nahm die Kleine auf den Arm. Als sie ängstlich protestieren wollte, legte Alex warnend einen Finger an die Lippen, und sie verstummte. Alex konnte sehen, wie sich eine Träne aus ihrem Augenwinkel löste. *Wahrscheinlich hat sie Angst, dass wir getrennt werden. Komisch, ich auch.*

Der Mann gab Alex ein Zeichen, ihm zu folgen, und trat leise auf den Flur hinaus. Er wartete, bis auch Alex den Raum verlassen hatte, und ließ die Tür leicht zuschnappen. Alex klopfte das Herz bis zum Hals. Er hatte Angst. Plötzlich hatte er das Bedürfnis, sich zurück in das Zimmer zu flüchten und die Tür zuzuschlagen. Aber das Gefühl war genauso schnell verflogen, wie es gekommen war. Leise schlichen sie die Treppe hinunter. Von unten drang Gemurmel und leises Gelächter herauf, und je näher sie dem Erdgeschoss kamen, desto lauter wurden die Geräusche. Plötzlich klappte eine Tür und schwere Schritte näherten sich. Der Mann hielt inne und machte Alex ein Zeichen, es ihm gleichzutun. Alex hielt unwillkürlich den Atem an. Sie hörten wieder eine Tür, und kurz darauf vernahm Alex die typischen Toilettengeräusche. *Puh, der war pinkeln gegangen.* Der kleine Tross setzte sich wieder in Bewegung. Alex konnte die Haustür sehen, aber zu seinem Erstaunen bog der Mann unten angekommen links ab und öffnete eine Tür direkt unter der Treppe. Plötzlich hörten sie die Wasserspülung, und fast gleichzeitig ging die Toilettentür auf. Der Mann ließ Caroline hastig hinunter und schob beide Kinder in die offene Tür, nicht ohne vorher noch einmal den Finger auf die Lippen gelegt zu haben. Als er die Tür hinter den beiden schloss, fanden sie sich in völliger Finsternis wieder. Die Kleine fing an zu wimmern, doch Alex legte ihr kurzerhand eine Hand auf den Mund. Sie hörte sofort auf, aber Alex' Hand wurde feucht. Schnodder, dachte er und sehnte sich danach, die Hand an der Jeans abzuwischen. Wenn er aber die Hand von ihrem Mund nahm, fing sie möglicherweise wieder zu weinen an. Dann lieber Schnodder an der Hand. Er hörte die Stimmen der beiden Männer auf dem Flur. Der Mann, der versuchte, sie hier rauszubringen, sprach zuerst.

»Und, alles in Ordnung?«

»Ja, alles läuft wie geplant.« Die Stimme des anderen klang respektvoll, so als würde er strammstehen.

Jetzt sprach ihr Mann wieder. »Ich muss kurz weg, aber wenn ich zurück bin, gehen wir alles noch einmal durch.«

»Jawohl.« Dann entfernten sich die Schritte.

Der Mann öffnete die Tür, nahm Caroline wieder auf den Arm, die sich das jetzt widerstandslos gefallen ließ, und schaltete eine Funzel an, die den Niedergang spärlich beleuchtete. Alex schaute hinunter, und ihm blieb fast das Herz stehen. Ein falscher Schritt und sie würden fallen und sich das Genick brechen. Der Mann machte ihm Zeichen, die Treppe hinunterzugehen, und folgte mit der Kleinen. Als sie unten angekommen waren, schob er sie in einen kleinen Raum und setzte Caroline ab. Er wandte sich an Alex.

»Hör zu, Junge, das muss jetzt alles ganz schnell gehen. Genau hier am Fenster«, er zeigte auf eine kleine schmutzige Scheibe, »steht mein Wagen. Ich gehe jetzt raus und öffne den Kofferraum. Eigentlich kann uns hier niemand sehen, dafür habe ich gesorgt, aber man kann nie wissen. Also, ich gehe raus, und wenn ich an die Scheibe klopfe, machst du das Fenster auf und reichst mir die Kleine. Du kletterst hinterher. Alles klar?«

Alex konnte nur nicken. Sein Hals war trocken geworden, und er glaubte fast, seine Stimme verloren zu haben.

Der Mann drehte sich um und ging die Treppe hinauf. Oben angekommen löschte er das Licht. Alex fühlte sich auf einmal sehr allein, und er spürte, wie ihm die Tränen kamen. Carolines Stimme klang aufgeregt.

»Und was jetzt?« Sie versuchte zu flüstern, aber in dem dunklen Keller hörte es sich an, als benutze sie ein Megaphon.

»Sch, sei still.«

Sie schob den Daumen wieder in den Mund, und für einen Moment waren nur die schmatzenden Nuckelgeräusche zu hören.

Nach einer Ewigkeit, so schien es Alex, klopfte es leise an die Scheibe. Er erschrak, obwohl er auf dieses Geräusch gewartet hatte, und öffnete schnell das Fenster. Dabei rutschte er zweimal von dem Fenstergriff ab, weil seine Hände schweißnass waren. Schließlich sah er zwei Hände, die sich ihm entgegenstreckten. Er nahm Caroline auf den Arm und reichte sie durch das offene Fenster. Dann kletterte er hinterher. Der Mann schob ihn in einen Kofferraum, in dem schon die Kleine mit ängstlichem Gesicht saß. Als Alex sich neben ihr zusammenrollte, klammerte sie sich ängstlich an seinen Arm. Der Kofferraumdeckel schloss sich über ihnen, und er hörte, wie der Motor gestartet wurde.

»Ihr müsst noch einen Augenblick da hinten aushalten, und zwar so lange, wie ich es euch sage. Und keinen Mucks.« Die Stimme klang gedämpft zu ihnen. Der Wagen fuhr langsam und hielt plötzlich wieder. Alex hörte, wie der Mann mit einem anderen sprach, und vor Angst zersprang ihm fast das Herz. Nach einem kurzen Moment jedoch verabschiedeten sich die Männer voneinander, und die Fahrt ging weiter. Langsam wurde es heiß in dem Kofferraum, und als Alex schon glaubte, keine Luft mehr zu bekommen, da sprach der Mann wieder.

»Junge, hinter dir ist die Verkleidung der Rückbank. Ungefähr in der Mitte ist eine kleine Schlaufe. Zieh kräftig daran.« Alex drehte sich mühsam um und tastete nach der Schlaufe. Er fand sie und zog mehrmals kräftig daran. Schließlich gab die Verkleidung nach, und es strömte kühlere Luft in den Kofferraum. Außerdem konnte Alex die Rücklehnen der Vordersitze erkennen. Er schob sich langsam auf die Rückbank und drehte sich dann um, um Caroline zu helfen. Als er das Kind sah, musste er lächeln.

Sie war eingeschlafen.

Ann hatte das Notebook aufgeklappt neben sich gestellt und sich hingelegt. Ihre Gedanken kreisten um Alex. Ob es ihm wohl gutging? Hatte er Angst? Und vor allen Dingen, wo steckte er?

Jetzt, wo sie nichts zu tun hatte, kam die Angst mit aller Kraft zurück. Bislang hatte sie sich ablenken können, aber nun war alles wieder da. Die Verzweiflung und die Tränen. Sie weinte still vor sich hin und war froh, dass es dunkel war in diesem Raum. Es gab keine Fenster, und sie hatte das Licht ausgemacht. Es weinte sich leichter im Dunkeln. Hier, im hinteren Bereich der Dienststelle, wo selten jemand hinkam, war nur das allgegenwärtige Summen der Klimaanlage zu hören. Fast hatte es sie eingelullt, denn plötzlich schrak sie von einem lauten Piepen hoch. Sie wusste nicht sofort, wo sie sich befand, aber als sie das Licht des Bildschirms sah, konnte sie sich wieder orientieren. Sie zog das Notebook zu sich heran und schaute auf die Nachricht, die dort eingegangen war. Sie stammte von Eric.

Max hat soeben das Gebäude verlassen, aber keine Angst, ich habe ihm einen Sender verpasst.

Ann löschte die Nachricht, nahm ihr Telefon und wählte Franks Nummer. Er war bereits informiert.

»Eric hat es mir auf den PDA geschickt, auf dem übrigens auch der Sender zu verfolgen ist. Wann kannst du runterkommen?«

»Bin schon auf dem Weg.«

Ann sprang auf. Sie hatte sich in ihren Kleidern hingelegt. Sogar ihre Schuhe hatte sie noch an. Sie rieb sich einige Male heftig übers Gesicht, um wach zu werden, und spurtete los.

»Na, Sie haben es aber eilig.« Christin stand vor ihr.

»Was machen Sie denn noch hier?« Ann warf einen schnellen Blick auf die Uhr. Es war kurz nach neun Uhr abends.

»Wir haben in dieser Stadt ein Problem, wie Sie wissen, und da müssen wir eben die Zähne zusammenbeißen und eine Nachtschicht einschieben. Diese Vorgehensweise dürfte Ihnen nicht ganz fremd sein, oder?«

Die Tussi war wirklich unausstehlich.

»Fein«, Ann lächelte ihr zu. »Ich für meinen Teil brauche frische Luft. Ich kriege hier drin sonst noch Zustände.«

Sie ließ Christin stehen und ging weiter. Als sie aus dem Gebäude trat, stand Frank bereits mit laufendem Motor vor der Tür.

»Herrgott, was brauchst du denn so lange?«

»Christin hat die Angewohnheit, wie aus dem Boden gewachsen plötzlich vor einem zu stehen.«

Frank lachte leise. »Ihr zwei könnt euch wohl wirklich nicht ausstehen.«

»Das will ich so nicht sagen. Aber sie kann schon nerven.« Sie sah ihn von der Seite an. Sein Kinn wies dunkle Bartstoppeln auf, und er sah müde aus.

»Wie geht es dir?«

»Ich habe Unmengen von Kaffee in mich hineingeschüttet und bin trotzdem eingenickt. Aber Gott sei Dank hat mich Erics PDA geweckt. Fabelhaftes kleines Ding, findest du nicht?«

Ann zuckte mit den Schultern. »Keine Ahnung, ich habe so etwas noch nie benutzt.«

Frank reichte es ihr. »Auf dem Ding ist ein Stadtplan installiert, und der rote Punkt, den du da siehst, das ist Max.«

Ann betrachtete das Gerät. Es hatte Ähnlichkeit mit ihrem Navi.

»Wie hat er ihm den Sender verpasst?«

»Ich habe keine Ahnung. Auch wenn eigentlich Bernd unser Hacker ist, so ist doch auch Eric ein Technikfreak. Er ist Stammkunde in so einem Geschäft, das Überwachungsgerätschaften verkauft. Ich glaube, seine ganze Wohnung ist verkabelt, und beim Eindringen einer Mücke wird so etwas wie eine Selbstschussanlage ausgelöst.« Er kicherte leise. »Ich war oft genug in seiner Wohnung, um zu wissen, dass man die Toilettenspülung erst benutzen sollte, wenn man einen dreistelligen Code eingegeben hat. Ansonsten kann es sein, dass man mitsamt dem Klo in die Luft fliegt.«

Ann lächelte. Sie wusste es zu schätzen, dass Frank sie aufzuheitern versuchte, aber ihre Augen klebten wie gebannt auf dem kleinen Monitor und verfolgten den roten Punkt, der rhythmisch aufleuchtete.

»Wo ist er jetzt?« Frank warf nur einen kurzen Blick auf den PDA.

»Er fährt Richtung Alster. Halt, warte, er biegt rechts ab.«

»Richtung Osten?«

»Ja. Merkwürdig, oder? Will er aus der Stadt raus?«

Frank zuckte mit den Schultern. »Du meinst, weil auch der Geländewagen in Richtung Osten verschwunden ist? Nein, ich glaube, er wird hier in der Stadt bleiben. Seine Ausflüge dauern nie sehr lange. Jedenfalls nicht lange genug, um die Stadt zu verlassen und wieder zurückzukommen.«

Sie schwiegen beide und konzentrierten sich auf ihre jeweilige Aufgabe. Frank auf den Straßenverkehr, Ann auf den Peilsender.

»Er ist jetzt im Schwanenwik und hält sich rechts zum Mundsburger Damm hin. Moment«, sie sah angestrengt auf den Monitor, »er ist rechts in die Armgartstraße eingebogen. Da ist doch nichts.«

»Oh, doch, ich denke, er fährt zum Kuhmühlenteich. Das ist hinter dem Mundsburger Kanal. Das ist ein tolles Plätzchen für heimliche Rendezvous.«

»Tatsächlich. Er hat angehalten.«

«Wo?«

»Direkt an der Kuhmühle.«

»Gut. Wir halten kurz davor und verfolgen ihn weiter zu Fuß.«

»Das Signal bewegt sich wieder, aber dieses Mal langsamer.«

Frank nickte. »Dann geht er jetzt zu Fuß. Ich glaube, Eric hat ihm den Sender direkt untergejubelt.«

Er bog rechts ein und blieb ein paar Meter weiter stehen. Er schaltete den Motor ab, und zusammen verließen sie den Wagen. Um diese Zeit war es still in dieser Gegend der Stadt. Hier standen schöne große Villen, und man hörte nur hier und da Gelächter von den Terrassen. Die Menschen saßen im Freien und genossen die kühler werdende Luft. Ann musste daran denken, dass sie völlig verschwitzt war, und sie hatte den Eindruck, dass sie stank wie ein Iltis.

»Wo ist er jetzt?« Frank sprach leise.

»Er geht runter zum Kanal.«

Sie schlichen hinter eine Hecke und beobachteten den Punkt auf dem kleinen Monitor, der nun stehen geblieben war. Es war dunkel, und Frank holte ein Fernglas mit Restlichtverstärker hervor. Er suchte den Kanal ab.

»Ich habe ihn.« Er reichte das Fernglas weiter und deutete mit der Hand in die Richtung. Auch Ann entdeckte Max, der auf jemanden zu warten schien. Er schaute ständig auf die Uhr und wirkte nervös.

Plötzlich hörten sie Motorengeräusch, das sich aus der entgegengesetzten Richtung näherte. Ann und Frank drückten sich noch tiefer in den Schatten hinter der Hecke. Ein Wagen kam näher, blieb stehen, und der Motor wurde ausgeschaltet. Sie hörten eine Tür klappen, und kurz darauf tauchte eine Person neben Max auf. Frank nahm Ann das Fernglas aus der Hand und sah hindurch.

»Das glaube ich nicht.« Er ließ das Gerät sinken und sah Ann fassungslos an.

»Was ist?« Ann wurde ungeduldig.

»Sieh dir das an.« Wieder nahm sie das Gerät in die Hand und sah hindurch.

»Ich kann einen Mann sehen.«

»Weißt du, wer das ist?«

»Nein.«

»Das ist Jürgen Hartmann. Der ehemalige Bundeswehrsoldat, der in Kreisslers Dienste gewechselt ist.«

»Ich finde das ziemlich gefährlich, dass wir uns noch einmal treffen.« Hartmann war verärgert.

»Ich hatte keine andere Wahl, oder? Schließlich läuft nichts so, wie wir es geplant hatten. Sie haben mir den genauen Zeitplan noch nicht mitgeteilt.«

»Wie denn auch? Der Einzige, der weiß, was genau passieren wird, ist Beyer, und der lässt nichts verlauten.«

»Und Kreissler?«

»Kreissler.« Hartmann klang verächtlich. »Dessen Stern ist gefährlich am Sinken. Beyer vertraut ihm anscheinend nicht, und ich habe den Eindruck, dass er den Alten abservieren will.«

Max' Kopf fuhr herum. »Was soll das heißen? Er will ihn töten? Es gab schon genügend Tote.«

Der jüngere Mann zuckte mit den Schultern. »Keine Ahnung. Er will ihn auf jeden Fall aus dem Weg schaffen. Offiziell soll der Alte morgen nach Südfrankreich zurückkehren. Vielleicht will er Kreissler noch einmal ungeschoren davonkommen lassen. Aus alter familiärer Verbundenheit.« Hartmann lachte leise.

Für einen Moment schwiegen beide.

»Gab es schon Kontakt zu anderer Stelle?«

»Kommt darauf an, wie man es sieht. Ich wurde heute weggeschickt, um einen Koffer in Empfang zu nehmen. Deshalb habe ich auch nicht sehr viel Zeit.« Der ehemalige Bundeswehrsoldat schaute auf seine Uhr. »Ich muss bald am Hauptbahnhof sein und etwas aus der Gepäckaufbewahrung abholen.«

»Was ist in dem Koffer?«

»Ich habe keine Ahnung. Aber es gibt etwas anderes, das ich Ihnen gern übergeben würde.

»Und das wäre?« Max war verstimmt. Alles ging schief. Er hatte keine Kontrolle über die Geschehnisse.

»Kommen Sie zu meinem Wagen.« Hartmann ging los, und Max trottete missgestimmt hinter ihm her.

Sie kletterten die kleine Böschung hinauf und standen vor Hartmanns Auto. Der öffnete die hintere Tür und sprach in das Auto hinein.

»Ihr könnt jetzt herauskommen.«

Max war verwirrt. Was sollte das? Was wurde hier gespielt? Zu seinem Entsetzen schob sich ein kleiner Kopf mit langen blonden

Haaren aus dem Auto. Die Augen in dem müden Gesicht huschten verängstigt umher. Gleich darauf erkannte Max ein anderes Gesicht. Schmal, mit kurzen dunklen Haaren. Die Augen in dem zweiten Gesicht hellten sich unendlich erleichtert auf.

»Onkel Max. Bin ich froh …«

Max konnte es nicht glauben. Er ignorierte Alex und wandte sich an Hartmann. »Wie konnten Sie die Kinder mitbringen?

Hartmann konnte seine Wut kaum zügeln. Seine Stimme klang gepresst.

»Ich habe kein Problem damit, mein Leben aufs Spiel zu setzen, aber ich sehe nicht zu, wie mit dem Leben von Kindern gespielt wird.«

Aus dem Augenwinkel nahm Max wahr, wie neben Hartmann urplötzlich eine Gestalt auftauchte. Fast sofort erstarrte Hartmann. Bevor Max sich bewegen konnte, spürte er etwas an seinem Kopf, und gleichzeitig vernahm er ein hasserfülltes Flüstern, so als sei es nur für seine Ohren bestimmt.

»Gib mir einen Grund. Los, gib mir einen Grund, dich hier und jetzt, wenn es sein muss vor den Augen meines Sohnes, zu töten.«

»Meine Pläne haben sich geändert.« Christian Beyer sprach mit einem seiner Vertrauten, dem Vertreter von Jürgen Hartmann. Der junge Mann stand unbeweglich vor Beyer und hing wie gebannt an dessen Lippen.

»Wenn Jürgen wieder da ist, verschwinde ich mit ihm. Sie werden uns begleiten. Ebenso das Einsatzkommando, das am Samstag zum Zuge kommt. Mein Schwiegervater wird morgen in sein freiwillig gewähltes Exil zurückkehren. Ich möchte, dass er von zwei zuverlässigen Männern begleitet wird. Das Einsatzkommando empfängt noch heute seine Waffen. Ist alles bereit?«

»Jawohl, Herr Beyer.« Der junge Mann strahlte. Er war einer der Auserwählten.
»Die Aktion selbst wird von Ihnen und Jürgen durchgeführt. Der Rest sorgt dafür, dass niemand entkommt. Nach der Aktion trennen wir uns und treffen uns dann später an einem anderen Ort. Nähere Informationen gibt es zu gegebener Zeit von Jürgen.« Er sah dem jungen Mann fest in die Augen und legte dann schwer seine Hand auf dessen Schulter.
»Unsere Aktion wird Signalwirkung auf der ganzen Welt haben. Wir werden die Geschichte verändern, und wir werden siegen. Deutschland wird wieder deutsch werden.«
Er konnte sehen, wie dem jungen Kämpfer die Tränen in die Augen stiegen.
»Jawohl, Herr Beyer.« Seine Stimme war rauh.
»Gut, und jetzt schaffen Sie mir die beiden Kinder hierher.«
»Sehr wohl.« Der Junge, Beyer konnte sich nicht einmal an seinen Namen erinnern, drehte sich um und verließ eilig den Raum, um den Auftrag seines Gebieters auszuführen. Beyer hörte ihn die Treppe hinauflaufen, und Sekunden später war hastiges Fußgetrappel auf der Treppe zu vernehmen. Dieses Mal kam der junge Mann ohne anzuklopfen ins Zimmer gestürmt. Beyer duldete solch ein Benehmen nicht und wollte ihn gerade zurechtweisen, als der Mann aufgeregt herausplatzte.
»Herr Beyer, die Kinder sind verschwunden.«
»Wie bitte?«
»Die Kinder sind weg. Die Tür war nicht abgeschlossen. Sie sind nicht da.«
»Sofort das ganze Haus und das Grundstück durchsuchen.«

Sie hatten während der ganzen Zeit auf dem Boden liegen bleiben müssen. Zwar hatten sie mehr Platz, doch es war ein wenig

unbequem. Caroline war irgendwann aufgewacht, aber er hatte sie beruhigen können.
»Sind wir bald bei meiner Mami?« Sie hatte während der Fahrt vollkommen vergessen, dass sie eigentlich auf die Toilette musste. Hoffentlich macht sie jetzt nicht in die Hose, dachte Alex. Das könnte unangenehm werden.
»Es dauert noch ein bisschen, dann bist du bei deiner Mami.« Alex war aufgeregt. Auch er würde bald wieder bei seiner Mutter sein.
Der Mann am Steuer sprach kein Wort mit ihnen. An den Lichtern draußen konnte Alex erkennen, dass sie in einer Stadt waren. Er vermutete, dass der Mann sie nach Hamburg bringen und dort irgendwo aussetzen würde. Er müsste dann nur zur Polizei laufen, und schon wäre er bei seiner Mutter. Alex war verwundert, als der Mann anhielt und ihm sagte, er müsse mit der Kleinen noch im Auto bleiben. Er wartete, und plötzlich ging die hintere Tür auf. Als er Onkel Max sah, hätte er vor Erleichterung fast geweint, aber Onkel Max beachtete ihn gar nicht, und dann war da plötzlich Mami und hielt seinem Onkel die Waffe an den Kopf. Er bekam Angst. Was war hier los? Auch seine Mutter schien ihn zunächst nicht zu beachten.
»Mami?« Er rief sie zaghaft. Noch immer sah sie ihn nicht an, aber sie sprach wenigstens mit ihm.
»Liebling, nimm Caroline an die Hand, steig aus, geh um das Auto herum und stell dich hinter mich.«
Er beeilte sich, die Anweisungen seiner Mutter zu befolgen. Er kannte diesen Ton. Sie schlug ihn immer dann an, wenn er etwas machen sollte, um dass er sich eigentlich lieber drücken wollte.
Alex, ich sage es nicht noch einmal, räum jetzt dein Zimmer auf.
Er zerrte Caroline hinter sich her, die plötzlich wieder zu heulen anfing, und stellte sich hinter seine Mutter. Das war fast albern,

denn es würde nicht mehr lange dauern, und er wäre größer als sie, aber im Moment schien ihm das der sicherste Ort der Welt. Er lehnte sich leicht gegen sie, um ihr zu zeigen, dass er da war, und sie erwiderte die Berührung, indem sie sich kurz zurücklehnte.

»Auf den Boden.« Sie sprach mit Onkel Max, als sei er ein Verbrecher, und der legte sich ohne Widerspruch hin. Dann sah Alex, dass auch Frank da war. Er zwang den Mann, der Alex und Caroline hergebracht hatte, sich ebenfalls auf den Boden zu legen. Während seine Mutter einen Schritt zurücktrat, durchsuchte Frank die beiden am Boden liegenden Männer und nahm ihnen die Waffen ab, die sie trugen. Alex hatte gar nicht gewusst, dass Onkel Max eine Waffe trug. Schließlich nickte Frank Ann zu.

»Also gut, Leute. Ihr könnt euch hinsetzen. Mit dem Rücken zum Auto, Beine angewinkelt, Hände hinter den Kopf.«

Onkel Max und der andere Mann taten wie ihnen geheißen. Schließlich sah Onkel Max seine Mutter an.

»Was hast du vor?« Es war das erste Mal, dass er etwas sagte, seit Ann so plötzlich aufgetaucht war.

Sie sah ihn einen Moment an, dann wandte sie sich an Alex.

»Schatz, ich möchte, dass ihr beide euch wieder in das Auto setzt.«

»Aber Mami …«

»Tu, was ich dir sage.« *Räum dein Zimmer auf.*

»Gut.« Er nahm Caroline und stieg wieder ein.

Caroline hatte die ganze Zeit nichts gesagt. Jetzt erst begann sie zu sprechen. Ihre Stimme klang weinerlich.

»Ich habe mir in die Hose gemacht.«

Die Männer suchten seit einer halben Stunde und hatten noch immer keine Spur von den Kindern gefunden. Beyer hatte es

geahnt, und er konnte sich denken, wer dafür verantwortlich war. Die Kinder hätten weder das Zimmer noch das Haus ohne Hilfe verlassen können.
Sein Schwiegervater war noch unterwegs, und Beyer war sich sicher, dass der alte Mann seine Finger im Spiel gehabt hatte.
Einer der Männer kam herein und erstattete Meldung.
»Herr Beyer, die Kinder sind auf keinen Fall mehr auf dem Grundstück.«
Beyer nickte. »Das habe ich mir fast gedacht. Wir sind hier nicht mehr sicher. Sorgen Sie dafür, dass alle zusammenpacken. Wir müssen verschwinden. Der Junge kann der Polizei Angaben darüber machen, wo wir uns aufhalten. Wir ziehen die Planung um vierundzwanzig Stunden vor.«
»Jürgen ist noch unterwegs.«
»Darum kümmere ich mich. Wenn mein Schwiegervater kommt, schicken Sie ihn zu mir.« Eigentlich ging er nicht davon aus, seinen Schwiegervater noch einmal wiederzusehen, aber der Scharfsinn des alten Mannes hatte stark nachgelassen, und vielleicht glaubte er, dass ihn niemand verdächtigen würde.
Er war tief in Gedanken versunken, als die Tür erneut geöffnet wurde.
»Du wolltest mich sprechen?« Dort stand Walter Kreissler. Er war vollkommen unbefangen. Oder sollte man eher sagen, *einfältig?*
»Walter.« Christian Beyer zwang sich zu einem Lächeln. »Walter, setz dich. Hast du schon gehört, was passiert ist?«
»Nein, die Männer scheinen sehr aufgeregt zu sein und sind am Packen. Was ist passiert?«
»Die Kinder sind weg.«
»Was soll das heißen, weg?«
»Sie sind verschwunden. Sie sind weder im Haus noch in der

unmittelbaren Nähe. Wir können nicht länger nach ihnen suchen, weil zumindest der Junge das Grundstück wiederfinden dürfte. Ich möchte vermeiden, dass die Polizei uns hier antrifft.«

Walter Kreissler sprang auf. »Dann lass uns schnell verschwinden.«

»Bleib ganz ruhig, Walter.« Beyer sprach beruhigend auf seinen Schwiegervater ein.

»Ich denke, bis der Bengel die Behördenmaschinerie in Gang gesetzt hat und die Bullen hier auftauchen, dauert es einen kleinen Moment. Zumindest wird es reichen, um unsere Spuren zu vernichten. Ich frage mich allerdings«, er legte seine Stirn in Falten und erweckte den Eindruck, als würde er nachdenken, »ich frage mich allerdings, wie es dazu kommen konnte? Ich meine, die Kinder waren eingeschlossen, und das Haus ist voller Leute. Irgendeiner hätte sie doch ertappen müssen beim Versuch, das Haus zu verlassen. Keine der Patrouillen draußen hat etwas bemerkt.«

Walter sah seinen Schwiegersohn entsetzt an.

»Du meinst, einer von unseren Leuten hat …«

Beyer schüttelte den Kopf. Seine Stimme klang sanft.

»Nein, mein lieber Walter, ich meine nicht, dass einer von unseren Leuten etwas damit zu tun hat, ich glaube, dass du es warst, der die Kinder von hier weggeschafft hat.« Er ließ seine Worte einen Moment wirken und beobachtete Kreissler.

Der Alte war aschfahl geworden.

»Das kann nicht dein Ernst sein.«

»Du warst von Anfang an dagegen, dass ich die beiden Kinder hole. Du hieltest es für einen Fehler.«

»Ja, ich hielt es für einen Fehler, aber niemals würde ich dir auf diese Weise in den Rücken fallen.«

»Ach nein?«

»Nein. Es kann nur jemand anders gewesen sein.« Der alte Mann überlegte fieberhaft. Seine Augen irrten panisch umher auf der Suche nach einem Namen, nach einem Schuldigen, der diese Katastrophe zu verantworten hatte.

»Ich weiß es. Was ist mit Jürgen? Es kann nur Jürgen gewesen sein. Er hat überallhin Zutritt, und als ich ihn vorhin fragte, ob er die Nacht über Wachposten vor die Tür der Kinder stellen wolle, lehnte er es ab. Ja, es kann nur er gewesen sein.« Walters Gesichtsausdruck hatte sich aufgehellt, und er blickte Christian an wie ein um Lob heischendes Kind.

»Jürgen also, hm?« Beyer betrachtete eingehend seine Fingernägel und lächelte leicht. »Sagtest du nicht, er ist mir treu ergeben?«

»Das dachte ich auch, aber anscheinend habe ich mich getäuscht. Es war mein Fehler.«

»Sieh mal, Walter«, Christian Beyer lehnte sich leicht gegen eine Tischecke und verschränkte die Arme vor der Brust. »Jürgen ist mir wirklich treu ergeben. Er hat mir über Merthin immer Informationen zukommen lassen. Das wusstest du nicht?« Er lachte, als er den erstaunten Gesichtsausdruck Walter Kreisslers sah. »Er berichtete über den Fortgang der Vorbereitungen, über die Rekrutierung neuer Gefolgsmänner und – über dich.«

»Über mich?« Der Alte zeigte mit der Hand auf seine eigene Brust.

Beyer nickte. »Ganz recht, über dich. Er meinte schon vor Monaten, dass du nicht mehr der richtige Mann seist, dass du Fehler machst, dass du alt wirst und dass du in einem fort über den Tod deiner Tochter jammerst.«

Kreissler sah ihn mit offenem Mund an, sagte aber nichts. Während Beyer sich wegdrehte, um etwas vom Tisch zu nehmen, das Walter nicht sehen konnte, sprach er weiter.

»Sieh mal, ich habe dir vor ein paar Stunden eine Offerte gemacht, die dir ein ruhiges Leben, überhaupt ein Leben, garantiert hätte. Aber du wolltest wohl nicht auf mich hören.« Beyer drehte sich um und richtete plötzlich eine Waffe auf Kreissler.

»Christian, ich …«

Beyer lächelte leicht. »Für Deutschland muss man Opfer bringen, Walter.« Und dann drückte er ab.

Der alte Mann schwankte leicht, blieb aber stehen. Verständnislos sah er auf seine Brust, auf der sich schnell ein dunkler Fleck ausbreitete. Er hob den Kopf und wollte noch etwas sagen, schaffte es aber nicht mehr. Er brach zusammen. Beyer ging langsam auf den am Boden Liegenden zu und sah ihn einen Moment an. In den Mundwinkeln Walter Kreisslers bildete sich blutiger Schaum, und der alte Mann versuchte eine Hand zu heben, aber sie sank kraftlos herab.

Beyer beugte sich hinunter, setzte seinem Schwiegervater die Waffe direkt an die Stirn und drückte erneut ab. Sofort erschlaffte der Körper.

Beyer wandte sich ab und betrachtete sich angeekelt. Überall war Blut an seinen Kleidern und etwas, das vermutlich Hirnmasse war.

Er nahm ein Handtuch vom Tisch und säuberte sich notdürftig. Auch sein Gesicht hatte Blutspritzer abbekommen. Verärgert warf er das Handtuch auf den Fußboden. Dann würde er wohl noch einmal duschen müssen.

»Was glaubst du denn, was ich vorhabe?«

»Ich schlage vor, dass wir uns wie zivilisierte Menschen unterhalten.« Max schien überhaupt keine Angst zu haben.

»Meinst du nicht, dass die Zeit des Redens vorbei ist?«

»Hörst du mir zu?«

»Es kommt darauf an, was du zu sagen hast. Deshalb machen wir es auf meine Art. Hast du gewusst, wo sich Alex befindet?«

Max nickte. »Ja, die ganze Zeit.«

Es juckte Ann förmlich in den Fingern abzudrücken.

»Warst du an der Entführung meines Sohnes beteiligt?«

Max schüttelte den Kopf. »Nein, das war ich nicht. Ich hatte zwar befürchtet, dass so etwas passiert, aber ich war nicht daran beteiligt.«

»Also hatte ich recht, du hast den Jungen als Lockvogel benutzt.« Es war das erste Mal, dass sich Frank zu Wort meldete.

»Nein, das habe ich nicht. Ich hatte keinen Grund, so etwas zu tun. Ich war der Meinung, ich hätte Ann und Alex sicher untergebracht, aber ich habe mich getäuscht.«

»Seit wann arbeitest du für Beyer und seine Spießgesellen?«

»Überhaupt nicht. Kann ich die ganze Geschichte erzählen?«

Ann und Frank wechselten einen Blick, und Frank nickte ihr zu. Lass ihn ruhig erzählen, schien dieser Blick zu sagen, und Ann beschloss, Max erst einmal reden zu lassen. Dann würden sie weitersehen. Sie hatte keine Ahnung, was sie eigentlich vorhatte.

Max schien ihre Gedanken zu erraten.

»Du kannst mich ja hinterher immer noch umbringen.«

»Los, fang schon an.«

»Also gut. Bevor Christian Beyer verhaftet wurde, stand er in engem Kontakt zu Mahmoud Khafagi.«

Ann nickte. »Damit erzählst du mir nichts Neues.«

Max ließ sich nicht beirren und sprach weiter.

»Anscheinend hatten er und Beyer einen großen Coup in Europa vor, aber niemand konnte sagen, um was es ging. Noch während Beyer in Untersuchungshaft saß, wandte sich Walter Kreissler über Umwege an Khafagi, der warm und trocken in Syrien saß, und bot ihm als Ersatz für Christian seine Hilfe an. Khafagi lehnte ab. Zwar kannte er den Alten vom Hörensagen, aber er traute ihm wohl nicht. In der Szene ist allgemein bekannt, dass Kreisler nach dem Tod seiner Tochter jeglichen Biss verloren hat. Man verspottet ihn gar und sieht in ihm kaum mehr als einen tattrigen Greis, der Angst vor seinem eigenen Schatten hat. Khafagi wollte nur mit Beyer arbeiten, ansonsten wäre der Coup gestorben. Wie du wohl weißt, ist Khafagi einer der meistgesuchten Terroristen der Welt. Alle wollen ihn haben. Wenn er erst mal im Gefängnis sitzt, werden viele seiner Unterstützer aufgeben, und zumindest in Europa wird mehr Frieden einkehren. Was das letztendlich für die Friedensverhandlungen im Nahen Osten bedeuten wird, ist nicht recht abzusehen, aber schlimmer kann es nicht mehr werden. Im Gegenteil. Nun, Kreissler und Khafagi einigten sich. Kreissler wollte auf eigene Faust versuchen, Beyer aus dem Knast zu holen, und Khafagi würde sich anschließend mit ihm in Frankreich treffen. Dort wollten sie dann ihre große Aktion planen. Beyer wurde dieser Pan mitgeteilt, natürlich verschlüsselt und über Merthin, und er stimmte zu. Allerdings wollte er Deutschland einen, wie er es nannte, vernichtenden Schlag zufügen und mit einem großen Finale aus Deutschland verschwinden.«

»Woher weißt du das alles?« Ann war misstrauisch.

»Von mir.« Jürgen Hartmann meldete sich zu Wort.

Max fuhr fort. »Jürgen Hartmann war Zeitsoldat bei der Bundeswehr; aufgrund seiner hervorragenden Qualifikation hat das Bundesamt für Verfassungsschutz ihn angeworben. Noch während Beyer auf der Flucht war, bekam Hartmann seinen ersten Auftrag. Er sollte das Vertrauen des alten Mannes gewinnen. Alles klappte. Hartmann wetterte gegen Juden, vermöbelte einen Vorgesetzten und besuchte verschiedene einschlägige politische Veranstaltungen. Es funktionierte. Kreissler wurde auf ihn aufmerksam und nahm ihn unter seine Fittiche. Wir waren die ganze Zeit in Kontakt. Hier in Hamburg benutzen wir einen toten Briefkasten, um Nachrichten auszutauschen. Verdammt, Ann«, er ließ langsam seine Arme sinken, »kann ich die Hände runternehmen? Die Arme schlafen mit langsam ein.«

Ann ruckte mit ihrer Waffe nach oben, und gehorsam schob Max seine Hände wieder hinter den Kopf.

»Von nun an hatten wir einen Informanten bei Kreissler und konnten die Vorbereitungen verfolgen. Hartmann wurde von Kreissler damit beauftragt, die Flucht zu planen, was er auch tat. Außerdem besorgte Hartmann Waffen, und zwar über Al-Khan.«

»Aber ich bin noch einen Schritt weitergegangen.« Hartmann meldete sich zu Wort. »Mir ist schon länger klar, dass Kreissler auf lange Sicht das unsicherste Pferd in dem ganzen Rennen sein wird. Außerdem geht es ja auch darum, die Aktivitäten rund um Beyer und seine Komplizen, die draußen ihr Unwesen treiben, zu überwachen. Also fing ich an, über Merthin Informationen an Beyer weiterzugeben. Informationen, die auch seinen Schwiegervater betrafen. Nach einiger Zeit bekam ich kleinere Aufträge von Beyer. Er schien mir langsam zu vertrauen. Ich plante weiterhin die Flucht von Beyer und rekrutierte mehr Leute, um die Aktionen durchführen zu können. Es war kein Problem. Überall gibt es junge Kämpfer, die darauf brennen, das Dritte Reich wieder aufleben zu lassen.« Hartmanns Stimme klang verächtlich.

»Beyer schwenkte um. Er befahl mir, nur noch das an Kreissler weiterzugeben, was der unbedingt wissen musste.«

»Warum?« Ann hatte die Stirn gerunzelt.

»Der Alte wurde zum Sicherheitsrisiko. Nicht, dass Beyer glaubt, sein Schwiegervater arbeitet für die Sicherheitsbehörden, es ist eher so, dass er befürchtet, der Alte könne umfallen – Beyer ist sich sicher, dass Kreissler einknickt, wenn man ihn irgendwann verhaftet. Der Tod seiner Tochter und der Verlust der Enkelin waren ganz offensichtlich zu viel für ihn. Er trauert mehr, als dass er kämpft. Also erfuhr Kreissler nur, was für die Flucht wichtig war; der Alte lebte geradezu auf.«

»Aber was soll jetzt geschehen? Wenn ich alles richtig verstehe, ist Beyer schon mit einem fertigen Anschlagsplan geflohen.« Franks Stimme war nicht anzuhören, ob er den beiden glaubte oder nicht.

Hartmann und Max wechselten einen kurzen Blick.

»Noch während ich mit dem Alten in Südfrankreich festsaß, sollte ich Kontakt zu Al-Khan hier in Hamburg aufnehmen. Beyer wollte, dass diese Kontaktaufnahme weder über seinen Schwiegervater noch über Merthin lief.«

»Warum?«

»Al-Khan ist zwar ein alter Freund der Familie, aber hier ging es um etwas, das zu wichtig war, um es wegen eines alten Tattergreises aufs Spiel zu setzen. Und Merthin? Der war gekauft. Der Mann hatte Schulden bei so ziemlich jedem legalen und illegalen Wettbüro in der Stadt. Der Anwalt setzte regelmäßig auf Pferde und verlor meist. Die Organisation gab ihm gerade so viel Geld, dass die Buchmacher sich ruhig verhielten. Der hätte für Geld jedem etwas verraten, zur Not auch der Polizei.«

Ann nickte. »Also nahmen Sie Kontakt auf. Zu welchem Zweck?«

»Beyer brauchte nicht nur Schusswaffen und Sprengstoff, er brauchte für die *Hauptattraktion*, wie er es nannte, eine besondere Waffe. Al-Khan wiederum war derjenige, der das bewerkstelligen sollte.«

Ann ging langsam ein Licht auf, und sie war entsetzt. »Und hier kommt Werner Meier ins Spiel. Der Spezialist für biologische Kampfstoffe.«

Hartmann nickte.

»Genau. Das Problem bei der ganzen Geschichte ist, dass nur Beyer alle Zusammenhänge kennt. Niemand weiß, was er plant.«

Ann nickte. »Wir haben da so unsere Vermutungen.«

»Auch weiß ich nicht, wann Meier liefern soll.«

»Er hat bereits geliefert, und zwar an Merthin. Er hat Merthin einen Koffer übergeben, den dieser weiterreichen sollte, was er auch tat. Kurz darauf ist er in die Luft geflogen. Leider nur haben wir keine Ahnung, wo und wann die Übergabe stattgefunden hat.«

Hartmann dachte einen Moment nach. »Da kann ich vermutlich weiterhelfen. Ich habe von Beyer den Auftrag bekommen, heute einen Koffer aus der Gepäckaufbewahrung im Hauptbahnhof zu holen. Deswegen konnte ich überhaupt verschwinden, ohne Verdacht zu erregen.«

»Das bezweifle ich«, Max' Stimme klang bitter. »Jetzt, wo die Kinder verschwunden sind, dürfte Ihre Tarnung aufgeflogen sein.«

Hartmann schüttelte den Kopf. »Das glaube ich nicht. Ich habe ungefähr zur selben Zeit das Haus verlassen wie Kreissler. Der hat die ganze Zeit versucht, Beyer dazu zu bewegen, die Kinder freizulassen. Ich denke, dass Beyer davon ausgehen wird, dass der Alte hinter dem Verschwinden der beiden steckt.«

»Wenn wir wissen, was in dem Koffer ist, können wir Beyer und seine Leute doch hochgehen lassen.« Frank hatte laut nachgedacht. Es hatte keinen Zweck, sich jetzt gegenseitig zu zerfleischen, sie mussten gemeinsam zu einer Lösung finden.

Max schüttelte den Kopf. »Nein, das können wir nicht. Wir

haben das erste Mal seit Jahren die Chance, die gesamte Führungsspitze dieser Terrororganisation zu verhaften. Beyer, Khafagi und nicht zuletzt Al-Khan. Diese Chance lassen wir uns nicht entgehen.«

»Du bist wahnsinnig.« Anns Stimme zitterte vor Wut. »Du hast das Leben meines Sohnes aufs Spiel gesetzt, weil du der sein willst, der sie alle hopsnimmt?«

»Du weißt, dass es mir nicht um persönlichen Ruhm geht. Es geht mir darum, diese Bande aus dem Verkehr zu ziehen, um Tausenden, vielleicht Millionen von Menschen das Leben zu retten. Erinnerst du dich, wie viele Menschen bei den Anschlägen vom 11. September ums Leben kamen? Wie viele Menschen haben im Nahen Osten ihr Leben verloren, weil irgendwelche Idioten sich als Selbstmordattentäter einen Platz an Allahs Tisch sichern wollen? Willst du jedes Mal, wenn du ins Flugzug steigst, Angst haben, dass du es nicht mehr lebend verlässt?« Max funkelte Ann an.

»Du bist vollkommen irre, und fast tust du mir leid. Aber nur fast. Wie viele Menschen sind seit gestern umgekommen? Hast du denen auch gesagt, dass sie für Volk und Vaterland sterben müssen, um anderen Menschen das Leben zu retten? Den Polizisten? Den Justizbeamten?«

»Herrgott, das war so nicht geplant.«

Ann hatte offenbar einen wunden Punkt getroffen, denn Max explodierte.

»Im ersten Fall hat einer der Justizbeamten Hilfe rufen wollen und ist daraufhin erschossen worden. Für Beyers Leute war klar, dass sie keine Zeugen zurücklassen konnten.« Hartmann hatte sich eingemischt. So wie er das sagte, hörte es sich an, als ginge er noch einmal die Liste mit den Weihnachtsgeschenken durch. Er war Ann zutiefst unsympathisch.

»Davon, dass er die Polizisten töten würde, habe auch ich nichts gewusst. Der Mann hat Freude am Töten, und das macht ihn so gefährlich.«

»Jedenfalls können wir jetzt nicht aufgeben.« Max holte tief Luft. Er hatte fast die Fassung verloren und versuchte, sich nun wieder zu beruhigen. »Khafagi hat Syrien mit unbekanntem Ziel verlassen, und ich bin sicher, er ist auf dem Weg nach Deutschland.«

»Um sich mit Beyer zu treffen?«

»Das auch. Aber ich bin vielmehr der Meinung, dass er und Beyer eine Vielzahl von Anschlägen auf jüdische Einrichtungen planen. Sie wollen Europa in Schutt und Asche legen oder, wie Beyer es ausrücken würde, Europa vom jüdischen Joch befreien. Ich gehe davon aus, dass der Anschlag auf die Schule am Samstag ein Art Signal setzen soll. Wenn es hier gut läuft, werden überall in Deutschland und vielleicht auch in Europa Anschläge verübt. Beyer ist nicht so naiv zu glauben, dass ein einziger Anschlag in einer deutschen Großstadt weltweit so viel Aufmerksamkeit erregt, dass es als echte Bedrohung empfunden wird. Nein, ich glaube viel eher, er will Europa, insbesondere Deutschland, weltweit isolieren. Und was ist da einfacher, als wieder Juden auf deutschem Boden sterben zu lassen. Haben wir erst einmal Israel gegen uns, werden sich auch die USA von uns abwenden. Und nach guter alter Tradition folgen Großbritannien und Frankreich. Nein, wir müssen sie alle schnappen.«

Eine Zeitlang schwiegen alle. Ann ließ Max nicht aus den Augen, der wiederum mied ihren Blick.

Schließlich sprach Max. »Können wir die Hände runternehmen?«

Ann zögerte kurz. »Also gut. Mir bleibt wohl nichts anderes übrig, als dir zu vertrauen.«

»Hören Sie, ich habe einen Auftrag zu erledigen. Wenn ich mich nicht bald melde, wird Beyer ungeduldig.« Hartmann klang gereizt.

»Sie können die Hände auch gern wieder heben.« Man merkte Frank an, dass auch er Hartmann nicht ausstehen konnte. Er wandte sich an Max. »Wo stecken Beyer und seine Leute?«

»In einem kleinen Dorf bei Bargteheide. Es heißt Lasbek. Dort gibt es einen abgelegenen und verlassenen Bauernhof. Da haben sie sich versteckt.«

»Wer weiß von eurem ungeheuren Plan?«

»Niemand außer Hartmann, dem Leiter des Bundesverfassungsschutzes und mir.«

Ann hockte sich hin und zwang Max, sie anzusehen. »Dann sag mir eines. Woher wusste Beyer, wo Alex und ich zu finden sein würden?«

Max lachte freudlos auf. »Was das angeht, bist du auf einer ziemlich guten Fährte gewesen. Wir haben einen Maulwurf an der Dienststelle. Nur leider weiß ich nicht, wer es ist.«

Der junge Mann schluckte, als sein Blick auf die Leiche fiel. Wahrscheinlich hatte er noch nie einen Toten aus der Nähe gesehen. Höchstens den Großvater, der vielleicht an Herzversagen gestorben war. Na ja, genau genommen war Walter ja auch an Herzversagen gestorben. Schließlich schlug sein Herz nicht mehr. Beyer grinste in sich hinein.

»Ich werde jetzt verschwinden. Ich nehme nur zwei der Leute mit. Der Rest wird sich mit Ihnen aus dem Staub machen. Sehen Sie zu, dass wir nicht zu viele Spuren zurücklassen. Ihn«, damit zeigte er auf Walter Kreisslers Leiche, »ihn können Sie hierlassen. Er war ein Verräter und dafür verantwortlich, dass wir unsere Pläne kurzfristig ändern müssen. Ich werde mich in ein paar Tagen bei Ihnen melden. Sehen Sie zu, dass Sie den Kontakt zu den anderen halten, damit wir einen Treffpunkt vereinbaren können. In wenigen Tagen werden wir wieder vereint sein.«

Der junge Mann schluckte und nahm Haltung an.

»Jawohl, Herr Beyer.« Er schien von der Allmacht seines Chefs überzeugt zu sein, denn er fragte nicht nach, wie Beyer sie denn aufspüren sollte. Die Dummheit seiner Leute amüsierte ihn, aber er brauchte Männer, die ihm blind folgten, ohne Wenn und Aber. Er konnte niemanden brauchen, der Fragen stellte oder seine Entscheidungen nicht widerspruchslos hinnahm. Er brauchte Indianer, keine Häuptlinge. Mit Ausnahme von Hartmann. Der war von Nutzen, zumindest eine Weile noch. Aber dann wäre auch er entbehrlich, selbst wenn es Beyer um den jungen ehemaligen Bundeswehroffizier fast leidtat. Er besaß die gleiche Skrupellosigkeit wie er, das hatte er bewiesen, denn er hatte Kreissler ausgenutzt und ihn dann fallenlassen. Hartmann wusste, wie man sein Schäfchen ins Trockene brachte; genau deshalb würde er ein Sicherheitsrisiko werden. Dennoch bewunderte Beyer diese Eigenschaft, die auch er selbst zur Genüge besaß.

»Was ist mit den Waffen?« Der Junge hatte seine feste Stimme wiedergefunden, und nichts wies darauf hin, dass er ein Problem damit hatte, mit seinem Chef zu sprechen, während eine Leiche zu seinen Füßen lag.

Beyer überlegte einen Moment.

»Nehmen Sie nur mit, was sich leicht tragen und verbergen lässt. Zwar ist es schade um den Rest, aber wir dürfen uns nicht zu sehr belasten. Auch ich werde eine Waffe nehmen.«

«Sehr wohl.« Der junge Mann salutierte, drehte sich um und verschwand. Beyer seufzte und sah sich in dem Raum um. Es war eine gottverdammte Bruchbude gewesen, aber immer noch besser als das, was er in den letzten Jahren gewöhnt gewesen war.

Es wurde nun Zeit, sich etwas zu suchen, das seinen Ansprüchen genügte.
Er nahm das Handy seines toten Schwiegervaters und drückte auf den Knopf für die Kurzwahl.
Er musste es eine ganze Zeit klingeln lassen, bis Hartmann abnahm.
»Wir müssen unsere Pläne ändern. Wo sind Sie jetzt?«

Irgendwo klingelte ein Handy. Der Ton ließ alle zusammenzucken.
»Das ist meines.« Auf ein Zeichen von Frank zog Hartmann sein Handy hervor und blickte auf das Display.
»Es ist Kreissler.« Er sah von Frank zu Ann und wieder zurück.
»Ich muss rangehen, sonst wird er misstrauisch.«
»Er hat recht, Ann. Wir können uns jetzt keinen Schnitzer erlauben.«
Ann nickte.
Frank wandte sich an Hartmann. »Ich warne Sie, Hartmann, ich bin nicht gänzlich von Ihren Absichten überzeugt. Sollten Sie versuchen, Beyer zu warnen, werde ich Sie töten.«
Hartmann sagte nichts, sondern klappte sein Handy auf.
»Ja?«
Er sprach wenig, aber sein Gesichtsausdruck verfinsterte sich zusehends. Nach einer Weile klappte er sein Handy wieder zu.
»Das war Beyer. Er hat seine Pläne geändert. Ich soll mit dem Koffer zu den Landungsbrücken kommen. Er wird mich dort erwarten.«
»Was ist mit Kreissler?«
»Davon hat er nichts gesagt.«
»Wann?«
»In einer Dreiviertelstunde.«

»Was habt ihr jetzt vor?« Max sah von einem zum anderen.
»Ich schlage vor, ihr fahrt zurück in die Dienststelle. Du, Max, wirst Ann und die Kinder begleiten. Hartmann nimmt den Termin mit Beyer wahr, und ich werde ihm folgen.«
»Ist das nicht ein wenig riskant?« Ann runzelte die Stirn.
»Hast du eine bessere Idee? Ich werde ja nicht hinterherschleichen wie ein Indianer. Max, gib mir bitte deinen Autoschlüssel.«
»Was?«
»Los, gib her.«
Max fingerte in seiner Tasche nach dem Schlüssel und übergab ihn Frank. Der öffnete das Batteriefach der Fernbedienung.
»Na sieh mal einer an. Hier hat Eric also die Wanze versteckt.«
»Welche Wanze?« Max war erstaunt.
»Na, was glaubst du wohl, wie wir dich hier gefunden haben? Wir sind nicht die Einzigen, die dir misstraut haben.«
»Hartmann, nun geben Sie mir Ihren Schlüssel.« Hartmann tat wie ihm geheißen, und Frank steckte die Wanze in die Fernbedienung des Mercedes-Schlüssels.
»Ann, tu mir einen Gefallen und geh ein paar Meter. Wo ist der PDA?«
»Hier.« Sie zog ihn aus einer der hinteren Jeanstaschen und gab ihn Frank. Dann setzte sie sich mit dem Schlüssel in der Hand in Bewegung. Nach ein paar Metern rief Frank sie zurück.
»Ist okay, du kannst zurückkommen. Das Ding funktioniert einwandfrei.«
Er gab Hartmann seinen Schlüssel zurück.
»Sollten Sie die Wanze entfernen, weiß ich, dass Sie uns beschissen haben. Sollten Sie Beyer warnen, bekomme ich das auch mit, denn glauben Sie nicht, dass ich so blöd bin, mich direkt an Ihre Stoßstange zu setzen. Ich werde immer wissen, wo Sie sind, Sie aber nie, wo ich bin.«

»Wo willst du die Kinder unterbringen?«

Bisher hatten sie die Fahrt schweigend zugebracht, aber Max hatte recht, sie mussten sich über den Verbleib der Kinder Gedanken machen. Caroline war, trotz ihrer nassen Hose, eingeschlafen, und Alex nickte immer wieder ein, obwohl er sich bemühte, wach zu bleiben. Er hatte sich ganz fest von seiner Mutter drücken lassen, hatte aber Haltung bewahrt. Ann hatte mit den Tränen gekämpft, und Alex hatte sie getröstet. *Es geht mir gut, Mami, wirklich*. Sie hatte gelacht. Er war tatsächlich schon fast erwachsen.

»Nun, ich schlage vor, dass wir beide, auch Caroline, noch versteckt halten.«

»Warum auch Caroline?«

»Wenn die Kleine jetzt auftaucht, weiß es bald die Presse, und dann ist für Beyer klar, dass wir ihm dicht auf den Fersen sind. Mir ist das Risiko zu groß, dass er dann endgültig verschwindet. Ich will nicht mein Leben lang über meine Schulter schauen müssen, immer in der Angst, dass er irgendwo hinter mir steht. Aber dafür kann ich mich ja wohl bei dir bedanken.«

Max sah aus dem Seitenfenster. »Das habe ich so nicht gewollt.«

»Das ist mir egal. Du hast gewusst, dass es jederzeit passieren kann, und genau genommen war es dir einerlei.«

»Das ist nicht wahr.« Sein Kopf flog herum. »Ich habe nie gewollt, dass dir oder dem Jungen etwas zustößt. Alex ist mein Patensohn.«

»Das fällt dir ein wenig spät ein, meinst du nicht? Du hast die ganze Zeit gewusst, wo er sich aufhielt, und hast nichts unternommen.«

»Wenn wir den Hof gestürmt hätten, wäre Alex da nie lebend rausgekommen. Mir war klar, dass Hartmann das Leben der Kinder nicht riskiert hätte.«

»Du traust doch diesem Kerl nicht etwa?«

»Wem? Hartmann?« Max lachte. »Dem traue ich genauso wie jedem anderen Agenten. Nur von zwölf Uhr bis mittags.«

»Ich hätte nie gedacht, dass ich das einmal sagen werde. Max, du bist ein mieses, perverses Schwein.«

Max wandte sich ab. Wahrscheinlich war ihm klar, dass er keine Chance hatte, wenn er sich auf eine Diskussion einließ, die ohnehin zu nichts führte.

»Also, wo willst du die Kinder unterbringen?«

Ann ignorierte die Frage. Etwas anderes interessierte sie viel mehr. »Wer, glaubst du, ist der Spitzel?«

Max überlegte einen Moment. »Das ist eine gute Frage. Im Prinzip könnte es jeder sein.«

»Auch du.« Sie konnte es sich nicht verkneifen.

Max seufzte. »Du traust mir nicht? Nun, das kann ich dir nicht verübeln, aber *ich* bin es nicht.«

»Vergiss es.« Ann knurrte. Es brachte nichts, ihren Rachegelüsten zu folgen, ein gewisses Maß an Vertrauen musste sie ihm entgegenbringen, und sei es nur, um ihre Zukunft und die ihres Sohnes zu sichern.

»Also?«

»Die Dienststelle ist groß, aber die wenigsten sind seit Beyers Flucht in alle Ereignisse eingeweiht gewesen. Es bleiben übrig Eric, Bernd, Christin und Frank.«

»Frank ist dein zweiter Mann, wenn ich es richtig verstanden habe.«

»Das eine schließt das andere nicht aus.«

»Aber er hat alles getan, um Alex zu retten.«

»Zugegeben«, Max nickte. »Aber ich traue eigentlich niemandem. Außer dir.« Er lächelte.

»Spar dir das Gesülze.«

»Bleiben noch Eric, Bernd und Christin.«

»Und wer ist dein Favorit?«

»Das kann ich dir nicht sagen. Ich kenne sie alle noch nicht so lange. Eric ist von der Polizei zu uns gekommen und Bernd von der Bundswehr.«

»Christin?«

»Sie war Mitarbeiterin der Pressestelle des Innenministeriums in Berlin.«

»Haben wir die Möglichkeit, alle drei zu überwachen?«

»Wir können ihre Telefone und ihren E-Mail-Verkehr überwachen, wenn du das meinst.«

»Gut. Wir fahren jetzt an die Dienststelle und verkünden, dass wir die Kinder unter Bewachung in einem Hotel unterbringen.«

»Hältst du das für klug?«

Ann sah ihn verächtlich an. »Für wie blöd hältst du mich? Wie geht es Helmut und Joachim?«

»Beiden geht es gut.«

»Kannst du dafür sorgen, dass die beiden die Kinder in Sicherheit bringen?«

»Wie du willst. Also, wohin?«

Ann sah ihn von der Seite an. »Du glaubst doch nicht allen Ernstes, dass ich dir das sage, oder?«

Frank folgte Hartmann quer durch die Stadt. Zuerst machte er am Hauptbahnhof halt, und kurz danach ging die Fahrt weiter. Hartmann war bis zu den Landungsbrücken gefahren und hatte dort den Wagen auf einem Großparklatz abgestellt, der für Reisebusse bestimmt war und daher um diese Zeit leer war. Er ging zu Fuß zu der Brücke, an der das Restaurant *Landungsbrücken* seit Jahrzehnten seine Gäste mit überhöhten Preisen und einem erstklassigen Blick auf die vorbeifahrenden Schiffe lockte.

Frank hatte den Wagen in der Helgoländer Allee abgestellt und war von dort zu den Landungsbrücken gegangen. Er trug den PDA in der Hand und konnte verfolgen, wo sich Hartmann gerade befand. An einer der Brücken kam das Signal schließlich zum Stillstand. Frank folgte ihm unauffällig, soweit das möglich war, und zog sein Fernglas heraus. Hartmann war allein. Trotz der relativ späten Stunde waren noch viele Passanten unterwegs, die das warme Wetter ausnutzten, aber niemand näherte sich in irgendeiner Weise Hartmann. Frank wartete ungeduldig. Fast glaubte er, dass Beyer nicht mehr kommen würde, als sich von Westen ein Fahrzeug näherte. Er besah sich den Wagen. Drei Männer saßen darin, zwei vorne und einer hinten. Sie warteten einen Moment und stiegen dann alle drei aus. Während sich zwei der Männer etwas zurückhielten, ging einer von ihnen, er trug ein Basecap und eine Brille, auf Hartmann zu. Hartmann übergab ihm den Koffer, und die beiden Männer wechselten ein paar Worte miteinander. Frank war zu weit weg, um zu verstehen, was die beiden besprachen, aber trotz der Verkleidung hatte er den Mann mit der Brille erkannt. Es war Beyer. Beyer gab den beiden anderen Männern ein Zeichen, woraufhin einer von ihnen ein Handy herausholte und kurz telefonierte. Nachdem er das Gespräch beendet hatte, winkte er Beyer.

Die vier Männer setzten sich in Bewegung und gingen den Landungssteg hinunter. Nach ein paar Minuten näherte sich ein Motorboot, das direkt am Steg hielt. Alle vier stiegen ein, und das Boot fuhr davon.

Frank fluchte. Er hatte keine Ahnung, wie er den Männern folgen sollte. Er beobachtete das Signal, aber auch das half ihm nicht wirklich weiter.

Das Signal verschwand.

Ihre Idee war ziemlich verrückt, aber gerade deshalb würde sie funktionieren. Zumindest hoffte Ann das.
Kurz bevor sie in der Dienststelle ankamen, hielt sie an und stieg aus. Niemand sollte wissen, was sie vorhatte.
Max sah sie fragend von der Seite an, aber sie würdigte ihn keines Blickes.
»Mami? Warum halten wir?« Alex hatte die Augen aufgemacht und sah sie schlaftrunken an.
«Ich muss nur kurz telefonieren. Ich bin gleich wieder da.«
Sie stellte sich so neben das Auto, dass Max nur ihren Rücken sehen konnte. Zwar glaubte sie nicht, dass er von den Lippen ablesen konnte – was für eine abwegige Idee –, und sie kam sich ein bisschen albern vor, aber sie wollte kein Risiko eingehen.
Sie trug nur das Baumwollhemd, das sie bereits den ganzen Tag anhatte, und nun fing sie leicht zu frösteln an. Wahrscheinlich war sie einfach überreizt.
Sie suchte in dem elektronischen Telefonbuch nach der Nummer, die sie wohlweislich eingespeichert hatte, und drückte den Kurzwahlknopf. Es widerstrebte ihr, unbeteiligte Dritte hinzuzuziehen, doch es ließ sich nicht vermeiden.
Nach dem dritten Klingeln hob jemand ab.
»Hallihallo.«
Guter Gott, nein. Sie meldete sich tatsächlich selbst am Telefon so.
»Henrieke? Hier ist Ann, deine neue Nachbarin. Ich brauche deine Hilfe.«

»Ist er allein?« Beyer hatte eigentlich keinen Grund, misstrauisch zu sein, aber ein bisschen Vorsicht konnte nicht schaden.
»So wie es aussieht, ja.«
Sie hatten den Hof in der Nähe von Bargteheide verlassen. Was

aus den anderen wurde, war Beyer ziemlich egal. Er ging davon aus, dass das Haus bald gestürmt werden würde, aber niemand, der dort möglicherweise noch angetroffen würde, konnte viel sagen. Niemand wusste, was er vorhatte, und sein Schwiegervater war tot.

Er nickte. Ja, es war die richtige Entscheidung gewesen, Walter zu töten. Zwar hatte er ihn zunächst noch verschonen wollen, aber der Alte wäre ein zunehmend größeres Sicherheitsrisiko geworden. Wo auch immer auf der Welt er sich niedergelassen hätte. Jetzt konnte er aufatmen, und erst in diesem Moment fühlte er sich frei.

»Gut, wir steigen aus.« Seine Verkleidung war denkbar einfach. Nur eine Brille mit Fensterglas und ein Basecap, aber es reichte. Keiner ging ernsthaft davon aus, dass sich der geflohene Terrorist in der Öffentlichkeit zeigen würde. Außerdem sahen ihm die Bilder, die seit gestern über die Fernsehbildschirme flimmerten, nicht mehr sonderlich ähnlich. Er war schlanker als auf den Fotografien, und sein Haar war kürzer.

Jürgen Hartmann stand ganz entspannt auf der Brücke und sah aufs Wasser hinaus. Er blickte sich nicht um und schaute auch nicht hastig auf die Uhr. Er wirkte wie einer der Touristen, die den Blick auf die Ausläufer der Hafenanlagen genossen.

»Jürgen.«

Hartmann drehte sich um.

»Herr Beyer.« Hartmann war respektvoll wie immer. Sein Schwiegervater hatte schon ein Händchen für das Personal gehabt, das musste man ihm lassen.

Beyer zeigte flüchtig auf den Koffer.

»Wie ich sehe, hat alles geklappt?«

»Ja, es gab keine Schwierigkeiten.« Hartmann hob den Koffer, der zwischen seinen Beinen stand, auf und reichte ihn Beyer. Der

Terrorist gab einem seiner Leute, die etwas abseits standen, ein Zeichen, worauf dieser telefonierte.

»Wo steht der Wagen?«

»Auf dem Reisebusparkplatz.«

»Gut.« Beyer nickte. »Wir werden die Fahrzeuge hier stehen lassen. Wir brauchen sie nicht mehr.«

Hartmanns Gesichtsausdruck ließ nicht erkennen, ob er überrascht war oder nicht.

Das Motorboot musste in der Nähe gewartet haben. Es kam mit hoher Geschwindigkeit heran und manövrierte dann vorsichtig direkt an den Steg.

Beyer ging als Erster an Bord, gefolgt von Hartmann und Beyers Begleitern. Sie nickten Hartmann respektvoll zu. Auch jetzt sagte Hartmann kein Wort.

Kaum waren sie an Bord, wendete das Boot und nahm Kurs in die Richtung, aus der es gekommen war. Sie fuhren ein paar Minuten, dann wandte Beyer sich Hartmann zu. Noch immer trug Hartmann eine Maske des Gleichmuts. Wirklich schade. Der Mann hatte alles, was nötig war. Er war tapfer, skrupellos und zuverlässig. Aber Beyer konnte sich keine Sentimentalitäten leisten. Hartmann wusste einfach zu viel.

»Tja, schade, dass unsere gemeinsame Reise langsam zu Ende geht.«

Da. Ein kleines Flackern in den Augen. Sollte er etwas ahnen? Und wenn schon. Beyer zog seine Waffe und zielte auf Hartmanns Brust. Jürgen Hartmann sah ihn erst fragend an, dann, als er begriff, sah Beyer die Angst in seinen Augen. Sieh an, also doch nicht so gleichmütig. Er lächelte ihn noch einmal an und drückte ab. Zweimal. Hartmanns Körper zuckte und fiel nach hinten. Sein Oberkörper ruhte auf dem Bordrand, seine Füße berührten noch den Boden des kleinen Bootes. Beyer gab einem

seiner Leute ein Zeichen, der daraufhin die Beine des tödlich verletzten Mannes packte und ihn über Bord warf.
Sollte er die Schüsse überlebt haben, würde er spätestens jetzt sterben.
Wirklich schade.

»Wo werden Sie die Kinder lassen?« Christin schaute fast angeekelt auf Alex und Caroline. Nicht zuletzt deshalb, weil Caroline einen strengen Uringeruch verströmte. Dem Mädchen sah man an, dass es kaum noch die Augen offen halten konnte. Alex hingegen war hellwach und sah sich interessiert um. Auch ihm hatte Ann noch nicht gesagt, wohin die Reise gehen würde.
Henrieke war begeistert gewesen. Zwar kannte sie nicht die Hintergründe, aber Ann war sicher, dass sie bereits dabei war, das Haus einbruchsicher zu machen, die Schrotflinte, soweit vorhanden, durchzuladen und Lebensmittel in den Keller zu schleppen, um notfalls eine halbjährige Belagerung überstehen zu können.
»Ich werde sie im Hotel Elysee unterbringen. Dort sind sie erst einmal in Sicherheit.«
Christin sah sie skeptisch an, aber bevor sie etwas erwidern konnte, kam Eric angelaufen.
»Frank hat sich gemeldet. Beyer und Hartmann sind mit zwei anderen Männern in einem Boot weggefahren. Irgendwo beim Europakai verliert sich dann das Signal der Wanze.«
Christin hob die Augenbrauen. »Beyer war verwanzt?«
»Wohl kaum.« Ann erinnerte sich, dass sie eigentlich vorgehabt hatte, freundlicher zu Christin zu sein. Sie lächelte ihr zu, ohne eine weitere Erklärung abzugeben, und wandte sich an Eric.
»Wie kann das Signal verlorengehen?«
Eric zuckte mit den Schultern. »Da gibt es mehrere Möglich-

keiten. Entweder sind sie außerhalb der Reichweite des Empfängers, oder die Wanze wurde entfernt und zerstört.«

»Haben wir eine Möglichkeit herauszufinden, wo sie sich jetzt befinden?«

»Ich versuch es auf die altmodische Art. Ich werde die Hafenbehörde bitten, mir sämtliche Unterlagen zu schicken über die Schiffe, die am Europakai liegen, samt der Ladelisten. Die werden wir durchgehen und dann wohl nach dem Ausschlussverfahren vorgehen müssen.«

Ann nickte. »Fein.«

»Frau Deckert?«

Sie drehte sich um und entdeckte Helmut und Joachim. Helmut hatte ein blaues Auge, und Joachim eine genähte Augenbraue. Sonst waren die beiden unversehrt. Sie grinsten breit. Ann stand auf und ging auf die beiden Männer zu.

»Es tut mir leid, wenn ich Sie noch einmal bemühen muss, aber es wäre mir sehr wichtig, wenn Sie sich der beiden Kinder annehmen würden.«

Helmut grinste noch breiter.

»Sie müssen sich nicht entschuldigen. Nach diesem Tag freuen wir uns auf eine geruhsame Spazierfahrt und ein Luxushotel.«

»Treffen wir uns in der Tiefgarage?«

Helmut nickte. »Ist gut.«

Ann ging zu den beiden Kindern hinüber. Caroline hatte den Daumen im Mund, und Ann vermutete, dass er schon ganz verschrumpelt war. Sie hielt den Teddy im Arm, den sie schon die ganze Zeit bei sich trug. Er war neu, aber trotzdem bereits ein wenig zerliebt. Die Kleine zupfte permanent am Ohr des Stofftieres herum, und es war nur eine Frage der Zeit, wann sie das Ohr vollständig abgerupft hatte.

»Auf geht's, ihr zwei. Es geht los.«

»Kommst du nicht mit?« Alex sah sie ein wenig ängstlich an.
»Nein, mein Schatz, ich muss noch hierbleiben, aber hab keine Angst, das Schlimmste haben wir überstanden.«
»Und wohin fahren wir?«
»Das sage ich dir, wenn wir unten sind. Helmut und Joachim werden auf euch aufpassen.«
Sie nahm Caroline auf den Arm, das Höschen war mittlerweile getrocknet, und die Kleine legte sofort den Kopf an ihre Schulter. Sie musste völlig erschöpft sein.
In der Tiefgarage warteten Helmut und Joachim bereits, und als Ann schließlich bei ihnen angelangt war, lächelte sie entschuldigend.
»Ich fürchte, ich habe Sie angelogen.«
»Inwiefern?« Helmut hatte leicht die Stirn gerunzelt.
»Die beiden sollen nicht ins Hotel.«
Helmuts Gesicht entspannte sich. Er hatte wohl Schlimmeres erwartet, und nach einem Tag wie heute war er auf Überraschungen nicht mehr gut zu sprechen. »Kein Problem. Wohin soll die Reise denn gehen?«
»Nach Eckernförde.«
»Nach Hause?« Alex sah sie aufmerksam an.
»Äh, nicht ganz, mein Schatz.« Ann musste innerlich grinsen. »Ihr geht zu Henrieke.«
»Zu *Hallihallo?* Oh, nee. Mami, die ist doch völlig durchgeknallt.«
»Da erzählst du mir nichts Neues, aber ich fürchte, da musst du jetzt durch, zumindest so lange, bis ich komme. Ich habe bereits mit Henrieke gesprochen. Und jetzt hör mir genau zu. Ihr dürft das Haus auf gar keinen Fall verlassen, und wenn es geht, bleibt von den Fenstern fern.« Alex sah aus, als habe sie ihm gerade mitgeteilt, dass er nach Sibirien verbannt würde.

»Ich habe ihr gesagt, dass sie euch, falls ihr nicht gehorcht, im Keller einsperren darf.«

Alex zog die Stirn kraus. »Das hast du nicht.«

»Und wenn doch?«

»Also gut, ich verspreche, wir werden tun, was du sagst.«

Ann strich ihrem Sohn über den Kopf, und dieses Mal wich er nicht aus.

»Gut. Ich weiß, ich kann mich auf dich verlassen.«

Er schlang die Arme um sie, und sie drückte ihr Gesicht in sein kurzes Haar.

»Wir sehen uns spätestens morgen, mein Schatz.« Er löste sich von ihr und drehte sich dann um.

»Es wird das Beste sein, ihr legt euch so flach wie möglich hin, damit euch niemand sieht.« Helmut sah Alex freundlich an. »Ich weiß, das nervt, aber ich gehe mal davon aus, dass euch niemand sehen soll. Ist das richtig?« Den letzten Satz richtete er an Ann. Sie nickte.

»Wie groß ist die Wahrscheinlichkeit, dass wir observiert werden?«

»Ich hoffe, nicht sehr groß.«

»Mit anderen Worten, wir müssen auf alles vorbereitet sein.«

Anns Lächeln fiel ein wenig schief aus. »So ähnlich.«

Joachim hatte Ann Caroline abgenommen und war bereits dabei, sie auf die Rückbank zu legen. Kaum lag das Kind, schlief es auch schon.

»Wo genau sollen wir die beiden hinbringen?«

»Sie treffen sich in Eckernförde mit einer Bekannten von mir. Alex kennt sie. Außerdem könnten Sie sie gar nicht verfehlen. Sie wird Sie aller Wahrscheinlichkeit nach mit einem herzlichen Hallihallo begrüßen.«

»Christian.«
»Mahmoud.«
Die beiden Männer gingen an Deck des Schiffes aufeinander zu und drückten sich nach orientalischer Sitte. Die Szene erinnerte Beyer sehr an das Wiedersehen mit seinem Schwiegervater.
»Wie ich sehe, ist alles glattgegangen?« Mahmoud Khafagi rückte ein wenig von Beyer ab und betrachtete ihn von Kopf bis Fuß. »Du bist dünn geworden.«
Beyer nickte. »Der Knast.«
»Aah, ich weiß, was du meinst. Gott sei Dank blieb mir das bisher erspart. Wo ist dein Schwiegervater?« Er blickte suchend hinter Beyer, als erwarte er den alten Mann dort zu sehen.
Beyer lächelte kalt. »Du weiß doch, wie das ist. Mitunter muss man sich einfach trennen.«
Khafagi nickte betrübt. »Ja, manchmal lässt sich so etwas einfach nicht vermeiden. Er war nicht mehr der Alte, weißt du.« Er ließ keinen Zweifel daran, dass er Kreissler für tot hielt. Der Syrer legte Beyer den Arm um die Schultern und zog ihn mit sich.
»Lass uns nach unten gehen und einen Tee zusammen trinken. Hast du alles bekommen?«
Beyer hob den Koffer ein Stück hoch, so dass Khafagi ihn sehen konnte. »Ist alles hier drin.«
»Gut, gut.«
»Wie ist es dir ergangen?«
»Ja, was soll ich sagen?« Khafagi war nur etwa zehn Jahre älter als Beyer, wirkte aber wesentlich älter. Er hatte eine Halbglatze und war ein wenig korpulent. Soweit Beyer wusste, hatte Khafagi Frau und Kind bei einem Luftangriff der Israelis verloren, und das hatte ihn radikalisiert.
»Es war nicht einfach, aus Syrien herauszukommen, aber wie du siehst, ist es mir gelungen. Alle Welt glaubt, ich halte mich in

Frankreich auf, und ich bin der Meinung, wir sollten alle Welt in diesem Glauben lassen.«
Sie setzten sich in der kleinen Kabine an einen Tisch, und Khafagi schenkte Tee in zwei Gläser.
»Wie laufen die Vorbereitungen?«
»Ausgezeichnet.« Beyer rührte Zucker in seinen Tee und hob dann das Glas an die Lippen. Er trank einen Schluck von dem heißen Tee, bevor er fortfuhr. »Mein Kontakt innerhalb der Sicherheitsbehörden hat alles vorbereitet. Wir werden völlig unbehelligt in das Gebäude hineinkommen.«
»Wir?«
»Nun, genauer gesagt, die zwei, die mit mir an Bord gekommen sind.«
»Wie wird das Ganze ablaufen?«
Beyer öffnete den Koffer. Darin befand sich ein Metallzylinder von der Größe einer Haarspraydose und zwei Ausweise. Beyer nahm die Ausweise.
»Diese Karten weisen die beiden als Servicemitarbeiter aus. Sie sind sogar auf einer Liste vermerkt, so dass ihnen wahrscheinlich niemand in die Augen schaut, sondern ihre Ausweise nur mit der Liste abgleicht. Direkt nachdem sie unseren Auftrag erfüllt haben, kehren sie hierher zurück und warten ab, bis sich die Wogen geglättet haben.«
»Und gleichzeitig gebe ich das Signal für die Aktionen in Paris und London. Vortrefflich.« Khafagi klatschte vor Begeisterung in die Hände wie ein Kind.
»Ist dein Kontakt zuverlässig?«
Beyer nickte. »Hundertprozentig. Nur leider«, er lächelte mitleidig, »haben wir auch für sie hinterher keine Verwendung mehr.«

»Sag mir eines. Wo ist die echte Charlotte Beyer?« Ann und Max saßen in seinem Büro. Sie konnten jetzt nur warten.
Max hatte dem Mobilen Einsatzkommando der Polizei den Befehl erteilt, das Bauernhaus in der Nähe von Bargteheide zu stürmen. Doch vermutlich würden sie dort nichts mehr finden.
»Hm? Was hast du gesagt?« Max war tief in Gedanken versunken gewesen.
»Ich habe dich gefragt, wo Charlotte Beyer ist.«
»Oh, sie ist schon lange nicht mehr in Deutschland. Sie wurde adoptiert und lebt in Großbritannien.«
»Wir haben nichts über sie finden können.«
»Nein, wir haben alle Unterlagen, die die Adoption beweisen, vernichtet. Es gibt nirgendwo einen Hinweis, wo sie steckt. Es ist besser so. Sowohl für sie als auch für ihre neue Familie.«
»Wissen die Eltern, wessen Kind sie da großziehen?«
»Nein, wir haben ihnen nur erzählt, dass die Eltern tot sind und die Kleine keine Angehörigen mehr hat.« Er seufzte. »Deshalb war ich auch so sicher, dass es dem Kind gutgeht. Ich hätte nicht im Traum daran gedacht, dass Beyers Leute das Mädchen suchen und ein falsches Kind entführen könnten.«
»Wie kannst du nur damit leben? Ich meine, du hast die Eltern eines kleinen Mädchens in Angst und Schrecken versetzt.«
»Das war ja wohl nicht ich.«
»Doch, du.« Sie hatte sich vorgebeugt und stieß ihm mit dem Zeigefinger in die Brust. »Du hast nichts getan.«
»Ich habe nichts von der Entführung gewusst.«
»Hättest du etwas getan, wenn du es gewusst hättest?«
Max dachte einen Moment nach. «Ich weiß es nicht.«
»Ich aber. Du hast gewusst, wo Alex ist. Du hast gewusst, wo dieses Schwein Beyer sich versteckt, und du hast nichts getan. Im

Gegenteil, als Eric versuchte, den Raum einzugrenzen, hast du alles getan, um ihn von der Fährte abzubringen.«

»Ich habe es dir schon einmal erklärt. Mir waren die Hände gebunden. Du hättest deinen Sohn nicht lebend wiedergesehen, und die ganze Aktion wäre außerdem noch umsonst gewesen.«

»Was interessiert mich deine Aktion oder deine Profilierungssucht.« Sie holte tief Luft. Sie hatte sich dazu hinreißen lassen, ihn anzuschreien.

»Weißt du, was mich am meisten anekelt? Dass ich dieses Scheißspiel auch einmal gespielt habe. Dass ich genauso war wie du. Ein Spiel, das mir den Mann genommen und fast auch mein Kind geraubt hat.«

»Dann bist du wohl nicht so anders als ich.«

»Nein.« Sie sah Max an, und irgendwie tat er ihr leid. Er hatte jegliches menschliche Gefühl eingebüßt. Wahrscheinlich wäre es ihr auch so gegangen, hätte sie nicht nach der Geburt ihres Kindes Prioritäten gesetzt. Sie war in der Folge nie wieder so skrupellos gewesen wie vielleicht noch zuvor.

»Ich habe im Gegensatz zu dir gelernt.«

»Mir war klar, dass Alex nicht viel geschehen konnte, solange Hartmann in der Nähe war.«

»Das konntest du nicht wissen. Was ist, wenn seine Tarnung aufgeflogen wäre?« Ann war aufgesprungen und funkelte ihren ehemaligen Chef wütend an. Plötzlich aber schien alle Energie von ihr zu weichen.

»Ach, was soll's.« Sie ließ sich wieder auf ihren Stuhl fallen.

»Es ist jedenfalls bald vorbei.«

Ann sah Max kurz an. »Wie kannst du da so sicher sein?«

»Es ist immer irgendwann vorbei.«

»Aber einen Beyer wird es immer geben. Irgendwo.«

Frank fluchte. Er hätte diesem Schwein nicht trauen dürfen. Wahrscheinlich hatte er Beyer informiert, und sie hatten den Sender zerstört. Es gab genügend Schiffe im Hafen, sie konnten überall sein. Vielleicht waren sie auch an einer anderen Stelle an Land gegangen.
Er hatte an den Landungsbrücken nichts mehr ausrichten können und war zurück zur Dienststelle gefahren.
Er fuhr in die Tiefgarage und stellte den Wagen ab.
Hoffentlich waren wenigstens die Kinder in Sicherheit. Er könnte Max umbringen. Es wäre fast leichter zu ertragen gewesen, wenn Max ein Verräter geworden wäre; das Leben von Kindern aufs Spiel zu setzen, nur um seinen Ruhm einzufahren, an den sich morgen niemand mehr erinnern würde, war beinahe noch verabscheuungswürdiger.
Als er in das Büro trat, sah Eric hoch und winkte ihn zu sich.
»Was gibt es, Alter?«
»Ich habe mir mal die Schiffe angesehen, die am Europakai liegen. Die meisten legen morgen früh ab. Ich gehe davon aus, dass keines von denen in Frage kommt. Zwei andere sind vielversprechender. Eines ist ein iranischer Frachter, ein anderes kommt aus Nordafrika.«
»Was haben die geladen?«
»Das weiß ich noch nicht. Ich habe gerade von den Reedereien die Frachtlisten angefordert. Die werden wohl gleich per Kurier hier ankommen.«
Frank klopfte ihm auf die Schulter. »Bleib dran. Wo sind Max und Ann?«
Eric deutete mit dem Finger über seine Schulter auf Max' Büro. Beide, Max und Ann, saßen auf Stühlen und schwiegen sich an. Die Spannung konnte man förmlich mit Händen greifen. Als Frank hereinkam, hob Max den Blick.

»Hast du die Wasserschutzpolizei benachrichtigt?«

»Um ihnen was zu sagen? Dass ich im Hafen ein Motorboot gesehen habe? Soll das ein Witz sein?«

»War es nicht gekennzeichnet?«

»Ich habe keine Ahnung, ich habe so schnell nichts feststellen können. Worauf wartet ihr?«

Max rubbelte sich mit beiden Händen fest über das Gesicht. Man konnte ihm ansehen, wie erschöpft er war.

»Ich habe das Mobile Einsatzkommando nach Bargteheide auf diesen Bauernhof geschickt. Wir warten nun auf Nachricht.«

»Ich kann mir nicht vorstellen, dass sie viel finden werden.«

»Ich auch nicht, aber wir können das Haus ja wohl kaum außer Acht lassen.«

Ann wandte sich an Frank. »Was glaubst du? Hat Hartmann uns beschissen?«

»Allem Anschein nach würde ich sagen, ja.« Er zuckte mit den Schultern. »Aber wer weiß das schon so genau.«

»Eric meinte, es könnte auch daran liegen, dass sie außer Reichweite des Empfängers waren.«

»Auch möglich. Ehrlich gesagt weiß ich selber nicht mehr, was ich glauben soll. Wo sind die Kinder?«

»In Sicherheit.«

»Wie geht es nun weiter?«

»Wir werden abwarten müssen. Hast du irgendetwas von Kreissler gesehen?«

Frank schüttelte den Kopf. »Nein, Beyer ist mit zwei Männern aufgetaucht. Vom Alten keine Spur.«

»Vielleicht hat er ihn zurück nach Frankreich geschickt.« Ann dachte laut. »Ich glaube, dass Beyer von Anfang an sein eigenes Süppchen gekocht hat. Wenn wir Hartmann glauben dürfen, und ich neige dazu, das zu tun, dann war der Einzige, der über alles umfassend Bescheid wusste, Beyer. Er schien dem Alten nicht mehr zu trauen.«

Als das Telefon klingelte, zuckten alle zusammen. Max nahm ab.

»Heidrich.« Er hörte einen Moment zu.

»Warten Sie, ich schalte auf Lautsprecher, so dass meine Mitarbeiter Sie ebenfalls hören können.« Max legte den Hörer auf den Tisch und schaltete die Freisprechanlage ein. »Das ist Hauptkommissar Fischer vom Mobilen Einsatzkommando der Polizei.«

»Guten Abend, allerseits.« Fischers Stimme klang verzerrt durch das Telefon.

»Wir haben ein gute und eine schlechte Nachricht. Wir haben zwei Festnahmen.«

»Wer?«

»Das klären wir noch. Es sind zwei junge Männer, kaum dem Teenageralter entwachsen. Sie sind wohl die Letzten gewesen, die hier noch die Stellung gehalten haben. Sie erzählen, dass sie zu unterschiedlichen Zeiten das Haus verlassen sollten, um kein Aufsehen zu erregen. Sie haben allerdings keine Ahnung, wo Beyer ist. Sagen sie jedenfalls.« Man konnte hören, dass er den Männern kein Wort glaubte.

»Und haben Sie eine Spur von Kreissler?«

»Ja.« Die Stimme aus dem Lautsprecher klang gedehnt. »Damit kommen wir zur schlechten Nachricht. Kreissler ist tot.«

Alex musste daran denken, wie er das erste Mal mit seiner Mutter nach Eckernförde gekommen war. Er hatte keine Ahnung gehabt, was ihn erwarten würde, und seine Mutter hatte permanent auf ihn eingeredet, was das für ein schönes Haus sei und wie glücklich sie hier sein würden und so weiter und so fort.

Damals hatte er maulig reagiert, weil er Eckernförde für den letzten Vorposten der Zivilisation hielt. Das Haus selbst lag in irgendeinem Kuhdorf, dessen Namen er sich damals nicht hatte merken können. Beziehungsweise nicht hatte merken wollen. Heiligenhain.

Heute kam es ihm vor wie der Name des Paradieses. Es schien Ewigkeiten her zu sein, dass sie hier ein paar Sachen eingekauft hatten, bevor sie weiter zum Haus gefahren waren. Aber so lange war das gar nicht her. Zwei Wochen? Drei Wochen?

Auch in der Dunkelheit konnte er einiges von Eckernförde erkennen. Den großen Supermarkt neben dem Friseur. Und da drüben die Tankstelle. Gleich würden sie zum Postamt kommen. Na ja, Postamt. Es war eigentlich nur eine kleine Poststelle, gleichzeitig aber der größte Umschlagplatz für Tratsch und Klatsch im ganzen Ort.

Caroline neben ihm war wach geworden. Den Daumen im Mund nuschelte sie.

»Wo schind wir?«

»Gleich bei mir zu Hause.«

»Wohnscht du hier?«

»Caroline, nimm den Daumen aus dem Mund. Man kann dich ja gar nicht richtig verstehen.«

»Doch. Kann man.«

»Nein, kann man nicht.«

»So Alex, gleich sind wir da. Das da vorne, ist das die Freundin deiner Mutter?«

Helmut zeigte durch die Windschutzscheibe nach vorne.

»Ich fürchte ja.« Dort stand sie. Etwas kleiner und rundlicher als seine Mutter. Der Wagen hielt, und Joachim und Helmut stiegen aus. Sie sahen sich um, und erst als sie sicher waren, dass ihnen niemand gefolgt war – so wie sie es auf der gesamten Fahrt getan hatten –, öffneten sie die hintere Tür und ließen Alex und Caroline aussteigen. Das hieß, Alex stieg aus. Caroline wurde bockig. Sie hatte den Daumen aus dem Mund genommen und hielt sich mit beiden Händen am Sitz fest.

»Ich will nicht.« Sie hatte die Unterlippe über die Oberlippe gestülpt, und die Augen blitzten finster. Es sah urkomisch aus.

»Komm schon. Steig aus.«

Und da hörte er sie schon.

»Juhu.« Alex war für einen Moment perplex? Nicht hallihallo?

»Juju, Alex, hallihallo.« Na bitte, es ging doch. Er musste grinsen.

»Hallo, Henrieke.«

Henrieke schwebte auf ihn zu und drückte ihn an sich. »Und wen haben wir da drinnen?«

Sie bückte sich und sah in den Wagen. *Tja, Caroline, nun hast du verspielt. Gegen Henrieke hast auch du keine Chance.*

Sie zerrte die Kleine aus dem Wagen und nahm sie auf den Arm. Caroline hatte völlig vergessen, dass sie eigentlich nicht hatte aussteigen wollen, und sah die Frau nur entgeistert an. Und schon wurde auch sie gedrückt und geherzt.

Helmut und Joachim konnten sich nur mit Mühe ein Grinsen verkneifen.

»Sie sind Frau Waldmann?«

»Ja, ja, das bin ich.« Sie schüttelte den Männern überschwenglich die Hände. »Das ist aber nett, dass Sie die beiden hierhergebracht haben. Wollen Sie nicht noch mit zu uns? Ich mache Ihnen einen schönen Kaffee, und ich habe auch noch ein schönes Stück Kuchen und …«

»Äh, nein danke, Frau Waldmann.« Joachim hob die Hand. «Wir müssen gleich wieder zurück.«

»Och, das ist aber schade. Sie müssen uns unbedingt einmal besuchen kommen. Ich meine, nicht hier in Eckernförde, sondern bei uns draußen …«

»Das wäre wirklich sehr nett. Wir kommen bestimmt auf das Angebot zurück.« Joachim lächelte, und Helmut drehte sich zu Alex um, wobei er die Augen verdrehte. Er legte Alex eine Hand auf den Arm.

»Also, mach es gut, Großer. Jetzt kann nichts mehr schiefgehen.«

Alex nickte nur. Er hatte einen Kloß im Hals.

Helmut und Joachim verabschiedeten sich artig von Henrieke und stiegen dann wieder ins Auto. Alex sah ihnen nach, als sie davonfuhren.

»Komm Alex. Wir fahren jetzt nach Hause, dann nimmst du ein schönes Bad, und ich mache dir einen heißen Kakao. Na? Wie wäre das?« Henrieke strahlte ihn an. Sicher hatte sie schon alles vorbereitet, er wollte sie nicht enttäuschen. Er strahlte zurück.

»Das wäre toll.«

Caroline sagte noch immer kein Wort. Sie sah die Frau, die sie auf dem Arm trug, mit offenem Mund an.

Er war seit über dreizehn Stunden im Dienst, und langsam verschwammen die Buchstaben vor seinen Augen. Am liebsten hätte er auf den Monitor eingeschlagen, aber er musste noch durchhalten.

Eric ging in den Waschraum und spritzte sich kaltes Wasser ins Gesicht. Dann machte er sich in der Küche eine Suppe in der Mikrowelle heiß. Den Kaffee, den er sich aus der Kanne eingeschenkt hatte, spuckte er gleich wieder aus. Das Zeug war schon fast dickflüssig und schwarz wie Tinte. Es schmeckte wie Pferdeschweiß. Solange er die Frachtlisten nicht hatte, konnte er nicht viel machen. Er fand in einem der Schränke eine Packung mit

Teebeuteln und brühte sich einen schwarzen Tee auf. Zwar mochte er den nicht besonders, aber er brauchte etwas Heißes zu trinken. Die Mikrowelle klingelte. Er nahm die Suppe heraus und probierte sie. Sie schmeckte salzig, und die paar Nudeln, die in der fetten Brühe schwammen, waren wabblig. Er trug den Tee und die Suppe an seinen Schreibtisch.

Jemand hatte ihm zwei Ordner auf die Tischplatte gelegt. Er stellte seine Suppentasse ab, wischte sich die fettigen Hände an der Jeans ab und schlug die erste Mappe auf.

Endlich. Die Frachtlisten. Er setzte sich hin und studierte die Unterlagen. Die Suppe hatte er vergessen. Beide Mappen gaben nichts her. Die Namen auf den Listen sagten ihm nichts. Er seufzte. Er war müde. Vielleicht hatte er etwas übersehen. Er begann noch einmal von vorne, und da fiel es ihm auf.

Er stand auf und wedelte mit den Ordnern in der Luft.

»He, wer hat mir die Dinger hier auf den Tisch gelegt?«

Einige Leute drehten sich zu ihm um und zuckten mit den Schultern. Eine der Datentypistinnen kam jedoch auf ihn zu.

»Das war ich.«

»Und woher hast du die?«

»Die wurden hier abgegeben.«

»Von wem?«

Sie zuckte mit den Schultern. »Keine Ahnung. Ich hab sie nicht entgegengenommen.«

»Wer dann?«

»Christin. Sie hat sie mir gegeben und gesagt, dass ich sie dir hinlegen soll.«

»Wo ist Christin?«

»Ich glaube, ich habe sie eben in den Waschraum gehen sehen.«

Eric drehte sich um und stürmte los. Ohne anzuklopfen betrat er das Büro von Max.

»Frank, ich habe die Frachtlisten.«
»Und?«
»Nun, ich denke, wir haben was. Aber mit Sicherheit kann ich das nicht sagen.«
»Wieso?«
»Die Unterlagen sollten von einem Boten gebracht werden. So wie es aussieht, hat Christin sie entgegengenommen. Aber hier fehlen Seiten. Siehst du?« Er schlug die ersten Seiten auf. »Die Akten sind per Hand nummeriert. Seite eins bis vierzehn. Dann fehlen ein paar Seiten, und es geht weiter mit der Seite zwanzig.«
»Von welchem Schiff?«
»Von dem iranischen Frachter.«
»Und du meinst, dass Christin die Seiten herausgenommen hat?«
»Die Reederei hat mir versichert, dass die Akten vollständig sind. Christin nimmt sie entgegen und gibt sie einer der kleinen Tippsen, die wiederum mir die Akten auf den Tisch legt. Wer soll es denn sonst gewesen sein, zum Henker? Vielleicht der Kurier?«
»Du hast Christin noch nie gemocht.« Max mischte sich ein.
»Stimmt. Sie ist ein arrogantes Miststück, und deshalb traue ich ihr auch alles zu.«
Max wollte noch etwas sagen, aber Frank kam ihm zuvor.
»Also gut. Wo ist sie?«
»Angeblich auf der Toilette.«
»Tja«, Ann stand auf, »dann ist das wohl ein Fall für mich.«

Beyer drückte den roten Knopf auf seinem Handy und steckte es wieder ein.
»Ich schätze, wir haben ein Problem.«
Mahmoud sah ihn stirnrunzelnd an. »Und das wäre?«

»Sie wissen anscheinend, wo wir sind. Zumindest haben sie diesen Frachter in die engere Auswahl gezogen.«

»Wie konnte das passieren?«

Beyer dachte angestrengt nach. »Ich habe keine Ahnung. Der Alte hat nicht gewusst, was ich vorhabe.«

»Wer hat es gewusst?«

»Eigentlich niemand. Hartmann hat erst an den Landungsbrücken erfahren, dass wir auf ein Schiff gehen. Aber der ist tot.«

»Bist du sicher?«

»Ganz sicher. Wahrscheinlich haben sie ihn observiert.«

»Aber wenn sie ihn observiert haben, dann müssten sie auch dich gesehen haben.«

»Ja. Es sei denn, er war verwanzt.«

»Du meinst, er war ein Spitzel?«

»Möglich. Dann hätte Walter doch recht gehabt.« Beyer grinste breit. »Armer Walter.«

»Du musst verschwinden.«

»Du auch. Wenn sie mich haben, haben sie auch dich.«

»Ich lass das Motorboot klarmachen. Was ist mit deinen Leuten?«

»Ich will mich jetzt nicht mit Ballast beschweren. Wir lassen sie hier.«

»Dann werden sie verhaftet.«

»Egal, sie wissen eh nichts.«

»Deine Aktion ist gestorben.«

»Wir werden sie lediglich verschieben.«

Ann trat an das Waschbecken und wusch sich die Hände, als eine der Kabinentüren aufging und Christin herauskam. Sie ordnete ihre Kleidung und trat dann ebenfalls an ein Waschbecken. Sie würdigte Ann keines Blickes.

Ann zwang sich zu einem kleinen Lächeln.
»Ich bin froh, wenn das alles vorbei ist. Sie auch?«
»Das kann man wohl sagen. Ich bin seit über dreizehn Stunden im Dienst.«
Ann drehte den Wasserhahn ab und ging zu dem Handtuchspender. Dabei kam sie dicht an Christin heran. Christin bedachte sie mit einem kurzen Blick und versuchte ein Lächeln. Man konnte sehen, welche Kraft es sie kostete, freundlich zu sein. Ann lächelte zurück. Als Christin sich wieder abwandte, reagierte Ann blitzschnell.
Sie griff Christin in die Haare, drehte ihr einen Arm auf den Rücken und knallte ihr Gesicht auf den Waschbeckenrand. Man hörte ein hässliches klatschendes Geräusch und ein Stöhnen. Ann riss den Kopf der Frau wieder hoch, und beide betrachteten sich im Spiegel.
Christins Gesicht war blutüberströmt. Sie stöhnte.
»Mein Gott, Sie haben mir die Nase gebrochen.« Mit der freien Hand tastete sie in ihrem Gesicht herum.
»Das ist ja wohl das Mindeste, was ich tun konnte. Meinen Sie nicht auch?«
»Sind Sie verrückt?« Ann konnte die Angst in den Augen der anderen Frau sehen.
»Wo ist Beyer?« Anns Lächeln erstarb.
»Ich weiß nicht, wovon Sie reden. Hilfe.« Plötzlich schrie Christin. Ann ließ ihren Kopf noch einmal auf dem Waschbecken aufschlagen und riss ihn dann wieder hoch. Christin war fast ohnmächtig. Das Blut spritzte ihr aus der Nase. So wie es aussah, hatte sie auch einen Zahn verloren.
»Also, noch einmal. Wo ist Beyer?«
Christin rührte sich nicht. Sie verdrehte die Augen, und Ann ließ sie los. Christin brach zusammen und hockte nun auf allen

vieren auf dem nackten Fußboden. Ann zerrte ihr die Bluse aus dem Rockbund und fand zusammengefaltete Papiere und ein Handy. Sie drückte auf die grüne Taste und sah die letzte Nummer, die Christin gewählt hatte.

»Frank.« Sie rief laut in Richtung Tür. Sie wusste, dass die Männer draußen standen. Sofort flog die Tür auf und Frank, Max und Eric stürmten herein.

Sie gab Frank das Handy. »Das ist die letzte Nummer, die sie angerufen hat. Ich möchte wetten, dass das Beyer ist. Mach eine Funkzellenpeilung. Dann haben wir ihn.«

»Oder auch nur sein Handy.«

Sie gab Eric die Papiere.

»Hier, ich glaube, das sind die Frachtpapiere.«

»Großer Gott, was hast du gemacht.« Max kniete neben der verletzten Christin.

»Das, was sie verdient hat.«

»Sie wollte mich umbringen.« Christin lag auf dem Boden und wimmerte.

»Ann, du bist zu weit gegangen.« Max war wütend.

»Ich bin zu weit gegangen?« Ann lachte laut auf. »Das kann ja wohl nicht dein Ernst sein. Sie ist der Maulwurf, sie hatte die Informationen, die wir brauchen. Also, was willst du?«

»Dass du dich nicht aufführst wie ein Berserker.« Max stand jetzt vor ihr. Sein Gesicht war nur Zentimeter von ihrem entfernt.

Ihre Stimme klang gefährlich ruhig, als sie weitersprach. »Wage es nie wieder, mich zu kritisieren.«

»Ich bin dein Vorgesetzter.«

»Ja, aber nicht mehr lange. Ich sage dir was. Wenn das alles hier vorbei ist, dann wirst du beim Bundesinnenminister um deinen vorzeitigen Ruhestand bitten. Solltest du es nicht tun, werde ich

dafür sorgen, dass alle Welt davon erfährt, welche Rolle du in diesem Drama gespielt hast.«
Max wurde blass. »Du willst mich erpressen?«
»Nenn es, wie du willst. Ich bin sicher, die Presse wird es interessieren und ganz besonders die Hinterbliebenen der Menschen, deren Tod du zu verantworten hast.«
Sie standen sich eine Weile schweigend gegenüber. Ann, kochend vor Wut, und Max, starr vor Entsetzen.
»Und noch etwas. Ich will dich Dreckskerl nie wiedersehen.« Sie zeigte mit dem Kopf zu Christin, die noch am Boden lag. »Sonst geht es dir am Ende wie der da.«

Eric blätterte schnell die Unterlagen durch, die Ann ihm gegeben hatte.
»Hier ist es. Der Frachter hatte unter anderem Teppiche geladen, und nun halt dich fest. Empfänger ist Al-Khan.«
Triumphierend sah er Frank an.
»Ausgezeichnet. Was wir brauchen, ist ein Hubschrauber. Schau, ob du von der Polizei einen bekommst. Und auch einen von der Bundespolizei. Max.« Er wandte sich um und rief nach Max, der hinter ihm stand, noch leicht benommen von dem Disput mit Ann.
»Max.«
»Ja?«
»Ruf Fischer an. Wir brauchen seine Leute noch einmal. Sie müssen den Frachter stürmen.«
Max nickte und verschwand in seinem Büro.
»Bernd.« Frank war nicht mehr zu bremsen. Alle Müdigkeit war von ihm und den anderen abgefallen. Sie wussten, dass es jetzt auf jede Minute ankam, und jeder tat sein Bestes.
»Ja?«

Bernd kam angelaufen, seine Brille auf der Nasenspitze balancierend. Frank gab ihm das Handy.
»Wir brauchen eine Funkzellenpeilung. Beeil dich.«
Bernd schob die Brille wieder an ihren Platz. »In Ordnung.«
Ann kam aus dem Waschraum und zerrte Christin, die sich immer noch mit beiden Händen das Gesicht hielt, hinter sich her.
»Was ist mit ihr?«
»Wir sollten mit ihr sprechen, damit wir wissen, was Beyer vorhat. Komm mit.«
Frank ging den Gang entlang, bis er ein leeres Bürozimmer fand. »Hier rein.«
Ann schubste Christin vor sich ins Zimmer und folgte ihr dann. Christin ließ sich auf einen Stuhl sinken und stöhnte. Ihr Gesicht sah grotesk aus unter all dem geronnenen Blut. Es sickerte noch immer nach, aber nicht mehr so stark. Ann hockte sich auf die Ecke eines Schreibtisches, Frank blieb an der geschlossenen Tür stehen.
»Also, Christin. Es wird das Beste sein, wenn du redest.«
Ann bewunderte Frank für seine ruhige Art. Sie hatte nur noch das Bedürfnis, Christin abwechselnd zu schlagen und anzuschreien.
»Ich brauche einen Arzt.«
»Den bekommst du, aber erst, wenn du uns sagst, was wir wissen müssen.«
»Das dürft ihr nicht. Das ist gegen das Gesetz.«
»Das mag sein, aber wir haben nicht die Zeit für solche Spielchen, zumal du dich ja auch nicht um Recht und Gesetz scherst.«
»Ich werde Sie anzeigen.« Sie warf Ann einen hasserfüllten Blick zu. Ann lächelte sie an. »Tun Sie das, aber ich glaube nicht, dass man mir vorwerfen kann, dass Sie die Treppen hinuntergefallen sind.«

Christin sah von Ann zu Frank, der nur mit den Schultern zuckte.
»Du weißt, wie gefährlich unsere Treppen sind. Erst recht, wenn da jemand vorher Kaffee verschüttet hat.«
»Ihr Schweine.« Sie kreischte mit einem Mal auf.
»Christin.« Frank ging zu ihrem Stuhl und beugte sich hinunter. »Wenn du mir schon nicht sagen willst, was du weißt, dann sag mir wenigstens, warum du das tust. Hat dich Beyer in irgendeiner Weise in der Hand?«
»In der Hand?« Sie lachte hysterisch auf. »Ihr Idioten. Glaubt ihr denn wirklich, dass sei der einzige Grund, den Staat, der einen knechtet und verrät, zu bekämpfen? Ich bin Deutsche und muss erleben, wie man als Deutsche in Deutschland bespuckt wird. Das wollen wir ändern.«
Ihr Gesicht war hassverzerrt, und sie hatte die Hand kämpferisch geballt.
Frank trat einen Schritt zurück. »Du bist eine von denen.«
»Wenn du es so nennen willst, ja. Ina Beyer und ich waren verwandt.«
»Verwandt?« Ann schaute fassungslos zu Frank.
»Ja.« Christin lachte. »Das habt ihr nicht gewusst, nicht wahr? Trotz all eurer Sicherheitschecks habt ihr das nicht gewusst. Inas Mutter und meine waren Cousinen. Ihr habt Ina getötet, ihr habt ihre Tochter verschleppt, ihr habt Inas Vater getötet, und nun ist Christian auf der Flucht. Aber ich habe ihn gewarnt. Ihr werdet ihn nicht mehr antreffen. Er ist dabei, das Land zu verlassen. Und mehr erfahrt ihr von mir nicht.« Sie spuckte aus.
Ann trat auf sie zu, holte aus und schlug ihr mitten ins Gesicht.

»Es ist so weit, mein Freund, das Boot ist bereit.« Mahmoud trat in die Kabine. »Was hast du deinen Leuten gesagt?«

»Dass ich kurz wegmuss und noch vor morgen früh wiederkomme.«

Mahmoud nickte. »Das wird das Beste sein. Nimmst du den Koffer mit?«

»Ja. Wer weiß, wozu er uns noch dienen wird.«

Gemeinsam verließen die beiden Männer den Frachter. Das Motorboot brachte sie zu einer Anlegestelle etwas außerhalb des Hafens, so dass beide gefahrlos aussteigen konnten. In der Nähe der Anlegestelle wartete ein Wagen auf die beiden Männer.

»Du bist gut organisiert.« Beyer lächelte.

Khafagi zuckte mit den Schultern. »Ich habe viele Freunde.«

Sie fuhren in Richtung Hauptbahnhof.

»Ich werde das Land mit dem Zug verlassen. Ich nehme den nächstbesten. Wie steht es mit dir?«

Beyer lächelte in sich hinein. Er hatte nicht vor, das Land so schnell zu verlassen. Erst hatte er noch etwas zu erledigen.

»Ich werde auch den Zug nehmen, aber nicht das Land verlassen. Wie bleiben wir in Kontakt?«

Mahmoud Khafagi überlegte. »Über Al-Khan. Wie gehabt.«

»Gut.«

Mittlerweile waren sie am Bahnhof angekommen. Sie verließen den Wagen und gingen zu den Zügen. Mahmoud umarmte Beyer herzlich.

»Mach es gut, mein Freund. Wir werden siegen.«

»Du hast recht. Der Sieg wird unser sein.« Er klopfte Mahmoud Khafagi noch einmal auf den Rücken, dann trennten sich die Männer. Beyer wartete einen Moment, bis Khafagi in einen wartenden Zug, der nach Rom fahren sollte, eingestiegen war, dann wandte er sich lächelnd um. Mahmoud würde nicht weit kommen.

»Ich habe ihn.« Vor Begeisterung war Bernd die Brille endgültig von der Nase gerutscht. Sie fiel in seinen Schoß.

»Wo ist er?« Frank stützte sich auf Bernds Rückenlehne und starrte auf den Monitor.

»Das ist merkwürdig. Das Signal bewegt sich sehr schnell.«

»Wo?« Frank schrie ihn fast an.

»Einen Moment. Ich glaube … warte, ich muss erst noch … vergleichen … ja, jetzt habe ich es. Er ist in einem Zug, der gerade den Hauptbahnhof verlässt.«

»Kannst du rausfinden, welcher Zug das ist?«

»Klar.« Bernd tippte erneut wie verrückt auf seiner Tastatur herum. Er rief den Fahrplan der Deutschen Bahn auf.

»Hier.« Mit dem Finger zeigte er auf die entsprechende Verbindung. »Um diese Zeit kann das nur der Zug nach Rom gewesen sein.«

Frank rannte in Max' Büro. »Max, wir brauchen noch einen Eingreiftrupp. So wie es aussieht, ist Beyer nicht mehr auf dem Schiff, sondern im Zug unterwegs nach Rom.«

»Das MEK will gleich stürmen. Wir haben nur einen Trupp.«

»Bundespolizei?«

»Ich versuche es.« Max griff nach dem Telefon.

»Ihr braucht ihn nicht zu suchen. Ich glaube, ich weiß, wo er ist.« Anns Stimme klang ganz ruhig aus der hintersten Ecke des Büros.

»Wo?« Frank wirbelte zu ihr herum.

»Er ist auf dem Weg zu mir nach Hause.« Sie trat aus dem Schatten ins Licht. Sie hatte dunkle Ringe unter den Augen, ihre Haare hingen ihr strähnig ins Gesicht. Sie war völlig erschöpft. »Er wird mich dort erwarten. In seinen Augen habe ich all seine Pläne zunichtegemacht. Außerdem glaubt er, mit mir noch eine Rechnung offen zu haben.«

»Dann also ab zu dir.«
»Nein, warte. Wenn wir da zu mehreren auftauchen, wird er verschwinden. Ich mache das allein.«
»Das kannst du nicht.«
»Das muss ich sogar. Gib mir meinetwegen einen Peilsender, aber greif erst zu, wenn es nicht mehr anders geht.«
Frank nickte zögernd. »Vielleicht hast du recht. Also gut, machen wir es so.«

Spießig. Er hätte nicht gedacht, dass seine ärgste Feindin so spießig wohnen würde. Er ging um das Haus herum, um irgendwo ein offenes Fenster zu finden. Schließlich stieg er durch ein zerbrochenes Kellerfenster.
Die Wohnräume sahen alles andere als wohnlich aus. Die Küche war neu. So würde er nicht leben wollen. Häuschen auf dem Land, Einbauküche und Hypotheken bis zum jüngsten Tag. Fast war er enttäuscht. Christian Beyer hätte von Ann Deckert etwas mehr Stil erwartet.
Das Wohnzimmer war vollgestellt mit Farbeimern und Kartons. In den oberen Räumen sah es etwas besser aus. Das Zimmer des Jungen war fast fertig, und das Schlafzimmer der Deckert wirkte, als sei sie nur eben kurz rausgegangen.
Auch die Badezimmer waren neu gemacht, überall war das Parkett geschliffen. Pech, dass sie nichts mehr davon haben würde.
Plötzlich hörte er von draußen ein Geräusch. Er schlich zu einem der Fenster im Obergeschoss und spähte hinaus, konnte aber nichts entdecken. Trotz allem war er sicher, dass er sich nicht getäuscht hatte.
Sie war da.
Er zog seine Waffe und schlich langsam die Treppe hinunter.

Eine der Stufen gab unter ihm ein wenig nach und knarrte. Innerlich fluchte er. Er durfte sich jetzt keinen Fehler erlauben.
Am Fuße der Treppe hockte er sich auf seine Fersen und lauschte in die Dunkelheit hinein. Irgendwo raschelte es, aber es war nur eine der ausgelegten Planen, die im Wind flatterte. Er hatte vergessen, das Fenster, durch das er hereingekommen war, zu schließen.
Er hörte Schritte aus der Küche. Er stand auf und huschte zur nächsten Wand. Ohne Zweifel, sie war im Haus.
Als er hochschnellte und aus seiner Deckung in den Flur sprang, nahm er gerade noch einen Schatten wahr, der aus der Küche verschwand. Sie musste nun in dem kleinen Zimmer sein, das ins Wohnzimmer führte. Damit hatte er sie im Rücken.
Geduckt eilte er in die Küche, und als er sicher war, dass sich Ann Deckert hier nicht befand, ging er weiter.
Und da stand sie.
Mit dem Rücken zu ihm im Durchgang zwischen den beiden Zimmern. Sollte sie ihm wirklich so arglos in die Falle gegangen sein?
»Guten Abend, Frau Deckert. Wir haben uns lange nicht gesehen.«

Frank hatte sie doch noch zu einem Mikro überreden können. Jetzt stand er hier an ihrem Wagen, den sie in einer Seitenstraße, ungefähr zweihundert Meter von ihrem Haus entfernt abgestellt hatte, und sie war weg.
Verflucht. Er hätte sie erwürgen können, aber eigentlich hatte er damit rechnen müssen, dass sie es auf eigene Faust versuchen würde.
»Wo zum Teufel steckst du?«
»Ich bin in meinem Garten hinter dem Haus. Beyer hat eines der Fenster aufgehebelt. Ich bin sicher, dass er drin ist.«
Die Stimme klang verzerrt aus dem Knopf in seinem Ohr.

»Warte da auf mich. Ich bin in ein paar Minuten bei dir.«

»Vergiss es, ich gehe rein.«

»Nein, warte.«

Er bekam keine Antwort mehr.

Frank hatte das Bedürfnis, Ann kräftig durchzuschütteln. Dafür mussten sie dies allerdings erst lebend überstehen.

Er schickte ein letztes Stoßgebet gen Himmel und machte sich geduckt laufend auf den Weg.

Als sie das aufgehebelte Fenster gesehen hatte, musste sie lächeln. Hatte sie also recht gehabt. Sie ging davon aus, dass er sich im vorderen Teil des Hauses aufhielt, um die Straße im Auge behalten zu können.

Sie schlich im Schatten der Bäume zur rückwärtigen Küchentür und öffnete sie vorsichtig. Gott sei Dank hatte sie sie noch vor ein paar Tagen geölt. Als sie in der Küche stand, blieb sie einen Moment stehen. Unwillkürlich hielt sie die Luft an, aber im Haus rührte sich nichts. Plötzlich hörte sie ein Knarren. Kein Zweifel, das kam von der Treppe. Dann war er also oben gewesen und nicht im Wohnzimmer.

Schnell ging sie in das kleine Zimmer, das von der Küche abging, und tastete sich leise an der Wand entlang. Sie wagte nicht, Licht zu machen, denn damit hätte sie ihren Standort verraten und auch keine ausreichende Deckung mehr. Erst musste sie wissen, wo genau Beyer sich befand. Ihre Hände waren schweißnass, und sie umfasste ihre Waffe fester, aus Angst, sie könnte ihr aus der Hand rutschen.

Weiter und weiter tatstete sie sich vor, bis sie sicher war, dass Beyer nicht im Wohnzimmer war. Sie stieß sich von der Wand ab und machte einen Schritt ins das Zimmer hinein.

Als sie das leise Rascheln hörte, war es schon zu spät.

Alex hatte nicht allein in einem Zimmer schlafen wollen, und so war er unten bei Henrieke geblieben. Nun trug er einen Schlafanzug ihres Mannes, der viel zu groß war. *Aber das macht nichts, das krempeln wir hier ein wenig um und hier eine Sicherheitsnadel. Siehst du? Passt.* Sie hatte breit gelächelt, und er hatte darauf verzichtet, ihr zu sagen, dass er sich völlig bescheuert vorkam, weil er nie einen Schlafanzug trug. Ihr war es ganz recht gewesen, dass er unten bei ihr blieb. *Weißt du, mein Mann ist nicht da, der ist auf Geschäftsreise, und da ist es immer ein bisschen einsam. Und so lange wohnen wir ja auch noch nicht hier, und mitunter, also da habe ich schon ein bisschen Angst. Möchtest du noch einen Kakao?*
Caroline hatten sie nach oben in das Schlafzimmer gelegt, und da schlief sie nun. Alex hatte ihr versprochen, dass sie am nächsten Tag zu ihren Eltern käme, und so war sie ganz beruhigt eingeschlafen. Er hatte ein schlechtes Gewissen, wusste er doch nicht, ob er das Versprechen halten könnte.
Er lag auf der großen Couch und Henrieke auf der kleinen. Henrieke war eingeschlafen, sie schnarchte leise. Alex nickte immer wieder ein, aber nie für lange. Er dachte an das, was den Tag über passiert war, und es kam ihm vor wie ein böser Traum. Er sah auf die Uhr. Mein Gott, es war schon ein Uhr morgens. Er dachte an die Geschichten, die seine Mutter ihm früher erzählt hatte und die er heute an Caroline weitergegeben hatte. Langsam spürte er, dass er müde wurde. Er schloss die Augen und war dabei, in den Schlaf hinüberzugleiten, als ihn etwas weckte.
Zuerst konnte er es nicht einordnen, aber dann hörte er das Geräusch wieder und noch einmal. Er hatte es erkannt, es kam aus seinem Haus. Aus dem Haus, in dem er mit seiner Mutter wohnen wollte. Sein Herz zog sich zusammen.
Er sprang auf und rüttelte Henrieke an der Schulter.
»Henrieke, wach auf.«

»Was?« Henrieke öffnete mühsam die Augen.
»Nun mach schon. Verdammt, Henrieke.« Er schüttelte sie. Als sie ihn erkannte, war sie mit einem Male hellwach. »Alex, was ist passiert? Hast du geträumt?«
»Nein, drüben bei uns, da wird geschossen.«

Ann drehte sich langsam um, die Waffe locker in der Hand. Sie traute sich nicht, eine überflüssige Bewegung zu machen, denn sie wusste, er würde sofort schießen.
»Willkommen in meinem bescheidenen Heim, Herr Beyer.«
Beyer kam langsam näher. Seine Waffe zielte genau auf ihren Bauch. »Sie haben mir viel Ärger gemacht. Ich sollte Ihnen eigentlich böse sein, aber wissen Sie was? Ich habe mein Ziel erreicht.«
Ann hob eine Augenbraue. Sie wusste aus Erfahrung, dass auch Straftäter von Beyers Kaliber reden wollten. »Haben Sie das?«
»Ja, ich habe *Sie*. Zwar ist meine Aktion gescheitert, aber sehen Sie, ich bin frei, und ich werde wiederkommen, aber dann werden Sie Geschichte sein.«
»Verraten Sie mir etwas?«
»Gern.« Beyer lächelte sie an.
»Was hatten Sie vor?«
»Finden Sie nicht, dass das ein wenig zu weit geht? Nachher haben Sie noch ein Tonbandgerät hier laufen. Nein, meine Liebe, ich wäre bereit, Ihnen eine letzte Zigarette zu gewähren, Ihnen vielleicht sogar den Sinn des Lebens zu erklären, aber ich lasse mir auch von einer Todgeweihten nicht in die Karten schauen.«
Er hob die Waffe ein Stück höher, und es war klar, dass er aus dieser Entfernung nicht daneben schießen würde.
»Ich wünsche Ihnen eine gute Reise, Frau Deckert.«
»Das wünsche ich Ihnen auch, Beyer.« Die Stimme kam aus dem Dunkel. Das Deckenlicht im Wohnzimmer flammte auf. Beyer

erstarrte. Für den Bruchteil einer Sekunde war er abgelenkt. Ann nutzte die Gelegenheit und brachte sich mit einem Hechtsprung aus der Schusslinie.
»Ich fürchte, Beyer, hier ist Ihre Reise zu Ende. Legen Sie die Waffe weg.«
Beyer hatte seine Fassung wiedergefunden. Er legte die Waffe vorsichtig auf den Fußboden. »Und dann? Wollen Sie mich verhaften? Sie haben es doch erlebt, ich kann jederzeit ausbrechen. Ich habe überall Freunde, die zu mir stehen. Und wenn ich wieder draußen bin, dann werden Sie immer über Ihre Schulter blicken müssen und sich die ganze Zeit fragen: Wann kommt er? Und glauben Sie mir, ich werde kommen.«
»Halten Sie das Maul.«
Ann konnte Frank hören, ihn aber nicht sehen. Sie lag halb im Flur, bei ihrem Sprung hatte sie sich den Kopf empfindlich an der Wand gestoßen. Sie rappelte sich auf, noch immer ihre Waffe fest umklammert.
Sie sah zu, wie Frank sich Beyer langsam näherte. Den rechten Arm ausgestreckt, den linken leicht angewinkelt, zielte er mit seiner Pistole genau auf Beyers Kopf. Ohne den Terroristen aus den Augen zu lassen, rief er nach Ann.
»Ann, ist mit dir alles in Ordnung?«
»Ja. Alles okay.«
Blitzartig ließ Beyer sich zu Boden fallen und griff nach seiner Waffe.
»Frank.« Ann hörte sich selber schreien. Gleichzeitig hob sie ihre eigene Waffe und schoss. Einmal, zweimal, dreimal.
Beyer krümmte sich und drehte sich auf den Rücken. Ann kam auf die Füße und trat auf den am Boden liegenden Mann zu.
Er war tödlich verletzt, aber der Ausdruck seiner Augen war noch immer hasserfüllt. Er bedachte Ann mit einem letzten, fast trium-

phierenden Lächeln. In seinen sterbenden Augen konnte sie lesen, was er ihr schon einmal gesagt hatte. *Wir sind uns ähnlich. Wir sind beide Killer*. Dann atmete er ein letztes Mal pfeifend aus.

Beyer war tot.

Es war vorbei.

Als sie wie betäubt das Haus verließ, lief eine Gestalt auf sie zu.

»Mami.« Alex warf sich ihr in die Arme.

»Es ist alles in Ordnung, Schatz.«

»Wirklich? Ich habe etwas gehört, und ich dachte …«

»Nein, wirklich, jetzt ist alles vorbei. Ganz bestimmt.« Sie schob ihren Sohn ein Stück von sich und betrachtete ihn grinsend. »Was zum Teufel trägst du da?«

Alex sah peinlich berührt an sich hinunter. »Ich weiß, das war Henriekes Idee.«

»Großer Gott, Ann. Was ist denn bloß passiert?« Henrieke kam mit wehendem Morgenmantel über den Rasen gelaufen.

Ann drehte sich zu Frank um. Er nickte ihr lächelnd zu. »Geh. Ich kümmere mich um alles.«

»Henrieke, beruhige dich.«

»Wurde da bei dir geschossen?«

»Ein Einbrecher. Nichts Schlimmes. Henrieke, können wir heute nacht bei dir bleiben?«

»Aber natürlich.« Ein Strahlen ging über Henriekes Gesicht. »Ich habe noch Kuchen da, und eine heiße Schokolade würde dir bestimmt guttun. Vielleicht …«

»Henrieke, sei mir nicht böse, aber ich brauche einfach nur ein Bett.«

»Oh, sicher. Kein Problem.«

Henrieke ging voran, gefolgt von Alex und Ann. Das erste Mal seit Jahren durfte Ann ihren Sohn wieder an die Hand nehmen.

5

Die Renovierung war fast abgeschlossen. Morgen sollten die restlichen Möbel geliefert werden. Die Blutflecken im Flur waren beseitigt, und sie hatte Alex in groben Zügen erzählt, was sich abgespielt hatte. Es war die entschärfte Version, die sich auch für Henrieke eignete.

Ann war mit dem Apricot im Wohnzimmer sehr zufrieden. Es sah wirklich genauso aus, wie sie es sich vorgestellt hatte. Auch Alex hatte keine Einwände mehr.

Sie hörte zwei Wagen vorfahren und sah aus dem Fenster. Sie musste daran denken, dass sie vor in paar Tagen genauso hier gestanden hatte, als Max gekommen war. Ein Frösteln überlief sie, aber sie schüttelte es schnell ab.

Aus dem ersten Wagen stieg Frank und aus dem zweiten Melanie Schlobohm mit ihrem Mann und der kleinen Caroline.

Die kleine Familie blieb dicht gedrängt stehen, bis Frank ihnen bedeutete, ihm zu folgen. Ann ging zur Tür und öffnete.

»Frank. Schön dich zu sehen.«

»Sieh mal, wen ich dir mitgebracht habe.«

»Frau Schlobohm, Herr Schlobohm.« Sie schüttelte beiden die Hand. «Kommen Sie rein, zwar sind wir noch nicht mit allem fertig, aber es kann sich mittlerweile sehen lassen.«

»Nein. Wir wollen Sie gar nicht lange stören.« Melanie Schlobohm schüttelte den Kopf. »Caroline wollte sich nur bei Alex bedanken.« Sie strich Caroline über den Kopf, die wie immer den Daumen im Mund hatte. Der Blick, mit dem sie Ann bedachte, war frostig. Ihr Mann hingegen wich Anns Blick aus.

»Ist Alex auch da?«

Ann beugte sich zu Caroline hinunter. »Nein, Liebes, es tut mir leid, der ist nicht da, aber ich werde ihm ausrichten, dass du hier warst, okay?«

»Ich habe was für ihn.« Sie nahm den Daumen aus dem Mund und zog ein Blatt Papier aus ihrem kleinen Rucksack. »Das habe ich für ihn gemalt.«

Ann nahm das Bild entgegen. Es zeigte ein kleines Mädchen und einen großen Jungen, die gemeinsam über eine Wiese gingen.

»Das da ist Alex, und das da bin ich.« Sie zeigte mit den Fingern auf die jeweilige Figur, wohl daran gewöhnt, dass die Erwachsenen mit ihren Bildern nicht immer etwas anfangen konnten.

»Das hast du schön gemacht. Alex wird sich sehr darüber freuen.«

»Tja, wir wollten Sie, wie gesagt, auch gar nicht lange stören.« Melanie Schlobohm lächelte gezwungen.

»Bitte, richten Sie Alex unseren Dank aus. Nach allem, was Caroline uns erzählt hat, hat er sich sehr lieb um unsere Kleine gekümmert.«

»Das werde ich.« Ann erwiderte das Lächeln der Frau, aber auch ihr war unwohl. Sie konnte sich vorstellen, was in der Mutter vorging.

»Dann wünschen wir Ihnen noch einen schönen Tag.« Die kleine Familie drehte sich um und ging zurück zum Auto. Plötzlich kam Bewegung in Ann.

»Warten Sie.« Sie eilte die Vortreppe hinunter und lief hinterher. Melanie Schlobohm und ihr Mann sahen ihr überrascht entgegen.

»Hören Sie, ich weiß, was Sie durchgemacht haben, und ich weiß auch, was gerade in Ihnen vorgeht, aber …«, Ann strich sich mit der Hand durch ihre unordentlichen Haare, »… aber ich konnte nicht anders handeln. Ich weiß, Sie hätten sich gewünscht, dass ich Caroline sofort zu Ihnen bringe, aber es war wichtig, erst einmal beide Kinder in Sicherheit zu wissen. So, dass sie niemand finden würde. Es tut mir leid.«

Für eine Weile sagte niemand etwas. Das Ehepaar wechselte einen hastigen Blick. An ihren Gesichtern konnte Ann ablesen, dass sie ins Schwarze getroffen hatte. Schließlich wandte Schlobohm sich an Ann. Er war ein blasser, hagerer Mann, und er hatte Tränen in den Augen.

»Ich weiß, Sie haben getan, was Sie konnten, aber für uns war es sehr schwer.«

Als das Auto der Schlobohms davonfuhr, stand Ann in ihrem Vorgarten und sah ihnen nach.

»Sie haben es verstanden.« Frank war unbemerkt neben sie getreten.

Ann seufzte. »Ja. Ich habe ihren Verstand erreicht, aber nicht ihr Herz. Es sind nette Menschen. Menschen, von denen man nicht annimmt, dass sie in eine solche Geschichte hineingeraten.«

»Das stimmt.« Frank nickte. »Das sind die normalen Menschen, erinnerst du dich? Wolltest du nicht auch so werden?«

»Ich fürchte, der Zug ist endgültig abgefahren. Wie ging es übrigens weiter?«

»Stell dir vor, sie haben tatsächlich Mahmoud Khafagi festgenommen. Beyer hatte ihm anscheinend zum Abschied sein Handy heimlich untergejubelt. Er soll getobt haben vor Wut.«

»Und Christin?«

»Sie sitzt in U-Haft. Und jetzt rate mal, wo?«

Ann zuckte mit den Schultern. »Keine Ahnung.«

»Stuttgart-Stammheim. Da, wo alle Terroristen früher oder später landen. Sie wird wohl nicht unter zwanzig Jahren davonkommen. Allerdings redet sie jetzt, nachdem sie erfahren hat, dass Beyer tot ist und sich aus dem Staub gemacht hätte, ohne sich um sie zu kümmern.«

»Was erzählt sie denn so?«

»Beyer hatte vor, mit einer aufbereiteten Form des Ebola-Virus einen Anschlag auf die Feierlichkeiten in der Janusz-Korczak-Schule zu verüben.«

»Oh, mein Gott.« Ann war ehrlich entsetzt. »Das hätte eine Katastrophe gegeben. Es ist ein hämorrhagisches Fieber, nicht wahr?«

Frank nickte. »Stimmt. Die Inkubationszeit beträgt fünf bis zehn Tage. Die ersten Symptome sind die einer Grippe, aber zu dem Zeitpunkt hat man dann schon diverse andere Menschen infiziert. Er hätte die ganze Stadt ausrotten können. Du hattest also recht mit der Schule. Jetzt verstehe ich auch, warum Christin versucht hat, dich von den Sicherheitsplanungen auszuschließen.«

»Wo ist das Virus jetzt?«

Frank zuckte mit den Schultern. »Das ist eine gute Frage. Beyers Handlanger, die wir auf dem Frachter festgenommen haben, sagen, dass Beyer mit einem Koffer das Schiff verlassen hat.«

»Als er in meinem Haus war, hatte er nichts dabei.«

Frank nickte. »Eben.«

Langsam dämmerte es Ann. »Soll das heißen, das Virus ist irgendwo da draußen, und wir haben keine Ahnung, wo es ist?«

»Und vor allen Dingen haben wir keine Ahnung, wer es hat.«

»Grundgütiger.«

Für eine Weile hingen beide ihren Gedanken nach. Das Bewusstsein, dass es nicht wirklich vorbei war, war erschreckend.

Es war Ann, die schließlich das Thema wechselte.

»Habt ihr was von Hartmann gehört?«

»Wir haben ihn gefunden, das heißt, die Taucher haben ihn gefunden. Er wurde aus der Elbe gefischt mit einer Schusswunde im Kopf. Zwei der Festgenommenen von dem Frachter haben ausgesagt, dass Beyer ihn noch auf dem Motorboot erschossen und über Bord geworfen hat. Aus welchem Grund, werden wir wohl nie erfahren.«

»Ich habe gehört, die Feierlichkeiten des deutsch-israelischen Freundschaftsvereins waren ein voller Erfolg?«

»Oh, ja, die Bürgermeisterin ist förmlich geplatzt vor Stolz. Damit hat sie wohl ihre Wiederwahl gesichert.«

»Und sonst?«

Frank sah sie von der Seite an. »Du meinst Max? Er hat tatsächlich um seine vorzeitige Pensionierung gebeten, und sie ist ihm auch gewährt worden.«

»Wer ist sein Nachfolger?«

Frank breitete die Arme aus. »Er steht vor dir.«

»Herzlichen Glückwunsch.« Ann meinte es ehrlich. Sie konnte sich keinen Besseren für diesen Job vorstellen.

»Ich muss los.« Frank sah sie ernst an. »Hast du Lust, nächste Woche mit mir essen zu gehen?«

Ann musste lachen. »Da muss ich erst einmal meinen Mann fragen.«

»Mami.«

Alex schreckte aus dem Schlaf hoch. Er schlief seit ein paar Tagen bei ihr, und sie ließ es zu, schließlich hatte er genug mitgemacht. Es war spätnachts, und ihr Sohn saß mit verwirrtem Blick aufrecht neben ihr im Bett.

»Was ist? Hast du geträumt?«

»Ja.«

»Was Schlimmes?«

»Ich weiß nicht. Ich glaube nicht.«

«Erzähl mal.«

»Ich habe von meinem Vater geträumt.«

»Und?«

»Er hat an meinem Bett gestanden, mich angelächelt und mir einen Kuss auf die Stirn gegeben.«

»Hat er was gesagt?«

»Nein.« Alex schüttelte den Kopf. »Als ich ihn fragte, warum er erst jetzt kommt, hat er einen Finger an die Lippen gelegt und den Kopf geschüttelt.«

Ann sah ihren Sohn an und strich ihm liebevoll über den Kopf. »Vielleicht spricht er das nächste Mal mit dir.«

Alex sah sie entgeistert an. »Mam«, – *ach? Waren wir wieder so weit?* –, »das war ein Traum. Das war nicht real.«

»Wer sagt, dass ein Traum nicht real ist?«

»Träumst du von ihm?«

»Manchmal. Und jetzt leg dich wieder hin.«

Michi? Warum hast du nichts zu ihm gesagt?

Was hätte ich ihm denn sagen sollen?

Nun, zum Beispiel: »Hallo« oder »Schlaf schön«, oder so.

Ann, er hat mich heute das erste Mal gesehen, hätte ich ihn da gleich an die Wand reden sollen?

Michi lächelte, so wie er immer lächelte, wenn er sie auf den Arm nahm.

Dann tu es das nächste Mal.

Versprochen. Er strich ihr mit einer Hand eine Haarsträhne aus dem Gesicht. *Ich muss jetzt los.*

Bleib hier.

Ich kann nicht, das weißt du.

Kommst du wieder?

Komme ich nicht immer wieder?

Ich liebe dich.

Ich liebe dich, meine Schöne.

Schlussbemerkung

Als ich die Idee zu diesem Buch entwickelte, standen mir schon bald die einzelnen Charaktere klar vor Augen. Nur eine Figur bekam ich nicht recht zu fassen.

Alex.

In meiner Ratlosigkeit wandte ich mich an meinen Sohn.

Noch vor ein paar Jahren hatte sich seine Hilfe darauf beschränkt, die fertigen Manuskriptseiten aus dem Drucker zu ziehen und zu sortieren. Ich fragte ihn, nunmehr zwölf Jahre alt, ob er Lust habe, mir bei meinem Buch zu helfen, und begeistert nahm er an.

Drei Tage später präsentierte er mir Alex. Mit all seinen Vorlieben und pubertären Macken, mit seinen Abneigungen und einem Gedankengut, zu dem ich nie Zugang gefunden hätte.

Während des Schreibens legte ich ihm jede Szene vor, und so manches Mal musste ich hier einen Dialog ändern oder da einen Gefühlsausbruch streichen. Einmal musste ich sogar eine komplette Szene umschreiben.

Und was soll ich sagen? Seine Ideen waren besser.

Um es kurz zu machen: Ohne meinen Sohn Chris Kevin, wäre Ann Deckert nicht nur Witwe, sondern auch kinderlos.

Danksagung

Auch dieses Mal wieder haben mir einige Menschen geholfen, das Buch zu schreiben.
Einen herzlichen Dank an meinen Agenten Dirk R. Meynecke für seinen Einsatz und seine Unterstützung.
Ohne meine Lektorin, Maria Hochsieder, möchte ich keine Bücher mehr schreiben. Sie ist nicht nur professionell, sondern auch sehr humorvoll im Umgang mit mir und meinen Ideen.
Mein Freund, Dr. Falk Heyland, hat sich nächtelang mit dem Lesen der ersten Manuskriptfassung gequält und mir dabei wertvolle Tipps gegeben.
Meinen Dank auch an Dr. Regine Klose-Wolf vom Institut für Sozialforschung, der ich telefonisch ein Loch in den Bauch gefragt habe. Über sie kam ich an wertvolle Informationen zur Gedenkstätte am Bullenhuser Damm, der Janusz-Korczak-Schule. Diese Schule war eine Außenstelle des Konzentrationslagers Neuengamme, in der noch am 20. April 1945 zwanzig jüdische Kinder einen qualvollen Tod fanden.
Sorgen wir dafür, dass so etwas nie wieder vorkommt.
Weder in Deutschland noch an einem anderen Ort.